REVOLUCIÓN

ARTURO
PÉREZ-REVERTE

REVOLUCIÓN

Una novela

ALFAGUARA

Penguin
Random House
Grupo Editorial

Primera edición: octubre de 2022

© 2022, Arturo Pérez-Reverte
© 2022, Penguin Random House Grupo Editorial, S. A. U.
Travessera de Gràcia, 47-49. 08021 Barcelona
© 2022, Penguin Random House Grupo Editorial USA, LLC.
8950 SW 74th Court, Suite 2010
Miami, FL 33156

Depósito legal: B-11955-2022

Impreso en México - *Printed in Mexico*

ISBN: 978-1-64473-721-7

22 23 24 25 26   10 9 8 7 6 5 4 3 2 1

Ya sé a dónde te ha empujado la vida. Tú mismo elegiste tu camino. Pero a los que dejaste atrás nos pareció que te internabas por un desierto sin senderos. Te tuvimos siempre por un hombre al que había que dar por perdido. Pero has vuelto a aparecer, y aunque quizá no volvamos a encontrarnos, mi memoria te da la bienvenida, y te confieso que me gustaría conocer los incidentes del camino que te llevó a donde ahora te encuentras.

Joseph Conrad. *La flecha de oro*

A Julio Mínguez, por la lealtad y la memoria

1. El Banco de Chihuahua

Ésta es la historia de un hombre, una revolución y un tesoro. La revolución fue la de México, en tiempos de Emiliano Zapata y Francisco Villa. El tesoro fueron quince mil monedas de oro de a veinte pesos de las denominadas *maximilianos*, robadas en un banco de Ciudad Juárez el 8 de mayo de 1911. El hombre se llamaba Martín Garret Ortiz, y todo empezó para él la mañana de ese mismo día, cuando oyó un disparo lejano. Pam, hizo, seguido de un eco que fue apagándose en la calle. Y después sonaron otros dos seguidos: pam, pam.

Dejó sobre la mesa el libro que estaba leyendo —*La energía eléctrica en la moderna explotación minera*— y se asomó al mirador apartando los visillos. Parecían tiros de fusil disparados a dos o tres manzanas de allí. A un par de cuadras, como decían los mexicanos. Al cabo de un momento sonaron otros, esta vez más cerca. Sobre los tejados de las casas bajas y chatas se levantó una columna de humo primero gris y luego negro que la ausencia de viento mantenía vertical en el azul cegador de la mañana. Ahora el tiroteo era más nutrido, tornándose un chisporrotear de estampidos: pam, crac, crac, pam, crac, pam. Así sonaba, y el eco volvía a multiplicar el ruido. Era un crepitar intenso, semejante al

11

arder de madera seca, que parecía extenderse por todas partes.

Ya empezó, se dijo, excitado. Ya los tenemos ahí.

Era Martín Garret un joven curioso, todavía en esa edad —veinticuatro años cumplidos dos meses atrás— en la que uno cree hallarse a salvo de los imprevistos del azar y de las balas perdidas que zumban en las calles. Pero, sobre todo, se aburría en su habitación del hotel Monte Carlo esperando la reapertura de las minas Piedra Chiquita, cerradas por la inseguridad política en el norte del país. Así que la novedad pudo más que la prudencia. Se abotonó el chaleco y ajustó la corbata, cogió sombrero y chaqueta e introdujo en ésta un pequeño revólver Orbea niquelado con cinco cartuchos de calibre 38 en el tambor. Aquel peso en el bolsillo derecho inspiraba cierta seguridad. Después bajó de dos en dos peldaños las escaleras, pasó junto al asustado conserje, que asomaba apenas los bigotes tras el mostrador del vestíbulo, y salió a la calle.

Quería mirar, verlo todo con sus propios ojos ávidos. Desde que llegó de España, el joven ingeniero de minas había seguido la evolución de los acontecimientos a través de los periódicos nacionales y estadounidenses. Todos hablaban de la inminencia del conflicto, de la inestabilidad del presidente Porfirio Díaz, de cómo los descontentos se unían en torno al opositor Francisco Madero. En los últimos meses se habían sucedido tensiones políticas, hechos ominosos, incidentes que incluían cada vez más sangre. Incluso verdaderos combates. Las partidas de bandidos, pequeños rancheros o campesinos desesperados se agrupaban ahora en brigadas con organización casi militar, bajo cabecillas que reclamaban justicia y pan para el pueblo, sumido en la miseria por hacendados arrogantes y por un gabinete presidencial ajeno a la razón. Para cualquier mexicano de las clases medias y bajas, la palabra *gobierno* era sinónimo de enemigo. Por eso los insurrectos querían Ciudad Juárez, principal paso fronterizo con los Estados Unidos. Se habían acercado en los días anteriores, ocupando posiciones en torno a la ciudad. Acumulando fuerzas. Ahora empezaba la verdadera lucha y quizá la revolución.

Yacía un hombre muerto al extremo de la calle desierta, frente al salón de billares Ambos Mundos. Estaba tirado boca arriba y seguramente alguien lo arrastró hasta allí después de que le dieran un balazo, buscando ponerlo a cubierto, pues había un largo reguero de sangre medio coagulada en la tierra de la calle sin asfaltar. Martín nunca había visto a nadie muerto de forma violenta, ni siquiera en las minas; así que se quedó un momento mirándolo. Le llamaba la atención el desorden de la ropa, los bolsillos vueltos del revés, los pies sólo con calcetines —habían desaparecido los zapatos— y el rostro contraído encarando el cielo, abiertos los ojos que velaba una fina capa de polvo depositada en ellos. Sobre la boca entreabierta revoloteaban moscas, zumbando entre ella y el agujero pardusco que el muerto tenía en el pecho. Era un hombre de edad indefinida, entre los treinta y los cincuenta años, con ropa de ciudad. No parecía un combatiente, sino una víctima del azar, tal vez de alguna bala perdida. Entonces Martín intuyó por qué lo habían arrastrado hasta ponerlo al amparo de los edificios cercanos y bajos. No con intención de atenderlo, pues seguramente ya estaba muerto, sino para despojar con calma el cadáver.

Caminó un poco más, hasta la esquina y luego adelante, procurando hacerlo pegado a las paredes. Las calles permanecían desiertas. Fuera de su vista continuaba el tiroteo, muy violento ahora, que parecía multiplicarse en varios lugares. Anduvo guiándose por el ruido de los disparos más próximos. Su intensidad era mayor por la parte noroeste, hacia el río Bravo y los puentes que cruzaban la frontera al lado estadounidense de El Paso, Texas.

Sintió sed. La tensión le secaba la boca. Las casas disminuían en altura en aquella zona de la ciudad y el sol pegaba fuerte: cada vez más arriba, dejaba pocos espacios de sombra. Se aflojó el nudo de la corbata, secó el sudor de la frente y la badana del sombrero con el pañuelo y miró alrededor. Ni un alma. Nunca había imaginado que la guerra despoblase tanto el paisaje.

Al otro lado de la calle, el rótulo *El As de Copas* pintado en una fachada indicaba una cantina. La sed seguía torturándolo, así que hizo un rápido cálculo de pros y contras. Tras decidirse, echó a correr para alcanzar el lugar; treinta metros que se hicieron largos, pero nadie le disparó, aunque los tiros sonaban no demasiado lejos. La puerta de la cantina estaba cerrada. Llamó varias veces sin resultado, hasta que al fin se entreabrió un palmo y un rostro cenceño y bigotudo apareció en la rendija.

—Déjeme entrar —dijo Martín—. Tengo sed.

Una duda silenciosa, dentro. Sobre el bigote, dos ojos muy negros lo observaban con recelo.

—Llevo dinero —insistió el joven—. Pagaré por lo que beba.

Tras una corta vacilación le franquearon la entrada. El interior estaba en penumbra a causa de los postigos echados: la luz penetraba por una claraboya alta, iluminando malamente una habitación con mesas y sillas desvencijadas, un mostrador y varios bultos inmóviles, sentados. A medida que sus ojos deslumbrados se acostumbraron, Martín pudo distinguir los detalles. Había allí media docena de hombres y todos lo contemplaban con curiosidad.

—¿Qué le sirvo, señor?

—Agua.

—¿Nada más? —lo miró el cantinero, extrañado—. ¿No quiere sotol, o tequila?

14

—Después. Ahora deme agua, por favor.

Bebió con ansia hasta vaciar la jarra. Uno de los hombres se levantó y anduvo hasta el mostrador, recargándose en él frente al cantinero. Era pequeño, panzudo bajo la chaqueta de dril entreabierta, y un bigote frondoso le ensombrecía la boca. Estudiaba despacio a Martín, que se había quitado el sombrero al entrar y se enjugaba el sudor de la cara con el pañuelo.

—¿Español? —preguntó.

—Sí.

—Se le nota lo gachupín en el habla.

Asintió Martín, inseguro de si eso era bueno o malo. A menudo se asociaba a los hacendados españoles con los afectos al régimen de Porfirio Díaz.

—Cada quien es de donde es —dijo.

—Claro.

Sin preguntar más, el cantinero le había puesto delante a Martín un vaso de tequila. Se lo llevó a la boca, bebió un sorbo y el alcohol ardiente le hizo crispar la cara. Tequila transparente como el agua y fuerte como el diablo.

—No es día para andarse paseando —opinó el panzudo.

Seguía mirándolo con curiosidad. Afuera sonaban, apagados, los tiros lejanos.

—¿Son los rebeldes? —inquirió Martín.

Una sonrisa sin humor le torció al otro el bigotazo.

—Lo de rebeldes, señor, según y cómo... Lo que son es maderistas que se fajan a plomazos con los mochos. Y viceversa.

—¿Los mochos?

—Los soldados, o sea. Los pelones.

—Los llaman así por el pelo al rape —quiso aclarar el cantinero.

—Meros desgraciados contra desgraciados... Obligados por quienes mandan a buscar en el otro mundo lo que aquí no tienen.

El bigotudo panzón hablaba bien, educado. Se veía hombre de cierta instrucción. Indicó la puerta de la calle.

—Yo que usted, señor, me terminaba tranquilo el tequila. Si asoma ahí afuera lo pueden perjudicar.

—¿Qué está pasando?

—Se brega en varios lugares, y también en la estación —señaló el mexicano a los que estaban sentados—. Aquí los muchachos se lo pueden decir mejor que yo. Está cerca y de allí vienen.

Se fijó Martín en los cuatro: ropa de mezclilla azul manchada de grasa, gorras mugrientas, bigotes en rostros sucios de carbonilla. Ferroviarios. O ferrocarrileros, como decían en el norte. Dirigió un ademán al cantinero.

—Tengo mucho gusto en invitarlos a un trago, si me lo aceptan.

—Pa luego es tarde —dijo uno.

Se levantaron despacio, con dignidad, y se acercaron al mostrador. El cantinero les fue llenando los vasos.

—Los maderistas nos cayeron al alba por el poniente y por el sur —dijo el ferroviario que había hablado antes—. Empezaron de a poquito y fueron llegando más, con todo y caballería, hasta que se agarraron macizo —indicó a sus compañeros—. Nosotros tuvimos que pelarnos de la estación, porque allí se daban bien en la madre.

—¿Quién está ganando?

—Ah, pos eso aún no se sabe. De un lado dicen que viene don Francisco Madero con los señores Orozco y Villa, que son reduros. Y del otro, a los federales los manda el general don Juan Navarro, que ya son palabras pesadas.

—El Tigre de Cerro Prieto —apuntó el bigotudo panzón.

No sonaba a elogio. Hacía pensar en paredones picados de tiros y hombres colgados de los árboles como racimos de fruta.

—Así que cuando esto acabe —remató otro de los ferroviarios—, van a sobrar sombreros.

Bebieron todos, aplicados. Fuera, el tiroteo resbalaba hacia el silencio y volvía a crepitar intenso al cabo de un momento, como el vaivén de una ola en las rocas. Encargó Martín otra ronda y nadie dijo no.

—Oiga, amigo...

Con el ceño fruncido y un vaso en la mano, el panzón observaba a Martín. Lo miró éste.

—Dígame.

—¿Preguntar es ofender?

—En absoluto.

—¿Qué se le perdió hoy por estos rumbos?

Titubeó el joven, algo desconcertado.

—Trabajo en unas minas, cerca de aquí.

Le lanzó el otro una ojeada súbita, desconfiada, como la de quien de pronto ventea a un enemigo. Vació el vaso de un trago y volvió a mirarlo, reparando ahora en el lado derecho de la chaqueta, más pesado que el izquierdo. Después lo estudió despacio de arriba abajo, midiéndole el estatus.

—¿Administrador?

—Ingeniero.

—Ah —se relajó el mexicano.

—Siento curiosidad. Nunca he visto una revolución.

—Pos dicen que por la curiosidad se murió el gato, ¿no? —dijo uno de los ferroviarios—. Mejor se nos queda aquí tantito, hasta que afloje.

Lo pensó Martín. Su empeño seguía pesando más que la prudencia. Puso unas monedas sobre el mostrador.

—En realidad, debería...

No acabó la frase. Sonaban golpes en la puerta: repetidos, violentos, amenazadores. No eran de gente que pidiera permiso para entrar, sino de la que exigía paso franco. Por las bravas.

17

—¡Abran, jijos de la chingada!... ¡O entramos echando bala!

Entraron con la luz de afuera relumbrando en las carabinas y en el metal de los cartuchos metidos en carrilleras cruzadas sobre camisas de algodón blanco, cazadoras amarillas y chaquetillas charras. Eran una docena y venían cansados, violentos, oliendo a sudor y tierra. Algunos calzaban botas con espuelas que resonaban en las tablas del suelo. Bajo los sombreros de ala ancha traían los ojos enrojecidos y los bigotes agrisados por humo de pólvora.

—Todos a la pared —ordenó el que mandaba.

Obedeció Martín con los otros. Sólo el cantinero permaneció tras el mostrador, seguro de que iban a requerirlo allí. Resignado, sacó otro cántaro de agua y dos botellas y alineó unos vasos delante. No parecía la primera vez que la revolución se colaba en El As de Copas.

A Martín lo registraron como al resto. Un momento después, su billetera y el Orbea de calibre 38 estaban en manos del que parecía el jefe.

—¿Y esto, amigo?

Le mostraba el revólver en la palma de la mano, estudiando a Martín con irónica desconfianza. Encogió éste los hombros.

—Es un arma de mi propiedad... Nunca se sabe.

—Nunca se sabe, ¿qué?

—Lo que uno va a encontrar en la calle.

—Es buena gente —intervino el panzón.

No se volvió a atenderlo el otro, que ceñía pantalón a rayas descolorido y chaquetilla corta. Llevaba una enorme pistola al costado, en un cinto lleno de balas, y una cruz de pesadas carrilleras sobre el pecho. Había dejado la

18

carabina 30/30 sobre el mostrador, y bajo el ala ancha del sombrero norteño sus ojos negros y duros seguían mirando fijamente a Martín.

—¿Cómo de güena?

—Se pagó unas copas con mucho gusto —apuntó el otro—. Es ingeniero.

—¿Español?

—Sí, pero de España.

Asintió el maderista mientras se quitaba el sombrero para enjugar el sudor con una manga. Tenía el pelo y el bigote, que le cubría por completo el labio superior, salpicados de canas prematuras, y una cicatriz como de machetazo de la sien a la mandíbula derecha que aún se veía violácea, fresca, casi reciente.

—Pos tiene suerte de serlo. Si fuera español de aquí, a lo mejor ya estaría colgando de una reata.

Sus hombres se habían acercado al mostrador mezclados con los ferroviarios. Habían dejado en el suelo dos morrales que traían, y también una caja grande, abierta, con asas de cuerda y pintada de rojo. El cantinero les había puesto delante un atado de cigarros La Paloma, que se encendían unos a otros. Echaban humo y todos parecían más relajados.

—¿Y qué hace su mercé de cantinas con la que está cayendo? —quiso saber el jefe.

—Salí a ver qué pasa —se permitió Martín un amago de sonrisa—. Vivo en el hotel Monte Carlo, a cuatro cuadras.

Seguía serio el otro.

—¿Es un hotel elegante?

—No es malo.

—De allí acá hay mucha bala que va y viene. Se arriesga a que lo tuerzan gacho.

—¿Perdón?

—A que le den su agua. Un plomazo.

19

—Por eso me metí aquí dentro.

Todavía lo contempló el maderista un poco más, dubitativo. Al fin, con una mano le devolvió la billetera mientras con la otra se guardaba el revólver en un bolsillo. Uno de los suyos le acercó un vaso de agua, que apuró en sorbos cortos. Después dio una seca palmada.

—Aprevénganse, muchachos, que nos vamos.

Acabaron los otros sus tragos, dejando los vasos sobre el mostrador, y empezaron a salir sin que nadie hiciese ademán de pagar nada. El cantinero parecía acoger la cosa con resignación: una botella de tequila y otra de sotol no eran un precio alto por que lo dejaran en paz. Cogió el jefe su carabina, y entonces señaló Martín la caja pintada de rojo, sobre la que caía la ceniza del cigarro de uno de los maderistas.

—¿Puedo decirle algo, señor?

Se detuvo el otro, mirándolo displicente.

—Pa eso nos dio Dios la lengua, amigo, pa decir cosas... Luego la responsabilidá ya es de cada uno.

Volvió Martín a señalar la caja.

—¿Eso es dinamita?

—¿Y qué, si lo es?

—Pues que si yo fuera ustedes, no andaría fumando cerca. Los cartuchos son viejos y parecen sudados.

—¿Y?

—Lo que sudan es nitroglicerina. Se arriesgan a volar por los aires.

Parpadeó el maderista.

—Újole... ¿Usté sabe de eso?

—Ya les dije que es ingeniero —intervino el panzón.

Hizo el otro una mueca despectiva.

—Mi gente —señaló sus caras sonrientes y feroces— no se raja pa bailar con la pelona.

—Tampoco es cosa de ponerlo fácil —replicó Martín—. ¿No cree?

El mexicano pareció pensarlo. Luego se volvió de nuevo a los suyos.

—Ya oyeron. Avienten esos cigarros, no vayan a mandarnos a la fregada.

Salieron todos. Al cabo de un momento, el jefe apareció otra vez en la puerta. Miraba a Martín.

—¿Usté sabe de explosivos y esas cosas?

—Un poco —admitió él—. Es parte de mi trabajo.

—¿Ingeniero de qué, me dijo?

—De minas.

Se pasó el otro, pensativo, la uña de un pulgar por el bigote.

—¿Sabría cómo manejar la dinamita pa romper algo sin romperlo todo?

—No comprendo.

—Pa volar un sitio, pero sólo tantito... Lo necesario.

—Depende de qué se trate, pero supongo que podría.

Una amplia sonrisa iluminó la cara del mexicano.

—Pos me late que nos va a acompañar, amigo. Si no le importa.

A Martín se le hizo un vacío en el estómago. Miró confuso al maderista, pero la expresión del otro no admitía réplica. Así que se puso el sombrero, salió detrás de él y caminaron con los demás por el lado derecho de la calle. No se atrevió a preguntar a dónde se dirigían, y nadie se lo dijo.

El ruido de disparos venía de tres puntos cardinales, observó mirando el sol: norte, oeste y sur. Y seguía intenso. Sólo el lado oriental de Ciudad Juárez parecía tranquilo. De vez en cuando, en un cruce, sus acompañantes se detenían cautos mirando más allá y largaban algún tiro al azar, como para tantear el peligro, antes de cruzar a la carrera uno después de otro y agruparse al otro lado. Cada vez, el jefe daba una palmada en la espalda del joven y lo animaba a correr.

—Píquele, hombre... No se demore, que me lo truenan.

Sólo una vez les dispararon. Dos tiros llegaron del extremo de una avenida, en las proximidades de la plaza de toros, y pasaron sobre sus cabezas con un ziiiang, ziiiang que erizaba la piel. En esa ocasión los hombres se detuvieron un instante, encararon las carabinas y respondieron con una desordenada descarga. Tan sólo el jefe cruzó despacio, erguido, indiferente. Y al comprobar que Martín lo miraba desde la esquina, se demoró para encender un cigarro con parsimonia antes de seguir andando.

—¿Y dice que se le da bien la dinamita, amigo?

Avanzaban de nuevo, pegados a las casas. Asintió el joven.

—Estoy acostumbrado a ella por mi trabajo. En las minas son frecuentes las voladuras.

Se detuvo el mexicano, agachándose para quitarse las espuelas, y al incorporarse las colgó del cinto junto a la funda del revólver.

—Eso del sudor de los cartuchos tuvo su cosa, oiga. Tiene usté buen ojo.

—La dinamita es nitroglicerina absorbida en una arcilla especial, para darle estabilidad.

—Ah, fíjese... ¿Y suda como los cristianos?

—Más o menos. El tiempo, el calor, la humedad o el frío pueden hacer que esa arcilla exude —señaló con el mentón a los que cargaban con la caja roja—. Incluso transportarla así es peligroso.

—Güeno, pos ya nos falta poco —rió el mexicano—. Muy mala suerte tendríamos que tener.

A veces el grupo se detenía para orientarse. Dejaban la caja en el suelo y el jefe desdoblaba un papel que llevaba anotado a lápiz con dibujos de calles. Al cabo de unos pasos, Martín comprobó que otra vez lo miraba a él de reojo, curioso.

—¿Lleva mucho tiempo en México, amigo?

—Desde enero. Vine a trabajar en unas minas, pero las cerraron por la revolución.

—Uta... ¿Desde España vino pa eso?

—Así es.

—¿No hay ingenieros mexicanos, o qué?

—También los hay, claro. Pero la compañía explotadora tiene socios y capital español. Por eso me enviaron de allí.

Indicó el maderista a sus compañeros.

—Eso de capital y socios explotadores suena bien feo. Nosotros hacemos la revolución pa que a los pobres no nos chupen la sangre los hacendados capitalistas... Que las tierras se repartan a quienes las trabajan y las minas sean pal pueblo que se deja en ellas la vida.

Hablaba el mexicano en tono convencido, con áspero ardor. Y a Martín aquello le pareció razonable hasta cierto punto. Distinto a la imagen de bandoleros desalmados que el gobierno y la prensa porfirista pregonaban de los rebeldes. Era interesante asomarse más allá de la colina.

—Sean de quien sean las minas —respondió—, alguien tendrá que dirigir el trabajo... Alguno que sepa.

Lo ojeó socarrón el otro.

—¿Y usté sabe?

—Para eso estudié.

—O sea que, mande quien mande en México o en España, ¿no le faltará trabajo?

—Eso espero.

La mirada del maderista se tornó vago respeto.

—Pos tuvo suerte de poder estudiar —volvía a señalar a los otros—. Ninguno de estos muertos de hambre conoció la escuela. Y yo, que algo fui, sólo llegué a leer tantito y escribir medios palotes.

—¿Y las cuatro reglas?

—Dos: sumar y restar. Pa las otras ya no tuve tiempo.

—Supongo que la revolución cambiará todo eso, ¿no?

Miró el mexicano a Martín muy fijo, como averiguando si hablaba en serio. Al cabo pareció darse por satisfecho.

—Cada cosa a su tiempo, amigo. Que ni se acaba el mundo ni nos pican indios.

Por fin, al embocar una calle, se encontraron ante un edificio de dos plantas con un rótulo enorme sobre el dintel de la puerta principal. Por las sonrisas de los acompañantes comprendió Martín que aquél era su destino. Había esperado un fortín federal, un puente o algo parecido, y se imaginaba a sí mismo agachada la cabeza, obligado a punta de pistola a colocar cartuchos y encender mechas bajo una granizada de balas, posibilidad que lo excitaba y atemorizaba a un tiempo. Pero lo que vio allí lo dejó con la boca abierta. En el rótulo de letras negras sobre fondo amarillo podía leerse *Banco de Chihuahua*.

Martín Garret nunca había hecho personalmente una voladura, aunque las hubiera presenciado a menudo. Por su profesión conocía los principios básicos de manejo de explosivos, cálculo de cargas y disposición de éstas; había estudiado todo eso en la Escuela de Ingenieros de Minas de Madrid, y en los dos años que llevaba practicando la profesión en España y México había dirigido a equipos de barreneros en galerías subterráneas y explotaciones a cielo abierto. Sin embargo, una cosa era introducir cartuchos de dinamita en una perforación y hacerlos estallar según las reglas canónicas del oficio, y otra distinta lo que le acababan de proponer. Por eso se hallaba perplejo ante la enorme puerta blindada que se interponía al extremo del pasillo, en el sótano del edificio del banco.

—¿Cómo lo ve, amigo?

—En eso estoy... En verlo.

—¿Podrá?

—Puede que sí, y puede que no.

—Pos más vale que sí. Tiene las mismas letras.

Estudiaba el joven ingeniero, abrumado, las impresionantes ruedas y cerrojos de metal cromado mientras los maderistas, formando grupo alrededor, carabinas en mano y sombreros echados atrás, lo miraban a él con una expresión nueva, casi reverencial, en los rostros. El aplomo revolucionario se les había desvanecido, y hasta su jefe observaba a Martín con una mezcla de recelo y respeto. Confrontados a misterios ajenos a su conocimiento, aquellos hombres rudos acechaban una señal tranquilizadora como las que solían esperar de un médico o un sacerdote.

—¿No habría sido más fácil traer al director, o a un empleado que conozca el mecanismo?

—Se pelaron todos, ¿que no lo vio?... Ya no queda otra que hacerlo a lo macho.

Martín se había quitado el sombrero y se rascaba una sien, inseguro.

—A lo macho, dice.

—Ya me oyó.

Suspiró el joven en sus adentros. En realidad no tenía opción; todos lo sabían, y él mejor que nadie. Así que se decidió al fin.

—Necesitaré sacos llenos de tierra y maderos gruesos.

—Ya oyeron, muchachos... ¡Píquenle!

El jefe había encendido un cigarro habano —tomado de un despacho de arriba amueblado con cuero y caoba— y no apartaba los ojos del ingeniero. Se acercó éste a los morrales, que tenían marcas del ejército federal mexicano, y comprobó el contenido: rollos de mecha lenta Bickford y de mecha rápida detonante, alicates y otras herramientas. Dondequiera que lo hubiesen requisado, habían hecho buena elección: en los morrales y la caja roja había de todo lo necesario. Ojalá, deseó el joven, también algo de buena suerte.

—¿Podrá, señor? —insistió el jefe del grupo.

De amigo a señor. Empezaba a filtrársele cierto respeto en el tono. También inquietud, y Martín comprendió por qué. Una cosa era ir al Banco de Chihuahua con dinamita, dispuesto a reventar la caja fuerte, y otra verse ante una puerta de acero de un palmo de espesor llena de extraños mecanismos, ruedas y palancas. Aquello hizo sentirse al joven insólitamente seguro. Por primera vez desde El As de Copas era él quien tenía la clave de las cosas. Al fin sabía algo que aquellos individuos ignoraban.

—Quizá pueda —arriesgó un tono autoritario—. Pero no se me acerque con ese cigarro.

Encogió el otro los hombros. Torcía el bigotazo en una mueca ambigua.

—Usté manda... Aquí, su palabra es el mero evangelio.

Trajeron sacos de arpillera cargados de tierra, tablones y maderos, y Martín hizo apilar algunos a un lado y otro de la puerta blindada al tiempo que él, agachado sobre la caja roja, extraía cuidadosamente los cartuchos y los alineaba en el suelo procurando que ni siquiera el sudor de su frente goteara sobre ellos. Hizo los cálculos técnicos mientras sacaba y sopesaba los cilindros envueltos en papel grasiento, uno por uno. Después los agrupó en dos bloques atados con hilo bramante, se limpió con mucha precaución los dedos húmedos de amarillenta nitroglicerina y cebó cada bloque con un metro de mecha rápida. Los empalmes con la mecha lenta los hizo como había visto hacer a los barreneros, a la española, cortando en bisel y enrollando los extremos uno sobre otro. La mecha lenta ardía a razón de un centímetro por segundo, así que dispuso algo más de tres metros. Suficiente para darle fuego y salir de allí.

—Vayan poniendo los sacos donde yo indique. Con muchísimo cuidado.

Obedecieron los hombres. Una carga de dinamita quedó adosada a la puerta blindada por la parte de los goznes y otra por la de los cerrojos. Después Martín supervisó el modo en que una y otra se iban cubriendo con pilas de sacos llenos de tierra, reforzados por los puntales de madera que a su vez hizo apoyar en otros sacos. Y cuando todo estuvo listo, se volvió a los que miraban.

—Salgan de aquí.

Obedecieron todos menos el jefe, que permaneció inmóvil, las piernas abiertas y el cigarro en una mano. Martín fue hacia él y encaró los ojos negros y duros del revolucionario.

—Permítame —le dijo.

Tomó de entre sus dedos el chicote humeante, e inclinándose aplicó la brasa al extremo de la mecha. Siseó ésta al encenderse, desprendiendo olor a pólvora y gutapercha quemada. Martín devolvió el cigarro y se alejó con calma por el pasillo, sin volverse a comprobar si el mexicano lo seguía. Al llegar a la escalera oyó sus pasos detrás.

Los otros aguardaban en la planta de arriba, junto a las mesas, pupitres y ventanillas. Habían revuelto los cajones, abierto archivadores y tirado los papeles por el suelo, para entretenerse. Dos de ellos, cargados de armas y balas, orinaban dentro de las relucientes garitas enrejadas de los cajeros.

Martín les señaló la calle.

—Mejor vámonos todos afuera... Nunca se sabe.

Se miraron unos a otros incómodos y casi inocentes, cual si ninguno quisiera apresurarse a la vista de los demás. Anduvo Martín hasta la calle, entrecerrados los párpados bajo la fuerte luz que reverberaba en la cal de los muros, y respiró el aire cálido de la media mañana. Sobre una casa cercana había un rótulo publicitario de pantalones de faena americanos Levi's y otro de máquinas de coser Singer. Seguían sonando disparos a lo lejos.

Todos salieron detrás. El último fue el jefe, que se detuvo en el umbral, dio una última y despectiva chupada al cigarro y lo tiró al suelo.

La explosión retumbó sorda, subterránea, haciendo vibrar los muros del edificio y rompiendo las ventanas. Cuando dejaron de caer cristales y se asentó el polvo, los maderistas prorrumpieron en gritos de entusiasmo y palmearon la espalda de Martín.

Nunca había visto tanto dinero junto. Había talegos de monedas de plata y fajos de billetes de pesos mexicanos: unos nuevos, con los precintos intactos, y otros usados. También una buena cantidad de dólares estadounidenses. Alborotaban los hombres, de buen humor, mientras se lo llevaban todo por el pasillo y la escalera, que la explosión había cubierto de polvo y cascotes, para dejar el botín en el piso de arriba. A la luz de un quinqué de petróleo cargaban sacos y cajas bromeando sobre lo que podía hacerse con su contenido: cuántas casas y haciendas comprar, cuántas cabezas de ganado, cuántas joyas para las mujeres o juguetes para los chamacos. Brillaban sus ojos de codicia, y Martín intuyó que, de haber tenido ocasión, muchos se habrían guardado algo en los bolsillos. Pero la mirada del jefe, que iba y venía impasible, aparentaba tenerlos a raya. El joven ingeniero había esperado un saqueo en toda regla, bandoleros pegando tiros al aire y cosas así; no aquella incautación, voladura de caja aparte, formal y casi administrativa. Para ser revolucionarios, se comportaban con mucha disciplina. Quizá por honrada fe en la causa del pueblo; o tal vez, y eso era lo más probable, por respeto hacia la mano que casi al descuido, sin quitarles la vista de encima, su jefe apoyaba en la culata del revólver que cargaba al cinto.

—Apúrense, que está por llegar el coronel —los apremiaba éste.

Había diez cajas de madera precintadas con sellos de lacre y plomo en un rincón de la cámara acorazada, y Martín advirtió que al jefe no le sorprendía encontrarlas allí. Por el contrario, se aproximó a ellas para golpearlas un poco con la punta de una bota cual si tanteara su peso, se agachó a comprobar las marcas y luego, sin abrirlas, designó a dos de los suyos para que las vigilaran de cerca. Se dirigió a ellos como si fuesen más de su confianza, y los elegidos se situaron junto a las cajas, arriscado el sombrero y carabina en mano. Uno de ellos llevaba en las mangas dos cintas coloradas, como galones.

—No se muevan de aquí si no vengo yo en persona.

—A sus órdenes.

—Estén bien águilas, muchachos. Y quien toque estas cajas, se muere... ¿Lo dije claro?

—Clarinete, mi mayor.

Fue de ese modo como Martín confirmó la graduación militar del jefe del grupo. Mayor equivalía a comandante: en un ejército convencional supondría el mando sobre tres centenares de hombres; pero tratándose de revolucionarios en México, donde coroneles y generales brotaban como hongos tras la lluvia, podía significar cualquier cosa. Lo que nadie podía negarle a aquél era la autoridad: bastaba con mirar su cara surcada por la cicatriz todavía fresca, los ojos fríos y tranquilos que parecían tallados en piedra negra. Unos ojos que ahora posaba en Martín, pensativos. Estaban los dos en el piso de arriba, viendo cómo los hombres terminaban de apilar sobre una mesa los pesos y los dólares.

—Lo hizo bien, señor —concedió el mexicano tras un momento.

Observaba al joven con renovada curiosidad. Ya era el suyo un talante distinto: benevolente, quizás amistoso. Aunque fuese difícil descifrarlo en aquella cara norteña e impasible.

—Se me fue un poco la mano con la carga —le restó importancia Martín, aunque secretamente halagado—. Casi volamos el edificio.

—Como dijo un marinero, más vale que zozobre a que zofalte.

Salieron a la puerta del banco. Había ahora más maderistas en la calle: sucios, desharrapados, sudorosos, pasaban despacio y sin detenerse, Máuser o carabina cogidos por el cañón sobre un hombro, en filas o grupos cada vez más numerosos. Algunos, con huaraches o medio descalzos. Caminaban en dirección al ruido de combate, que seguía vivo aunque más lejano. El mayor se quedó quieto y atento a los sonidos, venteando el aire como un perro de caza. Parecía satisfecho.

—Es bonito que suenen esos horizontes, ¿no cree?... De puros trancazos.

Asintió a medias Martín, dubitativo.

—Según quién se los lleve —repuso.

Le dirigió el otro una ojeada socarrona.

—Pa ser español, tiene chicharrones. ¿Cuántos años dice que gasta?

—Veinticuatro.

—¿Y cómo ve esto?

Señalaba a los hombres que pasaban por la calle. Sonrió el joven.

—Asombroso. Es toda una experiencia.

—¿Algo así no se ve en su tierra?

—No, en absoluto.

—Pos debería verse... ¿Allá en Gachupia no tienen revoluciones?

—Hace tiempo que no.

—Me parece mal perder las güenas costumbres. Si los ricos se asientan, cuesta moverlos. No hay otra que darles lo suyo, que vean pa qué nacieron.

Sacó del bolsillo el pequeño revólver de Martín, y tras sopesarlo un momento se lo devolvió.

—Esto es suyo, creo —dijo.

—¿Qué harán ustedes con el dinero? —aventuró el joven, guardándose el arma.

Lo pensó el otro un instante, considerando lo oportuno, o no, de la pregunta.

—Combatir al gobierno sale muy caro —dijo al fin, despacioso—. El señor Madero necesita recursos: hay que pagar a la tropa y comprar armas y parque en la Unión Americana. Todo eso cuesta un madral.

—Aquellas otras cajas —empezó a decir Martín, atreviéndose a más—. Las de abajo...

Lo cortó el otro, seco. Una media sonrisa nada simpática le asomó bajo el bigote.

—Usté no vio allí ninguna caja.

Por el extremo de la calle cabalgaba un grupo de hombres de fiero aspecto: sombreros anchos, mitazas de cuero protegiendo las piernas, carrilleras cargadas de balas. Venían cansados, polvorientos, flojas las riendas, cruzados los rifles sobre las sillas de montar. Había en ellos algo al mismo tiempo desharrapado y solemne. Se detuvieron ante el banco y uno de los jinetes miró interrogante al maderista que estaba con Martín.

—¿Qué pasó, mi Geno? —saludó.

Se secaba el sudor con el paliacate rojo que llevaba al cuello. Tras la máscara de polvo sonreían sus ojos vivos y rápidos bajo un sombrero tejano. Se irguió el mayor, casi cuadrándose.

—A sus órdenes, mi coronel —dijo.

—¿Todo salió derecho?

—Ningún problema —señaló el mayor a Martín—. En parte, gracias aquí, al amigo.

—¿Estaba lo que esperábamos que estuviera?

—Estaba.

Se retorcía el otro el bigote, estudiando a Martín con curiosidad. Era poderoso de hombros, que soportaban dos cananas cruzadas llenas de cartuchos. Montaba un caballo flor de caña con silla al estilo vaquero de la tierra, erguido y con los estribos bajos. Tenía el cuello ancho, la cabeza grande y los dientes fuertes. Sus iris color café miraban con intensidad y fijeza entre unos párpados gruesos, entrecerrados.

—¿Y quihubo con tu amigo, mi mayor? —inquirió al fin.

—El hombre sabe de voladuras y echó una mano.

Sacó el otro un pie del estribo y descansó un codo en el pomo de la silla.

—¿Y de dónde sale esta alhaja, si puede saberse?

Se adelantó Martín un paso.

—Soy ingeniero de minas, señor coronel.

—¿Español?

—Sí.

Vio ensombrecerse la expresión del jinete, que se giró un momento hacia sus acompañantes, en especial a uno flaco, alto, lampiño, de rostro atezado y cruel, que se cubría con sombrero de palma. Tenía éste cara de indio norteño y contemplaba a Martín como una serpiente a un ratoncillo que se parase delante: seco y de mucho mirar, con ojos más amarillos que negros.

—Aquí no nos gustan los españoles —dijo al fin el coronel, vuelto de nuevo hacia el joven—. Nos fregaron hace tres siglos y lo siguen haciendo. Tienen las mejores haciendas, las mejores tierras, los mejores ganados, y apoyan al tirano Porfirio Díaz y su gente... Sólo valen pa ahorcarlos.

Asentía silencioso el de la cara de indio, palpando la reata que llevaba enrollada junto al pomo de la silla. Por alguna extraña razón que no se detuvo a considerar, Martín se sentía más molesto que asustado.

—De mi familia soy el primero que viene a México —dijo, firme.

Lo miraron con sorpresa, cual si hubieran esperado protestas temerosas en lugar de aquel tono. Volvió a retorcerse el bigote el jefe y miró al mayor, socarrón.

—Es ingenioso tu amiguito el gachupín, compadre.

Se encogió de hombros el mayor.

—Cuantimás que tiene güena mano, mi coronel... Tendría que haber visto cómo despachaba lo de abajo —señaló un amplio espacio entre las dos manos abiertas—. Una puerta de acero así, o más. De no ser por él, igual habríamos tumbado el edificio, pero la caja fuerte seguiría entera.

—Incólume, como dicen los que tienen estudios —sonrió el otro.

—Algo así.

—¿Y dices que se hizo el chilorio?

Amagaba el mayor una mueca que apenas era sonrisa.

—Todito, mi coronel. Nomás pura carne sabrosota.

—¿También lo otro?

—Abajo están las cajas, como su mamá las trajo al mundo.

—¿Bien vigiladas?

—No me tantee, mi coronel. La duda ofende.

—Pos vamos a verlo, mi Geno, que pa luego es tarde.

Desmontaron el coronel y el de la cara de indio mientras los otros jinetes les retenían los caballos. Un momento después, tras haber revisado complacidos los pesos y dólares amontonados en la mesa, ambos bajaban al sótano seguidos por el mayor.

—Quédese ahí tantito y no se mueva —le dijeron a Martín.

Permaneció éste sentado en una silla y vigilado por un par de fulanos de aspecto patibulario, armados hasta los dientes. Al cabo de un rato lo mandaron llamar del sótano, así que se puso en pie y descendió por las escaleras. El coronel, el mayor y el de la cara de indio estaban allí, junto a la puerta de la cámara blindada. La luz de petróleo iluminaba las cajas de madera ahora abiertas, repletas de gruesos cartuchos de cartón llenos de monedas: había varios rotos, y dejaban a la vista relucientes piezas de oro.

—¿Esto lo hizo usté? —preguntó el coronel, señalando la enorme plancha de acero arrancada de sus pestillos y goznes.

Su tono era de admiración. Asintió Martín, moderado. Utilizar explosivos es parte de mi trabajo, dijo. O de lo que se supone debo conocer. Lo estudiaba el otro de modo distinto, como había ocurrido antes con el mayor. Una mezcla de curiosidad e insólito respeto.

—Y si le damos dinamita, ¿puede hacer saltar más cosas?

—¿Cuándo?

—Orita, no sé... Hoy o mañana.

—¿Más cajas fuertes?

—No, hombre. Sitios, cosas. Arrimar un petardazo y mandarlo todo a la chingada.

Lo pensó brevemente el joven.

—Se puede intentar —concluyó.

—¿Lo haría?

—¿Por qué no?

—A su mercé la revolución ni le va ni le viene.

De nuevo reflexionó Martín. Sentía una excitación nueva, o muy reciente. Un hormigueo de mundos por descubrir. De expectación y aventura.

—Vine de España —dijo al fin— para trabajar en unas minas que llevan semanas cerradas. No tengo nada que hacer.

Chasqueó la lengua el coronel, grave.

—Nosotros semos pobres, amigo. Lo que conseguimos va pal mero pueblo. Poco podríamos pagarle.

—No hace falta que me paguen nada.

—¿Entonces?

—Curiosidad, supongo. Siento curiosidad por todo esto. Por ustedes. Por lo que está pasando en México.

La máscara de sudor y polvo se agrietó en una sonrisa.

—Tendrá algo que platicar a sus nietos, ¿que no?

—Si es que vivo para tenerlos.

Soltó el otro una carcajada sonora, rotunda, llena de fuerza y de vida. Se había vuelto hacia el mayor.

—Me gusta tu amiguito, compadre —dijo, y miró después al de la cara de indio—. ¿Tú qué opinas, Sarmiento?

Los ojos de serpiente no se apartaban de Martín, inexpresivos y fríos entre las ranuras de los párpados.

—A mí no me gusta como a usté, mi coronel. Ni tantito así.

Volvió a reír el otro.

—Porque eres un apache cabrón que desconfía hasta de su sombra... Pero estate tranquilo, hombre. Aquí el mayor don Genovevo Garza nos lo avala —dio una palmada jovial en el hombro del aludido—. ¿O no, compadre?

—Podemos probar —respondió éste.

—Órale. Y si nos sale torcido el gachupín, te lo cuelas pabajo y santas pascuas.

—Como mande.

Guiñó pupila el coronel al de la cara de indio.

—Y tú no te calientes, Sarmiento, que ya darás reata a otros. No te van a faltar cuellos.

Tras decir eso se quedó callado, caviloso. Al cabo, como si tomara una decisión, fue hasta las cajas abiertas, cogió una moneda reluciente y la miró despacio antes de voltearla en el aire. Después de atraparla en la palma de la mano se la arrojó a Martín, que la cogió al vuelo.

—Ahí tiene, ingeniero. Un recuerdo del Banco de Chihuahua y de lo que todavía se va a echar usté en Juárez, a poco que nos dejen los federales.

Miró el joven la moneda. Eran veinte pesos mexicanos en oro, con fecha de 1866. En el anverso tenía el perfil de un hombre barbado y la leyenda *Maximiliano emperador*.

—Y como va a estar un par de días con el mayor Garza, que se hace responsable, quisiera conocer su nombre... Pa que no me se olvide si lo enfrían y elogiarlo en el velorio.

Asintió el joven con la moneda en la mano.

—Me llamo Martín Garret.

—Pos mucho gusto, amiguito. Mi nombre es Villa... Coronel Francisco Villa.

2. Los puentes de Ciudad Juárez

El sol pesaba en los hombros como un lastre de plomo. Secó Martín Garret el sudor de las manos en las perneras del pantalón, rascó un fósforo y encendió la mecha. Después extrajo el reloj del bolsillo del chaleco, miró el minutero y se puso en pie procurando hacerlo despacio, consciente de que el mayor Genovevo Garza no le quitaba la vista de encima.

—Pongámonos a cubierto —dijo con forzada calma.

Los ojos oscuros del maderista lo estudiaban con mucha fijeza. Tardó en asentir, como si hubiese considerado la conveniencia del consejo. Se volvió luego a sus hombres, situados tras la barda de adobe y en las viviendas próximas. Habían amontonado muebles y colchones como parapetos tras llegar hasta allí casa por casa, rompiendo con picos los tabiques para acercarse al edificio de dos plantas que los federales tenían convertido en fortín. Por la calle y al descubierto era imposible: tiraban desde las terrazas y había una pieza de artillería junto a la plaza de toros, enfilando la avenida del Ferrocarril, que había hecho mucho daño.

—¡Ya oyeron! —voceó el mayor—. ¡Aparten el hocico, muchachos!

Retrocedieron todos pegando unos últimos tiros antes de ir hacia atrás, para probar que no se alejaban por miedo. Hizo Garza un ademán con la mano que sostenía la carabina, irónicamente cortés, indicando a Martín el camino de retirada. Se alejaron juntos mientras a su espalda la mecha siseaba humeante por el suelo, parecida a una culebra maléfica. Algunas balas federales pasaron zumbando. El joven ingeniero se agachó un poco al oírlas, pero su acompañante permaneció impasible.

—Tranquilo, hombre, ya debería saberlo. Ésas se fueron... Son las que no se oyen venir las que lo quiebran a uno.

Martín estaba al tanto de eso, pues en las últimas horas las había oído de todos los calibres, maderistas y federales, e incluso cañonazos. Pero una cosa era acostumbrar el oído y otra que se habituaran los reflejos nerviosos, el instinto de conservación que seguía reaccionando por su cuenta.

—¿Cree que tumbaremos el muro? —preguntó el mayor Garza.

—Eso espero.

—Pos yo también, señor ingeniero.

Los ojos apuntaban un frío recelo. También advertencia. Cada vez que el maderista pronunciaba la palabra *señor*, sonaba más siniestro que una amenaza.

—Esperar y confiar —dijo Martín.

Lo miró confuso el mexicano, sin captar la cita.

—El conde de Montecristo —precisó el joven.

—Qué condes ni qué chingados —bajo el ala del sombrero, el mayor fruncía el ceño—. No se haga el listo conmigo.

Se habían protegido detrás de un abrevadero de bestias, junto a otros hombres que olían a tierra, sudor y pólvora. Volvió Martín a mirar su reloj. Doce metros de mecha en una carga de cinco kilos de dinamita debían ser suficientes para volar el muro de adobe y ladrillo entre la última casa y el fortín federal, y cuanto hubiese al otro lado. Repasó los cálculos, esperando no haberse equivocado: estimación de espesor, gramos por decímetro cuadrado, radio de fiabilidad, alcance del embudo. La ciencia al servicio de la violencia. Con una mueca interior se preguntó qué dirían sus profesores de la Escuela de Ingenieros de Minas si lo vieran dinamitando bancos y fortines en plena revolución mexicana. Con los del gobierno enfrente, pegándole tiros.

Guardó el reloj y agachó la cabeza.

—Ahí viene —dijo.

Abrió la boca para que el estallido inminente no le dañara los tímpanos, y casi al mismo tiempo retumbó la detonación. Como un puñetazo de aire denso, la onda expansiva estremeció el suelo y sacudió en los muros fuertes latigazos de polvo. Entre la humareda, sobre los hombres agazapados que se sujetaban los sombreros, cayeron con estrépito tierra, tejas y astillas. Aún estaban en el aire los últimos cascotes cuando Genovevo Garza se puso en pie.

—¡Píquenle, muchachos! ¡Denles padentro a esos putos!

Tras vocear eso, empuñando la 30/30, el mayor echó a correr metiéndose en la polvareda, sin mirar si lo seguían o no. Surgidos de todas partes, sus hombres se pusieron en pie y le fueron detrás. En un crescendo intenso, el crepitar de los disparos se adueñó de todo. Entre el polvo aún no disipado resonaban los tiros y los alaridos de quienes mataban o morían.

—¡Viva Madero! —punteaban los gritos—. ¡Abajo la dictadura!

Olía el aire a tierra y explosivo quemado. Escociéndole los ojos y la garganta, llevado por un impulso ajeno a la razón, Martín se incorporó y siguió a los maderistas. Lo hizo despacio, cauto, un poco agachado, mirando alrededor con avidez. Su mano derecha tocaba en el bolsillo el revólver que le había devuelto el mayor Garza, pero ni siquiera se le ocurrió empuñarlo. Era absurdo, en mitad de aquel caos. Para qué y contra quién.

Había dos cuerpos caídos entre los escombros. Uno estaba quieto y otro se arrastraba entre débiles quejidos. Llevaban las guerreras color arena de los federales. Martín estaba tan aturdido que no pensó en socorrerlos. Pasó junto a ellos mirándolos con cierto espanto, los esquivó y siguió adelante. La sensación de peligro, de arriesgar la vida, era menos poderosa que su curiosidad, y también que la excitación que aceleraba el pulso haciendo batir la sangre en las sienes, las muñecas y las ingles. El tronar de balazos, los destellos de disparos entre la humareda, el olor a pólvora, el plomo caliente que pasaba con rápidos zumbidos, el desorden que parecía adueñarse del mundo, daban al joven la impresión de mecerse en una suave borrachera, como cuando el alcohol todavía no aturde sino que estimula los sentidos. En aquel momento se sentía invulnerable, capaz de absorber todo, la vida y la muerte, como un bebedizo mágico; una droga que permitía asomarse a lugares insospechados. Sumirse en la guerra, pensó fascinado, era deambular por el entramado de una extraña geometría donde la sangre, la carne herida, el ser humano eran sólo factores secundarios.

El muro había saltado hecho pedazos. Había un hueco enorme en la pared, y a través de él Martín alcanzó el patio de la casa fortificada que habían estado defendiendo los federales. Se apagaba ya el tiroteo. Los supervivientes agitaban pañuelos blancos y los maderistas los desarmaban a punta de fusil. Sumaban una veintena que se rendía manos en alto: hechos jirones los uniformes, salían titubeantes al descubierto, rebozados de polvo de ladrillo y ahumados de pólvora, ilesos unos, maltrechos otros, mirando aturdidos los cadáveres que encharcaban de sangre el suelo. Un oficial, tambaleante, con la gorra puesta y botas altas, se sostenía el brazo tronchado por una bala.

Casi todos los soldados eran jóvenes, flacos y menudos. Sus rostros morenos, aindiados, iban del miedo a la resignación. Los maderistas se movían entre ellos empujándolos con el cañón de los fusiles tras registrar los bolsillos para quitarles cuanto llevaban encima, y remataban a tiros y golpes de marrazo a los heridos que aún bullían por tierra. Sonaban aquellos disparos aislados entre el silencio de los hombres vencidos. Olía el aire a sangre, vísceras sucias y azufre.

—¡Afusílenlos de sargento parriba! —ordenó el mayor Garza.

Martín no esperaba aquello. Estupefacto, vio cómo se apartaba a los soldados a un lado del patio y a oficiales y suboficiales a otro. Eran éstos el herido, que llevaba estrellas de capitán, un teniente y dos sargentos. Se agrupaban inquietos los cuatro, conscientes de lo que iba a ocurrir.

El teniente debía de tener poco más de veinte años y estaba muy pálido. Se santiguó dos veces y miraba con ojos desorbitados las bocas de los cañones que le apuntaban. Uno de los sargentos largó un sonoro escupitajo, mentándoles la madre a los maderistas. El capitán se había erguido y con la mano sana intentaba abotonarse el cuello de la guerrera. Antes de que consumara el ademán sonaron disparos y los cuatro cayeron unos sobre otros. Arrimándoles la carabina, uno de los ejecutores fue dándole a cada uno, sin prisa, su tiro de gracia.

El mayor Garza se había vuelto a los otros prisioneros.

—Nosotros semos la brigada Villa —dijo, alto y rudo—. Los que quieran juntársenos pa pelear contra quienes explotan y humillan al pueblo, vengan a este lado.

Señalaba a su derecha. Los soldados se miraron indecisos, valorando las consecuencias de una negativa. Al cabo, más de la mitad salió del grupo. Quedó éste reducido a cinco hombres.

—Cada quien es libre de elegir —dijo Garza.

Alzó la carabina, hizo fuego y dispararon también los suyos. Cayeron los cinco federales y fueron rematados en tierra, como los jefes. Despacioso, el mayor extrajo cartuchos de las cananas cruzadas y recargó la carabina. Clic, clac, hizo accionando la palanca. Al levantar la mirada encontró ante él a Martín.

—Quihubo, ingeniero. Veo que sigue por estos rumbos.

Lo dijo serio y seco, clavándole las pupilas duras. No respondió el joven, que contemplaba con asombro a los fusilados. Todavía no lograba asumir que hubiese ocurrido ante sus ojos. Ahora se pondrán en pie, pensó, y todo habrá sido una farsa. Una broma que decidieron gastarme. Pero no se levantaba nadie.

—¿Era necesario matarlos? —preguntó.

Puso cara el otro de no gustarle la pregunta. Después pareció pensarlo mejor.

—También ellos lo hacen —repuso.

—¿Y qué hay de...?

Eso empezó a decir Martín, pero se interrumpió, azorado. Había estado a punto de decir «de la compasión», pero sonaba ridículo allí. Así que prefirió guardar silencio. Ladeaba el mexicano la cabeza, arrimando un dedo a la cara para quitarse una salpicadura de sangre ajena que tenía sobre la cicatriz. Se miró el dedo, pensativo, y lo secó en el faldón corto de su chaquetilla charra.

—Esta mano hay que ganarla, porque quien la pierde se muere —dijo al fin—. La cosa es averiguar de qué cuero salen más correas.

No era una justificación sino un comentario objetivo. Se lo quedó mirando Martín, confuso al principio, y asintió despacio, comprendiendo o queriendo comprender. Sentía que se adentraba, paso a paso, en un lugar desconocido que tal vez careciese de caminos de vuelta. Le sorprendía no estar asustado por eso. Ni preocupado, siquiera. Era como un juego infantil que a ratos dejara de serlo.

Continuaba observándolo Garza con ojos serios y una mueca sarcástica bajo el bigote. Señaló con su carabina hacia donde aún sonaban disparos lejanos.

—¿Sigue con nosotros o se regresa a su hotel?... Todavía nos queda mecha y dinamita.

Miró Martín en torno: los maderistas que recargaban sus rifles, los federales que acababan de cambiar de bando, los cadáveres tirados en el patio, sobre cuya sangre empezaban a congregarse enjambres de moscas. Sentía una paz singular. Una tranquila y extraña lucidez, tan cercana a la felicidad que lo atravesó una punzada de remordimiento.

—Sigo —dijo.

Se prolongaba el combate y en el caos de la refriega zumbaban balazos y rumores. Eran tres las columnas de humo negro que se alzaban ahora sobre Ciudad Juárez: ardía la biblioteca municipal, afirmaban unos, y otros decían haber visto saquear las farmacias y algunas tiendas. Lo cierto era que los puntos de resistencia gubernamental caían uno tras otro y los federales se replegaban hacia el cuartel del Quince, la misión de Guadalupe y el centro de la ciudad.

Tiradores sueltos, dejados atrás para hostigar a los atacantes, paqueaban desde las terrazas. Había numero-

43

sos muertos en las calles, cubiertas de escombros y postes con cables eléctricos y telefónicos caídos, y en las zonas aseguradas por los maderistas empezaban a aparecer paisanos que habían estado escondidos en viviendas y sótanos. Unos, por entusiasmo o prudencia, vitoreaban a los insurgentes y otros los observaban callados, aprensivos, inseguros de cómo iba a terminar aquello. Las mujeres, más decididas que los hombres, salían a las puertas de las casas envueltas en rebozos portando cántaros de agua que los combatientes se acercaban a beber con ansia. Y lo cierto, comprobó Martín, era que éstos actuaban con inesperada disciplina. El mayor Genovevo Garza le había explicado el motivo: las órdenes dadas por el general Orozco y el coronel Villa de respetar personas y propiedades se cumplían a rajatabla. Matar a civiles sin motivo, violar, robar o emborracharse, suponía la inmediata pena de muerte. Se lo dijo al joven mientras éste contemplaba a dos ahorcados en un poste de la luz, cada uno con un cartel colgado del cuello: *Por no respetar mugeres*.

—Al que no anda derecho, nos lo echamos al plato —zanjó seco el mayor—. Quien tiene cola de zacate no debe jugar con lumbre.

Los azares de la lucha habían llevado al grupo de Garza a la parte norte de la ciudad, cerca del río Bravo. La zona edificada clareaba allí en jacales, potreros y edificios sueltos, junto al arranque de los puentes internacionales que unían la orilla mexicana con la estadounidense. El combate había sido duro: las casas mostraban impactos de bala y en una trinchera se amontonaban de cualquier manera, según habían sido arrojados dentro, muchos cadáveres con uniforme federal. Los cuerpos de los maderistas muertos, tratados con mayor respeto, estaban alineados a la sombra, cubiertos con cobijas, chaquetas y sarapes: sólo se veían pies calzados con botas o huaraches. Cerca de ellos, un médico vestido con ropa de ciudad atendía a los heridos ayudado por dos enfermeros de bata blanca que lo seguían con una caja de paquetes de algodón envueltos en papel azul, rollos de vendas, frascos de yodo, bisturís y pinzas para cabecear venas. No había cloroformo para nadie. Se quejaban algunos escupiendo salivazos manchados de rojo, y a todos repetía lo mismo el doctor antes de meterles un trozo de cuero o un pañuelo entre los dientes y hurgar el destrozo:

—A ver qué tan macho eres, compadre.

Descansaban los hombres del mayor Garza, sentados con el rifle entre las piernas, en espera de órdenes que éste había ido a reclamar al edificio de la aduana del ferrocarril, donde parecía estar el mando de las fuerzas insurgentes. Se había acomodado Martín con ellos a la exigua sombra de un cobertizo con paredes de adobe. Todo seguía pareciéndole irreal. El río estaba cerca, corría con poco caudal y había quien lo vadeaba con el agua por la cintura, o a caballo. Desde donde se hallaba, el joven podía ver grupos de curiosos que, situados en la orilla opuesta, seguían los combates con prismáticos y catalejos. El lado estadounidense se convertía en apostadero turístico para disfrutar del espectáculo. Según contaban, algunas balas perdidas habían cruzado el río, matando o hiriendo a más de un observador ávido de emociones.

Varias mujeres que habían estado cogiendo ramas y raíces de mezquite para las fogatas conversaban con los insurgentes, desenvueltas. Llevaban faldas hasta los pies, el pelo anudado en trenzas grasientas o recogido con pañuelos o sombreros de palma, y alguna cargaba a la espalda una criatura fajada con el rebozo. Otras, comprobó Martín, portaban cananas de cartuchos cruzadas al pecho al modo de los hombres. Se las veía sucias, bregadas, hechas a la tropa. Un par de ellas palmeaban tortillas de maíz, y sobre planchas de metal donde chisporroteaban pellas de manteca freían papas y carne. El olor llegó hasta el joven, incitándole el estómago. Llevaba todo el día sin probar bocado.

—¡Chingatumadre! —voceó una.

Creyó Martín que insultaba a alguien, pero al poco vio levantarse a un maderista del grupo: un norteño panzudo, bajo y ancho, con sombrero charro de alta copa puntiaguda y el ineludible bigote tapándole media boca. Cosidas a una manga de la chaquetilla tenía dos cintas coloradas: galones de sargento.

—¿Qué se le ofrece, mi doña?

—Se me ofrece que su mercé y los muchachos vayan llegándose acá, que les tenemos unas gordas sabrosotas pa calentar la tripa.

—Eso ni se repite, oiga.

Reía el insurgente, salivando, mientras se acariciaba la barriga. Puso la mujer los brazos en jarras sobre el cinturón reluciente de balas que le ceñía el talle, del que colgaba una funda con un pistolón enorme.

—Ándenle nomás, que se enfrían.

Los hombres fueron levantándose para acercarse a la fogata, y cada uno regresó con dos tortillas de maíz calientes con sus trozos de carne encima. El sargento panzudo vino a sentarse cerca de Martín. Olía a sudor agrio.

—¿Y usté no tiene hambre, señor?

Lo miraba con amable curiosidad. El joven ya se había fijado en él antes. Era uno de los insurgentes que estuvieron cerca cuando dinamitó la caja blindada del Banco de Chihuahua, y que le ayudó a tender la mecha para volar el muro del fortín federal. También, el primero que había seguido a Genovevo Garza cuando el mayor se lanzó al ataque tras la explosión.

—Alguna tengo —admitió.

El otro masticaba complacido su bocado, que le manchaba el bigote.

—Pos no se demore, que se acaban —se chupó un dedo—. Están de chingatumadre.

Se levantó Martín, acercándose a las soldaderas. La del pistolón en la cintura lo miraba llegarse a ellas. Era tostada de tez, con cara de india en la que no asomaba ni gota de sangre española. Llevaba el pelo recogido en una trenza tan negra y brillante de grasa que parecía relucir al sol. Sin decir una palabra ni dejar de observarlo, alargó a Martín dos tortillas de maíz con carne y trocitos de papa encima.

—Gracias.

Seguía callada la mujer, contemplándolo con curiosidad. Tenía los labios gruesos, la nariz ligeramente chata y unos ojos negros grandes y muy vivos. Debía de andar por los treinta y pocos años, calculó el joven. Quizá menos, pues en México las campesinas envejecían con rapidez.

Regresó junto al sargento, a comer su ración. Circulaba entre los insurgentes un cántaro de agua, y bebió un buen trago para quitarse el polvo de la garganta y ayudar a bajar los bocados. El otro había despachado lo suyo, y con la carabina cruzada sobre las piernas ablandaba y retorcía una hoja de maíz para liar un cigarro. Señaló el joven los grupos de curiosos agolpados en la orilla estadounidense del río. Se veía a mujeres con sombrillas, niños, carruajes y hasta un par de automóviles.

—Menudo espectáculo les estamos dando —dijo.

Asintió el sargento, asumiendo con naturalidad que Martín se incluyese en el plural.

—Algún plomazo se nos fue por ese rumbo —puso picadura en la hoja y acabó de liar el cigarro—. Los jefes dijeron que tuviéramos cuidado pa no enchilar a los gringos culeros de allí. Pero las balas tienen ideas propias.

Miró el joven hacia el edificio de la aduana del ferrocarril y los puentes próximos. El ruido de fusilería aflojaba por aquella parte, aunque seguía en el centro de la población. Grupos de maderistas armados controlaban el acceso a las pasarelas, vigilándose mutuamente con los soldados estadounidenses apostados al otro extremo. Corría el rumor de que tropas de Estados Unidos estaban listas para intervenir si las cosas se salían de cauce, e incluso que el gobierno de Porfirio Díaz había pedido que lo hicieran; pero hasta el momento se habían limitado a desarmar a los federales fugitivos que buscaban refugio allí.

Circulaba entre los insurgentes sentados bajo el cobertizo una botella forrada de mimbre. Pasó a manos del sargento, que bebió un trago, se acarició complacido la panza y se la ofreció a Martín. Bebió éste un sorbo corto que le quemó la garganta, pues era un sotol espeso y fuerte. Tosió, pasó la botella al siguiente y respiró hondo para recobrar el aliento. Sonreía el sargento, observándolo.

—Se le da mejor la dinamita que el chupe, señor.

Se encogió de hombros el joven, sin saber qué decir.

—¿Y qué piensan de todo esto en España? —preguntó el otro.

Dudó Martín mientras repetía el ademán.

—No sé... Llevo tiempo sin estar allí.

—Ah, pues.

—Sí.

Seguía observándolo el maderista, curioso.

—Y usté ¿qué piensa?

—¿De México?

—De nuestra revolución.

Miró Martín a los hombres sentados en torno. Limpiaban y recargaban las armas. Sus rostros atezados y feroces parecían interesados en la conversación.

—Supongo que era inevitable.

Rió el maderista entre dientes.

—Pa qué digo que no —echó el humo—. La verdá pelona que lo era. Acabar con los patrones, con los que mandan... Con los que tuvieron la suerte de educarse en vez de ser puros desgraciados como nosotros.

Señalaba alrededor, a sus compañeros, con el cigarro humeante. La soldadera de la pistola se había acercado al cobertizo para hacerse cargo de la botella vacía. Con ella en la mano se quedó de pie, mirándolos. No era guapa según cánones europeos, pensó Martín, pero podía intuirse en ella un atractivo peculiar, muy físico y duro, casi animal. Olía igual que los hombres, acre y fuerte. A sudor, tierra y pólvora.

—¿Quién es el güero, Chingatumadre?

Dejó salir el otro una bocanada de humo.

—Un amigo que se nos juntó esta mañana.

—¿De la Unión Americana?

—De España —intervino Martín.

—¿Y por qué no lleva armas? —ignorando al joven, la mujer seguía dirigiéndose al sargento—. ¿Con qué les tira a los federales?

—Les tira mentadas de madre, que también duelen.

Rieron los que estaban cerca. Incluso el rostro aindiado de la soldadera se permitió un atisbo de sonrisa.

—Es dinamitero —aclaró el sargento cuando cesaron las risas—. Ingeniero o así.

—¿Y ya voló el señor ingeniero a unos cuantos pelones?

—Un costal, mi doña. Parece tantito tierno, pero maneja los cartuchos como los ángeles.

—Pos qué bien.

—Ya le digo.

Fue la soldadera a reunirse con las otras mujeres. Dio el sargento unas chupadas al cigarro mientras guiñaba un ojo a Martín.

—Se llama Maclovia Ángeles... Salió respondona, bravera, y es el mero diablo cuando se pone de fierros malos. Ahí donde la ve, se quebró a más de uno y de dos.

Calló un momento, pensativo, para acabar modulando una sonrisa torcida. El humo del cigarro le hacía entornar los párpados, casi cerrados.

—Eso sí, acépteme un consejo —añadió zumbón—. Ande bien águila y no se arrime mucho, pa evitar malentendidos. Ella no es de las que rolan por la tropa, sino compañera de nuestro mayor Garza. Y no es que el mayor sea celoso, pero aquí cada gallo picotea su mais.

Se presentó un batidor joven, casi niño, con sombrero de palma, rifle y cananas. Venía sudoroso y polvoriento. Reclaman al gachupín, dijo. Al dinamitero español. Preguntó el sargento para qué y el muchacho repuso que no lo sabía. Sólo que le ordenaban conducirlo. Se puso en pie Martín y le fue detrás por la orilla del río, pasando junto a los puentes. A su derecha, hacia el sur, humeaba la ciudad y seguía el tiroteo, punteado por esporádicos cañonazos.

—¿Cómo van las cosas?

El muchacho no dijo nada. Llegaron al edificio de la aduana del ferrocarril, medio kilómetro río abajo. Entraban y salían oficiales y mensajeros, partían jefes de brigada con órdenes y acudían otros a buscarlas. Había gente armada en la puerta y los pasillos: bulla de sombreros, cartucheras, revólveres y carabinas. Resonaba todo el edificio con sonido de espuelas y culatas de fusil en las tablas del piso, voces y conversaciones. En el corredor, Martín se topó con el indio malencarado al que en el Banco de Chihuahua había oído llamar Sarmiento, que estaba apoyado en una pared conversando con Genovevo Garza y le dirigió una ojeada poco amistosa. Tras abrirse paso con la seguridad de quien tiene órdenes superiores, el batidor introdujo a Martín en una habitación llena de humo de cigarros, con un retrato del cura Morelos y otro del presidente Díaz en la pared que nadie se había molestado en retirar. De pie en torno a una mesa cubierta de papeles conversaban cuatro hombres.

—Aquí está nuestro español —dijo uno al verlo aparecer.

Se trataba del coronel fuerte de pelo crespo y ojos color café, el llamado Villa. Los otros eran un individuo alto, flaco, serio, con el inevitable bigote, al que Martín no conocía, y dos a los que identificó por las fotos que publicaban las revistas ilustradas. Uno vestía chaqueta de viaje y polainas de montar: el jefe de la revolución, don Francisco Madero. El cuarto hombre era su hermano Raúl, con lentes de acero, pistola al cinto y ropa de campaña.

—Acérquese, amigo —ordenó Villa.

Fue Martín hasta la mesa, con la mano derecha metida en el bolsillo para evitar que le temblara. Estaba impresionado, y apenas lo ocultaba. Todos lo miraban, advirtió; unos con curiosidad y otros con recelo. En cuanto a Francisco Madero, tenía un rostro bondadoso. Era pequeño de cuerpo, casi frágil, de menos estatura que su hermano. Al verlo de cerca el joven advirtió que lucía una barba cuidada y se peinaba con la raya baja para disimular una incipiente calvicie. Pese al polvo de la ropa y el cuello rozado de la camisa, mantenía una apariencia pulcra, atildada. Olía insólitamente a agua de colonia.

—Me dicen estos señores que ha prestado usted valiosos servicios a la revolución.

Lo miraba Martín sin saber qué responder a eso. Sus valiosos servicios apenas llegaban a ocho horas de duración y se limitaban al saqueo de un banco y la voladura de un fortín federal.

—Es un honor para mí —dijo, por decir algo.

—¿Su nombre?

—Martín Garret.

—Eso no suena a español, me parece.

—Soy Ortiz de segundo apellido.

—Ah. Experto en explosivos, creo.

—Ingeniero de minas. Y, bueno. Tengo algunas nociones.

—Algo más que nociones, por lo que nos han dicho —intervino Raúl Madero—. No abundan hombres como usted.

Tenía un rostro bien afeitado y el mentón huidizo, pero sus ojos eran firmes, decididos. Simpática la sonrisa. Con ademán amable, su hermano señaló a Villa.

—El coronel nos lo ha elogiado mucho —añadió—. Y yo agradezco la simpatía de usted por la causa del pueblo mexicano.

A saber lo que habrá contado, pensó Martín, mirando de soslayo al aludido. Ahora Francisco Madero le ofrecía cortés la mano, y él sacó la suya del bolsillo, diligente, para estrechársela. Fue un apretón más bien flojo: el jefe revolucionario no parecía de impulsos vigorosos. Su famosa tenacidad, concluyó el joven, debía de ser más intelectual que física.

—El general Orozco, el coronel Villa y mi hermano Raúl tienen algo que pedirle... Se lo dejo a ellos.

Así que el alto de mejillas hundidas era nada menos que Pascual Orozco, el otro cabecilla insurgente: tenía unos ojos huraños e inmóviles. Martín empezaba a sentir mareos. Se había levantado en su hotel oyendo tiros lejanos y ahora se veía ante el estado mayor de la revolución mexicana. Que, por lo visto, agradecía sus servicios y se disponía a pedirle más.

Aquello era un disparate, concluyó casi asustado. De un momento a otro despertaré y todo volverá a su cauce. Nada de esto habrá ocurrido jamás.

—Mire este mapa —dijo el general Orozco—. ¿Ve los puentes?

Se inclinaron sobre la mesa. Había allí un plano dibujado a tinta con las curvas de nivel de los cerros cercanos y la ciudad entre ellos, trazada con mucho detalle: el ferrocarril, la plaza de toros, avenidas y lugares principales. Las posiciones gubernamentales se veían señaladas con cuadrados y las insurgentes con triángulos. Al norte, sobre la curva del Bravo, marcas rectangulares indicaban los puentes que comunicaban la orilla mexicana y la de los Estados Unidos.

—Los gringos, arrogantes como siempre —prosiguió el general—, han amenazado con invadir México si la situación en Ciudad Juárez los incomoda. Sabemos que tienen concentradas tropas en torno a El Paso, y eso incluye autos blindados. Si cumplieran su amenaza, cruzarían por aquí. No excluyamos el ferrocarril, que les permitiría traer efectivos y parque al centro de la ciudad... ¿Comprende la situación?

—Perfectamente.

—Nuestra gente puede plantar cara a una infantería que vadee el río, pero su llegada por los puentes nos pondría en apuros. Por eso conviene tomar precauciones.

—Más vale madrugar a que le madruguen a uno —apostilló Raúl Madero.

—¿Quieren volarlos?

—Por ahora bastará con preparar su demolición, por si fuese necesaria —dijo Orozco—. ¿Lo cree posible?

Reflexionó Martín un momento.

—Los he visto de lejos y pienso que sí —admitió—. Pero tendría que estudiar los pilares para hacer cálculos. ¿Disponemos de suficiente dinamita?

—No hay problema. Hemos encontrado varias cajas en un depósito federal y estamos haciendo traer más de las minas de Piedra Chiquita.

Sonrió débilmente el joven.

—Allí trabajo yo, pero están cerradas. Todo el mundo huyó.

—Nos las arreglaremos, no se inquiete por eso —Orozco lo miraba seco, desabrido—. Si le proporcionamos el material adecuado, ¿puede garantizarlo?

—Supongo que se podría intentar.

—Hay algo que debe quedar claro. Si se compromete, no bastará con que lo intente. Debe hacerlo. No podemos permitirnos errores.

No *podemos* permitirnos. Aquel plural era simple cortesía, captó Martín. Si algo salía mal, a quien no iban a permitirle errores era a él.

Intervino Francisco Madero, impaciente. Había sacado un reloj del chaleco y miraba la hora. Era obvio que ya tenía la cabeza lejos de allí.

—El general Orozco, mi hermano y yo tenemos que ocuparnos de otros asuntos —indicó a Martín la puerta y en el mismo ademán incluyó a Villa—. Lo dejo a usted en manos del coronel.

Cuando salían, el jefe revolucionario pareció recordar algo, alzó la vista del plano de la ciudad y sonrió a Martín.

—Le estoy muy agradecido, estimado amigo. Y prometo que el pueblo de México no olvidará a quienes lo ayudan en sus horas decisivas.

Cuando iban por el pasillo, Genovevo Garza y el indio de aire siniestro, el tal Sarmiento, se unieron a ellos. Salieron así los cuatro al exterior. El sol todavía alto pegaba fuerte y Martín entornó los ojos, deslumbrado. Más allá de los anchos sombreros y los caballos de los guerrilleros que estaban por todas partes se veían los puentes sobre el río.

—Usté dirá, amigo —dijo el coronel Villa.

Los tres mexicanos miraban atentos. Movió Martín una mano para señalar sus objetivos.

—Tengo que verlos de cerca. Hacer cálculos, como dije. ¿Están seguros de que tendremos dinamita y mecha suficientes?

Asintió Villa.

—Ya pudo escuchar al general Orozco.

—Pues... ¿Cuándo vamos?

Indicó el otro a Genovevo Garza con un movimiento del mentón.

—El mayor lo acompañará orita. Ya se conocen. Será su gente la que le dé protección.

—Todavía queda un rato de luz —objetó Garza—. Desde el otro lado nos verán poner las cargas.

Sonrió Villa, manoseándose el bigote.

—Me late que es lo que busca el señor Madero: que los gringos nos vean y huelan los frijoles. Que se anden con el culo apretado.

—¿Y si alguien le tira al ingeniero cuando se arrime?

—Entonces más vale que no le den.

Se volvió Villa hacia el indio, que seguía callado y sin apartar de Martín sus ojos sombríos.

—Y tú no mires feo al muchachito, Sarmiento. Que me lo impresionas.

Tardó el otro en responder.

—No me gustan los gachupines —dijo al fin.

—A mí tampoco, pero más vale que éste sí te guste. Por lo menos, de momento —ahora Villa miraba a Garza—. ¿A que a ti sí te gusta, mi Geno?

Sonreía torcido el mayor.

—Le voy cogiendo el punto, mi coronel.

—El roce engendra cariño.

—Eso dicen.

—Pos cuídamelo, que aunque sea de allí tiene que darnos juego.

Sacó Villa del bolsillo un reloj de plata y abrió la tapa con mucho cuidado, como si temiera estropearla. Después alzó los ojos hasta el indio.

—Y tú, Sarmiento... ¿Hay noticias de nuestro asunto?

Asintió el otro, impasible.

—A estas horas tiene que estar en lugar seguro.

Arrugaba el entrecejo el coronel. Se había quitado el sombrero para secarse el sudor con una manga de la chaqueta.

—¿*Tiene* que estar?

En vez de pregunta parecía una amenaza. Volvió a asentir el indio.

—Estará.

—¿Todito?

—Lo escolta gente de fiar. No habrá problema.

—Eso espero. Porque es mucha papeliza, ¿eh?... Y yo empeñé mi palabra. Hacer la revolución cuesta un madral, y tenemos que aventarnos la mala fama. No es lo mesmo el pueblo en armas que una partida de bandoleros.

—Descuide, mi coronel. Todo está asegurado.

Suspiró el otro, pasándose una mano por el pelo crespo y sucio. Pese a los hombros fuertes, el cuello ancho y su corpulencia, se veía cansado.

—Eso quisiera yo, compadre. Poder descuidarme un rato.

El sol rozaba ya el horizonte, enrojeciendo los cerros de poniente y dando un tinte escarlata a la corriente mansa del río. Sentado en el suelo, la espalda contra el muro de un jacal con marcas de disparos, Martín contemplaba la orilla estadounidense, convertida en kermés turística.

Casi nadie lo había inquietado mientras situaba las cargas explosivas. Cubierto por las carabinas de Genovevo Garza y sus hombres, el ingeniero había estudiado la estructura de cada puente, el grosor de los pilares y su asentamiento en el lecho del río, y tras los cálculos oportunos hizo colocar los paquetes de cartuchos de dinamita, las mechas lentas y el cordón detonador, disponiéndolos para que bastase con aplicar la brasa de un cigarro. Después, y a fin de evitar imprevistos, el precavido Garza había apostado junto a cada chicote de mecha a dos hombres de confianza con la orden de disparar a cualquiera, incluso mujer o niño, que se acercase a menos de veinte metros.

—Más vale un por si acaso —argumentó el mayor— que un quién lo iba a decir.

El único incidente se había producido en el viaducto del ferrocarril, cuando Martín supervisaba la instalación de las cargas. Estaba en mitad del puente, asomado al pretil de hierro mientras los hombres de Garza, metidos hasta la cintura en el agua, adosaban la dinamita a los pilares, y por el lado norte vino un militar norteamericano de mediana edad y grandes bigotes rubios, con las insignias de capitán en el uniforme, que en mal español y con peores modos preguntó qué diablos estaban haciendo allí.

—Es una *international bridge* —añadió—. Osté no tener derecho.

Martín, que a esas alturas estaba fatigado y sólo anhelaba acabar de una vez, se encogió de hombros.

—Si se fija —respondió en inglés—, verá que sólo estamos minando el lado mexicano.

—*Excuse me?*

—Lado mexicano. La dinamita, sólo aquí. ¿Lo ve?... En la parte de México.

Volvió el otro a su pésimo español, como si nada hubiese escuchado.

—Retira eso inmediata, yo digo.

—¿Usted dice?

—Yo te digo. *Hurry up.*

Miró Martín la cintura del capitán. Venía sin armas. Sus soldados sí llevaban fusiles, pero permanecían en el extremo del puente, sin pisarlo. Sin duda tenían órdenes de evitar incidentes. Indicó el ingeniero a los mexicanos próximos: media docena de tipos artillados hasta los dientes que miraban torvos al militar.

—Eso de *hurry up* dígaselo a ellos.

Contempló el norteamericano a los maderistas: acariciaban los guardamontes de sus rifles saboreando la posibilidad de echarse un yanqui al plato. Genovevo Garza, que había visto la escena, se acercaba despacio desde el lado sur.

—¿Quihubo, amigo? —preguntó a Martín, ignorando al otro.

Señaló éste al yanqui.

—A los gringos les preocupa lo que hacemos.

—Nomás por eso lo hacemos, ¿que no?... Pa que se preocupen.

Dicho eso, insolente y tranquilo, Garza miró al capitán de arriba abajo.

—Y tú, güero rejijo de la, puedes irte a la chingada.

Lo subrayó con una palmada en la culata de su carabina. Era difícil saber si el otro entendía las palabras, pero el ademán no precisaba traducción. Martín vio que vacilaba.

—Informaré de *this stupid atrocity* —dijo al fin.

Y tras dar media vuelta, se alejó pisando arrogante las traviesas de la vía. Garza le guiñó un ojo a Martín, cómplice.

—Que ese cabrón informe y que se anden con tiento.

Sentado ahora con la espalda en el muro de adobe, extendidas las piernas, Martín sonreía al recordar la escena. Había hecho con eficacia su trabajo: los puentes sobre el Bravo estaban minados, y sólo cabía esperar que no hubiera que dar fuego a las mechas. La revolución maderista tenía otro motivo para estarle agradecida. Genovevo

Garza había adelantado su reconocimiento con una amistosa palmada en el hombro.

—Buen trabajo, ingeniero. Pa cosas de dinamita, es usté lo más chingón.

De momento lo dejaban en paz. El mayor y su gente andaban en sus asuntos y Martín descansaba, de nuevo indeciso, intentando imaginar cuál iba a ser su futuro inmediato. Los tiros sonaban lejanos: seguía el combate, aunque languideciendo con la luz decreciente del día. A ratos, los hombres que había cerca comentaban pormenores de la lucha: el éxito en los asaltos a los barrios sur y este, el control de la orilla del río, los daños que causaban la artillería y las ametralladoras federales, el lento avance por la avenida Juárez en dirección a la cárcel y la plaza de toros, y los innumerables muertos de ambos bandos. Los tres mil quinientos federales del general Navarro se batían el cobre y retrocedían mordiendo como coyotes acosados.

Junto a los puentes, sin embargo, todo estaba tranquilo. Había casquillos vacíos, peines de ametralladora, vendas ensangrentadas y cajas de munición abiertas a culatazos, pero el tiroteo sonaba en otros lugares. También se veía a insurgentes tumbados en el suelo o sentados con los fusiles a mano, heridos que estaban callados o se quejaban, cadáveres amontonados en una zanja que no se quejaban en absoluto y soldaderas que iban y venían con cántaros de agua. Nada de alcohol ya, observó Martín. Pasado el primer momento de confusión, las órdenes del general Orozco y el coronel Villa se cumplían a rajatabla: fusilar en el acto a quien combatiese borracho.

Una extraña pareja se acercaba desde la orilla del río que alcanzaban las sombras. Eran un hombre y una mujer, y no parecían mexicanos. El hombre vestía un pantalón caqui con polainas, una vieja camisa azul remangada hasta los codos y se tocaba con un sombrero militar semejante al del capitán que había interpelado a Martín en el puente. Llevaba el rostro afeitado, pero lucía largas patillas rojizas. Le cruzaba el pecho una canana de cartuchos, portaba un revólver al cinto y en las manos una escopeta de repetición. Su aspecto era insólitamente anglosajón para moverse con esa soltura entre los maderistas. Sabía Martín de la presencia de algunos combatientes extranjeros en el norte de México, a los que llamaban filibusteros, o algo semejante. Voluntarios, mercenarios o simples aventureros que se habían unido a la revolución.

La mujer era más extraña todavía, o parecía serlo. Aún se veía joven, mediada la treintena. Llevaba un vestido de viaje gris a cuadros, el ruedo inferior de cuya falda estaba orillado de barro y polvo, y mostraba al caminar unas botas de cuero crudo, recias y muy sucias. Tenía, observó Martín, las axilas oscuras de sudor. Delgada, morena, alta, de ojos grandes, el corpiño le ceñía un talle elegante, de buen aspecto. Se recogía el cabello en la nuca con un moño medio deshecho, o improvisado, y llevaba un bolso de viaje Gladstone colgado del hombro. Al cruzarse con ella, las soldaderas, pequeñas y renegridas con sus rebozos y trenzas grasientas, se volvían a mirarla con curiosidad.

Seguía observándolos Martín cuando llegaron a su altura. Fue el hombre quien primero se fijó en él.

—Usted no es de aquí —dijo con naturalidad, parándose delante.

Pese al acento, su español era bueno. La sombra le daba a Martín en la cara. Miró el joven a la mujer y luego otra vez a él.

—Tampoco ustedes —respondió.

Vio el recién llegado una calabaza con agua que alguien había dejado en el suelo, cerca.

—¿No le importa, compañero?

—Por supuesto. Además, esa agua no es mía. Y aunque lo fuera.

Sonrió el otro: un gesto lento y cansado. Se había puesto en cuclillas y dejado la escopeta —una Remington de corredera calibre 12— en el suelo, a mano. Cuando se quitó el sombrero, el pelo rizado, bermejo y corto se veía húmedo de sudor. Cogiendo la calabaza, le quitó el tapón para ofrecérsela primero a la mujer. Sacó ésta del bolso un vasito plegable de plata, se lo dejó llenar y lo llevó a los labios, ajena a la curiosidad que despertaba entre los maderistas que contemplaban la escena.

Se había puesto Martín en pie. Tras beber un largo trago echando atrás la cabeza, el hombre del pelo rojizo dejó la calabaza en el suelo y recogió su escopeta.

—Me llamo Tom Logan y soy norteamericano.

Extendía la mano derecha. Su sonrisa, agradable, le arrugaba los párpados en torno a unos ojos casi metálicos, de color acero. Estrechó Martín la palma delgada y fuerte.

—Martín Garret.

—¿Español?

—Sí.

Miró Martín a la mujer, pero ésta no dijo nada. Había guardado el vaso en el bolso y observaba al joven ingeniero, inexpresiva. Advirtió éste que además de las axilas húmedas le brillaban minúsculas gotas de transpiración en la frente y el labio superior. También ella parecía fatigada.

Señaló el hombre a los mexicanos próximos.

—¿Está con ellos?

Dudó un momento Martín. Aquello resultaba más complejo planteado en voz alta.

—Eso parece —dijo al fin.

Un relámpago de curiosidad cruzó los ojos del norteamericano.

—¿Parece, dice?

Martín no respondió. Se había vuelto el tal Logan hacia la mujer para comprobar si compartía su desconcierto, pero ésta se mantenía callada.

—Yo estoy con los maderistas desde el combate de Casas Grandes —dijo el hombre.

Sonrió Martín.

—Yo, desde hace once horas.

—¿En serio?

—Como lo oye.

Se echó a reír el otro. Una risa simpática que descubría unos dientes algo caballunos.

—Como dicen aquí, más vale tarde que nunca.

Se cambió de mano la escopeta y miró en torno. Parecía indeciso sobre si continuar su camino.

—Ella es la señora Palmer... Periodista del *New York Evening Journal*.

Ahora la mujer extendió la mano.

—Diana Palmer —dijo.

Un contacto breve y firme: uñas cortas, dedos sin anillos. Tenía, comprobó Martín más de cerca, el rostro anguloso y reflejos pajizos en los iris color canela. Era el suyo un atractivo seco, algo masculino.

—¿Habla español? —preguntó él.

—Perfectamente.

El sol acababa de ocultarse y el paisaje viraba del rojo al gris. Bajo los puentes, el río era una ancha cinta de color violeta. Como si de una señal se tratara, los disparos lejanos se fueron apagando al tiempo que la última luz. En la orilla, las soldaderas empezaban a palmear tortillas y juntar leña para encender fogatas. A un lado estaba Ciudad Juárez a oscuras y al otro El Paso iluminado como si fuera Navidad.

El hombre llamado Logan miró alrededor y luego señaló el jacal con la escopeta.

—¿Hay alguien dentro?

Respondió Martín que no, que sólo era una mísera habitación con suelo de tierra, saqueada y vacía. El norteamericano consultó a la mujer con la mirada y ésta asintió.

—No parece mal lugar —dijo él— para pasar la noche.

El señor don Francisco Ignacio Madero no había querido atacar la ciudad, dijo Genovevo Garza. Se había visto obligado. El jefe de la revolución creía Ciudad Juárez demasiado bien defendida, de modo que su plan era dejarla atrás y avanzar hacia el sur. Pero Pascual Orozco y Pancho Villa tenían cuentas pendientes con el general Navarro desde la matanza de Cerro Prieto. Así que, puestos de acuerdo, habían provocado un tiroteo contra los federales para, con el pretexto de socorrer a sus hombres, empezar en serio la batalla. Y Madero, aunque furioso al ver que desobedecían las órdenes, no había tenido más remedio que echar toda la carne al puchero. Pero como iba saliendo bien, ahora estaba feliz. Tocaba la victoria con los dedos.

—Madero es un gran hombre, dizque pacífico —resumía Garza—. Así que no sobra empujarlo tantito, nomás pa que se le avive lo macho.

Hablaba a la luz de una fogata, comiendo los tacos con cecina y frijoles que Maclovia, su soldadera, le preparaba. El mayor había invitado a Martín y a los dos estadounidenses, pues conocía a Tom Logan desde que éste se unió a los insurgentes. Además, como todos allí, sentía curiosidad por la mujer a la que el voluntario yanqui escoltaba. Ésta había cruzado el río dos días atrás, presentándose en el estado mayor en demanda de autorización para enviar crónicas a su periódico neoyorquino; y Francisco Madero, caballeroso pero también interesado por la imagen de la revolución en los Estados Unidos, le permitió acompañar a los combatientes.

—Hacen falta tompiates pa andar por estos rumbos, sola y siendo hembra —añadió Genovevo Garza.

—No estoy sola —señalaba ella a Logan, al propio mayor y a los hombres sentados o tumbados en las sombras o el contraluz de las fogatas—. Me protege todo su ejército.

—Ándele, mi doña —sonreía el mexicano, halagado—. Ándele.

Estaban alrededor del fuego, pues tras el calor diurno la noche empezaba a ser fría. Los hombres que se hallaban cerca, bultos oscuros en torno a otras fogatas que salpicaban la negrura hasta la orilla del río, se envolvían en cobijas y sarapes. Diana Palmer se refirió con un gesto a la silenciosa Maclovia, que todavía con la canana de balas y la pistola al cinto, arrodillada junto al comal de hierro puesto sobre las brasas, hacía chisporrotear en manteca los frijoles y la cecina antes de envolverlos en las finas tortillas de maíz.

—Tampoco soy la única que anda en esto —dijo—. Y sólo estoy de visita... Tengo, por así decirlo, un billete de ferrocarril en el bolso. Sus mujeres no tienen esa posibilidad.

Maclovia no levantó el rostro ni se dio por aludida, atenta a su fogón. Aprobó Genovevo, masticando un taco mientras se limpiaba los dedos en la camisa.

—Qué gusto, ¿no?... Una gringa tan pico largo. Y cuantimás, con pantalones.

Se miraba ella la falda, divertida.

—Supongo que debo entenderlo como un elogio.

—¿Elogio? —se extrañó el maderista.

—Piropo —aclaró Logan, riendo.

—Ah, sí. Eso mero —señaló Garza a su impasible soldadera con ademán orgulloso—. Pero ni modo, ¿eh?, comparada con mi vieja.

Se interesaban los dos norteamericanos por la presencia de Martín entre los revolucionarios, y Genovevo los puso al corriente: la cantina El As de Copas, los cartuchos que sudaban nitroglicerina, el reclutamiento casi forzoso del ingeniero de minas. Sobre el Banco de Chihuahua no dijo una palabra, pero se extendió sobre el buen trabajo que el español había hecho en el fortín o minando los puentes.

—¿Y se va a quedar con ustedes?

—Pos no sé. Pregúntele a él, que aquí lo tiene de cuerpo presente.

Comprobó Martín que Diana Palmer lo observaba curiosa. Había escuchado el relato en boca de Garza con una leve sonrisa, tal vez un punto irónica.

—Me lo estoy pensando —dijo él.

—¿Y qué hay de sus minas? —insistió Logan.

Había sacado de una cartuchera un puñado de mariguana y un trocito de papel y los liaba con soltura al estilo ranchero, sobre una rodilla. Martín hizo un ademán de impotencia.

—Cerradas.

—Pues no parece lamentarlo mucho.

—No sé. La verdad es que estoy algo aturdido.

Diana Palmer habló por fin. Se había comido uno de los tacos de Maclovia. Cubría sus hombros un chal de lana sacado del bolso de viaje que estaba dentro del jacal.

—¿Cómo es en sus minas? —preguntó, neutra—. No tengo buenas referencias de las mexicanas.

Martín miró el doble reflejo de la fogata en sus ojos y tardó un momento en responder.

—Conozco explotaciones de España, Francia y Estados Unidos, y ninguna es el paraíso terrenal. Pero es cierto que aquí el trabajo es especialmente duro y peligroso: hombres y niños barrenando y picando a cientos de metros bajo tierra, a veces metidos en fango hasta la cintura, expuestos a quedar sepultados por un derrumbe o a morir en una explosión del gas acumulado. Respirando polvo entre piedra, tierra y oscuridad... No es un mundo agradable.

—Sin embargo, convirtió eso en su profesión —la norteamericana seguía observando a Martín—. ¿Le gusta lo que hace?

Asintió éste. La minería, dijo, era un recurso económico imprescindible y alguien tenía que gestionarla. El futuro se garantizaba mejorando las condiciones de vida de los trabajadores. Aplicando recursos modernos.

—Lo que hace falta es humanizar el trabajo —concluyó—. Las técnicas más actuales ofrecen esa posibilidad, y mi labor es conocerlas y aplicarlas.

—¿Y por qué en Ciudad Juárez?

—Estoy empleado en una empresa española asociada con una mexicana, y me enviaron aquí.

—¿De jefe?

—No, en absoluto. Sólo soy ingeniero en Piedra Chiquita. El administrador es mexicano y desapareció con el jaleo.

Intervino Garza, que ahora limpiaba su carabina con el arma cruzada sobre las piernas. Había accionado la palanca, chasquido metálico tras chasquido, hasta que todos los cartuchos brillaron en el suelo, sobre su sarape.

—Las minas —dijo—, como las tierras, se las robaron al pueblo los caciques y los abogados. Aquí en México sólo mama el que tiene chiche. Por eso hemos ido a la revolución, oigan. Los dueños son sanguijuelas, y vamos a dejarlos a todos de carroña pa engordar zopilotes.

—Me temo que los dueños de verdad están demasiado lejos.

Garza se encogió de hombros. Después, tras comprobar que la recámara del arma estaba vacía, sopló dentro del cañón e introdujo una baqueta con un jirón de trapo.

—Puede que sí o puede que no, pero alguno caerá. A cada santito le encienden su vela —se dirigió a Martín—. Lo mesmo a ese administrador de sus minas le dio en la madre su propia gente, ¿no?

Sonrió el joven. El administrador de Piedra Chiquita se llamaba Pánfilo Castillo y había desaparecido ante la cercanía de los insurgentes, llevándose todo el dinero de la caja.

—Lo dudo. Ése no es de los que esperan. Seguramente se puso a salvo en El Paso... En cuanto al representante de la sociedad, vive en la ciudad de México.

—¿Y por qué no se fue usted? —preguntó Diana Palmer.

Lo pensó.

—No sabría decirle. Curiosidad, supongo.

—¿De dónde es?

—Nací en un lugar llamado Linares, en Andalucía.

—¿Y el apellido Garret?

—Un bisabuelo inglés.

Asintió levemente ella.

—Conozco Andalucía: Sevilla y Málaga. Estuve allí durante un viaje a Europa.

—Mi padre era capataz en una mina, ahorró algún dinero y pudo darme estudios. Después de cierto tiempo de experiencia, la sociedad propietaria decidió enviarme aquí.

—Debe de ser usted muy competente, para tener esa responsabilidad siendo tan joven.

Tras aceitar la recámara de la carabina y limpiar con cuidado los cartuchos, Genovevo Garza los empujaba de nuevo dentro del arma.

—Újole —intervino exultante—. Es el mero mero. Tendrían que verlo manejar la dinamita, al jijo de.

Del río llegaba el croar de las ranas. Alguien, cerca, pulsó las cuerdas de una guitarra. Al poco se elevaron voces con una canción: primero una sola voz —Martín creyó reconocer la del sargento Chingatumadre—, y luego se fueron sumando otras en un coro ronco, masculino y melancólico:

> *No tiene fruto la mata,*
> *ni mais el paredón,*
> *ni chiches tiene la rata.*
> *¿Con qué se cría el ratón?*

A ese lado del Bravo, sobre sus cabezas y la ciudad oscurecida, el cielo se veía lleno de estrellas. Miró Martín hacia lo alto. La Vía Láctea era un clarear nebuloso e infinito allá arriba.

—¿Y qué hará ahora? —se interesó Tom Logan, fumando tras encender el cigarro con un tizón de la fogata.

Martín no respondió. Realmente no lo sabía. Fue Garza quien lo hizo en su lugar.

—Lo que haga después es cosa suya. Pero ojalá se quede con nosotros... ¿Que no, ingeniero? —lo miraba con afecto—. Aunque gachupín, le estamos tomando ley.

—No sé —dijo Martín por fin.

Logan esbozó una sonrisa que la luz de la fogata hacía lúgubre.

—Tendría su negra gracia que le peguen un tiro antes de pensarlo del todo.

—Ésas son cosas de la suerte —suspiró filosófico Garza—. Las balas las disparan los hombres y las reparte Dios.

Observó Martín que Diana Palmer había sacado del bolso un cuaderno con tapas de hule y un lápiz, y que tomaba notas. Ignoraba si se referían a él, pero la idea no le gustó.

—Prefiero que no me mencione en sus artículos —dijo, cauto—. Supongo que comprende mi situación.

Alzó ella la vista del cuaderno para mirarlo, inexpresiva.

—Claro, no se inquiete... ¿Por qué habría de mencionarlo? —señaló con el lápiz a Garza, Maclovia y las fogatas cercanas—. En relación con todo esto, usted no es gran cosa.

3. El oro del coronel Villa

El combate por Juárez se reanudó al alba, y para entonces la suerte de las tropas gubernamentales parecía sellada. La cárcel, la aduana central y la plaza de toros cayeron a media mañana en manos de los insurgentes. Aun así, los hombres del general Navarro resistían feroces, vendiendo caro cada palmo de terreno que se veían forzados a abandonar. Los últimos fortines federales se hallaban protegidos por ametralladoras y cañones cuyas granadas hacían mucho daño. Aquel matadero reclamaba más carne, y la gente del mayor Genovevo Garza fue relevada en los puentes y recibió la orden de avanzar hasta el centro de la ciudad para sumarse al combate.

—Aprevéngase que nos vamos, ingeniero —dijo Garza a Martín Garret mientras llenaba de cartuchos las carrilleras y se las cruzaba sobre el pecho—. ¿Viene con nosotros o se queda?

—¿Puedo elegir?

—Pos claro que puede. Acompañarnos o esperar a que volvamos. Cumplió como los güenos, y nomás tiene derecho.

Reflexionó Martín, indeciso. Miraba el río, los puentes y la gente agrupada en la orilla estadounidense del Bravo, más numerosa que el día anterior. También los muertos amontonados en la zanja cercana, ya ennegrecidos por el sol y cubiertos por enjambres de moscas, y los heridos tumbados de cualquier modo, entre vendajes sucios de sangre, sin otro socorro que el agua que las soldaderas subían del río y el amparo de los sombrajos que les fabricaban con palos, cañas y cobijas. La periodista norteamericana y el mercenario que la escoltaba se habían ido al amanecer, sin despedirse. Aquél no era un lugar agradable para esperar.

—Voy con ustedes.

—Órale —satisfecho, Garza le ofrecía el Máuser y las cananas de un muerto—. ¿Quiere artillarse?

Se palpó Martín el bolsillo donde llevaba el revólver.

—Voy bien, gracias.

—Pos píquele, que ya nos demoramos.

Se pusieron en marcha los insurgentes, vestidos de mezclilla desteñida, caqui o andrajosa ropa de manta, sucios y sin afeitar bajo los grandes sombreros, pero relucientes los torsos de munición, rifles y carabinas. Con dos días de combate pintados en la cara. Eran casi un centenar y caminaban por la avenida Juárez pegados a las casas, siguiendo el trazado de las vías del tranvía. De vez en cuando encontraban cadáveres con el uniforme azul o color arena de los federales, y también de algún maderista o paisano atrapado entre dos fuegos. En los tramos al descubierto sonaban tiros sueltos, de lejos, respondidos con descargas cerradas que sacaban espirales de humo de los rifles. Sólo uno del grupo fue alcanzado en ese trayecto: en un cruce de calles recibió un disparo —una bala expansiva le reventó el cuello— y quedó en el suelo mientras sus compañeros acribillaban la ventana de la que había partido el ataque. Luego entraron en la casa y sacaron a rastras a dos hombres ensangrentados, molidos a golpes, vestidos con la chaquetilla charra y el pantalón ceñido con botones de plata del cuerpo de rurales.

Señaló Genovevo Garza los postes del telégrafo.

—Orita mesmo denles reata. Que aprendan a no venadear cristianos.

Se la dieron. Cuando el grupo siguió calle adelante, los dos rurales colgaban ahorcados, balanceándose todavía.

—Esos jijos de la chingada son entavía peores que los pelones.

Martín lo miraba todo fascinado, sintiendo latir fuerte la sangre en las venas. Respiraba el olor a pólvora y sudor de los hombres que tenía alrededor, devoraba con la vista cada escena, cada gesto, cada momento. Oía zumbar las balas perdidas con curiosidad casi científica, calculando calibres, trayectorias y distancias, considerando el lugar que él mismo ocupaba en aquella extraña situación. El joven ingeniero, el técnico que había en él, se sentía al mismo tiempo horrorizado y excitado: la aventura en la que estaba inmerso sobrecogía su espíritu y le aceleraba el pulso. Había conocido el peligro y la incertidumbre bajo tierra, en las minas: eran factores profesionales vinculados a su trabajo, pero aquello resultaba distinto. Nunca antes había considerado la violencia, la vida y la muerte, los elementos que hacían posible o negaban una y otra, como un entramado geométrico de líneas rectas y curvas, de equívocos azares entrevistos en el caos de la guerra. Un caos, intuía asombrado, que era sólo aparente. Como si en su interior, desmintiéndolo, hubiese reglas tan sólidas e implacables como un hilo de acero. Leyes cósmicas insinuadas bajo el sol, en Ciudad Juárez, entre explosiones y balazos.

De vez en cuando, Genovevo Garza se volvía a mirarlo.

—¿Todo bien, ingeniero?

—Todo bien.

—No me se descuide y se muera, ¿eh?... Están reduros esos cabrones.

73

Al llegar a la avenida 16 de Septiembre y al edificio de la aduana torcieron a la derecha. Ardían lejos los saqueados almacenes Ketelsen & Degetau, levantando una densa humareda negra. Había otra columna de humo junto a la torre encalada de la misión de Guadalupe, que se alzaba en la distancia tras los tejados chatos de las casas desde donde paqueaban tiradores federales. Allí el combate era encarnizado: de vez en cuando estallaban granadas que llenaban el aire de metralla e impactaban en los muros, y una ametralladora gubernamental batía la calle desde un reducto hecho con traviesas de ferrocarril y sacos terreros.

—¡Arriba, muchachos! —gritaban los jefes—. ¡No se rajen, que ya aflojan y hay que remachárselas!

No era verdad, comprobó Martín mientras se frotaba los ojos irritados por la pólvora. Allí no aflojaba nadie. Los maderistas se agrupaban en las esquinas y los porches buscando protección, asomándose para disparar y poniéndose a cubierto para recargar de nuevo. Cada ataque, de los varios realizados sin éxito, había añadido más cadáveres a los que, tirados como hatos de ropa sucia, se veían en aquel tramo de la calle, entre los piques de polvo de las balas perdidas. Los cañones de las carabinas estaban calientes y olían a trapos quemados.

—¡Cuidado, agáchense!

Una granada llegó chirriando para estallar en el aire, sobre la casa más próxima, y la nubecilla color de azufre proyectó docenas de fragmentos acerados, brillantes al sol, que repiquetearon en la azotea y la fachada. Luego aleteó otra, y luego otra. Se apretaban los hombres entre ellos queriendo hurtar el cuerpo a la granizada de metralla, pero no todos lo conseguían. Dos se desplomaron, ensangrentados. Martín retrocedió hasta el porche contiguo y buscó resguardo. Había allí muebles hechos astillas, enseres sucios, papeles, loza pisoteada y rota. Sentado muy tranquilo en una silla coja de una pata, el sargento Chingatumadre se vendaba con un pañuelo, sin ayuda de nadie, un brazo herido.

—Sólo es rozón de pellejo —dijo al comprobar que Martín lo miraba.

Sentía el joven una sed atroz. Se metió en la casa saqueada en busca de agua, pero allí no había nada que beber. En el patio, junto al pozo, vio al coronel Villa con otros hombres, todos armados hasta los dientes.

—Épale —dijo aquél—. Aquí llega nuestro ingeniero.

Una sonrisa fatigada le iluminaba el rostro, cubierto de sudor amasado con tierra y pólvora que volvían de almagre su bigote de bandolero, las cejas y el pelo revuelto y crespo. Tenía el sombrero colgado de la funda de la pistola y los pulgares en el cinto.

—¿Vino usté con Genovevo Garza?

Respondió Martín que el mayor estaba fuera, con su gente, y Villa mandó a un hombre a buscarlo. Observaba al joven con interés, pensativo.

—¿Qué se le perdió por aquí? —dijo al fin.

—Buscaba agua.

—Me refiero a la balacera.

—El mayor Garza vino, y yo con él.

—¿Por su gusto?

—Nadie me obligó.

Señaló el coronel una cantimplora pendiente del cañón de su carabina, apoyada en el brocal del pozo.

—Sírvase tantito, pero déjeme algo. El pozo está seco.

—Gracias.

Bebió Martín con ansia un sorbo corto, manteniéndolo en la boca un rato antes de tragarlo. Cuando se volvió, Genovevo Garza ya estaba allí.

—Tenemos problemas con el fortín —le dijo Villa—. Los pelones se nos han puesto bien trompudos.

—¿Y, mi coronel?

—Pos habrá que darles lo suyo, ¿no?... Devolverles trancazo por trancazo.

Miraba a Martín al hablar, y el mayor también lo hizo.

—¿Qué tal el gachupín, mi Geno?

—Cumplidor como puro macho.

—¿En serio?

—Viene con nosotros porque quiso.

—Ya me dijo.

Se pasó Villa una mano por la cara. Bajo la mugre y el bigote le despuntaba barba de un par de días. Aún permaneció un momento pensativo y luego le hizo a Martín un gesto para que se acercara más.

—Tengo un problema, y puede que su mercé me lo resuelva.

Requirió de uno de sus acompañantes una pequeña libreta y un trozo de lápiz, mojó la punta con la lengua y dibujó un croquis de la calle. Cerca de la misión de Guadalupe marcó una cruz.

—Los federales nos cortan el paso con un fortín. Hay una tartamuda...

—¿Perdón?

—Una ametralladora Hotchkiss, carajo. Y detrás, un cañón que nos avienta esas granadas tan cabronas. Hemos lanzado varios ataques, pero nos fregaron... Hay que buscar la maña de volarles la barricada.

Alzó la vista para mirar a Martín como si desde entonces el problema pasara a ser exclusivamente suyo.

—¿Estamos, amiguito?

Tardó el joven un momento en comprender. Por fin titubeó, desconcertado. Se le había abierto en el estómago un hueco del tamaño de un disparo de escopeta.

—No sé si seré capaz...

—Según dice mi mayor Garza, hasta orita bien que pudo.

Aún reflexionó el joven un poco.

—¿Hay con qué hacerlo?

—Dígamelo.

Mostraba el coronel un ángulo del patio donde había un par de cajas de dinamita y rollos de mecha, cordel y alambre. Se acercó Martín a mirar, acuclillándose. Los cartuchos parecían en buen estado y había suficiente mecha y cordón detonante. Levantó la cabeza para mirar a Villa, que estaba de pie a su lado.

—Esto le va a costar otro sorbo de agua.

Soltó Villa una carcajada jovial, señalando la cantimplora.

—Sírvase usté mero... Y si de verdá me perjudica a esos jijos de la chingada, voy con un cántaro y se la traigo yo mesmo desde el río Bravo.

Al otro lado de la calle ardía la oficina postal, bajo una humareda negra donde flotaban pavesas que cubrían de cenizas los alrededores. El fortín federal estaba cerca, en la plaza de Armas, bajo la pequeña loma de la misión de Guadalupe. Distaba unos treinta metros de la casa más cercana, y llegar hasta ella había costado un buen rato de caminar agachados o ir arrastrándose.

Tumbado en el suelo, Martín no veía el cañón de los federales que enfilaba la avenida 16 de Septiembre, cuyas granadas aullaban sobre su cabeza después de cada estampido para reventar detrás, en las posiciones avanzadas maderistas; pero sí la ametralladora, o más bien los destellos del fuego de ésta, cuyo relampagueo se hacía ver por una tronera entre traviesas de ferrocarril apiladas y sacos terreros.

—Hasta aquí era lo fácil —dijo Genovevo Garza.

Estaban pegados uno al otro, tras la protección de una barda medio destruida. Las balas sonaban ziaaang,

ziaaang, ziaaang al pasar altas, como si azotaran el aire alambres de acero, y las más bajas impactaban en la escasa pared de adobe, demoliéndola un poco más. Proyectando trozos de barro seco sobre la cabeza de los dos hombres que aguardaban.

—Jijos de su pinche madre... Esa ametralladora no se cansa nunca.

Martín, que se había quitado el sombrero y dejado atrás la chaqueta con el revólver en el bolsillo, sentía el cuerpo empapado de sudor. Bajo el chaleco desabrochado la camisa se le adhería al torso, y a cada momento se llevaba una mano a la frente para apartar las gotas que se deslizaban sobre sus ojos. Un sol despiadado incidía vertical sobre su nuca, haciéndole arder el cerebro, y la lengua sedienta se pegaba al paladar igual que con engrudo.

—Se retrasan —dijo, impaciente.

—Tranquilo, amigo. Todo lleva su tiempito.

Comprobó Martín de nuevo el morral que tenía cruzado al pecho. Dentro había cuatro kilos de dinamita. Había juntado los cartuchos de seis en seis en dos paquetes, uniéndolos bien atados con cordel y alambre para insertar en cada uno el cebo con cuerda detonante conectada a tres palmos de mecha lenta. Eso dejaba cuarenta segundos de tiempo entre el encendido y la explosión, si todo iba bien. Ni mucho ni escaso, calculó. Suficiente para alejarse después de colocada la carga, si ningún balazo federal se lo impedía.

A su espalda, desde las posiciones maderistas, arreció al fin el tiroteo. Una granizada de balas empezó a repiquetear en los muros de madera del fortín federal, acallando un poco el fuego de sus troneras. Cumplidor, el coronel Villa hacía honor a su palabra. Arrímese cuanto pueda a la buena, había dicho. Y cuando ya no pueda más, a la mala ya lo ayudaremos nosotros a arrimarse.

—Píquele, ingeniero —lo animó Garza—. Al mal paso, darle prisa.

A la vez que lo decía, le dio una palmada de ánimo, se incorporó descubriéndose a medias, cortó cartucho y, con la 30/30 pegada a la cara, empezó a disparar contra la posición enemiga. Para entonces, Martín se arrastraba sobre los codos y las rodillas hacia una acequia seca que le permitiría aproximarse al fortín con relativa seguridad, siempre que mantuviera la cabeza agachada. Los disparos que lo cubrían atronaban el aire a su espalda y los balazos zurreaban agudos por encima, distrayendo a los federales. De ese modo llegó al final de la acequia, donde un pilón de cemento brindaba alguna protección. Para entonces estaba mojado de arriba abajo, sucio del barro que su propio sudor formaba con la tierra del suelo.

Al asomarse a mirar comprendió que había cometido un error. Más allá del pilón y hasta el muro de traviesas y sacos terreros quedaban unos quince metros de terreno abierto: más de lo que habían calculado al mirar desde la casa. Si quería colocar el morral con la dinamita junto al muro mismo, o dentro, no iba a poder lanzarlo desde allí. Demasiado lejos. Para conseguirlo tendría que incorporarse y avanzar un trecho al descubierto. Y por mucho que los maderistas lo cubriesen, los federales lo iban a ver.

El miedo le golpeó como un puñetazo el vientre y las ingles, haciéndole perder el control de sí mismo. Sonaban tiros por todas partes, y a su espalda, más cercanos, los estampidos casi tranquilos de la carabina de Genovevo Garza. Todo su instinto lo empujaba a aplastarse contra el suelo tras la protección de cemento y no moverse de allí hasta el fin de su vida, fuera lo que fuese cuanto quedara de ella. Respiraba hondo y rápido, muy seguido, intentando encontrar aliento y aclarar la cabeza.

Qué hago aquí, se repetía aturdido. Qué diablos estoy haciendo aquí, si yo nací en Linares.

Tras un momento, serenándose un poco, se quitó el morral por encima de la cabeza y buscó el chicote de la mecha. Los dedos le temblaban cuando sacó de un bolsillo el chisquero. Tenía la palma de la mano tan húmeda de sudor que la ruedecilla resbalaba en ella, sin girar lo suficiente para sacar chispa. Al fin ardió el cordón amarillo, con humo picante y acre. Lo aplicó al chicote, respiró hondo otra vez, apretó los dientes y se puso en pie. Le habría gustado creer en Dios y rezar algo, pero no era el caso.

Corrió ciego, ya sin pensar, igual que un animal asustado. Cinco zancadas de ida, a la carrera, y otras tantas de regreso. Los del fortín lo habían visto, por supuesto, pero la granizada de balas que los mantenía con la cabeza baja les hizo difícil afinar la puntería. Algo fugaz y vibrante rozó el pómulo derecho de Martín, como un moscardón que pasara o una rápida quemadura. Arrojó el morral tan lejos como pudo, con tanta fuerza que creyó que se le dislocaba el hombro. Los balazos empezaron a menudear, buscándolo, cuando la dinamita aún estaba en el aire cayendo al otro lado de las traviesas y los sacos, y él corría de vuelta al resguardo del pilón, que salvó de un salto, dando en la acequia con un golpe tan fuerte que retumbó en su cuerpo como si se rompiera los huesos.

Se protegió la nuca con las manos, y así oyó el estampido: un bang-tump sonoro y seco que hizo estremecerse el suelo y llevó a sus tímpanos y pulmones un golpe de aire tan denso que parecía sólido. Todos los rumores del mundo se extinguieron de pronto, y del cielo silencioso cayeron trozos de traviesa, piedras y paletadas de tierra envueltos en una humareda que olía a madera quemada y azufre.

Ensordecido y ciego, boca abajo, inmóvil y todavía con las manos en la nuca, Martín respiraba y tosía polvo, inseguro de si seguía vivo o estaba muerto.

Contemplaba satisfecho el coronel Villa a los federales rendidos. Se hallaban de pie, sentados o tirados por el suelo, quejándose de sus heridas unos, agonizantes otros. Sucios y negros de pólvora todos. La mayoría, observó Martín, eran jóvenes y menudeaban los de aspecto campesino, entre ellos muchos con cara de indio: levas forzosas, carne de cañón alistada por los hacendados para quitarse de encima a los peones más levantiscos o menos útiles. Se agrupaban los que podían tenerse en pie a modo de rebaño roto, desmoralizado, mirando con recelo los rifles de los hoscos maderistas que los bolseaban para quitarles cuanto llevaban encima. Puestos aparte estaban los rurales, que eran cuatro o cinco, y otros tantos oficiales del ejército. Uno era un mayor de barba cerrada que llevaba un vendaje en torno a la cabeza. Tenía rota una manga de la guerrera azul y las manos costrudas de sangre coagulada y parda.

—Ese jijo de veinte es Santos Ahumada —dijo Villa—. El perro desgraciado que juró que me iba a colgar de un árbol con la lenguota fuera... El que hizo ahorcar en Ojo de Agua a mi compadre Melquíades López con ocho de sus hombres, después de arrancarles las plantas de los pies y hacerlos caminar todo un día por la sierra.

Sonreía vengativo, como un puma asomado a un corral de cabras. Martín, que estaba con Genovevo Garza y otros maderistas, lo vio echarse adelante el sombrero, sacudir el polvo de la ropa e ir despacio hasta el federal, que al verlo cerca procuró erguirse, aunque la pérdida de sangre parecía debilitarlo mucho. Se apoyaba con una mano en el hombro de un oficial mientras Villa le dirigía la palabra. Martín no alcanzaba a oír la conversación, pero las actitudes eran elocuentes: el revolucionario hablaba pausado y tranquilo, sin perder la media sonrisa que en su rostro era siniestra como un presagio, y respondía el federal con monosílabos y ademanes indiferentes, resignado de antemano a un destino sobre el que no se hacía ilusiones. Dio fin Villa a la conversación volviendo la espalda y anduvo unos pasos para alejarse; pero a medio camino pareció pensarlo mejor, porque dio bruscamente la vuelta y, regresando junto al prisionero, sacó el revólver y le voló la tapa de los sesos. Cayó el otro entre sus oficiales espantados. Con mucha sangre fría, Villa enfundó el arma humeante y volvió junto a Martín, Garza y los otros. No se le veía alterado en lo más mínimo.

—Afusílenme a los oficiales —ordenó—, y a los rurales ahórquenlos uno en cada farola, pa que los cuervos les coman los ojos.

Paseaba la mirada alrededor, satisfecho de cuanto veía: el fortín destruido, la ametralladora y el cañón en manos de sus hombres, los federales muertos y prisioneros, el suelo reluciente de cartuchos vacíos y las fachadas de las casas picadas de tiros. Ahora todo estaba en calma allí, bajo la humareda de la oficina postal, que seguía ardiendo. El tiroteo se desplazaba a otros lugares, donde continuaba el combate pero languidecía despacio. Ciudad Juárez estaba en manos de la revolución.

La sonrisa que Villa dirigió a Martín era muy distinta de la que había brindado, como una sentencia, al difunto Santos Ahumada. Ésta era amistosa y agradecida.

—Lo hizo derecho, amiguito. Lo vi con los prismáticos desde allí... Orita sí que tronaron sus chicharrones.

Martín no supo qué decir. Tenía las fosas nasales tapizadas de polvo y pólvora y estaba bajo los efectos de la borrachera del combate, aturdido como en mitad de un sueño raro. Sin embargo, el elogio del coronel le llenó de gozo el corazón. Instintivamente se llevó los dedos al pómulo derecho, que le escocía mucho, y los retiró con sangre.

—¿Golpe o bala? —preguntó Villa, solícito.

—No lo sé... Noté una quemadura cuando corría con el morral. Como si pasara rozándome un abejorro.

Rió Villa, palmeándole la espalda mientras guiñaba un ojo al mayor Garza.

—Puro plomazo, entonces. ¿Que no, mi Geno?

—Asina pues —asintió el otro.

—Y nomás le andó cerca.

—Pos cómo sería de así, mi coronel, que pensé que esos ojetes nos lo quebraban.

—Que le pongan algo ahí, ¿no?... Yodo, o sotol. Vaya a ser que se le infecte.

Martín vio que se acercaban tres hombres. Uno de ellos era el de cara de indio llamado Sarmiento. Venía siniestro y grave, como solía. Tal vez más que las otras veces. Villa se olvidó del joven español para prestar atención al recién llegado.

—Dime que no traes malas noticias, Sarmiento. Por tu agüela.

Había repentina ansiedad en su tono, cual si intuyese desastre en la expresión del otro. Asintió éste, confirmando temores.

—Se esfumó el oro, Pancho. Nos fregaron.

Desencajaba la cara el coronel.

—¿Estás de broma, indio cabrón?

—¿Tú me has visto tantearte alguna vez?

—Nunca.

—Pos eso.

Se quedó callado Villa, boqueando cual si le faltara el aire. Después se pasó los dedos por el bigote y miró alrededor. Apoyaba una mano en la culata del revólver, ceñudo, como si buscara alguien a quien pegarle otro tiro.

—¿Y la escolta?... Era gente de fiar, ¿no?

—Mucho. Pero los tronaron.

—¿A todos?

—Una emboscada en el camino del cerro chico... Seis hombres, seis muertos. Acribillados con rifles desde las rocas.

—¿Y el carro?

—Apareció media legua más lejos, vacío. Había huellas de caballos o mulas, pero se confundían con otras. El suelo es pedregoso y no ayuda.

—Uta.

—Sí.

—Manda una patrulla de indios yaquis. Los mejores rastreadores que tengamos.

—Lo hice. Ya veremos.

Seguía desconcertado Villa. Abría la boca para decir algo más, pero nunca llegaba a hacerlo. Agarró de repente al indio por un brazo, con insólita violencia, y se lo llevó aparte, alejándose unos pasos. Discutían sin que Martín ni Genovevo Garza alcanzasen ahora a escuchar sus palabras. De pronto, Sarmiento señaló a Martín. Lo hizo tres veces, sombrío y venenoso, y a Villa se le tensó más el rostro. Entonces vino hacia el joven, y su expresión había dejado de ser amable con él. Ahora lo miraba con desconfianza mientras interpelaba a Garza.

—¿Estuvo el gachupín todo el tiempo contigo?

—Ni tantito se despegó, mi coronel —repuso el otro—. Casi no le quité el ojo de encima.

—¿Crees tú que...?

Lo dejaba en el aire: acusación no formulada, pero obvia por la mano que volvía a apoyar en la culata del revólver. Negó de nuevo el mayor, convencido.

—Imposible —dijo.

—¿Seguro, compadre?

Los ojos honrados de Garza soportaban tranquilos el escrutinio. Asintió, firme.

—Como de mí mesmo.

Se aclaró al fin el rostro del otro. Suspiró hondo, reflexivo, y su mirada de nuevo franca al posarse en Martín era una disculpa.

—¿Tiene todavía esa moneda, amigo?... La que le di en el Banco de Chihuahua.

Metió Martín, confuso, dos dedos en un bolsillo del chaleco. El maximiliano brillaba al sol, bruñido y reluciente. Villa lo cogió, haciéndolo voltear en el aire. Después se lo guardó en la chaqueta, bajo las cananas casi vacías de cartuchos.

—Me la va a prestar tantito, si no tiene inconveniente. Ya se lo devolveré.

Asintió el joven. La moneda lo tenía sin cuidado. Seguía sintiéndose flotar en aquella aventura, donde todo parecía irreal excepto la mirada siniestra, peligrosa, que Sarmiento le dirigía a espaldas del coronel Villa.

Bajó por la escalera sintiéndose otro hombre, correctamente vestido y en las manos el sombrero recién cepillado, húmedo el pelo tras un largo baño caliente. Media hora inmóvil entre vapor de agua no sólo le había quitado la tierra y el sudor, la mugre acumulada en los últimos dos días, sino que lo había relajado de cuerpo y espíritu. Se sentía como el marino que pasado un temporal llega a puerto y desde allí se vuelve a considerar el viento, las olas y las crestas de espuma que dejó atrás.

Era extraño rememorar lo ocurrido, pensó. Estudiarse a sí mismo con una nueva lucidez fruto de la distancia, de la reflexión y de un cierto estupor. El joven que minutos antes, frente al espejo, se anudaba una corbata en torno al cuello limpio de una camisa no era el mismo al que creía recordar, o no del todo. Además de la herida en el pómulo derecho, algo había cambiado en él. Lo advertía en el rostro más flaco y quemado de sol, en las mejillas hundidas, en las pequeñas arrugas que antes no se apreciaban junto a los párpados. En la nueva expresión de los ojos castaños, más dura y opaca, velada por un barniz de fatiga. Marcada por escenas que ni había imaginado ver. Aquellos ojos, llegó a pensar al verlos en el espejo, habrían necesitado diez o veinte años de una vida, o tal vez una vida entera, para conocer lo que habían visto en menos de cuarenta y ocho horas. Y de ese modo, mientras deslizaba una mano por la barandilla de la escalera del hotel Monte Carlo, Martín Garret comprendió que nunca sería capaz de ver el mundo como antes de descubrir lo fácilmente que se rompía en pedazos. Aunque no lamentara ese descubrimiento, sino todo lo contrario. Su inteligencia, adiestrada en la técnica científica, deseaba ir más allá: descifrar la trama oculta que intuía, asombrado, en la revolución y la guerra.

Una guerra y una revolución victoriosa que habían llegado hasta el mismo hotel. Amedrentado, el personal observaba con inquietud a los insurgentes instalados en la planta baja. El recepcionista-conserje se atrincheraba tras el mostrador de la entrada, los camareros escurrían el bulto y el gerente había desaparecido. Los vencedores se enseñoreaban del salón de estar y la sala de juegos: greñudos, sucios, algunos todavía con las carrilleras de balas cruzándoles el pecho, ocupaban sillones y butacas, dormitaban en las alfombras y jugaban a las cartas sobre los tapetes ahora llenos de quemaduras de cigarros y manchas de comida. El ambiente estaba denso de humo, rumor de conversaciones, roce de huaraches y arrastrar de espuelas en el piso de madera. Las armas se apoyaban en las paredes, los muebles y la mesa de billar, y habían descolgado las cortinas a fin de hacer sudaderos para los caballos. Aun así, se guardaba la disciplina. Nadie bebía alcohol y el bar del hotel estaba cerrado, con un centinela recostado rifle en mano en el mostrador. Lo mismo ocurría en los otros hoteles de la ciudad, el Porfirio Díaz —al que era previsible le durase poco el nombre— y el México. El general Orozco y el coronel Villa seguían castigando la embriaguez con el pelotón de fusilamiento.

Genovevo Garza esperaba sentado en un sillón cerca de la entrada: parecía dormir, con la carabina en el suelo, estiradas las piernas y el sombrero sobre la cara. Iba Martín a reunirse con él cuando vio a Diana Palmer. La norteamericana acababa de llegar: llevaba el mismo vestido gris a cuadros y el bolso grande de cuero del día anterior, y estaba ante el mostrador de recepción intentando conseguir una habitación. Sudada, polvorienta, cansada, discutía con el recepcionista, que alegaba no tener nada libre.

—Pagaré lo que sea —insistía ella—. Necesito una cama y un baño caliente.

—Imposible, señora. Estamos completos. Es imposible.

Intervino Martín. Conocía bien al empleado, un mexicano pequeño, descuidado y venal. Desde que era cliente del Monte Carlo lo mantenía de su parte con generosas propinas.

—Estoy seguro de que puedes arreglarlo, Pablo —dijo.

Se encogía de hombros el otro, evasivo.

—Está muy difícil, señor Garret. Todo es una locura, medio personal no aparece —señaló con disimulo a los insurgentes—. Y esos caballeros no paran de pedir cosas de las que no dispongo.

Había pronunciado con renuencia la palabra *caballeros*, bajando la voz. Sonrió Martín.

—La señora es una famosa periodista y está avalada por don Francisco Madero en persona.

—Así es —dijo ella, sacando del bolso una hoja de papel doblada.

Leyó el recepcionista el documento. Después se tocó la cara, dubitativo.

—Quizá pueda arreglarlo en un par de horas.

Martín le estrechó la mano, deslizando discretamente en ella dos billetes de diez pesos.

—Antes de que se haga de noche, espero.

—Haré lo que pueda.

—Sé que lo harás, Pablo. No defraudemos a la señora.

Hizo el otro desaparecer el dinero con celeridad de prestidigitador.

—Siempre a su servicio, señor Garret.

Se volvió él hacia la mujer, que había presenciado divertida la operación. Lo miraba con fijeza, igual que la tarde y la noche anteriores. Evaluándolo, incluida la pequeña herida de la cara. La nota parecía ahora más alta.

—Se maneja bien aquí —dijo ella.

Miraba Martín hacia la calle.

—¿Dónde está su amigo?

—¿Qué amigo?

—El gringo. Ese tal Logan.

—Oh, no sé. Por ahí... No es mi amigo.

Lo dijo desenvuelta, casi indiferente. Señaló él la escalera que conducía al piso superior.

—Mientras consigue habitación, puedo ofrecerle la mía. Tal vez quiera asearse un poco y descansar.

—¿Habla en serio?

—Por supuesto.

—¿Qué le pasó en la cara?

Se tocó Martín la herida cubierta de tintura de yodo. La soldadera del mayor Garza le había dado un punto de sutura con aguja e hilo de coser.

—Nada importante.

—Cuentan que hizo no sé qué, y que lo hizo bien.

No respondió a eso. Diana Palmer le dirigía una mirada lenta. Pensativa.

—Realmente necesito un baño —dijo ella al fin—. Veo que usted ya lo tomó.

—Deberá disculparme. Hay una bañera en la habitación, pero todavía contiene el agua que utilicé. Haré que la cambien por agua limpia y caliente.

—Se lo agradezco mucho.

Había emitido un suspiro al decir eso. Hizo él un ademán hacia el bolso, pero ella se adelantó.

—No, deje... Puedo llevarlo yo misma.

Subieron la escalera y se detuvieron ante la habitación. Sacó Martín la llave, haciéndola girar en la cerradura.

—Permítame —dijo.

Permaneció ella en el umbral mientras él se aseguraba de que todo estuviera en orden. Extendió la colcha sobre la cama deshecha, dejó la ventana abierta y las toallas húmedas colgadas del toallero, junto a la jofaina de porcelana, el espejo y los útiles de aseo. Metió en el armario el cuello de camisa sucio que había olvidado sobre la cómoda, y tras un último vistazo se volvió hacia la mujer.

—Pase, por favor.

Obedeció moviéndose despacio mientras miraba alrededor tranquila, segura de sí. Estaba claro que no era la primera vez que se veía en una habitación ocupada por un hombre. Al hacerlo pasó cerca de Martín, casi rozándolo, y él advirtió su olor a tierra y a sudor, que en el cuerpo femenino adquiría una condición distinta a la de la gente entre la que se había movido en los últimos días. En este caso era un olor áspero, oscuro, quizá mixto y en cierto modo ambiguo; como si igual delatara suciedad que carne de mujer fatigada y, a pesar de eso —o tal vez por eso—, turbiamente atractiva. Nunca antes Martín había experimentado algo semejante. Sintió una extraña punzada de deseo: un impulso más bien vago, desconcertado y animal, y se ruborizó porque Diana Palmer parecía advertirlo y lo miraba con una curiosidad nueva. Con una seriedad súbita. Después ella desvió la vista hacia la bañera de zinc situada bajo la ventana, llena todavía de agua jabonosa y gris, y él se ruborizó un poco más.

—Voy a ordenar que la cambien —repitió—. Será cosa de un momento.

La mujer sonrió apenas: una leve mueca en el rostro anguloso y duro mientras dejaba su bolso en el suelo, junto al ruedo de la falda y las botas manchadas de polvo y barro seco. La claridad de la ventana abierta, en cuyos vidrios incidía la luz de la tarde, arrancaba otra vez reflejos pajizos, dorados, a sus ojos canela.

—Gracias —dijo.

Se había quitado las horquillas que sujetaban el cabello y éste le cayó sobre los hombros. Con aquel gesto parecía más joven, o al menos eso pensó Martín. Algo menos aplomada e invulnerable. Dejó él la llave sobre la cómoda, moviéndose hacia la puerta.

—No hay por qué darlas... Supongo que su habitación estará disponible pronto. Hasta entonces, considérese en la suya.

—Gracias —repitió ella.

Se miraba en el espejo y había empezado a desabotonarse el vestido, como si ya estuviera sola. Salió Martín al pasillo y cerró la puerta a su espalda.

La avenida 16 de Septiembre hormigueaba de maderistas. Hasta donde alcanzaba la vista había caballos, armas de todas clases, sombreros de ala corta y ancha, holgadas ropas blancas de campesinos, mezclilla azul desteñida de obreros y ferroviarios, chaquetas amarillas y pardas de rancheros. Aquella marea humana de aspecto mugriento y feroz descansaba contra los muros, conversaba con los vecinos que se atrevían a salir a la calle o curioseaba ante las puertas cerradas de comercios y cantinas.

Comprobó Martín que la disciplina seguía en vigor y el saqueo se mantenía en límites razonables: aparte el incendio de la oficina postal y la ferretería y armería Ketelsen & Degetau, sólo unas pocas tiendas de abarrotes habían sufrido el asalto de las ávidas soldaderas que llegaban tras la tropa con sus bultos y niños fajados a la espalda, que ahora disponían fogones y comales en la calle para alimentar a sus hombres. También la gran farmacia situada en la esquina con la avenida Juárez tenía rotos los cristales de las ventanas, la puerta desencajada, y de ella salían revolucionarios con paquetes de vendas, medicinas y frascos de yodo.

—Ahí los tiene, ingeniero —Genovevo Garza señalaba con el cañón de la carabina una larga fila de federales que caminaban bajo custodia de maderistas armados—. ¿Qué le parecen?... De cerca y con el espinazo roto, no se ven tan gallos como cuando nos echan bala.

—¿Qué harán con ellos?

—Ah, pos ya sabe. Los meros juanes, o sea, los pelones de tropa, pueden arrejuntársenos si se les antoja. Al fin y al cabo son puros desgraciados que sacaron de las cárceles o alistaron a la fuerza.

Miraba Martín, compasivo, a aquellos hombres pequeños de rostros aindiados y morenos, ojos opacos y bocas secas, ahumados de polvo y pólvora. Alguno cojeaba apoyado en los compañeros.

—¿Y los que no?

—Ah, güeno. Pos ya sabe también. A fin de cuentas, ellos y sus jefes nos roban a los pobres nuestros puercos y gallinas, nos queman las casas y se llevan a nuestras mujeres... No vamos a ir jalándolos, ni devolvérselos al gobierno pa que nos los eche encima otra vez, ¿no?

Cerca de la aduana central se encontraron con Tom Logan. El norteamericano estaba sentado a la sombra con otros maderistas, y al ver a Martín y al mayor se puso en pie y vino hacia ellos. Traía la escopeta en una mano y con la otra mordisqueaba un trozo de cecina.

—¿Saben lo del general Navarro? —preguntó.

No lo sabían, y mientras caminaban los puso al corriente. Se rumoreaba que el jefe de la guarnición se había rendido con sus últimos quinientos hombres poniendo condiciones, una de las cuales era que respetasen su vida y la de los jefes y oficiales que siguieran vivos. Por lo visto, don Francisco Madero había aceptado los términos, y eso enfurecía al general Orozco y al coronel Villa, que tenían cuentas pendientes con el militar que había hecho fusilar a sus hombres en Cerro Prieto.

—Ya veremos —dijo Genovevo Garza, cuyo rostro se había ensombrecido.

Miraba Logan a Martín con curiosidad.

—¿Vio a Diana, compañero?... La dejé en la puerta de su mismo hotel, me parece.

—Sí. Por allí andaba.

—¿Y sabe si consiguió alojamiento?

—Puede ser. Andaba en ello.

Masticó el otro un último trozo de cecina y se hurgó los dientes con una uña.

—Mujer interesante, ¿no cree?... Por lo visto fue ella quien pidió al *New York Evening Journal* que la mandara aquí. Y no es de las que se arrugan, desde luego. De ayer a hoy ha oído silbar unas cuantas balas.

—¿Y usted? —inquirió Martín.

—¿Yo? ¿Qué pasa conmigo?

—¿Qué hace un gringo en la revolución?

Ladeó Logan la cabeza, sorprendido.

—Lo mismo podría preguntarle... ¿Qué hace un español?

—Al señor ingeniero lo solicitamos nosotros —aclaró el mayor Garza—. Y se vino a puro pelo, sin protestar.

—No me diga.

—Uta. Sabe de dinamita más que los meros militares.

—Ah.

Seguían caminando. Garza le guiñó un ojo a Martín, señalando de soslayo al norteamericano.

—Este güero cabrón conoce bien las ametralladoras.

Sonrió Logan echándose la escopeta al hombro. Entre sus patillas rojizas, el ala del sombrero le agrisaba más los ojos metálicos.

—Me doy maña para repararlas cuando se averían. Manejé una Gatling en la guerra contra España.

Lo miró Martín con renovado interés.

—¿Estuvo en Cuba?

—En la isla de Puerto Rico, lomas de San Juan... Sus compatriotas se defendieron bien. Desde entonces respeto a los españoles.

Reía Genovevo Garza entre dientes, escuchando aquello.

—Pos aquí donde lo ve, que aún parece medio chamaco, el ingeniero es a respetar del todo —palmeó con afecto un hombro de Martín—. Se lo ganó a lo macho.

Frente a la aduana central había revuelo, zumbar de conversaciones y caras serias. Se agolpaba allí un gentío de insurgentes que miraban con expectación hacia el edificio, custodiado por la guardia personal de Francisco Madero. Unos cuantos codazos de Genovevo Garza les abrieron paso hasta la puerta cuando salía por ella el coronel Villa con algunos miembros de su estado mayor. Aún vestía de campaña, con las mitazas polvorientas, las espuelas resonando y la pistola al cinto. Caminaba a largas zancadas, traía el sombrero inclinado sobre los ojos y se manoseaba la cara con ademán sombrío. Parecía furioso. Al ver a Garza se paró delante.

—Quihubo, compadre... ¿Dónde andabas?

—Acompañando al ingeniero, mi coronel.

El revolucionario ni miró a Martín.

—Qué ingenieros ni qué la chingada. Aquí es donde me hacías falta.

—¿Qué es lo que pasa?

—¿Qué pasa? —al ver que se arremolinaban los hombres, Villa miró en torno y alzó la voz—: Pos que me faltan a la palabra. El general Navarro se va de rositas.

—¿Y cómo es eso?

—El señor Madero ha cambiado de idea. Prometió entregarme a ese criminal si tomábamos Juárez, y lo hemos tomado. Pero dice ora que es imposible. Quesque la humanidad y la clemencia.

—¿Y qué dice el general Orozco?... También él quería ajustárselas a Navarro.

—Se ha puesto de parte de Madero y de la punta de cuentachiles que lo rodea, que él llama su gabinete: los que se estaban rascando la tripa mientras nosotros nos agarrábamos a balazos... Y orita dicen que enfriar a ese jijo de veinte padres es impolítico.

—¿Impolítico?

—Con todas sus letras, las que tenga. Nos desairan, y a mí me lleva la tiznada.

Las últimas palabras despertaron la indignación de los villistas que estaban cerca. Recordaban a sus compañeros ejecutados por Navarro y palmeaban los rifles pidiendo ir a fusilar por las bravas al Tigre de Cerro Prieto. En la puerta de la aduana, los de la guardia maderista se ojeaban unos a otros con inquietud. Tanto creció el clamor que el mismo Villa alzó las manos para apaciguarlo.

—Tranquilícense, muchachos —dijo al fin, acallando a sus hombres—. Vayan con sus viejas, quienes las tengan. Coman y descansen, que bien se lo ganaron. Y compórtense. Todo se va a arreglar, lo prometo.

Se alejaron de la aduana. Iban juntos Villa, Garza y Martín, acompañados por Sarmiento y dos hombres más. Con parsimonia, escopeta al hombro, Tom Logan los seguía de lejos.

—Tenían que haber visto a esos huevones —se lamentaba Villa—. Gobierno del México democrático, dicen. Y ni un peón, ni un combatiente hay entre ellos: hacendados, abogados... Hasta un ministro de la Guerra que nunca jaló un gatillo.

—¿Y qué va a hacer, mi coronel? —inquirió Garza.

—He presentado mi renuncia. Me voy.

—¿Cómo que se va?

—Pos que se va —dijo Sarmiento, sombrío.

Asentía Villa.

—Lo que dice aquí, el indio. Que me voy a mi rancho de San Andrés.

—¿Así, por las buenas?

—Por las buenas no, por las malas. Pero cada araña por su hebra. Me dan diez mil pesos y la licencia.

—Ay, madre —Garza se rascaba el cogote, confuso—. ¿Y nosotros?

—Se suscriben, o prescriben, o como se diga, a la tropa de Raúl Madero, el hermano del presidente... Él es ora su jefe militar.

—¿Y si no queremos?

—Pos el que no quiera, a su casa y más amigos que puercos. Algo le darán también, que pa eso peleamos, ¿no?

—¿Y la revolución, mi coronel?

Se volvió a medias Villa, mirando hacia el edificio de la aduana.

—Según esos señores de ahí dentro, la revolución está hecha. Ya se imaginan en la capital. Según parece, con esto de Juárez al viejo Porfirio Díaz le queda un desayuno, y cambiarán las cosas. O eso dicen, aunque de cambios yo por ahora vea pocos.

Negaba Garza, abatido. Se había quitado el sombrero y la luz del sol parecía ahondarle la cicatriz de la cara. Miró con recelo al indio.

—¿Sarmiento también se queda?

—No, se viene conmigo. De escolta.

—¿Y yo qué hago, mi coronel?

Sonaba tan desvalido que Villa le dedicó una sonrisa de aliento.

—De aquí a nada harás lo que se te pegue la gana; pero de momento sigues cumpliendo órdenes. No podemos irnos todos.

—Pero oye, Pancho...

—¿Qué, compadre? No te me pongas funerario.

No escapaba a Martín el repentino tuteo ni el cambio de tratamiento, de graduación militar a nombre propio del jefe insurgente. Inclinaba la cabeza Genovevo Garza, huraño, mirándose las botas polvorientas. Cual si le costara decir lo que decía.

—Llevamos juntos un chingo de tiempo, desde que nos echábamos rurales en Sierra Azul, ¿no?

—Así es, mi Geno.

—Antes de meternos en la bola. Cuando nomás nos llamaban puros bandidos.

—Es verdá... ¿Y qué hay con eso?

No dijo más el mayor. Seguía mirándose las botas, dolido. Villa le pasó un brazo sobre los hombros, estrechándolo con fuerza. Don Francisco Madero, aseguró, era un hombre honrado. Aunque no supiera ver ciertas cosas.

—Demasiado güena persona —concluyó—. ¿Comprendes, hermano? Si yo me voy, tampoco es cosa de dejarlo solo en manos de Orozco y los otros cuervos, ¿no?... De ese titipuchal de muertos de hambre. Hay que mantenerle gente güena, de confianza. Gente revolucionaria y probada como tú.

—Pero te llevas a Sarmiento.

—Eso es porque confío más en ti que en este apache ojete, que sin mí se descarría y mata a quien no debe. Si lo tengo cerca, lo vigilo mejor —le dedicó al aludido una sonrisa sombría—. Además, tenemos un asunto pendiente él y yo.

Como si sus propias palabras le hubieran recordado a Martín, fijó Villa la atención en el joven. Lo miraba de arriba abajo y su sonrisa se había vuelto sardónica.

—Por cierto, señor gachupín. Lo veo repeinado y limpio, pero de plano que va a ensuciarse otra vez.

Se sorprendió Martín.

—¿A qué se refiere, coronel?

—¿La revolución sigue contando con usté?

—Pues no sé —titubeó, confuso—. El mayor Garza... Bueno. Si él se queda...

—Pos entonces usté nomás se queda, ¿no?

—Sí, de momento. O eso creo.

Soltó Villa una carcajada. El antiguo bandolero siempre reía así, confirmó Martín. Sonoro, vital. Excesivo como casi todo en él: su cólera y sus buenos humores.

—Órale, mi Geno. Siempre juntitos, ¿no? —le guiñó un ojo a Martín—. Más vale no poner celosa a su Maclovia, que a la mala es una pantera.

Media sonrisa aclaró el rostro de Genovevo Garza. Sacudía bonachón la cabeza, volviendo al tratamiento y al usted.

—No me tantee, mi coronel.

Martín seguía pendiente de Villa.

—¿De qué se trata lo de ensuciarme? —quiso saber.

Se encogió el otro de hombros, señalando hacia el sur.

—Dizque los federales preparan su contrataque. Por lo que cuentan los telegrafistas, un tren viene a Juárez con tropas frescas. Y en un lugar llamado barranca del Fraile se les puede perjudicar.

—Conozco el sitio —dijo Garza—. Un puente de ferrocarril sobre una quebrada honda, a ocho leguas de aquí.

—Eso mesmo, sí... Y al gachupín le van a pedir que se lo tumbe.

Se detuvo Villa de pronto, y dio con un dedo en el pecho de Martín, a la altura del corazón.

—Pero aprevéngase, amigo —añadió—. Si lo agarran los pelones antes que esto acabe, se lo cobran gacho.

—Intentaré que no me agarren.

—Más vale. Aluego le darán sus instrucciones. Pero oiga, dígame una pregunta. ¿Por qué se metió en esto?... Su mercé es más de los de arriba que de los de abajo.

Dudó Martín. Seguía sin serle fácil responder a eso. Ni siquiera para sí mismo.

—Pues no sé —dijo al fin—. Como le dije ayer, las minas donde trabajo están cerradas.

—¿Y aquella curiosidad de la que me platicó?

—Alguna sigue habiendo.

Hizo Villa ademán de continuar camino, pero Martín permaneció quieto. Seguía buscando respuestas.

—También, a veces —añadió—, los de abajo me caen mejor que los de arriba.

—¿Sólo a veces?

—A menudo.

Aprobó Villa, complacido.

—Ahí lo dijo derecho, amiguito.

—Gracias.

El coronel había colgado los pulgares en el cinto de la pistola y lo observaba, atento.

—O sea y resumiendo, que le gusta esto... Andar en la bola.

—Sí —admitió el joven casi con candidez—. Creo que me gusta.

—Cuando uno pelea por una causa, por el pueblo, se siente entero, ¿no?... Más hombre.

—Podría ser.

—Y como español, ¿qué le parecemos los de aquí? ¿Sabemos morir?

Lo pensó Martín un momento.

—Maltratar a un mexicano no es una injusticia —concluyó—. Es un peligro.

—Ta güeno eso.

—Saben pelear, y son al mismo tiempo crueles y tiernos.

Soltó Villa una risotada.

—¿Tiernos, dice? Híjole... Eso suena a puros amujerados —miró a Garza, guasón—. Te digo lo de antes, mi Geno... Vigila las nalgas cuando duermas, por si te dan tu agua.

Martín seguía mirando al coronel. Por alguna insólita razón, se sentía más seguro que antes. Atrevido, incluso. Y quizás insolente.

—¿Me permite a mí una pregunta, coronel?

—Claro... Ándele.

—¿Sabe algo más del cargamento desaparecido?

A Villa le cambió la expresión. Se empequeñecieron, desconfiados, sus ojos color café.

—¿Y qué le va a usté en eso?

—Nada en realidad. Pero también por ese oro siento curiosidad. En cierto modo ayudé a conseguirlo.

—De curiosos están llenos los panteones —intervino Sarmiento.

Lo había apuntado en voz baja, entre dientes. Miró Martín el rostro impasible del indio. Nada podía leerse en él, lo que inquietaba más que un gesto o una amenaza explícitos. Por su parte, tras el relámpago de recelo, Villa parecía relajarse.

—No sé nada —dijo con calma—. Pero en tantito sepa, a más de uno lo quiebro. Y a más de dos.

Dio la vuelta como para seguir andando, y de pronto se palpó un bolsillo.

—No olvido que le debo una moneda de oro, señor español... Ésta no se va a perder como se perdió el resto. Así que procure seguir vivo pa recuperarla, si nos vemos.

—Y si no se muere antes —apuntó Sarmiento.

Volvió a reír Villa, sonoro y brutal.

—Ah, claro... Es así, al chile. Si aquí el amiguito no se muere antes.

4. La barranca del Fraile

Hacía frío. Bajo las estrellas que recortaban las siluetas de los edificios, las fogatas salpicaban la noche de resplandores rojizos. Había muchas, y se prolongaban desde la misión de Guadalupe hasta la aduana, e incluso más allá. Toda la avenida 16 de Septiembre era un inmenso vivac donde acampaban las tropas maderistas. Iban a ser las once y aún olía el aire a humo de leña, a frijoles fritos, a carne asada y café de olla. Había centenares de bultos humanos durmiendo arrimados a los porches y las fachadas, inmóviles en torno a los fuegos o moviéndose despacio entre ellos. Casi todo aquel ejército de sombras se mantenía en un silencio que sólo desmentían algún rumor de conversaciones, relinchos de caballos amarrados y la canción que una lejana voz masculina, a la que de vez en cuando se sumaba el coro de otras, desgranaba en la oscuridad:

> *Tanto mestuvo rogando*
> *hasta que me sacó un rial.*
> *¡Ay, qué mujeres ingratas,*
> *no saben considerar!*

Con una manta sobre los hombros, Martín Garret contemplaba aquello desde la puerta del hotel Monte

Carlo, respirando el aroma de la aventura que de modo tan singular le removía el corazón y la cabeza. Sensaciones y sentimientos se entrecruzaban en desorden, impidiéndole conciliar el sueño. Por eso, pese a la fatiga de la jornada —de las dos jornadas transcurridas y de lo que iba a deparar la próxima—, el joven permanecía inmóvil recostado en una columna del porche, atento a tan extraña noche. Pensaba en su momento ambiguo y su futuro incierto, y lo sorprendía la ausencia de inquietud o miedo. En las últimas cuarenta horas, su vida discurría por un paisaje de límites imposibles: geografía mental que, en lugar de preocupar, estimulaba. Había leído historias parecidas en novelas y libros de viajes, pero jamás imaginó vivirlas en persona. Ahora se sentía flotar en el tiempo y el espacio, en un lugar donde pasado y futuro carecían de sentido; dejaban de tener importancia, sustituidos por esa rara serenidad semejante a una droga tranquila. Tal vez sea éste mi verdadero carácter, concluía asombrado. Mi vocación. Vivir suspendido en la aventura de un prolongado presente. Y no lo supe hasta hoy.

Sintió olor a humo de tabaco de buena calidad, roce de ropas a su espalda y crujir de botas sobre las tablas del porche, y al volverse a medias reconoció a Diana Palmer. La norteamericana se detuvo a su lado, y en la penumbra advirtió Martín que llevaba el cabello suelto y se cubría con una toquilla de lana. La brasa de un cigarro brillaba tenue entre sus dedos.

—Qué insólita ciudad —murmuró ella.

No parecía dirigirse al joven, sino hablar para sí misma. Y Martín no dijo nada. Permanecieron un momento callados uno junto al otro, contemplando los puntos rojos de las fogatas.

—¿Qué tal su habitación? —dijo él por fin.

—Oh, muy bien. Más pequeña que la suya, pero suficiente. Su amigo Pablo cumplió de sobra.

Volvió el silencio entre ambos. Lejana, la canción se apagaba con un último compás de guitarra.

—¿A qué hora salen para el sur?

Casi se sobresaltó Martín.

—¿Quiénes?

—No se haga el tonto... Usted y los que van a encargarse del tren federal.

Volvió a mirarla. Ahora con desconfianza.

—¿Qué sabe de eso?

—Lo suficiente. Saberlo forma parte de mi trabajo. Y he pedido acompañarlos.

—No creo que la autoricen. Aquello es...

—No esté tan seguro —lo interrumpió, áspera—. Se lo solicité esta tarde al señor Madero, y dijo que tal vez.

Lo pensó Martín. Qué más da, concluyó.

—Nos iremos temprano, al alba.

—Tom Logan está encargado de avisarme, si la autorización llega a tiempo.

—¿Y si no?

—Pues me quedaré aquí, haciendo otras cosas. No me falta materia.

—¿Ya envió una crónica a su periódico?

—Sí, esta tarde, desde El Paso: *Los revolucionarios toman Juárez.*

Se avivó la brasa del cigarro cuando ella lo llevó a los labios. Y no me agradan las mujeres que fuman, pensó Martín. Ninguna auténtica señora lo hace. Es más propio de aventureras y mujerzuelas, o así lo creí siempre.

—¿No fuma usted? —preguntó ella, como si penetrase sus pensamientos.

—No me gusta.

—Hace bien. Conservará los dientes blancos y bonitos.

Por un instante, con desagrado, imaginó besarla y sentir el sabor del tabaco. La penumbra velaba el rostro de Diana Palmer, pero Martín recordó su boca atractiva, dura aunque sugerente, o quizá sugerente justo por eso. Por su dureza. Aquella ambigua sequedad, tan diferente a las mujeres a las que antes había conocido.

Volvió a avivarse la brasa en el rostro de la norteamericana.

—¿Puedo llamarlo Martín?

—Por favor.

—¿No siente sueño, Martín? Mañana puede tener otro día duro.

—No —negaba con la cabeza como un muchacho que ignorase demasiadas respuestas—. Es todo tan...

—¿Raro?

La contempló, vagamente sorprendido.

—¿También para usted?

—Escribo en periódicos desde hace tiempo, he viajado y hecho cosas, algunas muy excitantes. Pero ésta es mi primera guerra.

—Y la mía —confesó él.

—Pues según cuentan, se ha desenvuelto como si hubiera hecho otras. Esa herida en la cara...

No respondió Martín a eso. Miraba los fuegos que punteaban la noche. Tras un momento, la mujer habló de nuevo.

—No se parece a las novelas —dijo—, ni a la música militar, ni a los monumentos que hay en las plazas, ¿verdad?

Volvió él a negar con la cabeza.

—En absoluto.

—¿Y qué es lo que más impresiona?... Lo primero que le vendrá a la memoria cuando haya pasado el tiempo. ¿Los muertos y la sangre?

—¿Ése es su caso?

—Tal vez lo sea. ¿Y el suyo?

Lo pensó un momento.

—El zumbido de moscas y el olor —decidió—. Esa mezcla de suciedad y cosas quemadas —se tocaba la nariz y la ropa—. Permanece aquí y da la impresión de que no se borrará nunca.

—Sí, es verdad.

Unos jinetes pasaron ante el hotel, callados, con sólo el rumor de los cascos de sus cabalgaduras. El contraluz de las fogatas y el cielo estrellado recortaban sus grandes sombreros y los largos cañones de los rifles.

—¿Qué opina de ellos? —quiso saber Diana Palmer.

Asintió Martín. Era fácil responder a eso.

—Ingenuos y valientes, diría... Conmueven hasta en su ferocidad.

Le pareció que ella suspiraba, aunque no supo por qué. La brasa del cigarro había vuelto a avivarse en la penumbra.

—¿Cree que lo conseguirán? Ser libres, al fin.

—No puedo adivinar el futuro —respondió él—, pero lo merecen.

—He conversado con sus jefes: Madero y los otros. Tienen buenas palabras e intenciones, pero no estoy segura de que sus objetivos y los del pueblo al que dicen representar sean idénticos —se detuvo cual si buscara argumentos—. Usted ha leído algo de historia, creo.

—No mucho. Soy más bien de libros técnicos y novelas fáciles: Dumas, Julio Verne, Blasco Ibáñez... Cosas así.

—¿Y esa *Anábasis* que vi en su habitación? ¿También le gustan los clásicos griegos? ¿Jenofonte?

—No sé —admitió él—. Empiezo a leerlo ahora.

—¿Por qué ese libro?

—Simple casualidad. Estaba en las oficinas de la mina donde trabajo.

La oyó reír suavemente.

—*Thalassa, thalassa*... Es una buena historia: diez mil mercenarios griegos rodeados de enemigos, buscando el mar para volver a casa.

—Todavía no he llegado a ese capítulo.

—Llegará. Todos llegamos, tarde o temprano.

De mutuo y tácito acuerdo, habían empezado a caminar. Se apartaron del hotel y anduvieron calle adelante, hacia la aduana. Al pasar junto a las fogatas los iluminaba su resplandor rojizo. Hombres y mujeres sentados alzaban el rostro para mirarlos con curiosidad.

—La historia de la humanidad abunda en conmociones parecidas a ésta —decía Diana Palmer—. La Revolución Francesa, las independencias americanas, la Comuna de París, los disturbios políticos en España... Tragedias heroicas que acaban en vodeviles grotescos, beneficiando a los de siempre. Pocos revolucionarios siguen siéndolo cuando alcanzan el poder.

—Tal vez aquí sea distinto —objetó Martín—. Madero parece un hombre honrado. Y México...

Se quedó ahí, dubitativo, y retomó ella el argumento.

—¿Demasiada injusticia y hambre acumulada, demasiada desesperación?

Hizo el joven un ademán sencillo, de evidencia.

—Va a ser difícil que esta gente se resigne a lo de antes.

Volvió a reír la norteamericana. Más fuerte ahora. Más irónica.

—No me diga que tiene ideas socialistas.

—Oh, no, para nada —se apresuró en responder—. Pertenezco a un ambiente que detesta el socialismo.

—¿A los de arriba, como dicen aquí?

—A los de en medio, pero viniendo de abajo.

—Vaya... ¿De dónde sale, entonces, esa fe suya?

—No sé. En todo caso sería una fe nueva, reciente. Nunca me lo planteé hasta ahora.

Se detuvo un momento, pensándolo de verdad. Concentrado en la idea.

—No —dijo al fin, con ingenua rotundidad.

—¿A qué se refiere?

—A que no se trata de fe en nada... Los aprecio. Me siento bien entre ellos.

—¿Se ha vuelto un revolucionario puramente práctico? —la mujer parecía divertirse con la charla—. ¿Un hombre de instintos y acción, como Logan?

La comparación desagradó a Martín.

—Tampoco —repuso con súbita frialdad—. Estoy lejos de eso. Me he enamorado de esta revolución y su gente, que es distinto.

—¿Enamorado?

Lo pensó él un poco más.

—Eso creo —confirmó.

Emitiendo otra risa queda, Diana Palmer dejó caer el cigarro al suelo y lo aplastó con la suela de la bota.

—Vaya —sonaba irónico en su boca—. Hace pocos días estaba usted en sus minas, supongo... ¿Se enamora con facilidad?

Los llamaron desde una fogata. Genovevo Garza estaba sentado con su soldadera Maclovia Ángeles y otros hombres y mujeres, puestos fusiles y carabinas en pabellón. Los revolucionarios les hicieron hueco junto al fuego. Algunos preparaban bombas de mano con perillas de cama y tubos llenos de clavos, tuercas y pólvora. Martín les había enseñado a hacerlo y estaban encantados.

—Quihúbole, ingeniero. Debería estar durmiendo, ¿no?... Salimos temprano, con los gallos.

—Ahora iré.

—Tiene que cuidarse, hombre. Lo necesitamos muy entero.

Martín no las tenía todas consigo.

—¿Iremos a caballo?... No soy bueno en eso.

—No se preocupe, que tendremos un tren: una locomotora y dos vagones pa la tropa y el material.

Indicó el joven a Diana Palmer.

—Creo que la señora también viene. O eso ha pedido, al menos.

—Pos si le dan permiso, no hay problema... ¿Ya cenaron? ¿Un cafecito?

Les pasaron dos tazas desparejas, desportilladas. Martín bebió de la suya. Aromático y fuerte. Quemaba.

—Es bueno.

—Del mejor, marca La Negrita. Y recién molido. Se lo incautó mi Maclovia en la tienda de abarrotes que está allá abajo, la que llaman del turco Hassán.

—Creía que estaba prohibido el saqueo —dijo Diana Palmer.

—Quesque no es saquear, mi doña —Garza sonreía, incómodo—. Los revolucionarios tenemos que alimentarnos pa seguir peleando... Fíjese que pa lo otro aquí nos tiene, al raso, pudiendo entrarle a las casas y dormir bajo techo. Pero se trata de respetar a la gente, ¿que no?

La norteamericana observaba el rostro impenetrable de Maclovia.

—Traen muchas mujeres con ustedes... ¿También ellas combaten?

—Pos si hace falta, más sí que no; porque muchas saben sorrajar plomazos como cualquier cristiano. Pero de momento no hace. Ya nos ocupamos nosotros.

Ajena a la conversación, como si no fuera con ella, Maclovia recogía las tazas vacías y echaba más café en ellas, pasándoselas a los otros hombres sentados en torno a la fogata. Advirtió Martín que la soldadera se había quitado dos carrilleras de balas que le cruzaban el pecho sobre la blusa blanca y sucia, pero conservaba al cinto la pistola. Las brasas del fuego iluminaban su perfil norteño duro y chato, la gruesa y grasienta trenza negra a la espalda.

—No crean que lo de nuestras viejas es fácil —prosiguió Garza—. Tienen que asegurar que tengamos comida, lavarnos y zurcirnos la ropa, cargar con nuestro parque y armas, y todo eso. Algunas traen a los chamacos, pa acabarla de amolar. Como mulas vienen algunas pobres.

—¿Los siguen todo el tiempo?

—¿Qué, si no?... Naide atiende a un hombre mejor que su hembra. Por eso semos bien suertudos los que tenemos una. Tendría que haberlas visto hoy cuando entraron detrás de nosotros, con sus carabinas y pistolas algunas, metiendo el hocico por todos lados en busca de qué echarse al costal. Dispuestas a partirse la madre con quien se les pusiera rejego.

Había pasado el mayor un brazo sobre los hombros de Maclovia, estrechándola con afecto. Ella permanecía indiferente, atenta al fuego y la olla del café.

—¿También los federales traen a sus mujeres? —quiso saber Martín.

—Muchos traen, aunque entre ayer y hoy, como les hemos dado hasta por debajo de la lengua, más de una y de cuatro quedaron viudas, ¿no?... Ya andan por ahí, emparejándose con los nuestros. Buscando quien las jale y las proteja.

—¿Tan fácilmente cambian de bando? —se sorprendió la norteamericana.

—No tienen bando, mi doña. Federal o revolucionario, un hombre es un hombre. Pero mejor con nosotros que con ellos —Garza acariciaba la espalda de la soldadera—. ¿O no, mi reina?

Maclovia Ángeles no le parecía a Martín una reina. Por su expresión, a Diana Palmer tampoco.

—¿Ella no tiene bando? —inquirió.

—Ah, qué usté. Aquí mi prieta es otra cosa, oiga. Tiene motivos.

—¿Y pueden saberse esos motivos?

—Diles, Maclovia. Órale.

Alzó la vista la soldadera y miró a Martín. Después, con desgana, sus ojos grandes y oscuros se posaron en la periodista. La medían recelosos, calculando si aquella extranjera sería capaz de comprender lo que iba a decir.

—Vivía tranquila por el rumbo de Casas Grandes —dijo al fin—. Un par de vacas, un hombre y dos hijos... Y un día llegaron los rurales del gobierno.

Tenía una voz ronca, casi masculina, volvió a comprobar Martín. Quemada, imaginó, de alcohol, tabaco y antiguos sollozos. También de más recientes gritos de odio. La soldadera se había detenido para recoger las tazas de café. Las puso juntas y se secó despacio las manos en la larga y amplia falda.

—Cuando se fueron —concluyó—, ya no tenía hombre, ni hijos, ni vacas, ni nada.

Siguió un silencio. Movía la cabeza Genovevo Garza, afirmativo. Orgulloso.

—Después que la conocí, la ayudé a cobrárselo. Yo andaba ya en la bola con Pancho Villa y le tenía puesto el ojo al sargento de rurales que se lo hizo... Epigmenio Fuentes se llamaba el jijo de la chingada. Así que una noche, con mucho sigilo, le caímos a la puerta de una cantina y nos lo llevamos de paseo.

—¿Estaba ella presente? —se interesó Diana Palmer.

—Pos claro que estaba —Garza señaló a Maclovia con el pulgar—. Fue quien jaló de la reata cuando colgamos a ese perro de un huizache bien alto. A lo macho... ¿No es verdá, mi chula?

Se levantó la soldadera, y cogió un cántaro.

—Voy por agua.

La vieron perderse en la oscuridad, entre el resplandor de las fogatas. La norteamericana se volvió hacia Garza.

—¿Piensan tener hijos?

Se encogió de hombros el revolucionario.

110

—¿Pa qué traer criaturas inocentes a este mundo, donde falta pan y sobran balas?... Cuando la revolución termine y cada quien tenga su ranchito y su milpa, ya veremos.

—¿Y si usted muere antes de que todo acabe?

Miraba Garza hacia la oscuridad donde había desaparecido Maclovia. De pronto soltó una carcajada seca, brutal, desprovista de humor y de esperanza.

—Ah, pos entonces ya no será mi problema, ¿no?... Ella verá. Ustedes las mujeres siempre tienen con qué.

El alba los encontró a bordo del tren, que corría entre los cerros recortados en un horizonte que pasaba despacio del negro al violeta, bajo un cielo donde aún se resistían las estrellas. A oscuras, mecidos por el traqueteo del convoy —locomotora y dos vagones de mercancías, uno abierto y otro cerrado—, los hombres flacos y requemados, con armas entre las piernas o colgadas cerca, dormitaban en espera de su destino. Entre una veintena de ellos, en el vagón abierto contiguo al ténder, Martín observaba el lento romper del día. El aire nocturno, hendido por la velocidad, era muy frío. Llevaba el joven ingeniero la manta sobre los hombros, convertida en sarape mediante una abertura en el centro, y entornaba los ojos para evitar las partículas de carbonilla que traía el humo acre. En las curvas podía ver la noche en retroceso ante la forma oscura de la locomotora, de cuya caldera saltaban chispazos cuando se abría el portillo para palear carbón. Desde que el tren salió de Juárez, el mayor Garza permanecía allí pistola al cinto, carabina en una mano y jarra de café en la otra, vigilando al fogonero y al maquinista. Atento a que no hubiera malas jugadas.

111

—Ya debe de faltar poco para el Fraile —dijo Tom Logan.

Se hallaba junto a Martín, apoyado en un costado del primer vagón. Con el hueco de la mano protegía un cigarro de mariguana para evitar que el aire se llevara la brasa o lo consumiese demasiado pronto.

—Espero —añadió— que los federales no lleguen antes que nosotros.

—Eso lo sabremos en seguida —respondió Martín.

—Me gustará verte colocar tu dinamita. Todavía no te he visto volar nada, héroe... *The show must go on*, decimos allí arriba. A ver si eres tan virtuoso como dicen.

Lo tuteaba ahora al hablar en español, sin que Martín le hubiera dado pie a ello. Miró éste el bulto oscuro de Diana Palmer, cubierta con una manta y dormida a sus pies entre los fardos de equipo. El permiso para que la periodista estuviese allí, firmado por Francisco Madero, incluía a Logan como escolta.

—¿De verdad estuvo usted en las lomas de San Juan?

Recalcó el *usted*, pero el otro, indiferente, persistió en el tuteo. Sin embargo, advertía Martín, su hablar era el de alguien con cierta educación. No un simple hombre rudo de frontera.

—Pues claro, ya te dije... Estuve en el segundo ataque, cuando aquel payaso fanfarrón de Roosevelt nos lanzó colina arriba, diciendo que era pan comido y que por la noche estaríamos en San Juan. Pero nuestros Springfield eran menos eficaces que los Máuser españoles, y tus compatriotas nos dieron bien... Luchaban como tigres, pegados al terreno.

Se quedó callado. Una tenue claridad dibujaba ahora su perfil sobre los cerros negros del horizonte. Inclinó el rostro, contemplando a la mujer dormida en su nido de sombras.

—Después de la guerra dejé el ejército y estuve una temporada con los rangers de Texas —añadió tras un momento—. Pero hubo algún problemilla y tuve que irme.

—¿Problemilla?

Reía Logan entre dientes.

—Es más elegante llamarlo así, compañero.

—Ah, ya... Comprendo.

—Después trabajé un poco por todas partes, hasta que me enteré de que aquí se cocía algo grande. Así que, probando suerte, crucé el río y, como dicen los mexicanos, entré en la bola... Al principio estuve en Baja California con unos cuantos amigos, buscándome la vida con Stanley Williams y los insurrectos de Leyva. Gente más bien rara.

—Mercenarios —interpretó Martín.

Rió el otro de nuevo.

—Bueno, hay muchas maneras de decirlo: aventureros, voluntarios, soldados de fortuna... Filibusteros es el mal nombre que aquí nos daban. De todas formas acabó por no gustarme aquella historia, que olía demasiado a socialismo. Así que me vine con Madero. Peleé en Casas Grandes, donde los porfiristas nos dieron un buen jarabe, y en la estación Bauche... Mi experiencia con ametralladoras sirvió para que me consideraran un poco más. Reparé un par de ellas capturadas a los federales, y todo eso. Tampoco las manejo mal. Así que, bueno. Aquí me tienes.

Se quedó en silencio, dio una chupada al cigarro y volvió a protegerlo en el hueco de la mano.

—Como se decía antes —añadió de pronto—, vivo de mi espada.

—¿Naciste en los Estados Unidos?

—En Irlanda. Un lugar llamado Moneygall, del que nada recuerdo... Me trajeron a América siendo muy pequeño.

Seguía el tren su marcha y el vagón se estremecía monótono, traqueteando sobre los raíles. La franja de claridad del horizonte era mayor y velaba las estrellas bajas, pasando del gris azulado al naranja pálido. Ahora podían distinguirse bien la locomotora, el vagón de cola y los revolucionarios acurrucados entre los fardos y el equipo del vagón abierto, embozados con sus sarapes y grandes sombreros.

—¿Y cómo fue lo de ella? —Martín señaló a la mujer dormida, resignándose al tuteo—. Tu paso de ametrallador a escolta de una periodista yanqui.

—Oh, eso... Pues casualidad, como todo en esta vida. Pero ya ves: Diana y yo nos llevamos de maravilla. Va a sacarme en sus artículos, dice.

—Parece que sabe desenvolverse.

—Hace hoy cuatro días apareció en el cuartel general provista de cartas de recomendación, con ese aire de reina viajera que tiene. Y el enano, que es un coqueto, se dejó tambear.

—¿El enano?

—Madero, carajo. El jefe. Y como el único estadounidense que andaba cerca era yo, me encargó escoltarla. Tiene gracia, ¿no?... Todos dan por sentado que, como somos compatriotas y ella es mujer, voy a comportarme como un caballero.

—¿Y te comportas?

—¿Me qué, dices?

—Como un caballero.

—Ah, eso —Logan lo pensó un momento—. La caballerosidad es algo relativo, compañero... Para más detalles, pregúntale a ella cuando se despierte.

Miró Martín a la norteamericana dormida.

—No es normal ver a una mujer aquí. Una extranjera, quiero decir.

—Pues con ésta todo acaba pareciéndote normal. Está muy bregada, hecha a viajar y a arreglárselas sola. La señora Palmer, te lo aseguro, no salió ayer de un colegio de monjas.

—De todas formas hay que ser valiente, ¿no? —dudó Martín—. Ella se expone a...

Lo dejó ahí, sin acabar de referirse a qué. Imaginar ciertas posibilidades lo hacía sentirse turbado. Muy incómodo.

—Oh, sí —acordó Logan, convencido—. Se expone a eso y a mucho más.

Estuvo después callado, cual si considerase sus propias palabras, y al cabo dejó salir otra risa ácida que a Martín le sonó desagradable.

—Y no está mal, ¿verdad?... Seca y larguirucha, pero no está nada mal. No me importaría ser algo de eso a lo que ella se expone.

Abrió la tapa del explosor —era un Siemens-Halske en bastante buen estado, capturado el día anterior a las tropas federales—, conectó los cables a los bornes e hizo girar la llave para dar cuerda al mecanismo, procurando no sacarla antes de tiempo. Al extremo de los trescientos metros de hilo telefónico que bajaban hacia el cauce seco de la barranca, cuatro cargas de dinamita minaban los pilares centrales del puente del Fraile.

—Todo a punto —dijo.

Se había quitado el sombrero para secarse con una manga el sudor de la frente. Eran las diez de la mañana y el sol estaba alto en un cielo desteñido y sin nubes, castigando a los hombres que se frotaban las manos con tierra para que no resbalaran de sudor las carabinas; reduciendo cada vez más la poca sombra que brindaban algunos mezquites altos entre los que revoloteaban las urracas.

—A ver si tenemos suerte —apuntó Genovevo Garza.

Estaba de rodillas, observando con mucha atención el puente de hierro y madera y la sección de vía férrea que quedaba a la vista. Medio kilómetro a su espalda, el tren en el que habían venido desde Juárez permanecía oculto en la curva de una colina.

—Ya se oye —añadió tras un momento.

También Martín lo oía: un resoplido y un traqueteo aún distantes al otro lado de la barranca, aproximándose entre los cerros sobre los que empezaba a ser visible un penacho de humo negro.

—Espere tantito hasta que estén encima —repitió el mayor Garza por enésima vez—. Y entonces los manda a chingar a su madre.

Diana Palmer estaba un poco más allá, escondida en una nopalera. Tenía el cabello recogido con un pañuelo anudado en la nuca. El sudor le corría por el perfil de la cara sucia de hollín y tierra, y le mojaba, oscureciéndolo bajo los brazos, el vestido de cuadros grises. La norteamericana entreabría la boca como si le costara respirar el aire caliente, crispada en una mueca tensa de expectación y quizá de avidez, ajena a cuanto no fuese el puente y la vía. Se había incorporado para echar un vistazo, y Martín vio que Tom Logan, que se hallaba detrás, le ponía una mano en un hombro para hacerla agacharse de nuevo.

—Ahí asoman esos culeros —murmuró Garza.

El tren había aparecido tras el cerro más cercano, a doscientos metros del puente: un vagón descubierto delante, con tropas, precedía a la locomotora grande y negra que arrastraba otros cuatro. Garza se tumbó sobre un costado y le dio con el codo a Martín.

—Orita es suyo, ingeniero.

Miró éste el explosor, la llave a tope de vueltas con el resorte retenido por el seguro. Después de secarse las manos en la ropa, extrajo con cuidado la llave del mecanismo de cuerda para introducirla en el de activado. Bastaba ahora un cuarto de vuelta a la derecha para que la dinamo hiciese saltar la chispa que, inducida por el cable telefónico, haría estallar las cargas. Calculó distancia y velocidad del convoy, pendiente del momento exacto. En menos de un minuto, como decía Genovevo Garza, todo a la tiznada. Dos pájaros de un tiro, o más bien tres: puente, tren y federales.

—Uta —exclamó Garza, sorprendido—. Se paran.

Era cierto. Vio Martín que el tren aflojaba la marcha hasta detenerse a unos treinta metros del puente, inmóvil como un monstruo receloso cuyo único signo de vida fuese el humo de la locomotora que ascendía vertical al cielo. De pronto, el silbato emitió dos toques agudos, chirriantes, y de los costados del convoy surgieron figurillas vestidas de caqui que se dispersaron por el borde de la barranca, a ambos lados de la vía, buscando la protección de las piedras y los mezquites.

—¡Desgraciados, jijos de su pinche madre! ¡Se olieron el cuatro!

No se limitaban los federales a quedarse en el otro lado, observó Martín con desconcierto. Unos cubrían con su fuego desde arriba y otros bajaban al cauce seco, desplegándose en torno a los pilares. Levantaban pequeñas polvaredas al correr. También los maderistas empezaron a disparar desde su posición y el tiroteo se hizo general. Inesperadamente, desde el primer vagón del convoy tronó una ametralladora. Sonaba constante y ronca, casi monótona, alternando ráfagas cortas y largas. Tacatá, hacía. Tacatacatá. Crepitaban los disparos cual chisporrotear de leña seca, multiplicados por el eco, y las balas zumbaban ladera arriba o soltaban vibrantes chasquidos al golpear en las rocas.

Indiferente a los plomazos, puesto en pie, Garza cortaba cartucho una y otra vez, disparando su 30/30.

—¡Aquí está su padre, pelones!... ¡Y usté éntreles, ingeniero, que se nos vienen encima!

Gritó Martín para hacerse oír entre los estampidos, una mano en la llave del mecanismo de activado. Seiscientos vatios esperando el clic. Ya era cuestión de segundos.

—¡Agáchese, mayor!

—¡Qué agáchese ni qué chingados!... ¡Píquele nomás, o suben y nos friegan!

Dirigió el joven una rápida mirada a Diana Palmer. Tozuda, sin atender a los balazos que pasaban cerca, volvía a levantar la cabeza para ver mejor el campo de batalla. En ese momento parecía menos atractiva: la tensión envejecía sus rasgos angulosos y duros. Seguía respirando con ansia, a boqueadas. Eso hacía subir y bajar su pecho, dilataba las aletas de la nariz y los ojos brillaban excitados. A dos pasos, desentendido de ella, de rodillas y con la escopeta pegada a la cara, Tom Logan disparaba contra los federales.

A Martín le temblaban los dedos. Procurando controlarse, giró la llave a la derecha, un cuarto de vuelta.

—¡Ahí viene! —advirtió.

Durante tres angustiosos segundos no hubo nada. Con el corazón detenido, Martín temió un fracaso, un cable suelto, una mala conexión. Alzaba el rostro para mirar el puente cuando vio surgir cuatro grandes fogonazos naranjas y una polvareda que se expandió rápida por la barranca, coronada por una espiral de humo. El estampido llegó un segundo después: un retumbar seco y un puñetazo de aire cálido que agitó las palas espinosas de los nopales.

El teniente federal tenía los ojos verdes, la piel pálida y el pelo negro y espeso cortado a cepillo. Era muy joven, casi un niño, y Martín supuso que había salido de la Academia pocas semanas atrás. De cualquier modo era inútil preguntarle por su edad, pues no habría podido responder. Sólo emitía sonidos ininteligibles sofocados por un gorgoteo líquido: un balazo le había arrancado la mandíbula, cuyos restos pendían sobre el cuello aún correctamente abrochado de la guerrera, y otro le ensangrentaba una pierna por debajo de la rodilla, manchando la polaina cubierta de polvo. Sus hombres lo habían puesto a la sombra de uno de los pilares que aún se mantenían en pie, entre hierros retorcidos y tablones rotos.

Miró Martín alrededor, impresionado. Arriba, surcando el contraluz del sol, planeaban pacientes zopilotes a la espera de adueñarse del lugar. Abajo, el estallido de la dinamita y el derrumbe del puente habían yugulado el intento federal. Todavía humeaban los matorrales quemados. La barranca se veía salpicada de escombros y soldados muertos por la explosión y el tiroteo antes de que los supervivientes retrocedieran y el tren gubernamental diese marcha atrás, desandando camino entre los cerros. De momento, ganada para la revolución, Ciudad Juárez estaba a salvo. Los revolucionarios se movían entre la veintena de cadáveres despojándolos de armas, ropa y calzado, remataban a tiros o machetazos a los heridos y agrupaban a los prisioneros —cinco hombres sucios, aturdidos y asustados— cerca del lugar donde agonizaba el teniente.

—Lindo trabajo, ingeniero —dijo Genovevo Garza.

Asintió Martín, distraído, mientras el mayor le daba golpecitos en la espalda. Miraba al federal moribundo y a Diana Palmer arrodillada a su lado, inmóvil excepto cuando levantaba una mano para espantar el enjambre de moscas que atormentaba las heridas.

Sentado en una piedra, echado atrás el sombrero, Tom Logan recargaba con postas la escopeta. Miró brevemente a la norteamericana y le guiñó un ojo a Martín.

—Impresiona más cuando al que ves morir es tierno y guapo, ¿verdad?

Lo pensó el joven.

—Supongo que sí —concluyó.

—Puedes estar seguro, compañero... Sobre todo si eres mujer. Esa mezcla de instinto maternal y sexo difuso lo hace irresistible para ellas. Les toca la panochita, como dicen aquí.

Se acercó Martín al herido, que cada vez respiraba con más dificultad. La sangre seguía manando y encharcaba la tierra, embarrándola de rojo.

—Quiere agua —dijo Diana Palmer.

La observó con sorpresa el joven mientras se acuclillaba a su lado: inclinaba ella el rostro hacia el moribundo sin apartar de él los ojos.

—No tiene por dónde beberla —dijo Martín.

Señalaba la boca del teniente, convertida en una pulpa sanguinolenta de carne, huesos y dientes rotos. Era imposible introducir agua en esa garganta.

—Qué horror —murmuró ella.

Sin embargo, no parecía horrorizada. Martín no advirtió, ni siquiera en su tono de voz, indicios de espanto o conmoción. Observaba impasible, tranquila, con una curiosidad fría y casi científica. Alejó otra vez las moscas del herido y movió la cabeza.

—Nunca había visto morir despacio... Por violencia y así, tan despacio.

De pronto miraba inquisitiva a Martín, cual si esperase de él una respuesta reveladora, o fingiera esperarla.

—Hay muchas formas de morir —dijo él.

—¿Y le está siendo útil conocerlas todas? ¿Educativo, tal vez?

Era imposible establecer si hablaba en serio o era sarcasmo. Se puso Martín en pie, sin responder, pero Diana Palmer lo retuvo con otra mirada.

—México no es un mal sitio para aprender... ¿No cree?

Hizo él un ademán que abarcaba la barranca.

—Éste no es lugar para una mujer —se limitó a decir.

Oyó reír a Tom Logan, que escuchaba la conversación. Una mueca despectiva curvó los labios de ella. Un súbito destello de cólera en los ojos.

—¿Y sí lo es para un ingeniero de minas español?

Fue el tono, más que sus palabras, lo que dejó a Martín sin respuesta. Tras un momento, ella sacudió la cabeza y volvió a observar al moribundo.

—Sabe poco de lugares apropiados para mujeres, me parece.

Asintió él, casi inocente.

—Tiene razón... Le ruego que me disculpe.

Volvió Diana Palmer a mirarlo, y su expresión había cambiado. Ya no parecía irritada. Ahora lo estudiaba con renovada curiosidad, como la tarde anterior en el hotel Monte Carlo.

—¿Siempre es usted así?

Se sorprendió Martín, otra vez inseguro.

—¿Cómo es así?

Dudó la norteamericana, muy seria. Después señaló al teniente federal.

—Como él.

—No comprendo.

Entreabrió ella los labios, pero no llegó a responder. La sombra de Genovevo Garza se interpuso entre ambos.

—Hay que ir yéndose —dijo el mayor—. Nuestro tren espera.

Miró Martín a los prisioneros, temiendo lo habitual.

—¿Y ellos?

—Se vienen con nosotros —lo tranquilizó el otro—. Entran en la bola.

Se había agachado sobre el teniente herido para registrarle la guerrera. Sacó de los bolsillos una billetera con documentos, un encendedor y una pitillera de plata. También un cortaplumas y un rosario. Se lo guardó todo menos el rosario, que tiró al suelo.

—¿Y él? —inquirió Martín.

Encogió los hombros el revolucionario.

—Me vale madres.

—No podemos dejarlo aquí, mayor —dijo Diana Palmer.

Se puso Garza en pie sin mirar a la mujer.

—Dejarlo así, querrá decir —replicó—. Porque quedarse, va a quedarse de plano —indicó el daño de la cara y la herida de la pierna—. Ya me dirán si tiene arreglo, ¿que no?... Destazado como un cabrito.

Tom Logan había encendido un cigarrillo. Señaló los cadáveres esparcidos por la barranca, que empezaban a ennegrecerse e hincharse al sol.

—De todas formas es un oficial —intervino—, y no uno de esos desgraciados. Conocía las reglas.

Asintió el mayor Garza. Tenía la carabina en una mano y apoyaba la otra en la culata del revólver. De pronto le dirigió a Martín una sonrisa torcida.

—Pa ser todo un revolucionario, ingeniero, nomás le falta echarse al plato a uno de éstos... ¿Qué opina?

Había sacado el revólver, un Colt de seis tiros, y se lo ofrecía. Tardó Martín en comprender el sentido de aquello. Entonces se tocó el bulto de su propia arma, que llevaba en el bolsillo de la chaqueta, y dio un respingo.

—Opino que no.

Tenía la boca seca y sonó rauco. Alzando el rostro, echado atrás el sombrero, Garza contemplaba el planeo de los zopilotes.

—Mire que le haría un favor; porque cuando toca, pos toca, y naide se muere la víspera... Ya ha sufrido lo suyo, y esos de arriba esperan su momento. No se lo querrá dejar vivo, oiga.

—Yo no hago eso, mayor.

—Ay, épale —se puso serio el otro—. ¿No lo hace?

—No.

Tras mirarlo fijamente unos segundos, se volvió el maderista hacia Diana Palmer y le ofreció el revólver a ella.

—Igual aquí la señora, que tanto se interesa... ¿Que no le haría usté su favorcito al teniente?

Se irguió ella cual si hubiera recibido un golpe, sin responder. Sus ojos ardían de cólera.

—Ande, mi doña —la animó Garza—. Dele palante.

Tom Logan se había puesto en pie, cigarrillo en una mano y escopeta en la otra.

—Yo me encargo.

Le dirigió el mayor una ojeada lenta. Pensativa. De pronto recordó Martín que aquel revolucionario al que ya apreciaba podía ser muy peligroso.

—Así me gustan los hombres: enteros y bien machos —dijo al fin Garza—. Todo suyo, amigo.

Enfundó el revólver mientras se alejaba. Logan se puso el cigarrillo en la boca y movió la corredera de la escopeta, acercando el cañón a la cara del herido. Miró a Martín y a la mujer.

—Apártense un poco. Esto salpica.

Corría el tren de regreso a Juárez por un campo yermo donde nunca hubo caminos, entre colinas bajas y tierra amarilla. El sol declinante empezaba a alargar las sombras.

—No era por usté —comentó Genovevo Garza como si se disculpara.

Asintió Martín.

—Eso pensé... En realidad iba por ella, ¿no?

Señalaba con el mentón a Diana Palmer, sentada al otro lado del vagón junto al mercenario norteamericano. Y apenas lo dijo, oyó reír al mayor en voz baja.

123

—No tiene ni tantito de pendejo, ingeniero.

Se quedó observando Garza los flecos de nubes doradas que se formaban en el horizonte. Al rato se rascó el bigote.

—Hay una cosa que me se atraviesa, ¿sabe?... Algunos güeros vienen a pasear por México a lo turista y miran como de lejos. Juzgando lo que ven o lo que creen ver, no con nuestros ojos sino con los suyos. ¿Entiende?

Estudiaba a Martín, penetrante. Asintió éste.

—Creo que sí.

—Eh, y no va por usté. Desde que nos encontramos en esa cantina ha hecho más por la revolución que muchos que conozco. Cuantimás, no se agacha fácil: se rifó el cuero como pocos, y yo eso lo aprecio y lo respeto. Hasta mi coronel Villa lo elogió, acuérdese.

—Pero no soy un revolucionario —objetó Martín—. Sólo pasaba por aquí. También soy un turista en esta guerra.

—Hay una diferencia: no se queda mirando. Y lo que piense padentro no lo dice o no se le nota. Lo guarda bien calladito. Pero por fuera se la juega como mero macho, sin que naide lo obligue.

—Bueno. Es una aventura...

—Újole. ¿Cómo dice que es?

Reflexionó el joven, buscando términos.

—Pintoresca —concluyó—. Asombrosa.

—Pos lo que sea, paga el precio de vivirla. No anda como un costal de molestias que haya que ir jalando —miró a Tom Logan, que seguía sentado junto a la periodista—. Tampoco es como ese gringo, que acude igual que un coyote al olor de la sangre porque le gusta el desorden y además cobra su plata... No, ingeniero. Usté toca otra música.

Iban pasando con rapidez los postes telegráficos a un lado de la vía. El aire en movimiento levantaba el ala del sombrero del mayor. Cerró un puño para golpear amisto-so a Martín en el hombro, mas no consumó el gesto.

—Yo lo comprendo, no crea —prosiguió tras un si-lencio—. Soy medio analfabeto, pero comprendo... No cree en la revolución, o usté sabrá; pero sí en quienes la hacemos. En nuestros siglos de trabajar como bestias pa que nos paguen con un hambre que no se harta nunca... Esto le despierta curiosidad y por ella arriesga. No viene de gachupín listo, en plan chinguetas. Se fija en todo, in-tenta ser útil y pregunta cuando no sabe.

—Bueno, es así como se aprende, ¿no?... He aprendi-do más en tres días que en tres años.

—Por eso me cae simpático. Porque sabiendo lo que sabe, que ya es mucho, y de poner dinamita lo sabe todi-to, sigue queriendo aprender. Por eso le gusta usté a mi coronel Villa y a los que andamos en la bola.

—No a todos. Recuerde cómo me mira ese tal Sar-miento.

—Haga poca cuenta de ese indio culero. ¿Que no ve que está loco?... Además, se fue con el coronel.

El recuerdo desazonaba a Martín: el cargamento de-saparecido y las miradas de Sarmiento. De un extraño modo, se sentía vinculado a todo aquello.

—¿Qué habrá ocurrido con el oro del Banco de Chi-huahua?

Se pasó Garza, sombrío, una uña por el bigote.

—Ah, pos no sé. Son tiempos revueltos y no te pue-des fiar de naide. Pero de algo estoy seguro: tan luego que Pancho Villa averigüe quién nos metió el alacrán en la bota, lo va a dejar más cadáver que el gusanito del mezcal.

Chasqueó la lengua, movió la cabeza y se quedó con-templando el paisaje. Rebasaba el tren, sin detenerse, un apeadero cuyo cobertizo eran tizones negros y el depó-sito de agua un desorden de tablones rotos y hierros retorcidos. Más allá había una ranchería en ruinas y después, de nuevo, el desierto.

Martín señaló disimuladamente a Diana Palmer.

—¿Y ella, mayor?... ¿Por qué la provocó usted?

Lo miró el mexicano con exagerada sorpresa.

—¿Dice que la provoqué?

—Cuando el teniente herido.

—Ah, sí.

Sonreía Garza, irónico, recostado en el oscilante murete del vagón.

—¿No la vio mirarlo a él y a nosotros? —respondió—. Piense. ¿Cómo lo hacía?

—La vi, claro. Pero no comprendo...

—La doña viene de arriba —lo interrumpió el mayor—, y no digo del norte del Bravo. Llega a estos rumbos a juzgarnos y a contárselo a quien lea su periódico. Con las manos limpias, mientras los de aquí nos rompemos la madre... ¿Comprende lo que digo?

—No del todo.

—Ella tiene libertá, si le sale, de escribir que semos unos criminales mugrosos y unos salvajes. Y lo hará. Quise aprenderle que cuando uno, por suponer, es compasivo o cabrón o tan peor, tiene que serlo en todo. Hasta pa empuercarse las manos, ¿no?... Es fácil creerse arriba cuando quienes se empuercan las manos son otros.

Lo meditaba Martín.

—Creo que es injusto con ella —decidió.

—Niguas, no me se haga pendejo. Si yo quisiera ser justo, sería juez.

—Es una mujer muy valiente.

—Y eso respeto, que lo sea. ¿De qué, si no, íbamos a dejarla estar aquí? Pero no me gusta cómo mira, se lo repito. Cómo nos mira feo, la jija de tal. Tan rechula, ¿no? Tan arrogante.

—Es extranjera.

—Qué extranjera ni qué chingados. Pa ser mujer como es, debería ser más humilde.

Tomaba el tren una curva pronunciada que bordeaba unos pedregales: silbó la locomotora y el viento trajo un penacho de humo y carbonilla que revolvió espirales negras por el convoy. Encaramados con sus rifles al techo del vagón de atrás, media docena de revolucionarios vigilaban el paisaje.

—¿Y qué hará usté ora, ingeniero? Porque esto parece que se acaba. Según los jefes, el señor Madero estará en la capital antes de un mes.

—Pues no sé... Volveré a mi trabajo, supongo.

Sonrió Garza, amistoso y cómplice.

—¿A seguir explotando al pueblo mexicano?

—Yo qué sé —Martín le devolvía la misma sonrisa—. También tengo jefes, así que haré lo que me manden.

—Oiga, amigo.

—Diga, mayor.

—No le pregunté, pero ya hay confianza... ¿Tiene mujer o novia, aquí o en España?

Guardó silencio un instante, pensativo.

—Había alguien allí —repuso al fin—. Pero las cartas se fueron espaciando.

—¿Las de usté o las de ella?

—Las de ella, principalmente. La distancia y el tiempo matan muchas cosas.

—Ésa es la verdá pelona, sí. Más que las balas... Por eso no me separo de mi Maclovia, ni ella de mí.

—Es un hombre afortunado.

—Y que lo diga. Me salió güena mujer, que no siempre pasa. Prometí que algún día tendríamos un ranchito, y ya mero vamos a conseguirlo.

El sol estaba más bajo, tocando el horizonte. Las sombras de los magueyes y las piedras eran tan largas que parecían interminables. A uno y otro lado de la vía férrea, el desierto se inflamaba de rojo.

—Ha sido un gusto conocerlo —dijo de pronto el mexicano—. Aunque tenga hocico de chamaco, es todo un hombre... Se ha portado bien, y se la debo. Si alguna vez necesita algo de Genovevo Garza, pregunte y búsqueme.

Una inusual nubecilla de afecto caldeaba sus ojos duros. Por alguna razón inexplicable, Martín se sintió conmovido.

—Lo mismo digo, mayor.

Los dos hombres se estrecharon la mano con sencillez. Asentía el maderista, casi melancólico.

—Me se hace, ingeniero, que después de Ciudad Juárez y el triunfo de la revolución no volveremos a vernos en éstas, ¿no?... Aunque nunca se sabe.

Tras decir eso permaneció pensativo, muy serio, tocándose la cicatriz de la cara. De nuevo se le endurecía la mirada. Contempló un momento a Diana Palmer y al mercenario norteamericano, y luego a los revolucionarios sentados en el techo del otro vagón.

—Sí —repitió como para sí mismo—. En México nunca se sabe.

5. La Casa de los Azulejos

—Se le va de las manos... Poquito a poco, pero se le va.

Emilio Ulúa, presidente de la Sociedad Minera y Metalúrgica Norteña, asociado mexicano del consorcio hispanobelga Figueroa —corpulento, rostro afeitado, corbata de seda con alfiler de diamantes—, señalaba alrededor con el habano que sostenía entre los dedos. Parecía que todo lo que contaba ocurriese allí mismo, en el salón principal del restaurante Gambrinus.

—¿Y eso a dónde lleva a México? —se interesó Luis María Aguirre, marqués de Santo Amaro.

Fijó el otro sus ojos achinados y astutos en el aristócrata español. Después miró de soslayo a Martín Garret mientras se encogía de hombros, evasivo.

—No sabría decirle, don Luis.

—Inténtelo, hombre.

Pareció pensarlo el mexicano, visiblemente incómodo. Alejó con gesto desabrido a un camarero que se acercaba a la mesa y puso los codos sobre el mantel.

—En todo caso, a un lugar peligroso —bajó la voz—. Muy desagradable.

—¿Y cómo de eso?

Hizo Ulúa como que lo pensaba un poco más.

—Demasiado, para que dure —concedió al fin—. Unos creen que el presidente Madero incumple sus promesas; otros, que es débil y pierde el control de la nación... Las tropas revolucionarias del norte, que fueron desarmadas y disueltas tras la victoria, están descontentas. Y añadamos el problema de Zapata y sus indios en el sur, que nadie resuelve.

—¿Y usted opina que el gobierno se ve superado por la situación?

—No es una opinión. Es un hecho.

Hizo Emilio Ulúa una pausa para humedecer el extremo del cigarro en la copa de coñac y lo llevó de nuevo a la boca mientras se recostaba en la silla. Miraba ceñudo a Martín, como si recelase de él una versión contraria.

—Aquí en la capital —prosiguió con desgana tras un momento—, la mayoría del Congreso sigue siendo porfirista y los periódicos son cada vez más agresivos: *La Tribuna*, *El País*, *El Tiempo*, incluso los anarquistas de *Regeneración*... Aprovechando la libertad de prensa concedida por nuestro pusilánime presidente, gotean vitriolo día tras día. Y hasta las revistas teatrales zahieren al gobierno para divertir a los espectadores.

Atento a sus palabras, Luis María Aguirre —propietario del once por ciento de las acciones del consorcio Figueroa, llegado de España en el *Alfonso XIII* cuatro días atrás— removía con una cucharilla de plata la taza de café. Era un hombre alto y tranquilo de mediana edad, más delgado que grueso. Lentes con montura de oro, barbita sedosa y rala, una libra esterlina de adorno en la cadena del reloj y un jazmín en el ojal de la chaqueta. Relucía un sello con escudo nobiliario en el dedo anular de su mano izquierda.

—Pero tengo entendido que su entrada en la capital fue apoteósica —objetó—. Que nunca se había visto aquí un entusiasmo semejante... ¿No?

—Eso fue hace ocho meses. Y también las elecciones de octubre las ganó con holgura. Pero desde entonces ha decepcionado a demasiada gente —se inclinó un poco más sobre la mesa, confidencial—. El Enano de Tapanco, lo llaman ahora sus adversarios.

—¿Enano?

—Dicen que mide un metro y cuarenta y seis centímetros.

—¿Y el ejército? ¿Qué piensan los militares?

Modulaba Ulúa una sonrisa torcida.

—Oh, bueno, ya sabe. Ustedes también los tienen en España, ¿no?... Pensar no es exactamente lo suyo. Digamos que por ahora miran y callan.

—Allí los tenemos ocupados en Marruecos, donde también hay minas.

—Sabia precaución. Aquí no están ocupados en nada, y eso es un problema. O una ventaja, según se mire.

Bebió el marqués un sorbo de café y depositó con mucho cuidado la taza en el platillo de porcelana.

—Desde que desembarqué en Veracruz oigo hablar del general Huerta... ¿Es de fiar?

Tras decir eso, tocándose los labios con una punta de la servilleta, observó a Ulúa y a Martín, pero éste guardaba silencio. Oficialmente se le había convocado como único empleado español del consorcio Figueroa en México, para ayudar a que el visitante se sintiera atendido y cómodo. Pero el ingeniero intuía que en aquella comida se jugaba algo más que eso. Su pasado reciente flotaba en el aire.

Dio Ulúa una larga chupada al cigarro.

—Mientras Huerta siga leal a Madero, que le tiene mucha confianza, las aguas no se saldrán del cauce. Todo es cosa de esperar y barajar, a ver qué naipes vienen.

Volvía el mexicano a señalar en torno: los comensales bajo las grandes arañas de cristal, los cuadros de buena factura en las paredes, los camareros impecables, el rumor discreto de conversaciones y la luz agradable que se filtraba entre las cortinas de terciopelo iluminando negocios, vanidades, infidelidades conyugales y conspiraciones políticas. *Quien ha comido aquí una vez* —la frase encabezaba las elegantes cartas impresas del menú francés— *no frecuenta otro restaurant.*

—Que no lo engañe lo que ve, don Luis. Éste no es el México real, y ni siquiera ésta es una ciudad real. El ex presidente Díaz proyectó un centro urbano despejado de la gente pobre: quiso separar el poder y la riqueza de los problemas sociales, de salud y moralidad. Construir una capital como Washington o París, blanqueada racial y culturalmente.

—Desde luego, los logros son espectaculares —admitió el marqués.

—Pues la desastrosa gestión de Madero pone todo eso en peligro. Calmadas tras el amago revolucionario, otra vez las masas protestan y se agitan. Y nadie les pone coto con mano dura.

Miraba Aguirre a Martín, animándolo a intervenir.

—Estás muy callado, muchacho.

Sonrió el joven sin responder. No era la primera vez que coincidía con Luis María Aguirre: antes de que lo destinaran a México había trabajado seis meses en el despacho principal del consorcio Figueroa en la Gran Vía de Madrid, donde se habían tratado un poco. Pese a la distancia social y a la elevada posición del marqués de Santo Amaro, a Martín le gustaban sus modales suaves y su mirada inteligente de tahúr distinguido. Y la simpatía era mutua.

Insistía Aguirre.

—Tú sí estás en contacto con el México real, ¿no?

—Algo estoy, por mi trabajo —repuso al fin el joven, prudente.

—¿Y opinas lo mismo que don Emilio?

—No le falta razón al contar los hechos.

—¿Y cuáles son las causas, en tu opinión?

—Falta de mano dura —insistió Ulúa.

Martín no entró a debatir eso. Sabía que penetraba en terreno peligroso, pero no podía evitarlo.

—Demasiadas promesas incumplidas... Los de arriba siguen donde estaban, mientras la gente que de verdad peleó se siente olvidada. Traicionada, incluso.

Soltó el mexicano, impaciente, una densa bocanada de humo.

—¿Y qué esperaban? ¿Comer *canard à l'orange* en Gambrinus?

Martín seguía mirando al marqués.

—Hace dos semanas, antes de mi viaje a la capital, los mineros de Piedra Chiquita y los campesinos de los pueblos cercanos causaron disturbios y se les reprimió a tiros... Muchos de ellos combatieron con las tropas de Villa y Orozco, pero siguen pasando hambre y miseria.

—Como puede ver, don Luis —apostilló malévolo Ulúa—, nuestro ingeniero se mueve en un paisaje de lealtades difusas.

—Ser leal a mi empresa no significa estar ciego. Usted vive aquí, don Emilio, y yo paso la mayor parte del tiempo allí arriba... Cada uno ve lo que ve.

Se enrojeció el semblante del mexicano. De repente, la corbata y el alto cuello de celuloide parecían apretarle. Mordió el puro, irritado.

—Algunos, según se cuenta, han visto más de lo debido.

Lo deslizó con mala intención, barajando suspicacias, rencores y agravios. Y ya entramos en materia, pensó Martín. En realidad me han traído aquí para esto: un juicio más o menos sumario con fiscal, con juez y sin abogado. Confirmando sus sospechas, Aguirre se había vuelto hacia él muy despacio, ofreciéndole tiempo para disponer una respuesta.

—¿Es cierto, Martín? —el marqués hablaba sosegado, severo, mirándole la pequeña cicatriz del pómulo derecho—. ¿Qué hay de esos rumores sobre lo que hiciste en Ciudad Juárez?

—Son más que rumores —precisó Ulúa, venenoso.

Sin pestañear, asombrado de su propia calma, el joven sostuvo la mirada de uno y otro. Es muy posible, pensaba fríamente, que dentro de diez minutos me encuentre sin empleo. Sin embargo, y para su íntima sorpresa, descubrió que no le importaba en absoluto. Por algún raro motivo se sentía muy lúcido y libre. Tengo una carrera y voy a cumplir veinticinco años, concluyó estoico. Qué diablos. El mundo es grande, y además hablo inglés y alemán.

—Exageran —respondió—. Estaba allí cuando el combate en la ciudad. Lo viví de cerca, y poco más.

El *poco más* no le salió tan firme como pretendía. El marqués escuchaba con atención.

—Una experiencia pintoresca, imagino —comentó.

—Sí, bueno, hubo de todo... En cualquier caso, interesante.

Lo dijo sin desviar la mirada, sencillo y sincero, o pareciéndolo. Aguirre lo observaba pensativo, y no se mostraba satisfecho. Fue Ulúa quien intervino.

—Si le soy franco, don Luis, desde el primer momento consideré retirar a su ingeniero. Devolverlo a España... Los rumores sobre su implicación en los disturbios del norte son inconvenientes.

El marqués seguía observando inquisitivo al joven.

—¿Interviniste allí, como dicen?

Martín procuraba sostenerle la mirada. Si pestañeo, pensó, estoy perdido. Y posiblemente aunque no lo haga.

—No siempre se puede elegir, don Luis.

—Hum... ¿Eso crees?

—Lo sé. O creo saberlo.

—Voluntario, forzado, da igual —se impacientó Ulúa—. Nos puso a todos en una situación delicada. Cuando reabrimos las minas quise enviarlo de vuelta, y sólo la negativa de la oficina en Madrid...

Lo interrumpió Aguirre alzando un poco una mano.

—No fue una negativa —repuso—, sino un aplazamiento.

—Es lo mismo.

—Puede que sí y puede que no.

Sonreía vagamente el marqués. Había sacado el reloj de un bolsillo del chaleco y tras abrir la tapa consultaba la hora.

—¿Sabía usted, don Emilio, que el padre y el abuelo de Martín fueron mineros?

Vaciló el otro, desconcertado.

—No, lo ignoraba.

—Supongo que a él no le importa que lo mencione, y por eso lo hago. Procedente de familia modesta, este muchacho se hizo a sí mismo con esfuerzo y estudio. Es brillante, tenaz. Por eso destacó en España y lo enviamos a México —mientras guardaba el reloj, Aguirre miró con tristeza a Martín—. Tiene un gran futuro por delante... O lo tenía.

Las últimas palabras sonaban a sentencia. Siguió un silencio, cual si de nuevo el marqués concediese a Martín la posibilidad de defenderse. Pero éste no dijo nada. Estaba aturdido, incapaz de argumentar en su favor. Era todo demasiado complicado para resumirlo en palabras. Ni Aguirre ni Ulúa habían estado en Juárez. No sabían nada de Genovevo Garza, Maclovia Ángeles o el Banco de Chihuahua. De los hombres muertos en las calles, el olor de la sangre y el retumbar de las granadas.

El marqués de Santo Amaro parecía vacilar ante la condena definitiva.

—La insurrección fue un paréntesis trágico, desde luego —dijo tras un momento—. Pero ya pasó. Y aunque los revolucionarios perseguían a los españoles, a Martín lo respetaron. O tal vez se hizo respetar. Eso también ayudó a nuestros intereses en el norte: las minas funcionan a pleno rendimiento y todos los informes son favorables.

—Oh, por supuesto —asintió Ulúa—. Yo me refiero a la vertiente política.

Lo pensó Aguirre un poco.

—Más nos interesa la rentabilidad. Y según tengo entendido, las innovaciones técnicas que este muchacho ha aplicado en Piedra Chiquita son ejemplares... ¿Es cierto?

—No estamos discutiendo eso —concedió el mexicano a regañadientes.

—Pero tiene mucho que ver. Como dije antes, Martín es competente. Retirarlo podría ser un error.

—La decisión le corresponde a usted —repuso Ulúa, hosco, dejando claro cuál sería esa decisión si fuera suya. Después sacó una abultada cartera de piel de Rusia y alzó un dedo para pedir la cuenta al camarero.

Tamborileaba el marqués con los dedos sobre el mantel, indeciso. Pensativo.

—Su estudio sobre perforación rotopercutiva, por ejemplo, es extraordinario. La Escuela de Ingenieros de Minas tiene intención de publicarlo.

—¿De veras?... Vaya —Ulúa se había puesto unos lentes y estudiaba la cuenta torciendo agrio la boca—. Me gustará leerlo.

No pudo evitar Martín la tentación. Era demasiado fácil, y empezaba a darle todo igual. Demasiado igual como para sobrevivir a aquello.

—Tiene un ejemplar dactilografiado en su despacho —respondió—. Le envié una copia hace un par de meses.

Sonreía con sorna el marqués, apreciando el rejonazo. Tal vez dilataba la sentencia. Por parte de Ulúa, la mirada que dirigió al joven era sesgada y criminal.

—Ah, sí, claro. La copia.

136

Dejaron la mesa y no se habló más sobre el futuro de Martín. El jurado, pensó éste poco optimista, se retiraba a deliberar. Iban los tres a bajar por la escalera cuando tuvieron que detenerse en el rellano, pues varios caballeros subían a uno de los reservados. Un guardaespaldas corpulento —Martín advirtió el bulto de una pistola bajo la chaqueta— se les puso delante y les rogó que esperasen un momento.

—Ah, vaya —dijo Aguirre—. Ahí está Raúl Madero, uno de los hermanos del presidente.

—¿Lo conoce? —se sorprendió Ulúa.

—Viajó de La Habana a Veracruz en el mismo barco que yo tomé en Santander... Tuvimos ocasión de conversar durante una cena, en la mesa del capitán.

—Pues el presidente también está —dijo el mexicano.

Era cierto, y los tres se quitaron el sombrero. Con el grupo subía por las escaleras Francisco Ignacio Madero. Martín no lo había vuelto a ver en persona desde la toma de Ciudad Juárez, y lo encontró desmejorado. Más, incluso, que en las últimas fotografías publicadas en la prensa. El antiguo líder revolucionario había perdido pelo y azuleaban huellas de cansancio bajo sus ojos miopes.

—Señor marqués de Santo Amaro —saludó Raúl Madero, reconociendo a Luis María Aguirre.

Se apartó el guardaespaldas mientras los dos se estrechaban la mano, cordiales, recordando su encuentro a bordo del *Alfonso XIII*. También Emilio Ulúa era conocido del grupo presidencial, e intercambiaron cortesías. Raúl Madero presentó al marqués a su hermano y se entretuvieron en la escalera mientras Martín se mantenía discretamente aparte. De pronto, el hermano del presidente reparó en él.

—Que me lleve el demonio —dijo.

Sonrió Martín, asintiendo con timidez. En dos zancadas, Raúl Madero —atildado, desenvuelto, peinado hacia atrás con gomina— se llegó a él y le dio un abrazo.

—Menuda sorpresa —exclamó, afectuoso—. Vaya que sí. Menuda sorpresa.

Todos los miraban desconcertados. Tanto el presidente como Aguirre, Ulúa y los demás.

—¿No te acuerdas, Pancho? —Raúl se dirigió a su hermano—. Nuestro amigo de Juárez. Minó los puentes para disuadir a los gringos y detuvo el tren federal en la barranca del Fraile.

Vacilaba Francisco Madero, haciendo memoria. Insistió Raúl.

—Lo conociste en la aduana del ferrocarril, con la gente de Villa. En pleno combate. Aquel español al que llamaban el ingeniero.

Se iluminó el rostro del presidente.

—Ah, sí. Claro.

Se adelantó solemne, sonriente, a estrechar la mano de Martín. Aguirre y Ulúa escuchaban atónitos, y Raúl Madero se dirigió a ellos.

—No sé qué relación tienen, pero es un muchacho que prestó grandes servicios a la causa —lo miró con afecto—. Martín, me parece. ¿No?

—Tiene buena memoria, don Raúl —confirmó el joven—. Martín Garret.

Le palmeó el otro la espalda, jovial.

—Faltaría más, entre compañeros de armas.

—Es un honor.

—El honor fue para nosotros, hombre. Y cuando acabó todo, se retiró con discreción, volviendo a sus asuntos —arrugó el ceño mientras recordaba—. A unas explotaciones mineras, ¿no?

—Piedra Chiquita, en Chihuahua.

—Y sin pedir ni reclamar nada. No como otros.

—Tenía mi trabajo. No había nada que reclamar.

Suspiró el mexicano.

—Ojalá muchos que conozco dijeran eso... Pero cuénteme, ¿cómo le va? Aunque si come en Gambrinus no le irá mal del todo... ¿Qué hace en la capital?

Indicó Martín a Aguirre y Ulúa.

—El señor marqués y don Emilio son mis jefes. Las minas les pertenecen.

—Pues son afortunados de tenerlo con ellos.

Se despedían el presidente y los otros, que entraban ya en el reservado. Se excusó el hermano. Tenemos un compromiso, dijo. Una comida de trabajo.

—De no ser así, con gusto platicaríamos un rato.

Ulúa y el marqués seguían sin salir de su asombro. Raúl Madero les dirigió una ojeada risueña y apoyó una mano en un hombro de Martín.

—Se lo encarezco, ¿eh?... Cuídenlo, porque este muchacho es oro puro. Y ahora que me acuerdo, señor marqués, usted y yo habíamos convenido vernos algún día con mi hermano.

—Así es —reaccionó Aguirre por fin—. Gracias por tener la amabilidad de recordarlo. Sólo esperaba el momento oportuno para ponerme en contacto.

Lo pensó el otro.

—Pues ya se puso —decidió—. Mañana le dan a Pancho un homenaje en el Jockey Club: es aquí cerca, en la Casa de los Azulejos. Permita que lo invite, y allí mismo habrá ocasión de una conversación privada. ¿Le parece bien?

—Me parece de perlas, estimado amigo.

—Estupendo —Raúl Madero se dirigió a Ulúa—. Esa invitación lo incluye a usted, naturalmente —le sonrió de nuevo a Martín—. Y al ingeniero, con quien me dará mucho gusto tomar una copa y brindar por los viejos tiempos.

Mientras hablaba, sacó tres tarjetas de visita y entregó una a cada uno.

—Cuento con ustedes, señores.

Al salir a la calle de San Francisco, tanto Luis María Aguirre como Emilio Ulúa tardaron en pronunciar palabra. No fue hasta que dejaron atrás el escaparate de La Perla que el marqués de Santo Amaro abrió la boca.

—Impresionante —dijo.

Balanceaba su bastón de ébano con puño de plata, mirando de reojo a Martín como si lo viese por primera vez.

—Conque rumores, ¿eh? —añadió tras unos pasos.

Caminaban en dirección al cercano Zócalo entre la gente que llenaba la calle atestada de transeúntes, caballerías y carruajes. A veces circulaba, ruidoso, algún automóvil. Sonaba música de acordeón —una casi irreconocible versión de *El Danubio azul*— de un ciego cuyos pajaritos enjaulados predecían el futuro. Era el centro mismo de la ciudad, y casi todo el mundo vestía a la europea.

—Para tratarse de rumores —prosiguió el marqués—, bien cortos se quedaron.

—Qué situación más incómoda —gruñó Ulúa.

Se debatía el mexicano entre el desconcierto y la indignación. Asintió Aguirre, pensativo.

—Nuestro amigo de Juárez, lo han llamado los Madero.

—Minó los puentes y detuvo el tren federal —se sumó Ulúa con mala fe.

—Asombroso.

—Se me ocurren otros adjetivos.

El de Santo Amaro seguía mirando a Martín.

—Diablos, chico... Esto no me lo esperaba.

Intentó justificarse el joven.

—Desde aquí es difícil de comprender, don Luis.

—Desde aquí, desde allí y desde cualquier punto de vista.

—No busqué voluntariamente mezclarme en eso.

—Pues menos mal —Aguirre señaló atrás con el bastón—. De haber sido a propósito, tal vez estarías comiendo con el presidente y con su hermano.

—Todo esto nos perjudica —terció Ulúa, molesto—. La Minera Norteña y el consorcio Figueroa no deben...

Lo interrumpió el marqués. Se había detenido y miraba al suelo. Cuando alzó la vista, su expresión era distinta. Casi sonreía.

—De eso no estoy tan seguro. Ya vio la cordialidad, ¿no?... Tal vez nos beneficie.

—¿Beneficiarnos?

—Sí.

Caminó de nuevo Aguirre y torcieron a la izquierda al llegar a la iglesia de la Profesa, donde asaban elotes en un puesto callejero. El hotel en el que se alojaba el marqués, el Gillow, estaba contiguo, en la otra esquina. También a Martín le habían reservado allí una habitación.

—¿Y qué hacemos con él? —se impacientaba Ulúa.

Se encogió de hombros Aguirre, socarrón.

—¿Se refiere a su idea de ponerlo de patitas en la calle?

Dirigió el mexicano a Martín una mirada tan venenosa como sincera.

—Confieso que eso me tienta mucho.

—Pues fíjese, que no estoy tan seguro... Es evidente que goza del favor de Raúl Madero y de la benevolencia del presidente.

—¿Y?

—Bueno, pues eso también nos sitúa a nosotros en buena posición. Abre un poquito más la puerta.

Frunció la boca el mexicano.

—Disculpe, pero no comprendo.

—Yo no he venido a hacer turismo, como sabe. Cualquier baza me vale. Y más cuando el consorcio Figueroa está a punto de ser comprado por los franceses de la sociedad Peñarroya, que es la razón de mi viaje: explicarlo aquí y conseguir los apoyos del nuevo gobierno... ¿Lo comprende ahora?

—Hasta ahí, desde luego.

—Cualquier tanto que nos apuntemos puede ser útil. Y hoy, en Gambrinus, este chico ha puntuado alto en el marcador.

—Pudo meternos en un buen lío, no lo olvide.

—No lo olvido, pero acabo de comprobar que resultó lo contrario. Una aparente ventaja. Así que por ahora conservaremos a nuestro intrépido ingeniero. Si a usted le parece bien, y en Piedra Chiquita prescinden una temporada de sus servicios, podemos mantenerlo dos o tres semanas aquí.

Contrajo Ulúa el rostro.

—¿En la capital?

—Sí.

Se detuvieron para dejar paso a un tranvía. Balanceaba el marqués su bastón con aire optimista. Por su parte, Martín no daba crédito a lo que estaba oyendo.

—¿Debo quedarme?

—Eso es.

—¿Y con qué objeto, don Luis?

—Mantener engrasada la maquinaria.

—¿Y qué puedo engrasar yo?

—Lo iremos viendo.

Habían llegado ante la fachada gris del Gillow y se detuvieron bajo la doble marquesina observando el tráfico que discurría entre Plateros y 5 de Mayo. Reflexionaba Ulúa, ceñudo.

—No veo inconveniente —concluyó al fin, cauto—, si no es por mucho tiempo.

—No lo será. Se trata de una gestión diplomática discreta, de orden privado. Martín es educado y competente, cae bien, y lo mismo vale para escribir un tratado de minería que, Dios me perdone, para codearse con revolucionarios. Ya oyó a Raúl Madero. Así que aprovechémonos de sus virtudes.

—Dándome cuenta a mí de todo, entiendo —recalcó Ulúa.

—Pues claro. Usted, sus relaciones e influencias le allanarán el camino. La cosa es introducirlo donde sea necesario.

Martín no lo veía tan claro.

—Yo sólo sé de minas y metalurgia.

Emitió Aguirre una risita sarcástica.

—Y de minar puentes en Ciudad Juárez, por lo visto.

Ulúa se mantenía receloso.

—En eso estoy de acuerdo con él, don Luis... ¿De verdad lo cree a la altura?

—Sin duda.

—¿Puedo decir algo? —quiso protestar Martín.

Chasqueó Aguirre la lengua.

—Si es para contradecirme, no puedes.

Se despidió el mexicano. Llevándose la mano a la gorra, un portero de uniforme galoneado franqueó a Martín y al marqués la puerta giratoria del hotel. Bajaban por la escalera del lujoso vestíbulo tres señoras muy bien vestidas y los dos se descubrieron cediéndoles el paso. Una de ellas miró a Martín con fugaz interés antes de seguir su camino. Sonreía Aguirre.

—Si todo sale bien, muchacho, tendrás por delante un futuro espléndido.

—¿Y si sale mal?

—Entonces te lo haremos pagar, naturalmente. Don Emilio se cobrará tu cabeza y yo no haré nada para impedirlo.

La vio al día siguiente apenas cruzó el umbral del Jockey Club, como si los azulejos que decoraban los viejos muros españoles, los ventanales y las lumbreras hubieran sido dispuestos para que la luz incidiese en el lugar donde ella se encontraba. Vestía de un color semejante al asombroso azul cuarzo de sus ojos, que parecían recoger toda esa luz ambiente y aclararse todavía más con ella. No era alta pero sí esbelta; y sus iris luminosos, casi minerales, contrastaban con el cabello negrísimo sujeto en rodetes y los rasgos indios donde no se advertía una gota de sangre española. Sólo aquella mirada tan insólitamente septentrional desmentía la pureza indígena de sus facciones.

Durante un buen rato Martín la observó con disimulo, de lejos. Había llegado escoltando al marqués en compañía de Emilio Ulúa, a pie desde el cercano hotel, y la primera media hora discurrió en saludos y presentaciones. Lo más notable de la capital, finanzas, negocios, política y ejército, estaba allí representado. Todo era de buen tono: crujían los vestidos almidonados de las señoras, aleteaban abanicos, y el alto espacio hasta el techo de la Casa de los Azulejos, las escaleras y salones, se espesaba con humo de cigarros y rumor de conversaciones.

Francisco Madero fue aplaudido a su llegada y tras el breve discurso que pronunció agradeciendo el homenaje —algunos lugares comunes sobre justicia social y progreso—, antes de que los correctos camareros sirviesen el refrigerio. Fue en ese momento, mientras el marqués y Emilio Ulúa hacían activa vida social en torno al presidente, cuando Martín se apartó de ellos. Nada le interesaba allí. Tomó de una bandeja una copa de champaña y miró alrededor. La joven de los ojos azul cuarzo estaba cerca de la fuente de piedra, en un grupo donde se conversaba con animación. Una señora de más edad que la trataba con confianza, alta y vestida de negro, parecía acompañarla.

—Muy bella, ¿no le parece?

Se volvió Martín. A su lado estaba un hombre joven vestido de militar: enjuto de cuerpo, con bigote fino bien recortado, tenía el pelo muy negro, lustroso como charol, y los ojos a juego. Rasgos de mexicano apuesto. Apoyaba la espalda en una columna y sonreía agradable, tal vez un punto suficiente, mientras se llevaba la copa a los labios. Debía de tener más o menos la edad de Martín, y en la guerrera lucía las estrellas de capitán.

—Mucho —concedió el español.

—Se llama Yunuen Laredo.

—¿Yunuen?

—Es un nombre indígena. Maya, según creo. Significa reina del lago, o algo parecido.

—Le sienta bien —opinó Martín—. De no ser por esos ojos tan claros...

—¿Parecería una india, quiere decir?

No respondió a eso, incapaz de diferenciar entre comentario casual o provocación. Interpretando sus pensamientos, el militar lo suavizó con un ademán amable.

—En realidad, tiene mucho de india. Dicen que su madre lo era —siguió la mirada de Martín, que observaba a la señora vestida de negro—. No, aquélla es su tía paterna. Lleva luto porque a su marido lo asesinaron los insurgentes el pasado mayo... La madre de Yunuen murió joven, en el parto.

Bebió un sorbo de su copa, manteniéndola todavía un momento cerca de la boca, y alargó el brazo para señalar con ella hacia el grupo que rodeaba al presidente.

145

—El padre es ése alto y rubio que conversa con Madero y el general Huerta. Compatriota de usted, asturiano, aunque lleva aquí muchos años: Antonio Laredo. En su juventud hizo fortuna con la exportación a España de cueros, caoba y cedro... Ahora es un prócer con dinero e influencias, hasta el punto de que Porfirio Díaz le encargó instalar la luz eléctrica en el paseo de la Reforma cuando los festejos del Centenario.

—Lo veo bien informado —se sorprendió Martín.

—Soy amigo de la familia —el militar se cambió de mano la copa y extendió la diestra—. Jacinto Córdova, para servirle.

Se estrecharon las manos. Fina, seca y fría la del mexicano.

—Mucho gusto, soy...

—Sé quién es. El ingeniero español que anduvo por Ciudad Juárez.

Se enderezó ligeramente Martín, desconcertado. No esperaba eso.

—No se sorprenda —dijo el otro—. Raúl Madero lo cuenta a todo el mundo. Los puentes del río Bravo y un tren federal, ¿no?... Su fama lo precede, amigo.

—No estoy seguro de que eso sea bueno.

—Es usted prudente, me gusta —le dirigió el militar una ojeada distinta, valorativa y rápida—. Los prudentes viven más tiempo.

Se había endurecido el negro de sus ojos, casi pétreo ahora. El bigote recortado acentuaba una indefinible sonrisa.

—Me disponía a saludarlas, a Yunuen y a su tía —añadió, como pensativo—. Tal vez quiera usted acompañarme.

Lo miraba de un modo extraño. Fijo y casi provocador. Su sonrisa amable, que contrastaba con la repentina dureza de la mirada, insinuaba un sardónico desafío. Eso hizo dudar un instante a Martín.

—Naturalmente —se decidió al fin—. Se lo agradezco.

Dejaron las copas en la bandeja de un camarero y se acercaron a la fuente de piedra, moviéndose en diagonal como dos alfiles sobre las baldosas del suelo ajedrezado. Mientras lo hacían, Martín, de pronto tenso y cauto, tuvo la misma sensación que la mañana que oyó disparos y salió del hotel en Ciudad Juárez. Se adentraba en territorio desconocido. Quizá peligroso. Y nada volvería a ser igual a partir de entonces.

El sueño tardó en llegar aquella noche. Le ocurría con frecuencia desde Ciudad Juárez: sensaciones, sonidos, recuerdos intensos que se atropellaban en la imaginación. No era algo dramático, ni doloroso, ni triste. Sólo incómodo. Un caudal desordenado que alteraba sus sentidos hasta impedirle dormir. Ya estaba acostumbrado, y no conocía otro recurso que esperar paciente, inmóvil, la cabeza en la almohada y los ojos cerrados, hasta que el cansancio acababa venciendo. O, como pasó esa noche, levantarse para recorrer varias veces el contorno de la habitación, asomarse a la ventana para contemplar la calle desierta, ponerse un batín sobre el pijama y, manteniéndolo cerrado con una mano sobre el pecho, salir a la pequeña terraza, al frío nocturno, para mirar la calle amarillenta iluminada por un farol eléctrico entre 5 de Mayo y Plateros.

No todos los recuerdos eran lejanos. Entreverados con las imágenes habituales, en su memoria más reciente persistían unos asombrosos ojos color azul cuarzo. Y esos ojos contrastaban deliciosamente con una fisonomía al tiempo tersa y cobriza, bellísima de rasgos presentes y pasados, ancestrales en cuanto evocaban. Ojos nórdicos en un rostro de india: la joven del Jockey Club.

—Parece un milagro físico, ¿no cree? —había dicho el capitán Córdova mientras se acercaban a ella.

La definición era exacta, y al escucharla Martín había asentido, silencioso. Yunuen Laredo constituía, en efecto, un milagro espléndido del mestizaje. Una tenue gota de lo español había rozado su bella estirpe indígena, dejando sólo aquella mirada clara, luminosa. Huella sutil, delicadísima, respetuosa en su levedad, de otras sangres y otras tierras.

En la Casa de los Azulejos, Jacinto Córdova había cumplido su palabra como el hombre educado que parecía ser. Se habían acercado al grupo donde conversaba la muchacha, y el militar hizo las presentaciones oportunas: un industrial mexicano y su esposa, un secretario de la embajada de España llamado Tojeira y doña Eulalia Laredo, tía de la joven: asturiana corpulenta, ajamonada, que no mostraba el menor parecido físico con su sobrina. Ni siquiera el color de los ojos. La tía hablaba desenvuelta, chispeante, locuaz, reforzando cada ademán con movimientos de la mano que sostenía el abanico. Meses atrás, la revolución las había sorprendido a las dos en el norte, de visita con unos familiares, y sólo lograron regresar a la capital tras dramáticas peripecias.

—Unos caballeros, la verdad —decía con desparpajo no exento de humor doña Eulalia—. A pesar de todo, esos insurgentes mugrosos se portaron como caballeros —tocó con el abanico el brazo de la muchacha, en cuya muñeca relucía un semanario de oro—. Hasta me respetaron a la niña, figuraos... Excepto el fusilamiento de mi pobre Paco, ya digo. Unos caballeros.

—El presidente Madero los ha suavizado mucho —dijo la otra señora.

—Sin la menor duda, hija mía... Sin la menor duda.

El capitán Córdova era hombre de mundo y había introducido a Martín en la conversación con naturalidad y cortesía: ingeniero español, temporalmente en la ciudad, bien relacionado, etcétera. Testigo de los sucesos de mayo en la frontera, añadió sin precisar detalles. Eso último despertó el interés del grupo, así que el joven hubo de satisfacer —con prudencia y tan elusivo como pudo— la curiosidad suscitada. Mientras hablaba, su atención se dividía entre Jacinto Córdova, que escuchaba silencioso y con un apunte de sonrisa —observó Martín que tía y sobrina llamaban Chinto al oficial, lo que denotaba familiaridad—, y Yunuen Laredo, cuyos ojos seguían cegándolo como llamaradas.

Tuvo al fin ocasión de conversar con la joven. Tía y acompañantes atendían a otro grupo cercano y el capitán Córdova se ausentó un momento en demanda de más champaña. Turbado ante la proximidad, procuraba Martín que no le temblara la voz. Permanecer sereno.

Yunuen Laredo se mostraba menos intimidada que él. O nada en absoluto.

—¿Vivió de verdad los sucesos del norte?

—Algo pude ver —buscó Martín otro enfoque, evasivo—. Pero muy poco, en comparación con lo mal que debieron de pasarlo usted y su tía.

Sonrió la joven.

—Oh, bueno... Ella todo lo cuenta con humor, es su carácter. Pero fue terrible. Y para rematarlo todo, la tragedia de mi tío Paco. Volvíamos de Hermosillo cuando los orozquistas detuvieron nuestro tren. Por suerte, como dice mi tía, a nosotras nos respetaron.

—Es asombroso. Lo cuenta usted con mucha calma.

—Tal vez. En México acabas por acostumbrarte a la violencia. Por encontrarla natural, como si formara parte del paisaje.

—¿Resignación?

—Realismo, diría yo —lo miraba con un interés benévolo—. ¿Qué opina de nosotros, los mexicanos?

149

—Usted sólo es medio mexicana, me parece.

—¿Ya se informó?

—Por supuesto.

Se abanicó ella y tintinearon los finos aros de oro en su muñeca.

—Míreme bien... ¿Lo hace?

Sostuvieron ambos el desafío, muy serios.

—Lo hago —dijo al fin Martín.

—¿Qué ve en mí que no pertenezca a esta tierra?

—Los ojos. Nunca vi unos como los suyos.

Oyó, contenida, su risa: cristal y plata. Es una metáfora cursi, se dijo considerándolo un instante. Pero en verdad sonaba como cristal y plata. Cuarzo azul, cristal y plata. Todo en aquella mujer parecía deliciosamente mineral, determinado durante siglos. Por un momento imaginó a hombres cubiertos de hierro en un paisaje humeante de pirámides aztecas y crepúsculos de color rojo sangre; a él mismo entre ellos, y a una india mirándolo con ojos de obsidiana que una generación después serían azules.

Se estremeció al pensarlo y la joven debía de darse cuenta, porque lo estudió de un modo diferente: con una curiosidad nueva e intensa que dulcificaba aún más sus bellos rasgos indígenas. Para recobrar el aplomo, Martín buscó el hilo anterior de la conversación.

—Me gustan los mexicanos —repuso—. Son crueles y tiernos.

Abría y cerraba la joven su abanico, pensativa. Parecía confusa.

—Vaya. Nunca había oído a nadie definirnos de ese modo, con las dos palabras unidas —lo miró casi con brusquedad—. ¿Tiene motivos para hacerlo?

—Algunos tengo... Sí.

Ahora se mostraba desconfiada, cual si estuviese a punto de dar un paso atrás. Pero no lo hizo. Permanecía inmóvil, sin dejar de mirarlo.

—¿Qué vio exactamente en el norte? —dedicó un ademán al capitán Córdova, que regresaba entre la gente seguido por un camarero—. Conozco a Chinto desde niña y sé que no da puntada sin hilo. Es un maestro en dejar alusiones en el aire.

—No hice nada especial —admitió a medias Martín, evasivo—. Asistí a los sucesos de allí, y eso es todo.

—¿Todo?

—Más o menos.

—¿Y qué hace en la capital, si las minas donde trabaja se encuentran en Chihuahua?

—Es una pregunta difícil de responder. Ni yo mismo estoy seguro.

—¿Se quedará?

—Puede que sí. Algún tiempo.

—Quizá quiera visitarnos en casa. Recibimos los martes y los jueves.

—Será un honor... Y un placer.

Jacinto Córdova ya estaba junto a ellos con el camarero y había oído las últimas palabras, pero no hizo ningún comentario. Alargando la mano hacia la bandeja, entregó a cada uno una copa de champaña.

—Por nosotros tres —propuso al fin—. Y por Ciudad Juárez.

Lo dijo con una sonrisa irónica, tranquila, que contrastaba con la seriedad de sus ojos impenetrables, levemente entornados. Y mientras se llevaba la copa a los labios, Martín se preguntó en sus adentros, asombrado, cómo era posible sentir simpatía por un hombre que estaba a punto de convertirse en enemigo.

Apoyado en el antepecho de la terraza, Martín recordaba aquello mientras contemplaba la ciudad dormida.

Había numerosas estrellas y un afilado cuarto de luna al extremo de la calle, hacia la plaza del Zócalo, donde las torres de la catedral se recortaban en sombrío contraluz sobre las azoteas de los viejos edificios coloniales.

Yunuen Laredo... Repitió varias veces el nombre en voz alta, disfrutando al articular los sonidos en el paladar y la lengua. Sonaba eufónico, mestizo, dulce y recio; simbiosis deliciosa, quizá perfecta, de lo mexicano y lo español. Se deleitaba así Martín pronunciándolo, absorto en el recuerdo de los puros rasgos indígenas. De la mirada clara y mineral.

A esas horas de la noche, en el insomnio, el joven ingeniero se creía sincera, definitiva, completamente enamorado. Habría sido difícil discutírselo, porque estaba en una edad en la que aún era posible experimentar seducciones inmediatas, fascinaciones y flechazos que, de improviso, parecían arrebatar el corazón para toda la vida. Que cambiaban de manera inesperada la percepción del pasado, el presente y el futuro.

Ya había rozado antes esa clase de sentimientos. Enamorarse, o creer estarlo, no era nuevo. Juegos infantiles y escarceos de juventud prepararon el camino, y la relación extinguida en fecha reciente lo había acercado a la palabra *amor* con sus compromisos y consecuencias. Una relación canónica: presente adecuado, planes de futuro con los requisitos sociales y morales al uso, respeto mutuo y la paciencia acostumbrada. Todo lo esperable de un compromiso formal en España y el mundo civilizado. Sin embargo, promesas, sentimientos, deseos, se habían diluido en el tiempo y la distancia. Por fortuna para Martín —para su conciencia y paz interior—, había sido la otra parte quien se cansó de esperar. Tras un vago ultimátum que él había fingido no advertir, ella espació sus cartas hasta interrumpirlas por completo. Todo se había extinguido de forma irreprochable, serena, sin arrebatos ni estridencias. Un final razonable entre personas educadas.

Lo que acababa de ocurrir era diferente. Aquel estallido de sentimientos, la contemplación de la deslumbrante mirada azul, la suave piel cobriza y los delicados rasgos de Yunuen Laredo habían logrado conmoverlo de un modo antes desconocido, arrebatándole la calma hasta truncarle todavía más —y allí estaba, en vela, asomado a la ciudad y la noche— el sueño y el sosiego. Había, sin embargo, algo más turbador que se deslizaba con asombrosa naturalidad de lo estético a lo carnal, y que él había percibido en la Casa de los Azulejos al hallarse cerca de la joven: una corriente cálida, casi eléctrica, que salvaba el espacio entre ellos para infiltrarse en su piel y su sangre haciendo latir con más fuerza el corazón. Era, concluyó, el deseo físico conocido como nunca antes, de un modo tierno y audaz: la necesidad urgente de adorar aquel cuerpo de mujer y al mismo tiempo apoderarse sin escrúpulos de él. Unirlo al suyo borrando el mundo impertinente que, al rodearlos, parecía interponerse entre ambos.

Racional como era por carácter y hábito profesional, intentaba Martín ordenar todo eso en su cabeza mientras miraba las terrazas y las calles vacías bajo la escasa luna. Conocía la intimidad de algunas mujeres, por supuesto. Como otros jóvenes de su edad y posición, había accedido de la forma usual: burdeles visitados junto a compañeros de la Escuela de Ingenieros de Minas —dos o tres rápidos lances más bien ingenuos por su parte—, y un viaje a París, al principio de su trabajo en el consorcio Figueroa, en el que tuvo ocasión de conocer los cabarets de Pigalle. No era ajeno al sexo en su aspecto práctico, o elemental, como tampoco lo era al ámbito de los sentimientos. Pero si hasta entonces consideró inconciliables uno y otro, las últimas horas lo mezclaban todo de modo inquietante. Sólo una vez había experimentado algo parecido, y el recuerdo lo turbó aún más, casi avergonzado por relacionar una cosa con otra. Había ocurrido al término de un episodio mercenario, en París: una prostituta joven se levantó de la cama y, antes de vestirse, se detuvo ante un espejo, enmarcada en el rectángulo de sol que entraba por la ventana. Desde el lugar en que se hallaba adormecido, entre las sábanas, Martín la había contemplado de espaldas y reflejada de frente, delicada y sensual en su desnudez bajo el cabello recogido en la nuca y las medias negras que alcanzaban el arranque de los muslos, mientras alzaba los brazos para tocarse con la punta de los dedos el cuello largo, elegante y pálido, y los extendía después como desperezándose del sexo rutinario y la sordidez de la vida. En ese momento, con intuitiva certeza, Martín pensó fugazmente que era posible enamorarse de alguien así, y que las fronteras entre lo ideal y lo físico podían desvanecerse de modo asombroso. Si era posible —más que posible, habitual— desear sin amar, también era posible amar asomado al lado oscuro de ciertos hombres y ciertas mujeres: carne y sentimientos convertidos en lugares complejos. En territorios inexplorados, tan mestizos como el propio México.

En eso pensaba Martín Garret aquella noche, confuso. Inmóvil en la terraza del hotel Gillow mientras contemplaba la ciudad dormida.

6. Encuentro en el Zócalo

Llevaba algún tiempo en la capital y se había acostumbrado a ella. Lo complacía el espeso ambiente urbano, la música de los organilleros, los chispazos eléctricos de los tranvías, el estruendo de automóviles que discurrían por las calzadas sorteando carruajes. También la mezcla de clases sociales e indumentarias que colmaba las aceras: el contraste de transeúntes afanosos o indolentes, tiendas de lujo y humildes estanquillos, rostros y ropa europeos en calles y plazas del centro, tan elegantes como en París o Madrid, indígenas que parecían ídolos aztecas en las barriadas del extrarradio oriental, donde aún se iluminaban al ponerse el sol con faroles de aceite y lámparas de gas, vestidos ellos con calzón blanco de manta, huaraches y enormes sombreros, ellas con faldas amplias y pelo azabache sujeto en rodetes o trenzas. En el centro urbano, moderno y antiguo al mismo tiempo, olía a estiércol de caballerías, humo de ocote, cilantro, flores y suciedad. La piedra negra de los edificios españoles alternaba con construcciones recientes de acero cubierto de yeso y cemento; y la ciudad entera, con sus nuevas avenidas iluminadas de noche con luz eléctrica y los cada vez más frecuentes coches movidos por gasolina, era un hormigueo de vida en movimiento, de claridad y sombra. Una metrópoli de lujo y miseria.

Era última hora de la mañana y caminaba Martín por Plateros, sorteando a la gente que se agrupaba ante los escaparates de los comercios. Estaba fatigado y necesitaba despejarse con un paseo: había estado casi dos horas en un despacho del Departamento de Minas, discutiendo con un funcionario gubernamental las cláusulas técnicas de un contrato relacionado con las explotaciones del norte, aunque la indolencia nacional mexicana —el funcionario de Minas era de los inamovibles gobernara quien gobernase, y le gustaba demostrarlo— volvía las cosas interminables. Aun así, el resultado de la reunión había sido positivo. El marqués de Santo Amaro, de regreso a España —había embarcado en Veracruz cinco días atrás—, iba a darse por satisfecho cuando recibiera el marconigrama que la Minera Norteña acababa de enviarle. En cuanto a Emilio Ulúa, obligado por la coyuntura a contener recelos o reticencias, seguiría rumiando su despecho y sonriendo, qué remedio, de dientes afuera.

Casi al desembocar en la plaza, cerca de la catedral, dirigió un vistazo distraído al escaparate de la joyería La Esmeralda. Y fue entonces cuando lo vio: era tan insólita su presencia allí, el sombrero un poco echado atrás y las manos en los bolsillos, abierta la chaqueta sobre el chaleco bien abotonado donde relucía la leopoldina de un reloj, que al principio creyó que se trataba de un simple parecido. Se detuvo desconcertado, estudiando con súbita atención el rostro curtido de sol, el frondoso bigote que se juntaba con una barba de media semana, el rostro de bandolero que contemplaba las piezas de oro y plata expuestas en la vitrina. Y al fin, decidiéndose, dio unos pasos hacia él.

—Mi coronel —dijo.

Se volvió el otro con súbito recelo. Llevaba una camisa de cuello blando, limpia pero muy arrugada, y una corbata de lazo. Los ojos color café, duros, desconfiados,

156

apuntaron a Martín como el cañón doble de una escopeta. De pronto se suavizaron, al reconocerlo.

—Híjole... ¿Qué hace por aquí, amiguito?

—Me sorprende verlo, mi coronel Villa. Solo y en esta ciudad, entre la gente.

Señaló el otro a dos hombres corpulentos, parados a pocos pasos, que observaban tensos a Martín.

—No tan solo como parece, vea... Por si sí, o por si no.

Seguía sorprendido el joven.

—Lo hacía en su rancho de San Andrés. Al menos eso dicen los periódicos.

—Procuro no dejarme ver mucho. Estoy aquí pa unas gestiones —guiñó un ojo, cómplice, tocándose el sombrero—. De incógnito, como dicen.

—¿Particulares u oficiales, si me permite la pregunta?

Soltó Villa una carcajada jovial.

—La pregunta se la permito, pero la respuesta me la guardo... ¿Y usté? ¿Qué hace por estos rumbos?

—Asuntos de trabajo —se encogió el joven de hombros—. Llevo aquí algún tiempo, y me quedaré un poco más.

Lo contemplaba el norteño, admirado.

—Lo veo más catrín que en Juárez, señor gachupín. ¿Le van bien las cosas?

—No tengo queja, mi coronel.

—Deje de llamarme coronel. Estoy en la vida civil.

Sonrió Martín con afecto.

—No podría llamarlo de otra manera.

Asintió el otro, agradecido, y miró en torno hasta acabar en los guardaespaldas, a quienes hizo un gesto para que se relajaran. Después extrajo del chaleco el reloj, abrió la tapa y miró la hora.

—Estaba haciendo tiempo, porque tengo una plática dentro de cincuenta minutos. Pensaba comprar algo pa

Lucita, mi esposa —sonrió de pronto, cálido, mientras guardaba el reloj—. Luego de un madral de matrimonios me casé al fin por la Iglesia, ¿qué le parece?... Al final, hasta las torres altas caen y los bravos se encadenan.

Se excusó Martín. Tocó el ala del sombrero, dispuesto a irse.

—No lo entretengo, entonces.

—Espere tantito, hombre, no se vaya —Villa lo había agarrado de un brazo—. Me alegra verlo, y las joyerías pueden esperar. Ándele. Demos un paseo.

Caminaron despacio orillando plaza y catedral en dirección a Santo Domingo. Al antiguo guerrillero se le había oscurecido el semblante.

—Usté que es persona instruida y de afuera, ¿qué opina de la situación política?... ¿De cómo le va a don Panchito Madero?

—Yo sólo estoy de paso, mi coronel. Y soy extranjero. No tengo un juicio fiable.

—No me se aunque, amiguito. Lleva tiempo en México y andó en la bola, como yo... Dígame de hombre a hombre cómo lo ve.

—En situación difícil —se sinceró Martín—. Pierde apoyos y todo se le complica. La prensa lo ataca cada vez con más ferocidad.

Chasqueó la lengua Villa, desalentado.

—Respeto mucho al presidente. Me parece el único honrado entre toda esa parvada de zopilotes.

—Me temo que las buenas intenciones no bastan para gobernar, mi coronel.

—Pienso lo mesmo, y eso me preocupa. Don Panchito está atorado entre los porfiristas, que nunca se fueron del todo, y sus promesas al pueblo, tan difíciles de cumplir. Unos y otros se apartan de él. Se queda solo... ¿Que no lo cree usté?

—Mucho. Realmente está muy solo.

Volvió la cara Villa para contemplar con descaro a dos mujeres con las que se habían cruzado. Luego hizo un ademán despectivo que parecía abarcar la calle y la ciudad.

—Me puede todo esto, oiga... Soy un hombre de campo. Estoy mejor sobre un caballo que entre carros de gasolina y tranvías eléctricos.

Dio algunos pasos más, pensativo, para detenerse al fin, arrugada la frente bajo el ala del sombrero. Parecía dudar.

—Voy a contarle algo, señor gachupín —se decidió—. Es la segunda vez que vengo a la capital... A visitarlo.

Abrió mucho Martín los ojos.

—¿Al presidente?

—Al mero mero, sí... Él me llama. Me tiene ley desde Juárez, tan luego me fui sin pedir nada y vio que era el único sin ambición política. Me hace venir, me pregunta, platicamos y yo se lo digo con la mano en el corazón: mire a todos esos tales por cuales que lo rodean, señor presidente. Siguen siendo el enemigo, ¿que no los ve?... Les dimos en la madre, los expulsamos del poder y su mercé los deja entrar otra vez. Los puercos de antes no pierden el olor, son los puercos de siempre.

Anduvieron unos pasos más, y Villa se fijó en los diarios expuestos en el cajón de la esquina de la calle Donceles. Los titulares de *El Imparcial*, *La Opinión*, *Nueva Era* y *Vida Moderna* coincidían: *Ultimátum del gobierno a Zapata*.

—Y los otros gallos ni le cuento, ¿no?... El general Zapata poniendo condiciones en el sur, el general Orozco fanfarroneando en el norte, la revuelta del general Reyes...

—Se va de las manos, desde luego —opinó Martín.

—Generales... ¿Se fijó? Ora en México toditos son generales.

Torcía Villa el gesto con tosca amargura. Se aclaró la garganta y escupió al suelo, denso, sonoro y recto, delante de sus zapatos.

—Pascual Orozco es el tan peor de todos —prosiguió—. Lo vi claro en Juárez, y conozco al coyote hasta por los andares. Cada vez más desleal, cada vez más amenazador... Me late que, el día menos pensado, ese jijo de tal desconocerá al presidente y se levantará en armas.

—¿Usted cree?

—Estoy seguro. Don Panchito me pregunta por él, pero es tan buen hombre que sigue creyendo en la lealtá de ese volteado... Le dará un disgusto, señor presidente, le repito. Pero él se sonríe y mueve la cabeza, tan inocente como siempre.

Habían llegado a la plaza de Santo Domingo, frente al antiguo edificio de la Inquisición española. Bajo las arcadas de la izquierda se alineaban escribanos e impresores que atendían a la modesta clientela que aguardaba ante sus tenderetes. Olía a resmas de papel y tinta fresca, y repiqueteaba a intervalos el soniquete monótono de alguna máquina de escribir.

—Y luego está el general Huerta —prosiguió Villa, bajando la voz—. Don Panchito le da su confianza, pero yo recelo de ese indio cabrón. ¿Ya vio su cara?... Nunca le daría la espalda a una cara como ésa.

—Pues él se proclama leal.

La última palabra suscitó una risa atravesada en el antiguo guerrillero.

—Voy a contarle más, amiguito. Es de fiar y lo merece.

—Dígame.

Inclinó un poco Villa la cabeza, confidencial.

—El presidente me ha preguntado si en caso necesario yo serviría de nuevo, esta vez bajo las órdenes de Victoriano Huerta.

Martín se quedó boquiabierto.

—¿Y? —dijo al fin.

—Le he dicho que no me fío del fulano; pero que si él me lo manda, no seré yo quien se haga patrás, ni ora ni nunca.

—¿Volvería usted a campaña, mi coronel?

—Pos qué remedio, joven. Si lo pide don Panchito, por él volvería al infierno.

Estaban delante de una cantina: *Salón Madrid*, decía el rótulo pintado en el dintel.

—Épale... Lo mesmo son paisanos suyos.

—Podría ser.

—¿Se le antoja un refresco, una copa?

—Si usted me acompaña.

—Yo no tomo, pero una gaseosa de bolita me irá bien. Esta ciudad me da sed.

Entraron —los guardaespaldas se quedaron fuera— y pidieron gaseosa y cerveza. Había gente en la cantina, que era modesta. Nadie reconocía al jefe norteño. Fueron a sentarse a una mesa libre, desvencijada y coja, sobre asientos de cuero rajados a navajazos. Sobre sus cabezas había un cartel taurino español: *Talavera de la Reina, 29 de septiembre de 1890, Fernando el Gallo y Antonio Jarana*.

—Tengo pensado abrir en Chihuahua una carnicería —contó Villa—. Güenas reses y mejor carne... Pero hay cosas y cosas. Si el presidente quiere que le vigile a Orozco, pos ni pa dónde hacerme. De plano se lo vigilo.

—¿Cree de verdad que Orozco traicionará la revolución? —se interesó Martín.

—Pero qué revolución ni qué chingados —señalaba Villa alrededor, a los hombres de aspecto humilde acodados en el mostrador y las mesas—. ¿Dónde ve usté la revolución?

Bebió un sorbo de gaseosa y se enjugó el mostacho con el dorso de una mano.

—Se lo avisé a Orozco... Yo no busco riquezas, sino felicidad y paz. Eso le dije. Pero si un día perjudicas a don Panchito, allí me encontrarás, esperándote.

Sonrió en ese punto: un rictus repentino y feroz que Martín ya le había visto en Ciudad Juárez. La mueca de bandolero. Se abrió un poco la chaqueta y mostró la culata nacarada de una pistola metida en funda de cuero, bajo la axila izquierda.

—No dejo de cargar fierro, como ve. Nunca se sabe.

De pronto pareció recordar algo, pues hurgó con dos dedos en el bolsillo del chaleco opuesto al del reloj.

—Tampoco he olvidado su moneda, ¿ve?... La llevo siempre conmigo.

Mostraba en alto el reluciente maximiliano de oro. Lo hizo saltar un momento en la palma de la mano y volvió a guardarlo.

—Se la sigo debiendo, no se preocupe; pero es un recordatorio... Nomás la miro me acuerdo que hay traidores. Alacranes debajo de las piedras.

—¿Averiguó qué fue del oro del Banco de Chihuahua?

Los ojos color café se detuvieron en Martín con una fijeza casi criminal.

—No, pero no lo olvido. Sigo averiguando... Y le juro, amiguito, que cuando ponga nombres y caras a los que me tendieron el cuatro, ese día van a sobrar sombreros.

Emilio Ulúa, el presidente de la Minera Norteña, destilaba veneno pero no era tonto.

—¿Para cuándo su cita con Raúl Madero, Garret?

—Me recibirá mañana en el Palacio Nacional.

Se encogió de hombros el otro, desabrido. Estaba de pie ante la ventana de un despacho forrado en caoba de la cuarta planta —alfombras turcas y un paisaje de José

María Velasco en la pared—, dando la espalda a Martín. Contemplaba los árboles de la Alameda, al otro lado de la avenida Juárez.

—Apriétele las clavijas... Necesitamos esa reducción de tasas para el trióxido de arsénico refinado. Y también vía libre para las nuevas concesiones de pirita cobriza en Baja California, donde los gringos se están moviendo rápido. Tenemos que madrugarles allí como sea.

Movía Martín la cabeza, inseguro.

—Los norteamericanos convencen a todo el mundo. Riegan con un chorro de dólares y resulta difícil ganarles una mano.

—Tonterías, tonterías... Ellos tienen dinero, pero nosotros lo tenemos a usted. Al héroe de Juárez.

Subrayó Ulúa lo último con retintín de mala intención. Se había vuelto bruscamente, enmarcado en el rectángulo de claridad de la ventana.

—Tiene que convencer a Raúl Madero —insistió sin más rodeos—. Todo debe estar firmado en una semana.

—No es tan fácil, don Emilio.

—Pues haga que lo sea. Para eso lo mantenemos aquí.

Fue a sentarse tras la mesa, miró los papeles que había en ella y se pasó una mano por el mentón bien afeitado. Después levantó la vista hacia Martín como si hubiera olvidado su presencia.

—Siéntese —dijo áspero, indicando una silla.

Obedeció aquél. El asiento era bajo e incómodo: dejaba al interlocutor a menos altura que Ulúa en el sillón, poniéndolo a su merced.

—Tiene esos fondos a su disposición —el mexicano golpeaba con los nudillos en una carpeta de documentos—. Utilícelos.

Se enderezó un poco Martín. Sentía rígida la nuca, seca la boca, y una vez más se preguntó qué diablos estaba haciendo allí.

—Hay cosas de las que soy incapaz —repuso.

Lo miraba el mexicano sin molestarse en disimular el desdén.

—Sí, estoy de acuerdo. Se me ocurren varias de esas incapacidades... ¿A cuál se refiere ahora, en concreto?

—Soy un técnico de minería, no un negociador. Esa clase de presiones políticas queda fuera de mis competencias.

—¿Presiones políticas? ¿Así las llama usted?

—¿Y cómo quiere que las llame?

—Vaya —Ulúa se recostó en el sillón—. El íntegro españolazo nos sale con escrúpulos de conciencia... ¿Quién se cree que es?

—Sé quién soy —lo atajó Martín con calma—. Una cosa es que tenga la benevolencia del hermano del presidente, y otra que la utilicemos con tanto descaro.

—Vigile sus palabras.

—Hablo de mi propio descaro, don Emilio. Hay cosas que soy incapaz de hacer.

Emitió el otro una risa poco simpática.

—Pues bien que las hizo en Juárez.

—Fue otra clase de cosas... No es lo mismo que ir sobornando por los despachos.

—La Minera Norteña no soborna. Sólo persuade.

—En tal caso, me considero poco persuasivo.

Ulúa había cogido una pluma estilográfica. Le quitó el capuchón para escribir algo —el ademán hizo pensar a Martín en una sentencia de muerte, tal vez la suya—, pero volvió a ponérselo y dejó la pluma en su sitio, entre una caja de cigarros y un cenicero de bronce que representaba a un charro a caballo.

—Esto es México, Garret. Olvidarlo puede costarle muy caro.

Parpadeó Martín.

—Suena a amenaza, don Emilio.

Sonrió lúgubre el mexicano, con pésima voluntad.

—Pues claro que lo amenazo. No hago otra cosa desde aquella comida en Gambrinus... Soportar mis amenazas y tenerlas en cuenta va incluido en su salario.

Había abierto la caja de cigarros, y tras estudiar el contenido eligió un habano de mediano tamaño. Lo encendió despacio rascando un fósforo, minuciosamente, cual si de nuevo hubiese olvidado la presencia de Martín.

—Las oportunidades hay que aprovecharlas —dijo de pronto, brusco, tras las primeras bocanadas de humo—. Si los hermanos Madero le están reconocidos, la ocasión es buena para la Minera Norteña. Usted se debe a quienes lo empleamos. A quienes pagamos su sueldo, ¿no?

—Supongo que sí.

—Oh, vaya... ¿Supone?

—Me debo a la empresa —admitió Martín.

—Entonces cumpla con ella. Ya estuvo bueno de aquella pachanga revolucionaria que tanto nos comprometió. Si sus jueguecitos aventureros le dieron acceso al palacio presidencial, utilicémoslos ahora en nuestro beneficio.

—No es mi modo de obrar, don Emilio. Yo no sirvo para practicar la...

Lo dejó ahí, incómodo. Arrugaba Ulúa el entrecejo.

—¿Mordida? —completó la frase.

Martín guardaba silencio. Hizo el otro el ademán de espantar moscas, o inconvenientes.

—Puede que no sea necesario ir tan lejos. Que Raúl Madero lo atienda por mero agradecimiento o simpatía... En caso contrario, siempre nos queda el eterno recurso: la infalible *auri sacra fames*, que dicen los clásicos.

—Me temo que no valgo para eso.

—Usted vale para lo que se le ordene... Recuerde al marqués de Santo Amaro, que le expresó su confianza. No irá a decepcionarlo, ¿verdad?

Dio Ulúa una chupada al cigarro y contempló la compacta ceniza, satisfecho.

—Cumpla con su obligación, Garret —añadió tras un momento—. No lo retenemos aquí para que pasee los domingos por Chapultepec o vaya al teatro, que es lo único que hace... —sonrió de repente, taimado—. Bueno, eso y frecuentar a jovencitas casaderas.

Dio otra chupada, miró deshacerse un aro de humo y apoyó los codos en el tafilete de la mesa.

—¿Cree que no lo sé? ¿Que anda revoloteando alrededor de la hija de Antonio Laredo, esa indiecita guapa? ¿Que acude a las tertulias de casa y se los ve pasear, con la tía de carabina, por Reforma y Chapultepec?

Tardó Martín en responder. La impertinencia lo había dejado sin habla.

—Usted no tiene derecho, don Emilio —reaccionó al fin.

Soltó el otro una carcajada muy desagradable.

—Mientras sea empleado mío y esté aquí en comisión de servicio, tengo derecho a todo.

—No le puedo consentir...

—¿Ah, no?... ¿Qué es lo que usted no me consiente?

Despectivo, dando por terminada la conversación, señaló a Martín la puerta. Se puso éste en pie, saludó con una inclinación de cabeza y fue hacia ella, sofocado de indignación y vergüenza.

—Su vida privada me trae sin cuidado —lo retuvo Ulúa a medio camino—, tanto si frecuenta el salón de los Laredo como si visita los cabarets de la calle Cuauhtemotzin... Lo que me importa es la Minera Norteña. No sabemos lo que va a durar esta coyuntura. Cuánto tiempo podrá el presidente mantenerse en el poder como hasta ahora. Por eso urge que firmen lo nuestro. Que todo sea legal antes de que Madero se vaya al diablo.

Lo dijo en tono seco, brutal. Martín se había detenido sobre la alfombra, cerca de la puerta. Vuelto de nuevo hacia el mexicano, escuchaba en silencio.

—Tenemos prisa. ¿Comprende, Garret?... Mucha prisa.

Asintió mortificado el joven, sin despegar los labios.

—Hágame el favor —zanjó Ulúa—. Sea buen muchacho, agarre sus documentos y váyase a ver a su antiguo camarada de armas revolucionarias. Proponga lo necesario, ofrezca lo adecuado, muerda el hueso y no lo suelte hasta que él o su hermano estampen una firma. De no ser así, vamos a tener problemas —dio otra chupada al habano y el humo veló su rostro—. Y usted será el primero en tenerlos.

Cuando el tranvía se detuvo junto a la estatua ecuestre del rey Carlos IV que los mexicanos llamaban el Caballito, Martín bajó y anduvo entre los robles del paseo de la Reforma. Vestía muy correcto, traje oscuro de franela italiana con sombrero, guantes amarillos y bastón de bambú. Era una tarde luminosa, calentada por un sol agradable, y la avenida hormigueaba de paseantes y carruajes que discurrían por la vía urbana de moda en la ciudad, ante las bellas arquitecturas blancas y grises de las casas ajardinadas. Imitando el estilo de los Champs-Élysées de París, el México aristocrático, el poder y el dinero todavía porfirianos, alineaban lujosas residencias a lo largo de la avenida, en alguno de cuyos edificios aún trabajaban albañiles. Todo a la vista era nuevo, monumental y elegante.

La residencia de los Laredo constituía una excepción en el doble alineamiento de edificios neoclásicos y modernistas: aunque era de construcción reciente, tenía el estilo de las viejas haciendas españolas, con un gran patio central circundado por una galería en torno al hermoso jardín con bugambilias moradas y rojas, una fuente y un pequeño templete de madera y hierro forjado. Cruzó Martín el zaguán de piedra oscura, dejó sombrero, guantes y bastón en manos de un criado y salió al patio, rumbo al templete a cuya sombra, en butacas de caña y entre macetones con helechos y gladiolos, conversaba un grupo de personas a quienes dos doncellas de cofia y delantal servían café, té y chocolate. Saludó, fue recibido con amable naturalidad —ya era habitual de la casa— y con una taza de café en las manos fue a sentarse en una de las butacas.

—Lo echábamos de menos —dijo doña Eulalia Laredo, que olía a crema Simón y agua de Florida.

—Llego un poco tarde —se excusó Martín—. Asuntos de trabajo.

Abría y cerraba el abanico la tía de Yunuen, risueña y casi cómplice, pues el joven español le caía bien. La viuda era la única contertulia de edad y le gustaba ejercer de maestra de ceremonias, controlando a los sirvientes mientras dirigía la conversación como quien reparte cartas de una baraja.

—Hay un momento para cada cosa.

—Oh, sí. Claro.

Los ojos azul cuarzo estaban frente a Martín, al otro lado de la mesita con servicio de plata y porcelana, y sintió éste una tranquila emoción al comprobar que no lo perdían de vista. Yunuen Laredo estaba tan linda como de costumbre, vestida de seda violeta con un chal andaluz sobre los hombros y recogido el cabello en la nuca, partido simétricamente en dos, muy tenso y negro. Eso creaba un delicioso contraste de tonos entre su piel canela, la claridad de la mirada y los zarcillos de plata y aguamarina, como si toda la luz del jardín contribuyese a resaltar su belleza.

—El de seis cilindros es una maravilla —estaba diciendo alguien—. Un prodigio de la mecánica.

Se sumó Martín a la conversación. Hablaban de automóviles, y un abogado todavía joven, casado con una prima de Yunuen, comparaba el Hudson de gasolina que acababa de adquirir con el Baker o el Hupp-Yeats de baterías eléctricas. También estaban presentes dos amigas —las hermanas Rosa y Ana Zugasti, vecinas de la misma avenida—, la esposa del abogado, el secretario de la legación española que Martín había conocido en el Jockey Club y dos treintañeros rubios, risueños e informales, de nombres hispanos pero a los que por su aspecto germánico todos llamaban Max y Moritz. El noveno invitado era el capitán Córdova, que hojeaba con poco interés una novela de Xavier de Montépin y de vez en cuando levantaba la cabeza. Vestía de paisano: levita gris y pantalón estrecho con botines, muy elegante.

—El ingeniero podrá ilustrarnos sobre el particular —apuntaba doña Eulalia.

—No sé mucho de eso —se excusó Martín.

Manifestó sorpresa el secretario de embajada. Se llamaba Paco Tojeira y era un gallego regordete de aire simpático, bastante calvo aunque no había cumplido los treinta y cinco. Usaba barbita rubia y lentes que parecían achatarle la nariz.

—¿No le interesan los automóviles?

—Poco.

Miraba Yunuen a Martín con una sonrisa tierna, muy de su parte. Ignoraba él si la joven compartía sus sentimientos, pero lo cierto era que no se mostraba ajena a ellos, al menos hasta donde una mexicana de buena familia y bien educada podía permitirse. Habían conversado otras tardes y paseado juntos bajo la mirada tolerante de la tía, hablando sobre trivialidades y gozando de silencios que a Martín le parecían significativos e incluso románti-

169

cos. Su intervención en los sucesos del norte, que todos conocían aunque él evitaba mencionar, le confería cierta aura aventurera, casi heroica. Allí todos eran conscientes de que él esquivaba las preguntas directas, así que solían satisfacer su interés por otras vías. Qué diferencia se daba entre revolucionarios y bandoleros, por ejemplo. Cómo eran de violentos y asesinos Orozco y Pancho Villa, o qué pensaba de las mujeres que acompañaban a las tropas, esas llamadas soldaderas. Lo acababa de preguntar una de las Zugasti, ávidos los ojos y despectiva la boca, muy femenina en su curiosidad adobada con falsa inocencia.

—Lo hacen con naturalidad —respondió Martín tras pensarlo un momento—. No se plantean que su vida pueda ser de otra manera. Tienen al hombre, y lo siguen. Sin dramatismos, con sencillez.

—Resignadas a su dura suerte —apostilló Tojeira.

Suspiró Yunuen.

—Qué palabra más triste, ¿no?... Resignadas.

—No son las únicas —señaló doña Eulalia—. La resignación en una mujer no depende de su posición social —miraba en torno, dejando calar la idea—. Por desgracia, las mujeres en México lo sabemos bien.

Se tocaba con el abanico —tal vez deliberadamente— el dije de oro donde, sobre el pecho de muselina negra, llevaba un retrato en miniatura de su fusilado esposo.

Intervino Ana, la segunda de las Zugasti.

—Imagino que el sacramento del matrimonio les resultará desconocido a casi todas ellas.

Sonrió Martín, sin responder, y terció de nuevo doña Eulalia.

—Esa pobre gente tiene poco tiempo para sacramentos... ¿Está usted de acuerdo, Martín?

—Lo estoy.

Yunuen escuchaba con mucha atención.

—He visto fotografías en las revistas —comentó—. Detrás de las tropas, subiendo a los trenes cargadas de fardos y de hijos. Esos hombres las tratan...

Dejó las últimas palabras en el aire, estremeciéndose. Miraba a Martín cual si pidiera consuelo para pensamientos tristes.

—Igual que a bestias —remató Tojeira, crudo.

Asintió el joven ingeniero.

—Es verdad. Pero también ellos dependen de esas mujeres: buscan comida, saquean, despojan cadáveres enemigos, preparan el rancho y los atienden cuando enferman o caen heridos.

—Abnegadas y sumisas con esos malagradecidos —señaló Rosa Zugasti, entre admirada y escandalizada.

—Sí.

—Pero tales mujerzuelas...

Se removió Martín, molesto.

—No creo que ésa —la interrumpió— sea la palabra adecuada.

—Qué vida tan terrible —exclamó la prima de Yunuen.

—Pero a sus hombres les alivian lo fogoso, claro —apuntó el marido con sonrisa equívoca, suscitando una severa ojeada de doña Eulalia—. Eso pone a salvo a las mujeres decentes.

—Sólo hasta cierto punto —opinó Moritz.

—Bueno, basta —se impacientaba la tía—. Cambiemos de conversación.

—También combaten a veces —dijo Martín—. Llegada la ocasión, pueden ser tan duras y valientes como ellos.

Los ojos azul cuarzo lo contemplaban con asombro. Se detuvieron en la pequeña cicatriz del pómulo derecho.

—¿Es que las vio pelear?

—Por Dios, niña —la reconvino doña Eulalia.

—¿Las vio?

Tojeira, que limpiaba los lentes con un pañuelo, observó a Martín con socarronería.

—Se rumorea que las vio, en efecto. Y mucho.

Tampoco respondió el joven a eso. Sentía la mirada silenciosa del capitán Córdova, que fumaba sonriendo ligeramente, con aire de indiferencia, hundido el mentón sobre el cuello duro de la camisa y la ancha corbata.

—¿Y si esas mujeres pierden a sus hombres? —insistió Yunuen.

—¿Si los matan, quiere decir?

—Sí.

Dudó Martín, buscando un modo de decirlo. No había demasiados.

—Se unen a otros —repuso al fin.

—¿No guardan luto?

—No pueden permitirse ese lujo.

Enarcaba Max las cejas casi albinas, escandalizado.

—¿Lujo, ha dicho usted?

—Sí... Exactamente eso dije.

—¿Quiere decir que se juntan como animales, sin más, de cualquier manera? —insistió la prima.

—Con cualquiera que las proteja y las lleve con él.

—¿Y si también lo matan?

—Buscan a otro.

—¿Cargando con los hijos y todo?

—Sí.

—Qué horror.

Siguió un silencio incómodo. El dueño de la casa, don Antonio Laredo, no participaba en aquellas reuniones. Apareció en ese momento, circunspecto y cortés, saludó a los habituales y se retiró en seguida a su despacho y sus quehaceres, dejándolos a todos en manos de su hermana. Pasó la conversación a otros asuntos, incluidas la reciente apertura en El Centro Mercantil de una tienda especializada en moda inglesa para caballero y las virtudes para sofocos femeninos de las botellitas de agua española de Carabaña. Rosa Zugasti hizo una mención a los tiempos de Porfirio Díaz, lamentando que ciertos proyectos urbanos no llegaran a ponerse en práctica. Comentó entonces Moritz la popularidad decreciente de Francisco Madero y la dura revuelta de Zapata en el sur, y preguntó a Tojeira cómo consideraban la situación en la legación española. Se encogió de hombros el diplomático, prudente, tocándose la corbata con la sonrisa zorruna de quien sabe mucho y cuenta poco.

—*Wait and see* —se limitó a decir.

—Pero se afirma que el embajador Cólogan se lleva fatal con nuestro presidente —insistió Moritz—. Y que secunda cuanto propone su colega norteamericano...

Lo interrumpió una rápida reprimenda de la tía Eulalia.

—Ya sabéis que la política está prohibida en esta casa —sentenció rotunda, abarcando con un semicírculo de abanico a su sobrina, la prima y las Zugasti—. Nada hay en ella que interese a señoras ni señoritas. Con las soldaderas hemos tenido bastante por hoy.

—Pero la temperatura, doña Eulalia...

—La única temperatura que nos interesa es la del chocolate.

Permanecía Martín atento a Yunuen, que continuaba sosteniéndole con ternura la mirada. Eso le hacía sentirse relajado y feliz, confiado en el futuro inmediato. La única sombra era el modo en que Jacinto Córdova lo seguía observando.

Martín y el militar salieron juntos de casa de los Laredo. El sol se había ocultado tras el castillo de Chapultepec y los modernos focos eléctricos salpicaban de luces amarillas el paseo de la Reforma, trazando una doble línea de puntos brillantes que se recortaba contra el cielo lejano, todavía rojizo y azul oscuro como un incendio indeciso.

Señaló Córdova con su bastón un par de coches de punto detenidos frente al café Colón, que acababan de encender sus linternas de pescante.

—¿Tomará uno de ésos?... Podemos ir juntos, si le parece bien.

Admiraba Martín, echado un poco atrás el sombrero, la belleza del anochecer. La temperatura era agradable y la avenida iluminada invitaba al paseo.

—Iré caminando. Sólo es algo más de media hora hasta mi hotel.

—Ah, bueno —consultó el militar su reloj de pulsera—. Lo acompaño, entonces... Si le parece, por la Ciudadela acortaremos camino.

Dudó Martín. Eso significaba calles más oscuras. No tenía motivos para desconfiar del militar, pero sus miradas y silencios cuando estaban en presencia de Yunuen Laredo, aquella leve sonrisa pensativa y fría, le causaban cierto desasosiego. Lo asombroso, sin embargo, era que Jacinto Córdova seguía siéndole simpático. Y estaba seguro de que esa simpatía era mutua.

—De acuerdo. Vamos.

Dejaron atrás Reforma hacia Bucareli y la Ciudadela, en cuyas calles aledañas el alumbrado público era más escaso. Anduvieron durante un buen rato en silencio. Córdova balanceaba su bastón, y el ala del bombín le dejaba medio rostro en sombra.

—¿Ama usted a Yunuen? —preguntó de pronto.

Lo dijo tal cual, a bocajarro, aunque el tono era sereno, muy natural y tranquilo, como si se refiriese al estado del tiempo o del suelo que pisaban.

174

—Espero que no tome a mal —repuso Martín cuando se recobró de la sorpresa— si respondo que eso es una impertinencia.

—Tiene razón —admitió el militar, ecuánime—. Lo es.

Movió los hombros eludiendo vagas responsabilidades, y al cabo de unos pasos habló de nuevo.

—¿Sabe que mi padre murió por una impertinencia?

Lo contó en pocas palabras mientras caminaban casi hombro con hombro. Su padre, un coronel de artillería llamado Santiago Córdova, había luchado en el bando republicano en tiempos del emperador Maximiliano, combatiendo en las batallas de Miahuatlán y la Carbonera. En 1886, una discusión con un amigo acabó en un duelo en el que ambos perdieron la vida.

—También fue a causa de una impertinencia —repitió.

—¿Por parte de quién?

—Eso da igual... Yo tenía dos años, y quedé huérfano.

Se sumió en un silencio taciturno que no rompió hasta un momento después.

—Asunto de mujeres, se dijo.

Volvió a callar. Cruzaban una pequeña plaza cuyos arbustos y bancos ya estaban sumidos en sombras. La luz distante del farol que iluminaba una esquina perfiló medio rostro afilado del militar: bigote y mentón decidido y firme.

—Los dos eran grandes amigos —prosiguió al fin—. Compadres, en realidad. El otro también era coronel. Se llamaba Jacinto Carvajal y por él llevo mi nombre. Se conocían desde cadetes. Leales y valientes, hombres de honor y mexicanos hasta el tuétano.

—¿Y cómo fue posible...?

—Éste es un país singular. Un lugar violento y raro, como ha podido comprobar.

175

Rió bajito al decirlo, entre dientes, y Martín no pudo menos que preguntarse a dónde iba a parar tan inusual conversación. A nada bueno, se temía.

—Discutieron —seguía contando Córdova— y uno de ellos dijo algo que no debió decir. La mentada impertinencia, ya sabe. Los dos se querían mucho, pero hay cosas que no... Bueno. El caso es que acabaron sentándose muy tranquilos, cogidos de la mano izquierda mientras con la derecha cada uno apoyaba el caño del revólver en el pecho del otro...

Se detuvo Martín en seco, apoyado en su bastón. No daba crédito.

—Eso que me cuenta ¿es real?

—Absolutamente. Mi padre recibió un disparo y le dio tiempo de hacer dos. Él y su amigo murieron en el acto... ¿Qué le parece?

—Una atrocidad.

Con una cordial presión en un brazo, Córdova lo invitó a seguir caminando.

—Oh, no. Nada de eso. Sólo es México.

Apagado por completo el crepúsculo, en el cielo brillaban las estrellas y en el interior de estanquillos, tiendas y pulquerías empezaban a encenderse lámparas y farolitos de vidrio o papel. Algunos focos eléctricos de poca intensidad, alternando con débiles luces de gas, aceite o petróleo, hendían las fachadas con arabescos de claridad semejantes a luciérnagas amarillas, rojas y azules.

—Permítame ahora que siga siendo impertinente... ¿Está enamorado de Yunuen Laredo?

Martín tenía la boca seca. Su voz brotó ronca.

—¿Y usted?

—Sí, desde luego —respondió el otro con mucha naturalidad—. Y lo observo a usted.

—¿Con qué objeto?

—Estudiar el momento. Soy un hombre paciente. Deseo comprobar si el interés que ella le muestra es eventual, o algo más serio.

El sarcasmo le quemaba a Martín los labios.

—¿Quiere darme una oportunidad?... Qué generoso, capitán Córdova.

—Llámeme Jacinto, por favor.

—Qué generoso, Jacinto. ¿Y qué hay de mi propio interés?

—Ah, es normal. Nada puedo reprocharle. Ante una mujer así, ¿quién no lo tendría?... Hasta Max y Moritz, como se habrá dado cuenta, albergan esperanzas.

Dio unos pasos en silencio y al cabo emitió una risa despectiva. Fría.

—Ellos no tienen ninguna posibilidad.

Calló de nuevo, y un poco más adelante se volvió hacia Martín.

—Esto nos hermana a usted y a mí, me parece.

—¿Nos hermana?

—Al menos hasta cierto punto.

—¿Como a su padre y aquel amigo, tal vez?

—Podría ser, sí. Algo parecido.

Habían dejado atrás los muros negros de la Ciudadela. La luz aceitosa de una tienda de abarrotes iluminó la sonrisa críptica del militar.

—Usted está de paso, Martín. No va a quedarse aquí. Tarde o temprano se irá a otro lugar, o a España.

—¿Teme que quiera llevarme a Yunuen? ¿Arrebatársela?

—Admito que he considerado esa posibilidad.

—¿Y si el interés por mí resultara serio?... ¿Y si ella compartiese mis sentimientos?

—En tal caso, me temo que sería con usted más impertinente de lo que soy.

Pasaron cerca de un foco eléctrico que alargaba sus sombras en el empedrado. La claridad iluminó la figura delgada y elegante de Córdova, que sostenía el bastón en la mano derecha. Al comprobar que Martín lo observaba, alzó un poco la otra mano, cual si mostrase que no escondía nada en ella.

—Le ruego que no me malinterprete. Soy militar de carrera, valoro lo que usted hizo en Juárez y tiene todo mi respeto. No parece de los que se conmueven con amenazas, así que no lo tome por ese lado. Me limito a comentarle, del modo más leal posible, una situación... ¿Qué haría, de estar en mi lugar?

Lo pensó un momento Martín.

—Si Yunuen se inclinase claramente por otro, me retiraría como un caballero.

—¿Claramente?

—Sí.

Torció Córdova la boca en una mueca sarcástica. La luz amarillenta empalidecía su rostro con tonalidades de cera.

—Ya, por supuesto —la carcajada sonó metálica, peligrosa como la hoja de un cuchillo—. Pero es que usted no es mexicano.

El secretario le abrió la puerta y volvió a cerrarla a su espalda. Por el ventanal del despacho de Raúl Madero, abierto a un balcón del Palacio Nacional, se veía el Zócalo lleno de gente, tranvías y carruajes frente al doble edificio de la antigua catedral española. Martín había llegado guiado por un conserje y luego por el secretario, tras subir escaleras, recorrer pasillos y esperar tres cuartos de hora en la antesala, sentado en una silla bajo un retrato del cura Hidalgo.

—Qué gusto verlo, estimado amigo... Qué gusto me da verlo.

El hermano del presidente había engordado un poco. Demasiadas comidas en Gambrinus, pensó Martín. Mucho despacho y poco cabalgar ya entre zumbidos de balas. Tenía la edad de Martín, pero aparentaba más. Se había dejado un bigote fino que le acentuaba el mentón huidizo, y su elegante traje gris con chaleco, camisa de cuello duro, corbata de seda y zapatos lustrados nada tenían que ver con la chaqueta arrugada, las polainas polvorientas y la pistola que portaba en la batalla de Juárez. Sin embargo, la calidez de sus ojos, tan parecidos a los de su hermano, era la misma.

—Sólo podré dedicarle unos minutos, discúlpeme. Hay nuevos problemas en el norte.

—¿Graves?

Hizo Raúl Madero un ademán ambiguo.

—Pueden serlo. Pascual Orozco se ha quitado al fin la careta y desconoce de modo abierto al presidente... Se lo cuento porque no tardará en hacerse público. Ya han llamado algunos periodistas.

—¿Espera consecuencias?

—De ese ambicioso desalmado puede esperarse cualquier cosa. Por haber participado en el cambio político, se cree con derecho a todo. Su arrogancia lo ciega.

Ofrecía asiento a Martín con gesto entre amable y distraído. Obedeció éste, que no se sentía en absoluto cómodo. No por la acogida, que era afectuosa, sino por el motivo de su visita.

—Es lo que nos faltaba —dijo Raúl Madero—. Después de la intentona del general Reyes y la insurgencia de Zapata en Morelos, nos cae esto... Con Reyes, el presidente fue blando —se le ensombreció el semblante—. Si lo hubiera fusilado como aconsejábamos algunos, ahora se andarían todos con más tiento. Pero ya sabe cómo es mi hermano: patriota, honrado y compasivo. Eso lo deja atrapado entre tirios y troyanos.

179

Se puso en pie Martín. Con alivio, incluso. Aquello resolvía el asunto. Le daba un excelente motivo para marcharse y dejarlo todo como estaba. Una buena excusa ante Emilio Ulúa y la Minera Norteña.

—En tal caso no lo molesto más, don Raúl. Tiene cosas importantes de que ocuparse.

—Es cierto, pero no quiero desairarlo a usted. Siéntese, hombre.

Obedeció Martín de nuevo. El otro se había quitado los lentes y revolvía los papeles que estaban sobre la mesa junto a una fotografía enmarcada de sus hermanos, hecha durante los combates de la estación Bauche: Francisco, Gustavo, Emilio y él mismo, todos en ropa de campaña.

—No olvido Juárez ni lo que hizo allí —comentó mientras leía—. Ha venido a verme por un asunto de concesiones mineras, ¿no?

—Sí, en Baja California —a Martín le ardía la cara de vergüenza—. También por las tasas sobre ciertos productos relacionados con...

Lo interrumpió el hermano del presidente, alzando la vista mientras dejaba el documento en la mesa.

—Ya, ya veo. Pero son malos tiempos, como sabe.

—Sin duda.

Se recostaba Madero en el sillón, serio.

—Me gustaría echarle una mano, pero la palabra *tasas* no es oportuna. No es cosa de mi departamento. Tampoco lo de las minas, me temo.

Asintió Martín, anhelando terminar con aquello.

—Comprendo.

Parecía pensarlo el otro. Con buena voluntad.

—Sin embargo —concluyó, animándose—, Azpiri, el secretario de Industria, es amigo mío. Puedo darle una tarjeta para él, si eso sirve de algo. Garantizará al menos que lo reciba a usted.

—Se lo agradezco mucho.

Tomó Madero una cartulina, mojó la pluma en el tintero y escribió unas líneas.

—No imagina cómo la paso aquí... Todo son peticiones, demandas, requerimientos. La gente cree que bastan dos palabras al presidente para que se cumplan todos los deseos imaginables.

Aplicó el secante a lo escrito y entregó la tarjeta a Martín, que la guardó en su billetera.

—En su caso me gustaría serle más útil —añadió—, pero tengo las manos atadas. Y más en estas circunstancias. Lo militar tiene prioridad absoluta. Ahora que me han ascendido a teniente coronel, y con Orozco dando problemas en el norte, creo que volveré a vestir otra vez ropa de campo.

Se tocaba el chaleco, resignado, palpando los botones demasiado tensos. Dirigió después una mirada despectiva al cómodo despacho.

—Y no lo lamento, ¿eh?... Me irá bien cambiar de aires.

Se puso en pie y Martín lo imitó en el acto. Sonreía Madero, evocador, mientras lo acompañaba a la puerta.

—Lo recuerdo a usted sucio de polvo y pólvora, allá a orillas del Bravo: los combates, los puentes y la amenaza gringa. Y las cosas que hizo por nosotros... Lamento no corresponder como sus servicios merecen.

—No importa —protestó Martín—. El placer ha sido verlo. Que me haya hecho el honor de concederme este rato.

Lo miraba el otro con amistosa curiosidad.

—¿Me permite una observación, señor Garret?

—Naturalmente.

—Estoy sorprendido de que sea sólo ingeniero de la Minera Norteña.

—¿Por qué? —se extrañó el joven.

—Pues no sé. Creí que su posición... Bueno, imagínese. En Gambrinus lo vi en excelente compañía.

Movió Martín la cabeza, deshaciendo el equívoco.

—Oh, no, en absoluto. Sólo estoy aquí de modo circunstancial. En comisión de servicio.

—Pero bien considerado, por lo visto.

—No puedo quejarme.

—Lo mandaron a verme sus jefes, ¿no? —guiñaba Madero un ojo, cómplice—. Por si había suerte tocando las viejas teclas entre compañeros de armas.

Enmudeció Martín, de nuevo ruborizado, maldiciendo en sus adentros a la Norteña, a Emilio Ulúa y a toda su estirpe. En ese momento habría deseado desaparecer bajo tierra. Al fin, recobrado del desconcierto, sonrió con sencillez. Con súbita franqueza.

—Tiene mi palabra de que me resistí cuanto pude.

Se echó a reír el otro, palmeando su espalda.

—Lo creo. No parece de ésos.

Estaban en la puerta del despacho, que el propio Madero había abierto.

—¿Volvió a relacionarse con la gente de Villa? —se interesó.

Dudó Martín, recordando el reciente encuentro en el Zócalo.

—No —mintió—. ¿Qué sabe de ellos?

—Unos volvieron a sus casas y otros siguieron con las armas en la mano —se le oscureció el gesto—. Puede que haya que recurrir otra vez a esa gente. Suena triste, ¿verdad?... Que deban hablar los fusiles.

—¿Y qué tal anda el coronel Villa?

Le dirigió el otro una mirada rápida y suspicaz, que sin embargo resbaló sobre la expresión inocente de Martín.

—Pues se me hace que allá en su rancho, criando vacas —repuso con forzada indiferencia—. Aquí sabemos poco de él.

—Claro.

Se estrecharon la mano, y el mexicano lo hizo con un calor que parecía sincero.

—¿No le pica a usted la acción? —quiso saber—. ¿Volvería allí arriba, en caso necesario?

Lo pensó tres segundos Martín.

—No creo... Aquello fue un episodio aislado. Casual. Mi clase de vida es otra.

—Comprendo. Y hace bien. La política es mal camino, y a veces conduce al paredón.

Mantenía la puerta abierta, sin terminar de despedir a Martín. El secretario se había levantado de su mesa para acercarse a ellos, pero Madero lo detuvo con un ademán. Bajaba un poco la voz, confidencial.

—En cierto modo lo envidio a usted: joven, extranjero y con una prometedora carrera por delante... Eso permite observar de otra forma a este desgraciado país, siempre enfermo de sí mismo.

Suspiró hondo mientras torcía el gesto, como si le doliera dentro.

—Me temo que vendrán tiempos difíciles, estimado amigo —añadió, lúgubre—. Y hace bien en mantenerse al margen.

7. Noticias de la revolución

Aquel verano fue de agitación e incertidumbre. Todo iba a más. La popularidad del presidente Madero seguía diluyéndose en el desagrado de quienes le reprochaban la timidez de sus reformas y en el odio de los elementos conservadores, que lo hacían objeto de una feroz campaña de desprestigio. Pocos periódicos lo defendían ya. El sur campesino era feudo del ejército zapatista y la guerra había vuelto al norte, donde las fuerzas rebeldes de Pascual Orozco, los llamados *colorados*, se enfrentaban al gobierno. Para combatirlo se había creado la División del Norte, bajo el mando del duro Victoriano Huerta: un general con fama de eficaz y cruel. Y para reforzarlo con tropas irregulares, por petición expresa de Francisco Madero volvía a tomar las armas el coronel, ahora brigadier, al que todos llamaban Pancho Villa.

—Lo bueno es que, de momento, no podrás volver allí —dijo Yunuen Laredo.

Sonreía tristemente Martín, moviendo la cabeza.

—No sé si bueno es la palabra... Aquello es mi verdadero trabajo.

—Con las minas cerradas, poco puedes hacer.

Se tuteaban ya con naturalidad, al uso moderno de los jóvenes. Era un domingo espléndido, caluroso, y el

185

joven ingeniero había acompañado a la muchacha y a su tía a Xochimilco, un agradable paraje de lagunas, islotes y arboledas próximo a la capital. Fueron muy temprano en tranvía a visitar el mercado de flores y artesanía local y desayunar en uno de los merenderos, bajo un cobertizo de hojas de palma situado entre los grandes árboles llamados ahuehuetes. La tía esperó la hora de la comida sentada en una hamaca —una novelita de Riva Palacio abierta sobre la falda y el velo del sombrero en el rostro para protegerse de los insectos—, así que Martín alquiló una trajinera e invitó a Yunuen a navegar por los canales.

—Hace demasiado calor... ¿Me permites que me quite la chaqueta?

—Pues claro.

Hundía el lanchero la pértiga en el agua donde flotaban lirios acuáticos, deslizando despacio la embarcación por el canal de frondosas orillas. Martín se había desembarazado del sombrero panamá y la americana, y desabrochado el chaleco. A veces se cruzaban con otras embarcaciones con hombres en mangas de camisa, señoras vestidas de blanco y sombrillas desplegadas. Todo era tranquilo, silencioso y bello. Hacía pensar en lugares paradisíacos anteriores a la Conquista. El mito de un México precolonial y feliz.

—¿En qué piensas, Martín?

Sonrió él, contemplándola. Ella se había quitado el sombrero de paja blanca. Tenía el pelo recogido en rodetes y el sol hacía brillar su cabello negro y tenso.

—En doña Marina, la intérprete de Hernán Cortés.

—¿La Malinche? —se sorprendió la joven—. ¿Qué tiene que ver ella ahora?

—La imaginaba con tus contradictorios y minerales ojos azules. Con tu aspecto.

—¿Contradictorios?... ¿Cómo debo tomar eso?

—Como un requiebro.

—Te burlas de mí.

—En absoluto. Son demasiado hermosos para una india de entonces. Imposibles hace cuatro siglos.

—Ah, ya veo —se echó ella a reír—. Qué tonto eres.

—Nada de tonto. Hablo en serio... Imagino a aquellos rudos españoles cubiertos de hierro entrando en Tlaxcala, o dondequiera que entrasen. A Cortés viéndola a ella por primera vez. Como yo a ti aquel día, en la Casa de los Azulejos.

—¿La sorpresa?

—Mucho más que eso: la conmoción.

—¿Y eso fue lo que te ocurrió al verme? ¿Quedaste conmocionado?

—Hasta el delirio.

—Además de tonto, estás loco.

Miró de soslayo Yunuen al lanchero, que impulsaba la trajinera con el sombrero sobre los ojos y la pértiga en las manos, ajeno a la conversación.

—La Malinche decidió seguir a ese extranjero —bajó la voz—. Interpretar su lengua y ser su mujer. Pero yo no sigo a nadie.

—De momento —bromeó Martín.

—Por favor... No digas más tonterías.

—¿Crees que la Malinche estaba enamorada?

Se mordía la joven el labio inferior, pensando.

—No sé —repuso al fin—. Deslumbrada, al menos. Debió de ser impresionante ver llegar a esos hombres barbudos y extraños, venidos del mar —lo miró, serena—. Del mismo lugar del que viniste tú.

El paso de la trajinera espantó a unas aves acuáticas, que revolotearon en dirección a la orilla. Se quedaron callados viéndolas alejarse.

—No es difícil para una mexicana —dijo de pronto Yunuen— deslumbrarse con lo que llega de lejos.

—También hay anglosajones que ahora vienen del norte.

—Ellos no están aquí, bajo la piel —le mostraba las muñecas finas y morenas, rodeadas de plata—. Sólo se encuentran de paso. Nuestra sangre no los reconoce.

Inclinando el rostro, súbitamente audaz, Martín besó la piel que de ese modo, sin pretenderlo, se le ofrecía. Un roce suave, un aroma delicioso. Sentía en los labios sus latidos. Tras un instante inmóvil, ella retiró las manos despacio, sin brusquedad. Miró de soslayo al lanchero y luego los árboles que bordeaban el canal.

—Un día te irás, ¿no es cierto?

—No tengo por qué irme solo.

Yunuen se había puesto seria. Apartó la mirada y guardó silencio mientras él seguía contemplándola con fascinación. En un lugar como aquél, inalterado en el tiempo y la historia, ella parecía formar parte natural de la belleza primitiva del paisaje. Concitaba de un modo casi mágico el pasado y el presente. Eso producía en Martín un desasosiego íntimo: no saber si amaba a la joven, o creía amarla, por ella misma o por lo que sus ojos mestizos y su piel canela simbolizaban. Por la sangre cuyas venas había besado y el pulso que latía en ellas. Y no era la primera vez que sentía eso. A menudo, cuando estaba despierto durante la noche en su habitación del hotel —seguía costándole conciliar el sueño desde Ciudad Juárez—, llegaba a creer que en realidad no amaba en Yunuen a una mujer, sino al México que se encarnaba en ella.

—Qué momento tan trágico y tan asombroso, ¿verdad? —dijo en voz alta.

Lo miraba desconcertada, sin comprender a qué se refería. Se disculpó Martín con una sonrisa.

—Me refiero a la destrucción de un mundo y el comienzo de otro... Al amanecer de una raza nueva.

Asintió ella con delicadeza, tras pensarlo.

—Hay muchos motivos para detestar a los españoles —concluyó, sonriente—. Y también para amarlos.

Alzó rotundo un dedo Martín.

—Me gusta esa palabra.

Lo miraba la joven con falsa inocencia.

—¿Detestar?

—Amar.

Dirigió ella con disimulo otra mirada al lanchero.

—*Odi et amo* —dijo en un susurro—. Lo escribió un poeta latino.

—Odio y amo, ¿no?

—Eso es.

—También me gusta.

Había terminado el paseo acuático. Abordó la trajinera el muelle de madera, se puso Martín chaqueta y sombrero y ayudó a Yunuen a saltar a tierra. Subieron sin prisa por la pequeña cuesta hacia el merendero, rozándose apenas las manos al caminar. A Martín le latía el corazón de gozo.

—Se ha despertado mi tía —dijo Yunuen—. Y no está sola.

Bajo el tejadillo de hojas de palma estaba doña Eulalia, sentada y conversando con un hombre que permanecía de pie: un militar vestido de uniforme, con botas altas relucientes, pistola al cinto y un brazo en cabestrillo.

—Qué sorpresa... Es Jacinto Córdova —se volvió hacia Martín, confusa—. ¿No estaba en el norte, con su regimiento?

A Martín se le había ensombrecido el día.

—Es evidente —respondió amargo— que ya no está.

Encargaron tacos con tuétano y mole de guajolote, limonada y vino mexicano. Fue una comida agradable incluso para Martín, pese a la incomodidad que le causaba la presencia del capitán Córdova. Sin dar muestras de advertirlo, el militar estuvo ocurrente, sencillo, contando sin darse importancia su campaña en el norte y el balazo recibido en el combate de Rellano. Tras los postres, cuando las señoras permanecieron en sus hamacas a la sombra para hacer la digestión, Córdova encendió un habano y Martín y él dieron un paseo bajo los árboles, por la orilla del lago.

—¿Se ha fijado? —comentó el capitán mirando un momento a tía y sobrina, que quedaban atrás—. Yunuen y doña Eulalia son ahora menos maderistas que hace un par de meses... Como casi todas las mujeres de México, admiraban al presidente. Pero se les van enfriando los afectos.

—¿Cómo ve la situación? —inquirió Martín.

—Soy militar, y mi opinión debo reservármela —Córdova dio una larga chupada al cigarro—. Son mis jefes los que ven o no ven.

—Estamos en confianza, capitán.

Dejaba salir el otro el humo, complacido.

—Jacinto, recuerde.

—Estamos en confianza, Jacinto. Me interesa mucho lo que usted opine.

Movió la cabeza el militar, con desgana, acomodando mejor el brazo en el pañuelo de seda que le hacía de cabestrillo.

—El sur está perdido, se lo aseguro. Nadie va a quitarle allí el poder a Zapata, y la represión no hace más que reforzar a ese muerto de hambre. Las atrocidades... —se quedó callado y al cabo encogió los hombros—. Bueno, ya es suficiente. Resumiré diciendo que celebro estar destinado en el norte y no allí abajo, en una guerra tan sucia.

—¿Y qué hay de Pascual Orozco?

—Oh, ése acabará perdiendo. De hecho, ha perdido ya. Le estamos dando lo suyo. Libra combates de supervivencia, y el día menos pensado pasará la frontera.

Se quedó mirando a Martín, el cigarro humeante a medio camino de la boca.

—Supongo que pronto podrá volver a sus minas.

Lo dijo con intención, y no respondió el joven a eso. Seguían por la orilla del lago, donde se movían lentamente algunas embarcaciones entre el verdor de las chinampas construidas con barro, cañas y piedras. Hacía calor, y los dos se aflojaron las corbatas.

—¿Vio al brigadier Villa? —quiso saber Martín.

—Varias veces, sí. Y su regreso ha sido una sorpresa para todos. Lo creíamos un bandolero tosco, un simple saqueador, pero sabe moverse y pelear. En los combates de Parral, Tlahualilo y Conejos estuvo superior... Es un guerrillero nato, sus hombres lo adoran y se las arregla de maravilla. Y odia a los colorados como nadie. Ahorca y fusila prisioneros sin que le tiemble el pulso.

Volvió a mover el brazo dentro del pañuelo, incómodo. Durante la comida, al no poder servirse bien de una mano, Yunuen lo había ayudado a preparar los tacos, lo que no pasó inadvertido a Martín. Tampoco la mirada irónica que el militar le dirigió mientras eso ocurría.

—El problema con Villa —prosiguió Córdova— es que es un irregular con alma de irregular. Una mezcla de genio intuitivo y canalla peligroso. Hace la guerra a su manera, y no hay modo de disciplinarlo. Discute órdenes o las incumple, y al general Huerta se lo llevan los diablos... Raúl Madero, que ha vuelto a campaña, se pasa el tiempo suavizando tensiones entre uno y otro.

—Los periódicos insinúan incidentes. ¿Es cierto?

—Hubo varios. Primero con el coronel Rubio Navarrete, el artillero, aunque ahora Villa y él son muy amigos. Y dicen que en Rellano, después del combate, casi se fajó a tiros con el teniente coronel García Hidalgo, jefe de la plana mayor de Huerta.

Córdova se quedó mirando con aire distraído una trajinera que pasaba. A bordo iba una familia con niños ruidosos y bien vestidos.

—Puede que entre Villa y mi general Huerta todo termine mal.

—¿Cómo de mal?

No respondió el mexicano en seguida. Veía alejarse la embarcación.

—Victoriano Huerta es de esos militares callados y memoriosos. Tiene fama de no olvidar un desaire.

Permaneció con el habano entre los dientes, sin apartar los ojos del lago. Alzó después los ojos al cielo, donde se adensaban nubes lejanas y grises que parecieron ensombrecerle el rostro.

—Lloverá pronto —murmuró, pensativo.

Al cabo de un momento retiró el cigarro y miró a Martín como si hubiera olvidado su presencia.

—Confío en que no le haya incomodado mi aparición... Fui a visitar a Yunuen, recién llegado del norte, y supe que ella y doña Eulalia estaban aquí, a media hora de tranvía.

—Conmigo —precisó Martín, ácido.

—Sí, eso me dijeron. Con usted.

Sonreía vago, con aire indiferente. Dejó salir una bocanada del cigarro mientras se volvía hacia el merendero donde descansaban las dos mujeres.

—Está lindísima, ¿no le parece?

Asintió Martín con frialdad.

—Desde luego.

—Hasta comiendo un taco goteante de grasa es adorable.

—Sí... Lo es.

—¿Les fue bien su paseo en trajinera?

—No fue del todo mal.

—Lamento habérselo estropeado al final, presentándome aquí.

Echó a andar de nuevo, sin más comentarios, entre los trazos de sol que se metían por las ramas. Tras un momento, Martín le dio alcance.

—A veces se pierde y a veces no se gana —dijo de pronto Córdova—. ¿Sabe usted perder, amigo mío?

No respondió Martín. Pensaba en Yunuen ayudando a comer al capitán. En la mirada que Córdova le dirigía.

—Cuando se cure mi herida, volveré con el regimiento —dijo el mexicano—. Hasta entonces tendrá que soportar mi compañía.

Sonrió Martín. Con aquel hombre era fácil hacerlo. Uno se sentía adversario y cómplice al mismo tiempo.

—Sus impertinencias —recordó.

—Eso es —también sonreía Córdova, relajado—. Mis impertinencias, como las llamamos la otra vez... Tiene buena memoria.

Se habían detenido bajo las ramas colgantes de un gran sauce y se miraban de frente.

—¿Ha hecho progresos con Yunuen? —deslizó el militar.

—¿Es otra de sus impertinencias?

—Puede considerarla así.

Se mantuvo impasible Martín.

—Los progresos naturales —concedió.

—Huy, vaya —la mano que sostenía el cigarro se movía en el aire, dejando espirales de humo—. Qué impreciso suena eso.

Indicó Martín con el mentón su brazo en cabestrillo.

—Me parece que usted, con su vitola de heroico militar, ha ganado hoy terreno.

—Oh... Es muy noble por su parte reconocerlo.

—Qué remedio.

—Bueno, yo he estado lejos, cumpliendo con mi deber. Y usted aquí, disfrutando de las oportunidades. Reconozca que no es justo. Así que alguna ventaja debe tener que me hayan pegado un tiro.

—Supongo que sí —concedió Martín, ecuánime.

La sonrisa amable del mexicano nada tenía que ver con la expresión de sus ojos fríos, negros como la obsidiana. Relucían allí intenciones oscuras. Augurios desagradables.

—¿Qué es lo que supone?

—Que tendremos que resolver esto un día u otro.

Alzó Córdova un poco su brazo herido, mostrándoselo.

—Dos semanas, tal vez —dijo.

—Sí... Dos semanas.

Aquéllos fueron días de encuentros inesperados: el siguiente tuvo lugar en el vestíbulo del hotel Gillow. Era media mañana, diluviaba sobre la ciudad y Martín regresaba de la calle sacudiéndose la lluvia de la gabardina y el sombrero. Entregó el paraguas goteante al portero y al entrar se encontró cara a cara con Diana Palmer. Tardó unos segundos en identificarla: vestía ropa de viaje, sombrero y un macferlán a cuadros sobre los hombros. Detrás había dos mozos con su equipaje: un baúl mundo y una maleta de piel de cerdo muy usados, con innumerables etiquetas hoteleras.

—Vaya. Menuda sorpresa, ingeniero... Porque es usted Martín Garret, ¿no?

Asintió, estudiándola: un punto desgarbada, rostro duro y ligeramente huesudo, ojos grandes. Un atractivo seco, algo varonil, dulcificado ahora que llevaba un ligero maquillaje y no calzaba botas polvorientas como en Ciudad Juárez.

—¿Señora Palmer? ¿La periodista?

—Pues claro.

Se estrecharon la mano. Todavía húmeda de lluvia la de Martín, que se excusó por eso. Seca y firme la de ella.

—¿Llega usted o se marcha? —inquirió el joven, cortés.

—Acabo de llegar... Qué coincidencia.

Se citaron para el aperitivo en el bar del hotel, una hora después. Martín, que acudió primero, se levantó de la butaca al verla aparecer. La norteamericana había sustituido la ropa de viaje por un sencillo vestido de lana gris que la hacía parecer aún más alta y delgada. No llevaba sombrero y recogía el cabello con horquillas y peineta de carey. Levísima sombra de ojos, sin *rouge* en la boca. Olía a un perfume discreto, impreciso, de reminiscencias francesas.

—Cuánto tiempo sin verlo. Qué extraños recuerdos.

—Desde luego.

Se acercó el camarero.

—Un tequila con jugo de limón —pidió Diana Palmer.

—Dos.

Conversaron sobre el tiempo transcurrido, sobre los viajes de ella. Había pasado tres meses en Europa, informando para el *New York Evening Journal* y el *Daily Tribune* de Chicago. Situación preocupante y compleja: cuestión turca, disturbios en Rusia, armamento de las grandes potencias y tensión en los Balcanes. También había estado en España, en San Sebastián, donde tuvo ocasión de conocer al joven rey.

—Un hombre muy elegante, por cierto. Educadísimo y encantador.

Se llevó el vaso a los labios y pareció satisfecha del sabor. De un pequeño bolso de piel de caimán sacó una cajetilla de cigarrillos turcos Murad e introdujo uno en el extremo de una boquilla de jade.

—¿Sigue usted sin fumar?... Espero que no le moleste.

—En absoluto.

Se inclinó Martín sobre la mesa para darle fuego con la cajita de fósforos del hotel dispuesta junto al cenicero. Lo miró todo el tiempo mientras él le acercaba la llama al cigarrillo, y aún siguió haciéndolo un momento después, entre el humo azulado.

—No parece el mismo que conocí en Ciudad Juárez —dijo al fin, reclinándose en su butaca con un codo en el reposabrazos y la boquilla en alto, entre dos dedos—. Allí parecía más bien un chiquillo de rodillas sucias que jugaba a la guerra.

Se echó Martín a reír.

—Dios mío... Espero haber mejorado esa impresión.

Ella se llevó la boquilla a los labios. Tenía las manos largas y fuertes, con las uñas tan romas que parecían masculinas. Ni anillos ni pulseras.

—Sí, desde luego —aspiró y dejó salir despacio el humo—. No le quepa duda.

Hablaron de Estados Unidos y México, de la incierta situación actual. De los intereses norteamericanos y la presión que desde la embajada se hacía sobre el gobierno federal.

—No tiene buen aspecto —resumió Diana Palmer—. Por eso precisamente estoy aquí.

—¿Habrá intervención? Se habla mucho de eso.

—No sabría decirle... Tal como están las cosas, todo es posible.

Se acordó Martín del mercenario estadounidense.

—¿Qué fue de aquel irlandés que la escoltaba en Juárez?

—¿Tom Logan?... Pues no sé. Por allí se quedó. Si todavía vive, supongo que continuará en la bola, como él decía. Combatiendo.

—¿Con los colorados de Orozco o con el gobierno?

Se rió ella.

—No creo que le importase mucho la diferencia.

Seguía fumando la norteamericana sin dejar de observar a Martín.

—¿Y qué hay de usted? —preguntó.

Hizo éste un ademán de impotencia.

—Poca cosa. El trabajo en las minas está interrumpido por los disturbios. Viajar al norte es difícil, pues nadie garantiza la seguridad. Imagine extraer y transportar plata en estas circunstancias... Así que me dedico temporalmente a tareas administrativas.

—Vaya —hizo ella un aro de humo—. Debe de ser aburrido para un hombre de acción como usted.

—No soy hombre de acción. Aquello fue accidental.

—Pues según pude comprobar, ciertos accidentes se le dan bastante bien.

—Hace mucho tiempo de eso.

—No crea. Por lo que sé, en México nunca hace mucho tiempo de nada.

Había cruzado las piernas con desenvoltura poco femenina: eran prolongadas y se marcaban bajo la larga falda. Al extremo asomaban unos botines marrones de caña corta, muy bien lustrados, y diez centímetros de tobillo enfundado en medias de seda negra.

—¿Mantuvo el contacto con sus... compañeros de armas? Me refiero a Villa y aquella gente.

—No, ninguno.

—Qué curiosa experiencia, ¿no? La suya.

Se llevó él su copa a los labios. Bebió un sorbo corto y la dejó sobre el posavasos.

—Puede ser —se limitó a decir.

Con aparente descuido, Diana Palmer extendió un brazo y golpeó suave la boquilla con el dedo índice, dejando caer ceniza al suelo. Ignorando el cenicero.

—Accidental, ha dicho antes... Dinamitero por un par de días, y vuelta al cuello duro y la corbata.

Sonrió Martín.

—También llevaba corbata en Juárez.

Lo estudiaba, enigmática.

—Es usted un hombre extraño, señor Garret.

—No me reconozco en esa descripción.

—Ah, desde luego —ladeaba ella la cabeza, cual si lo considerase de nuevo—. Suena poco romántica.

—No soy romántico en absoluto.

—¿Pues cómo se definiría usted?

—Como un ingeniero de minas al que le gusta su trabajo.

—¿Eso es todo?

—Sí.

—No me decepcione, se lo ruego. ¿Y la revolución? ¿Y México?

Martín no respondió a eso. Él mismo tenía sentimientos encontrados al respecto, aunque no estaba dispuesto a confiarlos a una mujer a la que apenas conocía.

—Tengo intención de ir al norte —dijo ella tras advertir su silencio—. Quiero ver cómo termina lo de Orozco. También me gustaría viajar a Morelos. El noticiero de cinematógrafo *Pathé's Weekly* me ha pedido que gestione una entrevista y unas filmaciones con Emiliano Zapata. Si lo consigo me mandarán un equipo, aunque tengo pocas esperanzas.

Quitó el cigarrillo consumido de la boquilla y lo aplastó en el cenicero con un solo movimiento firme y seco. Después miró al camarero para llamar su atención, pero Martín hizo un ademán negativo. La norteamericana se puso en pie.

—Me encantaría comer con usted, si le pareciese bien —dijo.

El joven se había levantado también.

—Tendría mucho gusto en invitarla.

Ella lo pensó un momento. Daba vueltas a la boquilla entre los dedos, indecisa, y al cabo la metió en el bolso.

—Lamentablemente —repuso—, hoy tengo comprometidos el almuerzo y la cena. Pero me interesan sus opiniones sobre la situación actual, el presidente Madero y los suyos... Usted los vio en Juárez y los ve ahora. Tendrá conclusiones al respecto.

—No muchas, me temo. Y no más interesantes que las de cualquiera.

—Aun así. ¿Tiene algún compromiso para desayunar mañana?

—Ninguno, pero detesto hacerlo en hoteles. Suelo ir cerca, a Sanborns. Está en el número seis de la calle de San Francisco, a tres manzanas de aquí.

—¿Manzanas?

—Cuadras, dicen los mexicanos.

—Ah.

—Hacen un café y un chocolate excelentes, la leche es fresca y el pan recién horneado, delicioso.

—Estupendo... ¿A las ocho, entonces?

—De acuerdo.

Se miraban, serios de pronto. Indecisos en la despedida. Al fin ella extendió bruscamente una mano.

—Ha sido un placer verlo de nuevo, señor Garret.

—El placer ha sido mío, señora Palmer.

Durmió mal aquella noche. El encuentro y la conversación con la periodista lo habían hecho revivir situaciones y lugares de los que tal vez no había regresado nunca. Dio vueltas en la cama, encendió una luz para leer, sin concentrarse —*Ya se ponía el sol; los griegos desembarazáronse de sus armas y descansaron*—, y acabó levantándose descalzo y en pijama para ir hasta el ventanal de la pequeña terraza, junto a cuyos vidrios salpicados de lluvia permaneció largo rato inmóvil, escuchando el rumor del agua que caía fuera.

Por alguna razón que no alcanzaba a comprender —quizás influían la noche y el monótono golpear de la lluvia— sentía un desasosiego íntimo y triste. Una melancolía que lo tornaba desorientado, incluso infeliz. Y era absurdo, concluyó irritado. Tenía salud, un trabajo excelente y un futuro prometedor. Ninguna nube negra amenazaba su horizonte, más allá del inseguro México en el que vivía y la sonrisa peligrosa de Jacinto Córdova. Nada, en suma, que pudiera abrumar en exceso, más que al común de los mortales, su juventud y su vida.

Sin embargo, pensaba. Sin embargo.

El repiqueteo de la lluvia en la terraza y el tejado dejaba entrever otros sonidos que hacían latir despacio y fuerte su corazón: detonaciones, disparos. Aquello evocaba polvaredas lejanas, hombres sudorosos que corrían tocados con grandes sombreros y con el rifle o la carabina en las manos. Galope de caballerías, estallido de granadas, zumbar de plomo y acero, humo de incendios retorcido en espirales contra un cielo increíblemente azul. Ciudad Juárez y cuanto representaba como geometría de líneas rectas y curvas, de ángulos y parábolas que su cabeza, adiestrada para el cálculo como interpretación del mundo, había advertido, o intuido, desde el momento en que oyó el primer disparo y vio el primer hombre muerto de un balazo. La violencia, la sangre, el caos, la guerra como intensa escuela de lucidez. Una interpretación de la vida a través de los ojos de un soldado griego sudoroso bajo el bronce, perdido en territorio enemigo.

Apoyó la frente en el cristal de la ventana y el frío llegó hasta sus sienes haciéndole todavía más lento el pulso, hasta que le dolieron. Al otro lado del vidrio empañado por su aliento se desplomaban las gotas de lluvia dejando regueros sólo en apariencia caprichosos, semejantes a cometas líquidos que entrecruzaran trayectorias establecidas por las inmutables reglas del azar.

Se estremeció. Lo asustaba sentir nostalgia de todo eso.

Por la mañana había dejado de llover. Caminó sin prisa bajo un cielo despejado, esquivando los charcos de la calle, entre el tráfico de personas, tranvías y carruajes que a esa hora ya animaba el centro de la ciudad. Al entrar en Sanborns vio que casi todas las mesas y los taburetes del mostrador estaban ocupados. Diana Palmer esperaba sentada al fondo, junto a los macetones con plantas reflejados en el gran espejo de la pared con rótulo publicitario del chocolate y cacao Baker's. Sobre el mármol blanco había una taza con posos de café, un cenicero con dos colillas apagadas y la prensa del día.

—Siento haberla hecho esperar —se excusó el joven.

—Oh, no, en absoluto —lo tranquilizó ella—. Llega puntual. Soy yo la que madruga mucho.

Mientras colgaba el sombrero en la percha, Martín se fijó en los periódicos: *El Imparcial*, *El País*, *El Heraldo*. También un cuaderno con notas a lápiz.

—¿Alguna noticia importante?

Lo miró sorprendida.

—¿No ha visto aún la prensa?

—No... Suelo comprarla en el kiosco del Zócalo, pero hoy vine directamente aquí.

—Pues es mejor que se siente.

Lo hizo, mirándola inquieto. Se acercaba una de las camareras, pero Diana Palmer la alejó con un ademán seco.

—Pancho Villa —dijo, bajando la voz.

Martín atendía, confuso.

—¿Qué pasa con él?

—Está detenido.

—¿Cómo?

—Detenido, le digo. Orden del general Huerta. Y han estado a punto de fusilarlo.

—Eso es imposible.

—Aquí viene todo —golpeaba con un dedo en los periódicos—. Una versión que, supongo, está orientada por el gobierno; pero que, conociendo al personaje, debe de tener mucho de auténtica... Como dicen ustedes los españoles, cuando el río suena, agua lleva.

Empezó Martín a leer lo publicado mientras Diana Palmer permitía al fin que se acercase la camarera.

—¿Qué tomará el señor? ¿Café, chocolate?

Alzó un momento la cabeza, distraído, absorto en la lectura.

—Café, por favor.

—¿Algo más? ¿Un brioche o un panecito tostado?

A medida que leía, a Martín se le iba haciendo un nudo en el estómago.

—No, gracias.

Pasó de un periódico a otro. Cada uno daba al asunto su propia interpretación, pero coincidían en lo esencial: en Ciudad Jiménez, estando en campaña contra las tropas orozquistas, el brigadier Villa había desobedecido una orden del general Huerta. Acusado por éste de insubordinación, se ordenó formar el cuadro para fusilarlo. El desenlace venía resumido con idénticos términos en todos los diarios, lo que significaba que procedía de un comunicado oficial:

El jefe Francisco Villa se insubordinó porque quiso apoderarse de bienes ajenos; y por habérsele impedido decidió sublevarse con los trescientos hombres que mandaba. Fue puesto en cuadro para fusilarlo, y sólo la mediación urgente de los coroneles Guillermo Rubio Navarrete y Raúl Madero, que por telégrafo pidieron gracia al señor presi-

dente de la República, impidió que se cumpliera la senten-
cia. La medida de gracia llegó cuando Francisco Villa ya
estaba en el paredón y un piquete de soldados se disponía a
ejecutarlo.

—Al parecer robó el caballo de un particular, que apeló al general Huerta —dijo Diana Palmer—. Éste ordenó que se devolviera el animal, pero Villa se negó en redondo. Y Huerta, furioso, aprovechó la ocasión para ajustar viejas cuentas.

—Increíble.

—*El Heraldo* cita un comunicado del propio general. Lea.

Siguió leyendo Martín:

Decido enviarlo preso al Distrito Federal para que allí
sea juzgado. El antiguo bandolero llamado Francisco Villa
es un elemento muy peligroso para la División del Norte, ya
que en todo momento amenaza con relajar la necesaria dis-
ciplina de las fuerzas bajo mi mando.

Dejó el diario en la mesa, aturdido. La camarera le había traído la taza de café, y se la llevó a los labios. El sabor amargo y fuerte despejó un poco su cabeza.

—Por Dios —murmuró, reaccionando al fin—. Se trata nada menos que de Pancho Villa.

—Pues ya ve los hechos. Se ha salvado de milagro... Por ahora.

—Dicen que lo traen aquí.

—Eso parece. Haré averiguaciones esta mañana y le contaré si hay novedades. En cualquier caso, es una noticia importante y debo escribir sobre ella.

Bebió café Martín hasta apurar la taza. Diana Palmer lo observaba con atención.

—Usted tiene buen recuerdo de Villa, ¿no es cierto?

—No es fácil responder a eso.

Miraba en torno, comparando lo que veía con lo que recordaba.

—Tengo una buena impresión de su gente.

—¿A pesar de todo? —insistió la norteamericana—. ¿De las crueldades y atrocidades? ¿De los prisioneros fusilados y ahorcados?

Sonrió resignado. Imparcial.

—Esto es México.

—Ya —titubeaba ella, como esforzándose en comprender—. Pero todo es tan... bárbaro, ¿no?

—A eso me refiero. Es México.

Diana Palmer no había mirado nunca a Martín del modo en que lo miraba ahora.

—Se diría que le gusta así —concluyó tras un silencio.

—No es cuestión de que me guste o no —repuso con sencillez—. Es más bien una cuestión práctica. Aquí aprendo cosas.

—Dicho por un ingeniero, no es poco —parecía confusa—. ¿Qué clase de cosas?... Que no se aprendan en Europa, por ejemplo.

—Ni en Estados Unidos. Al menos en la parte civilizada, de la que usted procede.

—Le sorprendería saber lo poco civilizados que podemos ser en la parte civilizada.

Hizo él un ademán ambiguo.

—Estructuras —dijo.

—¿Perdón?

—Aprendo sobre estructuras.

—Dios mío... ¿Qué edad tiene? ¿Veintisiete, veintiocho años?

—Veinticinco.

—Pues tan joven como es, lo veo trastornado. Está mal de la cabeza.

Martín no dijo nada. Diana Palmer había sacado del bolso la boquilla de jade y la cajetilla de Murad, pero volvió a guardarlas sin extraer ningún cigarrillo.

—Es asombroso. Estructuras, ha dicho.

—Sí.

Ella se había inclinado hacia delante, apoyando los codos en la mesa. Acercaba el rostro muy seria, estudiándolo con fijeza. Al cabo de un momento se echó hacia atrás.

—Vaya... Va a ser cierto que aquellos días en el norte lo endurecieron a usted. Ya no es un chiquillo que juega a la guerra.

Se puso en pie, abrió el bolso y llamó a la camarera. Movía la cabeza, desconcertada, sin apartar los ojos de Martín.

—No me sorprendería en absoluto —concluyó— que deseara volver a ella.

Como de costumbre, Emilio Ulúa rezumaba ácido sulfúrico. Se le veía disfrutar con la situación.

—Parece que su amigo Pancho Villa tiene problemas.

—No es mi amigo.

—Bueno, creía que todos ellos lo eran. Esos revolucionarios que no se acostumbran al orden. Buena lección para el presidente Madero, ¿no le parece?... Tener que meter en cintura a los que lo llevaron al poder, y que lo haga el ejército federal al que antes combatía. Tanta proclama y tanto discurso para llegar a esto.

Caminaban por el sendero de gravilla de la Alameda, cruzándola en diagonal rumbo a las oficinas de la Norteña. Venían de una reunión de trabajo en la Escuela de Minas y dejaban atrás el edificio en construcción del nuevo Teatro Nacional, del que aún asomaba, entre andamios, el moderno costillar de acero.

—También otro amigo de usted, el hermanito Raúl, anda por el norte pegando tiros. Vaya familia, ¿no?... Creían que con que se fuera Porfirio Díaz todo iba a quedar resuelto, pero no es lo mismo predicar que dar trigo. Ahora lo están pagando, y me late que aún lo van a pagar más.

Miró Ulúa rápido, con desdén, a un vendedor ambulante que los importunaba y siguió camino, ignorándolo.

—Viaja usted al norte, Garret. A Parral.

Se sorprendió Martín. Primera noticia.

—Pero la situación...

Alzaba el mexicano una mano con ademán airado.

—No me venga con ésas —lo interrumpió secamente—, porque en otras anduvo como pez en el agua. Ya sabrá arreglárselas.

Intentó el joven digerir aquello.

—¿Y qué voy a hacer en Parral, don Emilio?

—Es un viaje corto, de cuatro o cinco días. La absorción del consorcio Figueroa por la sociedad Peñarroya está en marcha, y nos piden de Madrid un informe actualizado sobre la Sierra Madre Oriental. Así que le toca a usted resolver la papeleta.

—¿Y por qué a mí?

Caminaba Ulúa con la mirada distraída en los árboles y bancos de hierro del parque, como si no lo oyera.

—He preparado una reunión con nuestra gente de allí —prosiguió—, y mi secretario va a reservarle tren y una buena habitación en el hotel Hidalgo. Se verá con los directores y agentes de nuestras minas del noroeste, tanto las cerradas como las pocas que estos días siguen abiertas.

—Yo sólo soy un ingeniero, don Emilio.

—Con buenas relaciones, o eso creen todos. Intimó con la orquesta, así que ahora le toca bailar la música. Además...

Se detuvo a mirar por fin a Martín. A su espalda canturreaba el agua en la fuente de piedra y detrás se erguía el monumento a Juárez: columnas, mármol, leones y el correspondiente medallón de laureles. *Al benemérito, la Patria.*

—Me cuesta reconocérselo, pero aquí no lo hace mal... Sus gestiones sobre la pirita cobriza en Baja California son eficaces. Y en Industria, no sé qué diablos les da, están encantados. El otro día me encontré al secretario Azpiri comiendo en Sylvain y lo puso a usted por las nubes. Ese gachupín simpático, dijo. No sé cómo lo consigue, pero les cae bien a todos.

Hizo una pausa para encogerse de hombros y se dio unos golpecitos en el pecho, a la altura del bolsillo interior de la chaqueta.

—Luego, eso sí, debo ir yo con la billetera lista, dispuesto a que cada cual se lleve su mordida... Pero lo cierto es que funciona.

Unas aves pasaron revoloteando sobre ellos y una deyección de paloma cayó vertical, muy cerca de Ulúa, casi acertándole en el sombrero. Miró éste arriba, malhumorado, y después a Martín como haciéndolo responsable.

—A mí no me cae usted simpático.

Asintió resignado el joven.

—Me consta.

—Si no fuera por...

—También me consta.

Lo observaba ceñudo el mexicano. Intentaba establecer, suspicaz, si aquellas respuestas apuntaban sumisión o insolencia. Al fin pareció relajarse un poco.

—No sé qué pasará si esto cambia, que cambiará. Aunque por ahora su aventura revolucionaria le está siendo rentable. Y a la Norteña, de rebote. Se corrió la voz, y todos creen que los Madero y usted son íntimos.

—No he hecho nada por sostener esa falsedad. Todo lo contrario. Procuro...

207

—Déjese de pendejadas, hombre. Le guste o no, usted moja ahora en la política.

—¿De qué política me habla?... Me limito a hacer mi trabajo. Al menos, el que puedo hacer aquí.

—Pues a eso me refiero. Todos los oportunistas que en asuntos de minería se arriman al poder, o lo pretenden, nos miran de reojo. Eso a lo mejor le cuesta caro a la larga, pero de momento es una racha a su favor y al nuestro. Los dados están cayendo bien sobre la mesa. Así que agitemos el cubilete y aprovechémoslo mientras dure.

—¿Y si no dura?

—Entonces cada cual se las arreglará como pueda —sonreía Ulúa, lúgubre—. Y que Dios reconozca a los suyos.

Desde la toma de la ciudad por las tropas federales, Parral era un lugar tranquilo. Apenas se daban incidentes, y eran de poca importancia. Después de un incómodo viaje en un tren cargado de soldados, Martín se instaló en el hotel Hidalgo, que resultó moderno, lujoso y con restaurante bien atendido. La vida ciudadana transcurría con normalidad, así que el joven ingeniero pudo desempeñar su misión de modo satisfactorio: le bastaron dos intensas jornadas de reuniones con directores y agentes de la Minera Norteña para hallarse en condiciones de redactar el informe encargado por Emilio Ulúa. La actividad de las minas del noroeste se veía perturbada por los avatares revolucionarios: unas estaban cerradas y otras seguían activas pero con bajo rendimiento. La Norteña perdía mucho dinero, e incluso grandes explotaciones mineras en el mismo Parral, como la famosa La Prieta —concesión de la estadounidense Negrita Smelting Co.—, pasaban por serias dificultades. Todo el mundo anhelaba el retorno de la estabilidad política, que el gobierno parecía incapaz de garantizar.

Un día antes de su regreso a la capital, vestido con flux de dril blanco y sombrero panamá, estaba Martín almorzando en la terraza del restaurante La Espuela, frente al Palacio Alvarado, cuando escuchó la conversación de una mesa cercana. Dos uniformados, mayor y capitán, hablaban de sus asuntos, y el de más rango mencionó en términos despectivos una unidad de tropas irregulares, la brigada Durango, y a uno de sus jefes, el mayor Garza. El nombre sobresaltó a Martín e hizo que se dirigiese a los militares.

—Les ruego que me disculpen, caballeros, pero no he podido evitar oírlos... ¿Hablan ustedes de Genovevo Garza?

Lo miraron de mal modo, recelosos, hasta que un vistazo más detenido a su aspecto les aclaró el semblante. Fue el capitán quien respondió.

—¿Con quién tenemos el honor?

—Oh, discúlpenme otra vez —se puso en pie—. Martín Garret, ingeniero.

—¿Español?

—Sí. Estoy en Parral por razones de trabajo.

Se extrañaron los militares.

—¿Y sabe usted quién es Garza?

—Lo conocí cuando los maderistas tomaron Juárez. Ese individuo mandaba una tropa villista y se portó bien conmigo.

—Pues debe de ser uno de los pocos a quienes esos bandidos dejaron buen recuerdo... Se trata de gentuza sin disciplina, y aquí no tienen buena fama.

—¿Aquí?

—Sí, aquí mismo. Esa mal dicha brigada, la Durango, que ni siquiera es brigada y apenas llega a batallón, está acampada cerca, protegiendo La Prieta.

—¿Se refieren a la mina?

—A qué, si no... Hubo un intento de sabotaje de los colorados hace tres semanas. Y como los dueños son norteamericanos, se encargó a Garza y su gente vigilar el lugar hasta que lleguen más tropas federales, no vayan a enchilarse los gringos.

Agradeció Martín la información, pagó la cuenta de los militares, que aceptaron tras cortés resistencia, regresó al hotel y tras pensarlo un momento alquiló un *buggy*. Al trotecillo corto del caballo, el carricoche de dos ruedas salió de la ciudad y ascendió despacio por el sinuoso camino mientras el joven, sentado en el pescante con las riendas en la mano, contemplaba el paisaje tan familiar para él de escombreras pardas y rojizas, grandes zanjas veteadas de óxido y torres de hierro y madera que se alzaban sobre la boca de los pozos. Olía el aire a tierra herida y mineral desnudo.

En la falda del cerro, justo donde empezaba a pronunciarse la pendiente, había un grupo de barracones y casitas contorneado por árboles raquíticos. Un pastor que vigilaba sus animales alzó el sombrero para observar el paso de Martín.

—¿La tropa? —preguntó éste.

Sin responder, el pastor señaló camino arriba. Sacudió el joven las riendas y el carricoche rodeó un lavadero de fango cuarteado y seco. Al otro lado, sentados a la puerta de un jacal, dos hombres lo veían acercarse con indiferencia. Ni siquiera se movieron cuando llegó a su altura, limitándose a mirarlo con sus caras de indios impasibles. Llevaban días sin afeitarse y vestían desharrapados al estilo campesino: calzones blancos muy sucios, huaraches y enormes sombreros de soyate. Dos viejos rifles Springfield, de culatas tan gastadas como suelas de zapato, estaban apoyados en una piedra junto a un cántaro con agua, con las cananas de munición colgando de los cañones.

—¿La brigada Durango?

Lo observaban callados, sin aparente interés. Al cabo, tras hurgarse a conciencia la nariz, uno despegó los labios.

—¿Qué se le ofrece, señor?

—Busco al mayor Genovevo Garza.

—¿Y él lo busca a usté?

—Todavía no sabe que estoy aquí.

—¿Me regala su gracia?

—Martín Garret.

Lo miraba el mexicano de arriba abajo, sin prisa, evaluándolo. Fue el otro el que, indolente, sin cambiar de postura, volvió el rostro hacia la puerta del jacal y gritó un nombre:

—¡Chingatumadre!

Sonó dentro un gruñido, y al cabo de un momento apareció un fulano bajo y fuerte, bigotudo, tripón, de torso desnudo y cara de sueño, que con una mano se frotaba los ojos deslumbrados por la luz mientras en la otra sostenía un cigarro de mariguana humeante.

—¿Qué carajos pasa?

Lo reconoció Martín en el acto, y un golpe de afecto le subió del corazón a la boca, arrancándole una carcajada feliz.

—Me alegro de verlo, sargento —dijo.

Lo miraba el otro entornando los párpados y se rascaba la barriga, desconcertado. De pronto abrió mucho la boca y se le iluminó el rostro.

—¡Újole!... ¡Pero si es el pinche ingeniero!

—No nos dieron tiempo de avivarnos, esos jijos de la rejija —concluyó Genovevo Garza, dolido—. Los federales nos rodearon y desarmaron antes de llevarse a mi general Villa.

Lo refería a su manera desde el principio, tras la sorpresa y los abrazos, a la sombra de un barracón ocupado por una veintena de hombres mugrientos que, sentados o en pie, miraban a Martín con ceñuda curiosidad. La atmósfera era espesa: se mezclaban en ella sudor, ropa sucia, humo de cigarros y colillas malolientes.

—Nos fregaron bien gacho, ingeniero.

Hablaba despacio, sin dejar de afilar las cuchillas de los espolones de un gallo de pelea que estaba en su jaula sobre un arcón roto: un gallo giro de cuello largo y fuerte, tan inmóvil que parecía disecado.

—Nos madrugaron esos putos, oiga. De plano.

Contó el mayor lo mal que se llevaban Victoriano Huerta y Pancho Villa, siempre en busca el primero de un pretexto para caerle encima al otro. Al final, Villa lo había puesto fácil apropiándose de una yegua de un comerciante llamado Russek, y éste fue a protestarle a Huerta, que ordenó devolverla. Lo mandó Villa al diablo y aquello precipitó las cosas. Desarmado y preso, a las cinco de la mañana lo pusieron frente al paredón. Hasta el último momento, Villa no creyó que fuera en serio; pensaba que se trataba de una pantomima para intimidarlo, pero cuando vio seis fusiles apuntándole se quedó estupefacto. Estaba el piquete a punto de abrir fuego cuando llegó Raúl Madero reventando caballos, con un telegrama presidencial en la mano. Se ordenaba detener la ejecución y mandar al preso a la capital para que fuera juzgado allí.

—Lo iban a tiznar igual que a un perro, ¿se da cuenta?... Al mero mero Pancho Villa, nada menos. Afusilado como un méndigo cualquiera.

Se detuvo Garza a pasear la vista entre sus hombres, cual si apelara a ese testimonio. Vestía una descolorida chaquetilla corta, camisa sucia, sin cuello, y pantalones charros con remiendos en las rodillas. Las uñas tenían filos negros.

—Don Francisco Madero —prosiguió— se deja comer la oreja por quien no debe. Ni siquiera cambia las leyes de antes... Y mientras mi general Villa, que peleó por él, está en la cárcel, el señor presidente recibe a ese alacrán de Huerta con todo y la madre, haciéndolo general de división.

Miró otra vez el mayor a sus hombres: mugrientos, descuidados, con barba de días y ojos enrojecidos de mariguana. A él mismo, más flaco que en Ciudad Juárez, le colgaban los bigotes grises igual que colas abatidas de ratón, y la cicatriz en la cara, de la sien a la mandíbula derechas, le avejentaba aún más el rostro.

—Y nosotros aquí, pudriéndonos, afigúrese... Me lleva la fregada, de pensarlo.

Comprobó las cuchillas sobre un dedo pulgar y pareció satisfecho. Las puso a un lado.

—Es como si en el gobierno se hubieran vuelto todos locos...

Martín no sabía qué decir.

—Estoy seguro de que se trata de un malentendido —opinó al fin—. Ya verá como lo liberan pronto.

—¿Usté cree?... Me se hace que no. Cuando lo tienen entre rejas, esos tales por cuales le acumulan pleitos. Ya se olvidaron de la yegua y ora cuentan esto y lo otro: quesque anda con mujeres de otros, quesque en Parral se apropió de doscientos sesenta mil pesos... Y es verdá que los agarró, claro. Pero fue pa pagarnos a la tropa, porque el gobierno por el que luchamos y morimos no suelta un triste centavo —bajó la voz, confidencial, para hurtarla a los que estaban cerca—. También hay quien mienta el oro de Ciudad Juárez.

Se avivaron los recuerdos de Martín. El eco del misterio.

—¿Alguna noticia sobre eso?

—Niguas, ingeniero. Aquello se lo tragó la tierra.

Entraron Maclovia Ángeles y otra soldadera con una olla de atole y un cesto de tortillas, y los hombres se agruparon en torno a ellas para que los sirvieran. Maclovia miró inexpresiva a Martín, de lejos, sin dar muestras de reconocimiento. Seguía llevando la pistola al cinto, y la nariz chata y los labios gruesos mantenían la expresión de dureza en su cara de india. También estaba delgada, más que en Juárez, con cercos oscuros bajo los ojos grandes y negros.

—¿Usté gusta? —ofreció Garza.

No quiso despreciar Martín el ofrecimiento, y el propio mayor le trajo una ración, acuclillándose a su lado. Comió el joven algo, pero sin ganas. El atole estaba agrio, y las tortillas, secas y frías.

Lo observaba Garza con atención.

—Por sí o por no, merecíamos algo mejor, ¿no cree?

—Supongo.

—¿Supone?... Dicho sea con respeto, no mame, oiga. Pancho Villa estaba retirado en su rancho y volvió porque el presidente le pidió que volviera.

—Es cierto.

—Pos claro que es. Fuimos con él otra vez a pelear, demostrando quiénes semos... ¿Que no sabe lo que hicimos?

—Bueno, la verdad es que los periódicos no los mencionan apenas. Siempre hablan de fuerzas federales y del ejército nacional.

—Se callan lo que les conviene. En Tlahualilo nos dimos un agarrón bien macho con la gente de Orozco. Reventamos su retaguardia y afusilamos todos los prisioneros. ¿Sabía eso?

—No.

—En los llanos de Conejos, también fue nuestra brigada la que los acostó... ¿A que no lo contaron así los periódicos de la capital?

—Tampoco. Ni una palabra sobre ustedes.

—Pos aluego empujamos a esos puercos colorados, metiéndoles bala desde Jiménez hasta Escalón. Ahorcando y afusilando a cuantos agarrábamos vivos. Y en Rellano, peleando uno contra tres, nos tronamos su vanguardia... Ese traidor de Huerta nos debe mucho, sí señor.

Parecía que el nombre se le atravesara en la garganta, porque tragó un bocado con dificultad, ayudado con un sorbo de agua.

—Esos ojetes nos la están dejando ir... Ni parque nos dan. Diez cartuchos nos dejan por hombre, fíjese. Pa amolarnos bien.

Acabó Martín de masticar la tortilla. El rostro impenetrable de Maclovia Ángeles seguía observándolo desde lejos. Iba a sacar un pañuelo para limpiarse los dedos, pero lo pensó mejor. Lo hizo en el bajo del pantalón, sabiendo que eso lo condenaba sin remedio a la lavandería. Genovevo Garza lo ojeaba con aprobación.

—Por no hablar del señor Madero —dijo éste tras un silencio—. Que sale orita con que en algunos años no podrá cumplirnos las promesas, y que pa tropa ya tiene a los federales... Vea cómo nos desaira.

—¿Y qué van a hacer con ustedes?... ¿Cree que volverán a combatir?

—Todito me huele feo —movía el mexicano la cabeza—. Dicen que molestamos, que van a disolver la brigada. Que la gente la alistarán con los pelones, obligada; y los que semos jefes, a su casa quien la tenga. Con los pies fríos, el bolsillo vacío y la sesera caliente. Y ahí te pudras.

Suspiró hondo mientras abría una petaca de cuero con picadura ya liada.

—¿Sigue sin fumar, ingeniero?

—Sigo.

Sacó el mexicano un chisquero de mecha amarilla y le dio a la ruedecilla con la palma de la mano. El humo, denso y picante, le hacía entornar los ojos.

—Por eso hay gente que deserta estos días —comentó—. No hay loco que coma lumbre, oiga. Estamos quedando los de siempre, los más de fiar —señaló a los hombres con el cigarro—: Chingatumadre y los otros... El que nace perico dondequiera es verde, pero hasta los más mejores se fatigan. Si no viene Pancho Villa a rasparse a esos jijos de la guayaba, se nos irá la última esperanza.

Se quedó callado, absorto. Dio otra chupada al cigarro y dejó salir el humo por la nariz.

—La última esperanza —repitió.

Maclovia recogía los enseres sin dejar de mirar a Martín. Lo advirtió Garza.

—Ahí la tiene, a mi vieja. ¿La ve?... Leal como una perra.

—Es usted un hombre afortunado, mayor.

—Pa qué le digo que no, si es que sí. Me salió güena hembra.

Inclinaba la cabeza, pasándose una mano áspera por el pelo salpicado de canas. Al cabo sonrió, benévolo.

—Usté le cae de poca madre, ingeniero. Le gusta.

Se sorprendió Martín.

—Nadie lo diría.

—Ah, pos. Ella es así.

Siguió fumando el mexicano en cuclillas, pensativo.

—Un día que las vi negras, en Rellano, salió usté en la conversación tantito después, por la noche... Le pregunté con qué hombre se cobijaría si a mí me tronaran. Se quedó pensando, porque ya sabe que es de pocas palabras, y al cabo dijo: «Con el ingeniero».

—No me embrome, mayor.

—No, hombre, se lo digo al chile. Eso me soltó ella.

Movió la cabeza Martín, quitándole importancia.

—Pues nadie lo creería... Nunca me dirigió la palabra.

—Es tan seria que engaña. Una apache cabrona, es lo que es.

Dio Garza otra chupada al cigarrillo y tras comprobar el chicote lo apagó en el suelo.

—De cualquier manera, mejor que lo nombrara a usté —echaba una mirada peligrosa en torno—. Si llega a decir otro hombre, me lo quiebro.

Al decir eso sonrió a medias, siniestro. Seguía sorprendido Martín.

—¿Y qué diferencia habría?

—Usté es limpio.

—¿Limpio?

—Yo sé lo que me digo.

Se puso en pie el mexicano, frotándose los riñones. Lo imitó Martín.

—Me gustaría pedirle un favor, ingeniero.

—Cuente con él, sea lo que sea.

—Vive en otro mundo, conocerá gente... A lo mejor puede arreglárselas pa visitar a mi general Villa en la prisión.

—¿Y?

—Si lo consigue, dígale que aquí estamos sin arrugar todavía el cuero... Que si no lo defendimos en aquella traición fue porque ni modo, y nos tostaban si movíamos un dedo. Pero que quienes quedamos le semos leales. Que seguimos creyendo que es de ley morirse por él.

Caminó el mayor hacia la puerta mientras se ponía un viejo sombrero con una estrella de latón. Cogió Martín el suyo y le fue detrás. Salieron juntos al sol, bajo un cielo tan claro que hería la vista.

—¿Se lo dirá a Villa, si lo ve?

—Se lo prometo.

Había un centinela durmiendo bajo una de las torres de la mina, con el fusil entre las piernas. Garza le dio un grito, y el otro abrió un ojo y se incorporó un poco.

—Pinches putos —murmuró el mayor—. Si se presenta el enemigo, nos lleva la tiznada.

—Están lejos —dijo Martín.

—No hablaba sólo de los colorados.

—Ah.

Los terreros pardos se amontonaban en la ladera del cerro y Parral se extendía más abajo, en el llano. El reflejo del sol en el río parecía una cuchillada de luz entre las casas achaparradas y blancas de las afueras.

—Al menos a usté le van las cosas —dijo Garza.

—Sólo volví a mi trabajo.

—Después de lo que hizo en Juárez y en la barranca del Fraile, y con los estudios que tiene, deberían nombrarlo ministro de algo.

Rió Martín.

—La política no es lo mío. Además, sigo siendo español.

—Pos en Juárez peleó como mexicano.

Caminaron hasta el carricoche de Martín y se estrecharon la mano.

—¿Qué hará usted ahora, mayor?

—Al chile que no lo sé... Me habría gustado sacar de esto un ranchito donde criar una punta de ganado con mi Maclovia, pero véame. Ni a treinta pesos llego de sueldo, cuando me los pagan. Y yo pa pelón no valgo.

—Pero la revolución...

Lo miraba fijo el otro. Bajo el ala del sombrero, la cicatriz de la cara parecía más honda y oscura.

—Qué chingados, ingeniero. De qué revolución me habla. Ésa se disuelve en traiciones y mentiras. Los ricos son los de antes; y los pobres, también. Se lo dice a usté uno que la hizo.

8. Un asunto de caballeros

Centinelas, rejas y más centinelas. Ecos sucesivos de llaves, puertas y cancelas. El corredor de la prisión de Santiago Tlatelolco parecía una prolongada carrera de obstáculos, y al término se abría un patio irregular de zócalo de almagre y muros encalados, insólitamente limpio. Por él, solitario, en mangas de camisa y tirantes, sin sombrero y con las manos cruzadas a la espalda, paseaba Francisco Villa.

—No parece el mismo —susurró Diana Palmer.

Era cierto, comprobó Martín mientras se acercaban. El jefe guerrillero estaba demacrado y su aspecto era de abatimiento. Se veía mal afeitado y el pelo crespo, demasiado revuelto, necesitaba un buen corte. Miraba con curiosidad a sus visitantes, cual si tardara en identificarlos. Al fin, el espeso bigote se torció en una sonrisa.

—En la madre —dijo.

No les había sido fácil llegar hasta allí, y para conseguirlo habían unido sus esfuerzos. La norteamericana, por interés profesional en obtener una entrevista; Martín, por razones que ni él mismo alcanzaba a poner en claro. Curiosidad, quizá. También, posiblemente, efectos de la antigua simpatía fraguada en Juárez, animada por el encuentro reciente con Genovevo Garza. Incluso la búsqueda de respuestas a preguntas que se hacía desde tiempo atrás. O todo a la vez.

Conversaron tranquilos, sin más vigilancia que dos guardianes que observaban de lejos. Paseando de un lado a otro del patio, donde se alternaban sol y sombra. Martín transmitió a Villa el saludo de Genovevo Garza, que el prisionero acogió sin aparente emoción. Casi con indiferencia.

—Vaya... ¿Lo vio usté a mi compadre, y está güeno?

—Podría estar peor, mi general.

Chasqueó la lengua el otro.

—No me tantee, amiguito. Aquí sólo soy el preso Francisco Villa.

Diana Palmer traía preparadas preguntas sobre su situación, el fin de la campaña militar contra Orozco y la coyuntura política en general. Respondió Villa insólitamente escueto, incluso prudente. Lejos de su habitual aplomo, ajeno a la insolencia que lo caracterizaba, parecía no querer comprometerse, sobre todo cuando la norteamericana preguntó por su proceso judicial, que seguía adelante, y la falta de interés que por él manifestaba el presidente Madero.

—No sé qué decirle a eso, señora, afigúrese. Según y cómo.

—Pero el señor presidente sigue sin intervenir en su favor. ¿No le sorprende?

—Don Panchito tiene sus razones y sus compromisos. Le pesa el cargo, pero sé que me aprecia y no me dejará seguir en esta injusticia.

—¿Y qué opina usted de Victoriano Huerta?

—Quesque cada cual tiene sus cosas, ¿no?... Al señor general lo veo muy engañado sobre mí.

Todos sus comentarios eran de esa índole, evasivos. Escuchaba Martín con atención, sin despegar los labios. El tono del prisionero parecía pacífico y resignado, cau-

220

to, casi sumiso; pero lo había visto en campaña y conversado con él más tarde, en la calle Plateros, antes de que Villa regresara, a petición del propio Madero, al servicio activo. Creía conocerlo un poco, y algo no encajaba en todo aquello. Se removían sus sospechas cuando el antiguo guerrillero alzaba la vista del suelo —solía responder a la periodista con la cabeza baja y viéndose los zapatos— y por un instante sus ojos encontraban los de Martín. Pues cada vez, un relampaguear recóndito, un destello fugaz de burla y cólera contenida, asomaba a los duros ojos de color café.

Al terminar la entrevista, Villa sonrió cortés a Diana Palmer mientras señalaba con un dedo a Martín.

—¿No le importa dejarme solo, tantito, con el ingeniero?

Lo cogió del brazo y se lo llevó aparte, a un ángulo del patio. Miraba de reojo a la periodista y a los dos guardianes que observaban desde el otro lado. Bajó la voz.

—¿Cómo vio a mi gente allá en Parral, amiguito?

—No es su mejor momento —se sinceró Martín—. Bajos de moral y abandonados.

Torcía el gesto el antiguo guerrillero.

—Los dejan pudrirse, ¿que no?

—Ésa es mi impresión. Desconfían de ellos.

—Y los desprecian —siseaba Villa entre dientes, amargo—. Como a mí... ¡Unos hombres así, fogueados en tantos combates!... La mejor gente de México.

Contempló su propia sombra en el suelo: compacta, achaparrada por la posición del sol. Escupió un salivazo que acertó en mitad de ella, preciso como un disparo.

—Ese perro de Huerta nos la tiene jurada a mí y a los míos. No quiere que naide le discuta, que naide le quite lugar.

Suspiró hondo y miró a Martín.

—Miedo es lo que me tiene ese indio culero... Por eso quiso afusilarme, pero no lo dejaron.

—Lo que no entiendo, mi general, es por qué el presidente tolera esto.

—Don Panchito es un buen hombre —alzaba Villa una mano exculpatoria—. No es culpa suya. Son los cuervos que picotean carroña a su alrededor, que no lo dejan.

—Aun así. Madero le debe mucho a usted.

—La verdá pelona es que sí, que me debe... Ni siquiera me enchilé cuando tomamos Ciudad Juárez y prefirió a Orozco y su cabeza fría antes que a mí. A dónde voy con ese campesino bandolero, debió de pensar, y con razón. Con ese salvaje. Por eso me retiraron, y yo me dejé.

—Pero el presidente lo llamó después para consultas...

—Es verdá. Cuando Orozco empezó a sacudir el cascabel, don Panchito me hizo venir pa pedirme consejos y se los di con lealtá... Ahí nos encontramos usté y yo, ¿que no se acuerda?

—Pues claro. Fue una sorpresa y una alegría.

—Yo estaba en mi rancho de San Andrés, alejado de todo. Hasta aprendí a tocar la guitarra, afigúrese. Puede que fuera el tiempo más feliz de mi vida. Volví a las armas porque el señor presidente lo pidió en persona, y ora vea cómo le caigo en la punta de los güevos.

Se rascaba el mentón, abatido. Alzó de pronto la cabeza.

—Me enamoré de la democracia, ¿qué le parece?... Pero es una mujer que paga mal.

Al otro lado del patio, Diana Palmer conversaba con los guardias, tomando notas. De vez en cuando dirigía miradas impacientes a Martín y al prisionero, pero éste no parecía tener prisa. Volvió a agarrar al joven por un brazo.

—Casi me ajustician esos malagradecidos —murmuró, lúgubre—. Ni yegua robada, ni órdenes que no cumplí, ni qué chingados. Aventado el traidor Orozco, el general Huerta quería sacarme a mí de la baraja... Con aquellos seis rifles apuntando, me vi a dos dedos de la tiznada. Si no es porque se avivó el hermano del presidente, allí me tumban.

—No comprendo la pasividad de Madero.

—Pos yo tampoco, oiga, ni mucho ni poco. Pero ya ve. Creí que me jalaría pronto de esta chingadera, que pa eso es presidente de la nación.

—Sin duda no lo dejan.

—O no quiere. Todos los que antes estaban calladitos bajo la tiranía de Porfirio Díaz, ora que hay libertá gallean de revolucionarios y calumnian a los que de verdá peleamos... Y don Panchito, pos ya ve. O es, o se hace.

Había mantenido hasta ese momento sujeto a Martín por el brazo. Lo soltó, con un suspiro abatido.

—Aquí me lleva el diablo —añadió—. Estar en prisión es peor que estar muerto. Lo único güeno es que aprovecho pa aprender a leer mejor y a escribir... Me enseña otro preso, uno de Morelos, zapatista. No puedo ser un animal toda la vida.

Seguían lejos de la norteamericana y los guardias, pero aun así Villa bajó más la voz.

—¿Piensa volver a Parral?

—No lo tengo previsto.

Miraba el mexicano a Martín con renovada atención, estudiándole la cara. O los adentros, dedujo éste, intrigado. Al fin pareció decidirse.

—Con todo y eso, ¿podría comunicarse con mi compadre Genovevo Garza?

Lo consideraba el joven.

—Puedo intentarlo —concluyó.

—Algo discreto, ya me entiende. Entre yo, usté y él.

—¿Y qué quiere que le diga?

El ex guerrillero bajó todavía más la voz.

—Que las aves nunca anidan en el mesmo sitio. Que emigran, o se trasponen, o como se diga. Y que en esta época echan a volar —guiñó un ojo, cómplice—. ¿Me sigue?

—Creo que sí.

—Pos güeno, dígale también que cuando los pajaritos levantan el vuelo, se van pal norte. Y lo natural es que se junten todos al otro lado del río Bravo. Allá por el rumbo de El Paso, Texas.

Lo pensó Martín un momento más.

—Comprendo —asintió al fin.

—Sí... Sé que comprende.

De pronto, Pancho Villa pareció transformarse en otro hombre. Su súbita sonrisa, taimada y tranquila, recordaba la de un puma que se acercara despacio a una presa indefensa. Golpeó amistoso un hombro de Martín y, soltando una carcajada intensa, feliz, casi brutal, miró un instante a sus guardianes y luego, con los ojos cerrados como buscando la caricia del sol, alzó el rostro hacia el cielo azul.

En casa de los Laredo habían terminado el café y el chocolate. En un fonógrafo Victor sonaba la voz de Caruso cantando *Amor ti vieta*. A través de las ventanas abiertas a las bugambilias del patio, una brisa crepuscular movía suavemente los visillos del salón, junto a la mesa donde jugaban a la brisca doña Eulalia y las hermanas Zugasti.

—El palo es copas.

—Pues qué bien... Abro con un cuatro.

—Ay, por Dios. No tengo copas.

—Pues roba, hija mía.

Martín y Yunuen estaban sentados en un sofá. Tenía ella sobre los hombros un rebozo de blonda, un bello chal español. Leía en voz alta, con voz conmovida, unos versos de *El tren expreso*:

> *Mi carta, que es feliz pues va a buscaros,*
> *cuenta os dará de la memoria mía.*
> *Aquel fantasma soy, que, por gustaros,*
> *juró estar viva a vuestro lado un día...*

Se detuvo y miró a Martín. De repente tenía los ojos húmedos, y eso suscitó en él una súbita ternura.

—Siempre me paro aquí —dijo ella, dejando el libro abierto en el regazo—. Me emociono y soy incapaz de seguir.

—Es realmente muy bonito —comentó Martín.

Movía la joven la cabeza, casi con inocencia.

—Es más que eso. Una estación vacía, la carta y el tren que sigue su camino —vaciló, buscando las palabras—. Es triste como...

—¿Como la vida?

—No seas bobo. La vida no es triste. Es hermosa.

Los ojos azul cuarzo estaban húmedos todavía. Señaló Martín el libro.

—Hasta que deja de serlo.

—Siempre tan racional —lo reconvino ella—. Eres enfadosamente racional.

—Te equivocas, amiga mía... Ojalá fuese todo lo racional que debería ser.

Ajenas a la conversación, la tía y las amigas seguían jugando. La voz de Caruso y la luz declinante impregnaban el salón de melancolía. Cerró Yunuen el libro y miró a Martín muy seria.

—No te quedarás en México, ¿verdad?

Lo dijo inesperadamente, y no era del todo una pregunta. Hizo el joven un ademán evasivo.

—No sabría decirte... Durante algún tiempo sí, desde luego.

—¿Y después?

—Aún falta mucho para después.

—No. Nunca falta mucho para nada.

Adelantaba el mentón, convencida. Firme.

—Mi papá habló de ti hace dos días —añadió—. Le preocupa tu situación.

Se recostó Martín en el sofá, sorprendido, cruzando las piernas.

—¿Y cuál es mi situación?

—Dice que tu relación con la gente del gobierno puede perjudicarte si las cosas cambian.

—¿Espera tu padre que cambien?

—Se habla, ya sabes. Hay rumores. Inquietud.

El tono de él se volvió seco. De pronto se sentía incómodo.

—No quisiera comprometeros entonces, con mis visitas.

—No digas tonterías, por favor. No comprometes a nadie. Nos preocupamos por ti, no por nosotros... Mi papá está bien relacionado con quien debe estarlo.

Había terminado Caruso. Se levantó Martín.

—Pon algo más alegre, por favor —pidió ella.

—No tengo buen gusto en música.

—Da igual. Lo que quieras.

En la mesa, junto al gramófono, había varios discos. Eligiendo al azar, sacó de su funda uno de Nelia Melba y lo puso con mucho cuidado bajo la aguja, tras hacer girar la manivela. Mientras volvía junto a Yunuen sonaron los primeros acordes de la Gilda de *Rigoletto*.

—A lo que me refería —dijo la joven cuando él se sentó de nuevo— es a que tal vez no puedas quedarte mucho tiempo en México... A la posibilidad de que te marches.

—¿Y eso preocupa a tu padre?

—Me preocupa a mí.

Lo dijo en voz baja, con dulzura. Miraba hacia la mesa donde jugaban su tía y las Zugasti. Martín se sintió audaz.

—¿Vendrías a España, Yunuen?

—¿Quieres decir en caso de...?

Rozó él con los dedos, ligeramente, la mano delicada de la joven.

—Sí, claro. En caso de.

Ella seguía mirando hacia la mesa donde jugaban.

—No lo sé.

Tras decir eso retiró la mano muy despacio, hasta colocarla sobre el libro cerrado.

—Temo encontrarme en una estación vacía —murmuró después de un momento.

Se irguió Martín, solemne.

—Jamás, mientras yo viva.

Yunuen lo miró por fin. El mineral claro de sus ojos parecía empañado.

—¿Estás seguro, Martín? ¿Eres capaz de asegurármelo?

—Bueno, mi vida...

—A eso precisamente me refiero —no había un ápice de juventud en cómo ella lo miraba ahora—. A tu vida.

No supo él qué decir. Se sentía cual si de repente se moviese a ciegas por un lugar oscuro. Era una sensación de pérdida inminente, irreparable. Una premonición sombría. Respiró hondo, queriendo disiparla.

—Te observo cada vez que miras los periódicos, o las revistas ilustradas —prosiguió Yunuen—. Cada vez que alguien comenta la situación en el norte o en el sur... Nunca hablas de ello, pero yo te miro y veo cosas.

—¿Qué cosas?

—No sabría explicártelo, porque no tengo experiencia. Sólo son intuiciones. Te veo llegar, saludar a mi tía, a mi padre y a nuestros amigos, comportarte como el chico bien educado que eres. Tan correcto y simpático como siempre. Tan caballero. Sin embargo...

—¿Sin embargo?

—A veces me haces pensar que hay hombres que no pertenecen al grupo al que parecen pertenecer.

—¿Y eso qué significa?

—No sé qué significa, pero intuyo en qué termina... Lo he dicho antes: estaciones vacías. Y me da miedo.

Siguió un silencio largo. Ella había puesto a un lado el libro y miraba el declinar de la luz en las ventanas. Una de las Zugasti propuso encender un quinqué.

—¿Y Jacinto Córdova? —dijo Martín—. ¿A qué grupo pertenece él?

—Oh, con Chinto es diferente. Lo suyo está claro. Se trata de un militar, y todo en él encaja. Es transparente, ¿no crees? Incluso previsible... La única sorpresa sería que lo mataran en una de esas batallas.

—Está enamorado de ti.

—Sí, puede ser. La cuestión es si estás enamorado tú.

—Sabes perfectamente...

Alzó Yunuen una mano, como si fuese a poner los dedos en la boca de él para silenciarlo; pero dejó a medias el ademán.

—No. Yo no sé nada.

Fueron un otoño y un comienzo de invierno inciertos. Pacificado el norte tras la huida del insurgente Orozco a los Estados Unidos, la Norteña reabrió las explotaciones y Martín alternó viajes a las minas con su trabajo en la capital. Pero la situación política empeoraba. A través de su embajada, el gobierno estadounidense dirigía una campaña de desprestigio que ponía en entredicho la precaria autoridad de Francisco Madero. El sur continuaba en manos de los campesinos de Emiliano Zapata y los partidarios del antiguo régimen seguían conspirando. En Veracruz, el general Félix Díaz se alzó en armas: fracasada su rebelión, condenado a muerte, el presidente Madero había conmutado la sentencia. Antes que medida de gracia, aquello se interpretó como debilidad. El único sostén del gobierno era el ejército federal, del que el hombre más influyente era el general Huerta.

—A mí me gusta Huerta —dijo Diana Palmer—. En la entrevista que le hice estuvo comedido y amable... Hasta bromeó, cosa que nunca habría creído posible.

Martín y ella terminaban de comer en una de las terrazas del restaurante de Chapultepec: guajolote en jugo de toronja, *omelette en surprise* de postre y una espléndida vista de las cumbres lejanas del Popocatépetl y el Iztaccíhuatl. Tras una estancia en los Estados Unidos, la periodista estaba de regreso en México, esta vez para la *North American Review*. Los dos habían vuelto a encontrarse en el hotel Gillow.

—Quizá Huerta sea el hombre providencial que Madero necesita. Sin él...

Se detuvo ahí mientras saboreaba la copa de champaña. Vestía de verde oscuro, correcta y discreta, sin joyas. El cabello recogido bajo un sombrero negro con la pequeña peineta de carey en la nuca apenas suavizaba su rostro anguloso y duro.

—El general es serio e inescrutable —añadió—. Con esa cara de indígena detrás de sus lentes... Aun así, fue amable. No me causó mala impresión.

Tras secarse los labios con la servilleta, la periodista sacó del bolso el paquete de cigarrillos turcos y encendió uno en la boquilla, indiferente a las miradas de censura que las señoras de las mesas próximas le dirigían.

—De todas formas —prosiguió tras un momento—, el militarote le aflora a cada rato. Sobre las elecciones presidenciales dijo algo divertido, que luego pidió no reprodujera en mi artículo: que confiar a trece millones de indios analfabetos la elección de un presidente es como pedir a una clase de escolares que elijan a su profesor.

Sonrió Martín para disimular su desagrado.

—¿Eso dijo?

—Tal cual. Y aún añadió algo mejor. Estaba locuaz, el general... Lo otro fue que hay quien piensa, equivocadamente, que la revolución consiste en que muchos que no saben leer ni escribir se adueñen de las propiedades de los pocos que sí saben leer y escribir.

—Como frase, es ingeniosa —volvió a sonreír Martín con reticencia—. ¿También pidió que no la publicara?

—Ahí no dijo nada, pero es igual. Pienso escribir una cosa y otra... Todo.

—Se enfadará.

—Qué más da. La entrevista ya la hice.

Bebió el joven un sorbo de champaña.

—Aun así, usted aprueba a Huerta.

—Un poco. ¿Y sabe por qué?... Porque es hombre decidido, con las cosas claras. En este México tan ambiguo en política, se agradece.

—Pero su lealtad al presidente...

—Oh, está fuera de duda. Insistió mucho. Soy militar, dijo, y eso me ata al deber. Vida y espada al servicio de la patria, etcétera. Y añadió otros etcéteras.

Se quedó callada, aspirando el humo. Entre las flores moradas, más allá de los viejos ahuehuetes y cipreses, sonaba la banda de música que tocaba abajo, en el templete del parque.

—También habló mal de los españoles: no le son ustedes simpáticos. Los tolera porque poseen negocios, dinero e influencia. Pero su lado indígena los mira de través.

Terminó Martín la copa de champaña e hizo un gesto negativo al camarero que se acercaba a sacar la botella del cubo de hielo.

—En eso, como muchos mexicanos, Huerta es injusto —opinó—. Gran parte de lo que se ha hecho de bueno lo hicieron los españoles. Incluso a pesar de las antiguas crueldades y la codicia actual.

—Tiene razón —admitió Diana—. A diferencia de ustedes, los norteamericanos sólo hemos venido a saquear... No dejamos catedrales ni universidades, ni nada a cambio de cuanto arrebatamos en territorios, ni de los tesoros que nos llevamos en barcos y trenes —miró hacia la entrada, donde acababa de aparecer un pequeño grupo de personas—. Ah, mire... Ahí está su embajador.

Observó Martín al ministro de España, Bernardo Cólogan: un caballero alto y seco, de aspecto distinguido, calvo y con barba blanca. Uno de sus acompañantes era Paco Tojeira, que saludó de lejos, agitando una mano.

—Entrevisté a Cólogan en Pekín, después de aquellos cincuenta y cinco días de revuelta de los bóxers —comentó Diana—. Es un hombre educado y enérgico... ¿Lo ha tratado usted?

—Muy poco —sonrió el joven—. Mis antecedentes villistas no me hacen grato en la embajada.

—No me sorprende.

—Cólogan no es muy maderista, que digamos... ¿Es cierto que se lleva bien con su colega norteamericano?

Frunció Diana los labios.

—Demasiado, para mi gusto.

—¿Y es verdad que Washington piensa en Huerta para un posible reemplazo?

Miraba ella humear su cigarrillo.

—Más que Washington, yo diría nuestro embajador —dijo tras un momento—. Y ése ya no me cae tan bien, aunque sea compatriota mío. Henry Lane Wilson es un conspirador tan retorcido que podría esconderse detrás de una escalera de caracol.

Se quedó callada. Miraba los distantes volcanes, cuyas cumbres parecían flotar sobre un lecho cada vez más espeso de nubes bajas.

—No me gusta, Martín —exclamó de pronto—. Amo a mi país, pero no me gusta lo que los estadounidenses hacemos con México.

Asintió el joven mientras pedía la cuenta. Se acercó el maître, obsequioso, con la nota en una pequeña charola de plata.

—Suena interesante, dicho por una gringa.

—Pero es verdad —protestó Diana—. Por nuestro afán de que no haya nada sólido entre la frontera y Panamá, nos empeñamos en sabotear a un pueblo que empieza a tener conciencia de sí mismo. Que desea convertirse en nación.

—¿Y cree que eso ocurrirá alguna vez?

—No lo sé. Temo que nunca suceda porque nosotros, los del norte, estamos decididos a ahogar siempre sus intentos.

—¿Teme?

—Sí. Me gusta esta gente, como a usted. Y ojalá su amor no lo pague caro, señor español.

Guardaba Martín la billetera. Miró a la mujer, suspicaz.

—¿Por qué habría yo de pagarlo caro?

—Tampoco sé decirle. Soplan aires siniestros, ¿no cree?... Aires que dan frío.

Era media tarde. Trabajaba Martín en su habitación cuando un mozo llamó a la puerta. Traía una tarjeta de visita de Jacinto Córdova con las palabras escritas: *Necesito que nos veamos. Asunto de caballeros.*

—¿Está abajo? —preguntó, sorprendido.

—Sí, señor. Espera en el salón.

Se puso un cuello de camisa, una corbata y una chaqueta, y bajó al vestíbulo. Córdova estaba sentado en una de las butacas de cuero rojo, cerca del mostrador atendido por un camarero. Ya no llevaba el brazo en cabestrillo. Vestía de paisano con un terno gris bien cortado que acentuaba la delgadez de su figura; y tenía al lado, sobre la mesa auxiliar y junto al sombrero, una copa vacía. Se levantó al acercarse Martín, y cuando se estrecharon la mano comprobó éste que el militar olía vagamente a alcohol.

—¿De qué se trata? —quiso saber el joven.

Torcía el mexicano el bigote en una sonrisa al mismo tiempo amistosa y distante. Casi distraída, pensó Martín.

—Tengo que incorporarme a mi regimiento. Me voy al sur.

—Vaya... No sé si felicitarlo o lamentarlo.

—Felicíteme. Es mi oficio.

—¿Cuándo se marcha?

—Pasado mañana. A Morelos.

—Le deseo suerte. Es una guerra sucia.

—Sí, lo es.

Se quedaron callados mirándose, aún de pie uno ante el otro.

—Es muy amable al venir a despedirse —aventuró Martín.

Asentía lento el mexicano. Cual si estuviera pensando en otras cosas.

—No quería irme sin tener una conversación con usted —dijo.

Se sorprendió Martín.

233

—¿Qué clase de conversación?

—Lo escribí en mi tarjeta —ahora Córdova sonreía de un modo indefinido—. Entre caballeros.

—Estoy a su disposición.

—Sería bueno que diésemos un paseo... ¿Quiere subir por un sombrero, o ropa de más abrigo?

Sintió Martín un vacío repentino en el estómago y un hormigueo en las ingles. El mexicano seguía sonriendo, y él comprendió que esa extraña sonrisa, unida al olor a alcohol, sólo admitía un sí.

—No es necesario. Vamos.

Salieron del hotel. El sol declinaba tras los viejos edificios coloniales, dejando en sombra el bullicio de las calles. Las voces de los transeúntes se mezclaban con el ruido de cascos de caballerías. En las esquinas de 5 de Mayo y Tacuba humeaban puestos de tacos y de elotes. Frente a las vitrinas de los comercios, las aceras estaban ocupadas por indios en calzón de manta y sombrero de palma, mujeres humildes con rebozos sobre la cabeza y niños a cuestas, burgueses bien vestidos y señoras elegantes. Todo México parecía representado allí.

—¿Cuáles son sus intenciones respecto a Yunuen?

Tardó Martín en responder, desconcertado por la pregunta.

—Mis intenciones son cosa mía —replicó.

—En ese punto discrepamos. Creo que también son asunto mío. De ellas depende en parte mi futuro.

Tras decir eso, Córdova se echó a reír con una risa nueva, sesgada.

—Suena absurdo, ¿verdad?... Un oficial a punto de entrar en campaña, hablando de futuro.

—Usted no tiene derechos sobre Yunuen —replicó Martín con serenidad.

—Por supuesto. Ni usted tampoco. Será ella, si se decide, quien otorgue el derecho a uno o a otro.

—No sé a dónde pretende llegar.

—¿No lo sabe?... Mire, tengo la impresión de que tampoco es del todo claro en ese asunto —se inclinó hacia él, adoptando un aire confidencial—. ¿Desea casarse con ella, o no?

—Supongo que sí.

—¿Supone?... Eso suena feo, amigo mío.

Habían llegado a la calle Donceles, donde las fachadas se prolongaban llenas de librerías. Dudaba Martín en busca de las palabras adecuadas.

—Creo que me gustaría hacerla mi esposa —repuso.

—¿Cree?

—Eso he dicho.

Arrugaba Córdova el ceño bajo el ala del sombrero.

—Detecto poca certeza, si me permite la observación.

—En cuanto a certezas, estoy confuso —admitió Martín.

—¿Por sus propios sentimientos?

—Y por los de ella.

Permaneció un rato callado el mexicano. Se había detenido ante un mostrador y miraba distraído los títulos.

—Le agradezco la sinceridad, y permítame serlo también —mientras hablaba, sacó del bolsillo interior de la chaqueta una bonita cigarrera de piel—. Porque yo sí quiero casarme con Yunuen... En contra tengo su presencia, naturalmente. La de usted. Los españoles siguen beneficiándose en México de un cierto halo romántico, superior, que proviene de la Conquista. Además es joven, simpático y apuesto. Un muchacho agradable.

Ofreció la cigarrera a Martín, que negó con la cabeza. Después se puso en la boca un cigarro largo y estrecho.

—En contra tiene que es extranjero y que un día se irá de aquí —encendió el cigarro tras rascar un fósforo en la pared, inclinada la cabeza y protegiendo la llama en el hueco de las manos—. Si la desposara, ella tendría que seguirlo, lejos. A donde usted fuera.

Calló un momento mientras tocaba un par de libros al azar, sin fijarse en ellos.

—Mis ventajas son de otra clase —continuó al fin—. Estoy bien educado, tampoco soy mal parecido, y el uniforme, cuando lo llevo, me da un aire marcial que suele agradar a las señoras... Mi carrera profesional va bien y tengo cierto dinero de familia. Algo que ofrecer a una mujer como ella. Estoy bien relacionado, y si no me matan en campaña es posible que llegue a general.

Se detuvo para aspirar el humo.

—Me voy pasado mañana, le digo —concluyó—. Y me gustaría irme con ciertas cosas claras.

El tono era desapasionado. Neutro. Sin embargo, aquella aparente frialdad acentuaba su impertinencia. Se debatía Martín entre la curiosidad y la irritación.

—Pues acláremelas a mí, ya que andamos en eso.

Se golpeó Córdova dos veces el pecho, a modo de contrición.

—Claro, claro... A eso vine.

Volvió a chupar el cigarro antes de encogerse de hombros.

—Usted me gusta. No podemos hablar de amistad, pero me gusta. Y no sólo por su leyenda de Ciudad Juárez.

Recorrieron la calle y al final torcieron a la izquierda. Bajo un gran anuncio de cerveza Moctezuma, dos guardias a caballo observaban a los transeúntes: llevaban gorras con barbiquejo sobre el mentón, botas altas y sables colgando en el flanco de sus monturas. Pasó, petardeando ruidoso, un automóvil que se abría camino a bocinazos. Dejaba atrás un olor a gasolina quemada que se unió al de estiércol de caballerías.

—No quiero dejarlo aquí, con las manos libres, mientras me voy al sur.

Dio una última chupada y dejó caer la colilla. Un mendigo de pies descalzos, que estaba acurrucado en la acera, se apresuró a cogerla.

—Quiero resolver esto —añadió tras un momento.

—¿Y cómo piensa hacerlo?

Habían llegado a las proximidades de Santo Domingo. El cielo, salpicado de nubes, era una paleta difusa de dorados y nácares. Córdova se echó atrás el puño de la camisa y miró el reloj de pulsera.

—A esta hora abre el cabaret de la calle Cuauhtemotzin... ¿Ha estado alguna vez?

—Nunca.

—El gobierno quiere trasladar allí las casas de asignación, ya sabe. Los burdeles. Protestan los vecinos, pero el lugar empieza a ponerse de moda... ¿De verdad no ha estado allí?

—No.

—Pues lo invito. Hay un local recién abierto, el Trianón, que vale la pena.

Dudó Martín bajo la mirada del otro, que parecía atento a su reacción como quien aguarda la siguiente fase de un experimento. Sentía el joven deseos de negarse, y la prudencia, o el instinto, lo aconsejaban. Sin embargo, aquella fijeza oscura, pétrea, de Jacinto Córdova tenía mucho de provocación. Incluso desafío. Recordó entonces algo que había oído decir al mayor Garza en Ciudad Juárez: «La cosa es averiguar de qué cuero salen más correas». No era una mala forma de expresarlo, en realidad. Tan mexicano todo. Casi una caricatura. Sintió ganas de reír. Un súbito ramalazo de orgullo lo hacía sentirse audaz.

—Bien —replicó—. Vamos.

Aún lo estudió Córdova un momento más, cual si calibrase la solidez de la respuesta. Al fin hizo una seña a un co-

237

che de los que aguardaban estacionados ante el antiguo edificio de la Inquisición. Subieron, arreó el cochero el caballo y bajaron hacia el Zócalo. Al pasar ante el Monte de Piedad, el militar sacó del bolsillo una estrecha petaca de plata.

—¿Le apetece un trago? —desenroscaba el tapón—. Es coñac francés. Un magnífico Hennessy.

—No, por ahora. Gracias.

Bebió el otro, chasqueó la lengua complacido y guardó la petaca. Observaba a Martín con curiosidad.

—¿Va usted armado? —se interesó de pronto.

—No.

—Suele llevar un pequeño revólver, ¿verdad? —sonrió con aire divertido—. Una precaución adecuada en los tiempos que corren. Sobre todo allí a donde vamos.

—Creí que era sólo una charla de salón.

—Oh, sí. Por supuesto.

Miraba Córdova la calle con aparente indiferencia. Tras un momento se palmeó la cintura, bajo la chaqueta.

—Yo sí llevo, no se preocupe. Estamos protegidos.

El cabaret Trianón era un viejo teatro de barrio: una nave larga, estrecha, que conservaba los palcos a los lados, con barandillas de hierro y cortinajes de terciopelo rojo. Tenía pretensiones de elegancia y los camareros eran correctos. Nave y palcos estaban ocupados por mesas y al fondo había un escenario donde media docena de vicetiples coreaba canciones traducidas del francés. El ambiente estaba cargado de humo de tabaco. Había mujeres alternando con clientes y en los entreactos sonaban risas, rumor de conversaciones y taponazos de botellas. El plato fuerte en el escenario era Nena Dupont, una rubia de voz aguda y formas opulentas que se anunciaba como recién llegada del Folies Bergère:

Un mal hombre fue la causa
de mi perdición primera,
y también de la segunda
y también de la tercera...

Ocupaban Martín y Jacinto Córdova la mesa de un palco, con una botella de Cook's Imperial, ya casi vacía, metida en una cubeta con hielo. El champaña era norteamericano, de mala calidad y embotellado en Missouri, pero a Córdova no parecía importarle su filiación. Casi toda la botella la había despachado él.

—Yunuen —dijo inesperadamente.

No habían vuelto a nombrarla desde que subieron al coche. Martín, que escuchaba cantar a la Dupont, se volvió despacio a mirarlo. Nada en el militar revelaba el alcohol ingerido: el pulso con que se llevaba la copa a los labios era firme, los ojos permanecían serenos y el bigote se torcía en una sonrisa educada, un punto distante.

—No hay mucho más que decir sobre ella —respondió Martín.

—Yo creo que sí. Lo que cambia, tal vez, es la manera de decirlo.

—No lo entiendo, disculpe.

—Hay una frase que oí una vez en una obra de teatro antiguo español, una de Lope de Vega o Calderón, no recuerdo bien: *Callen barbas y hablen cartas.*

—Sigo sin entenderlo.

—¿De veras?

—Sí. De veras.

—Hay otra cosa que me gusta de usted, Martín. Tiene una biografía interesante, ¿no es cierto?... Es un joven de mundo, con el aplomo adecuado. Y sin embargo, conserva... ¿Cómo diría?

Se quedó pensando, dubitativo. Al cabo enarcó las cejas.

—Inocencia, eso es. Conserva cierta inocencia.

Cogió la botella y vertió lo que quedaba en la copa de Martín y luego en la suya, que alzó un poco sin mirar a nadie, cual si lo hiciera sólo para sí mismo.

—Creo que lo he dicho —añadió tras un momento—. No puedo dejarlo atrás. Hay un principio militar básico, ¿comprende?... No tolerar nunca a la espalda bolsas de resistencia enemiga.

—Yo no soy su enemigo.

—Oh, se equivoca. Lo es. No deje que lo engañe el champaña. Ni mi sonrisa.

—Si algo no engaña a nadie es su sonrisa.

—Ya lo dije antes, me gusta usted. Es un hombre listo.

Se recostaba en la silla, malicioso. Alzó de pronto un dedo como si cayese en algo.

—¿Recuerda la historia de mi padre y su compadre?

—Perfectamente.

—A mi juicio fue excesiva. Agarrados de la mano y a quemarropa, ninguno tenía la menor posibilidad.

—¿Me está proponiendo un duelo?

No respondió Córdova en seguida. Apuró despacio lo que le quedaba de champaña y depositó la copa en la mesa.

—Hay cosas que los hombres que se visten por los pies deben resolver como es debido. Dos mil años de civilización no han conseguido hallar otra manera.

—Eso es una estupidez.

—Quizá. Pero hay estupideces que los hombres que se visten por los...

Hizo ademán Martín de levantarse, exasperado. Harto de aquello.

—Váyase al diablo.

Lo agarraba Córdova por la manga, con firmeza. Ya no sonreía.

240

—Usted no va a irse, por dos razones —dijo con mucha calma—. Una es que puedo ir detrás y matarlo en la calle, como a un perro. La otra es que no creo que sea de los que se dejan.

Desasió el brazo Martín sin que el otro insistiera en retenerlo.

—¿Y si así fuera?

—Bajaría mucho en mi consideración. Lamentaría haberme equivocado con usted.

—O sea, para que me respete debo fajarme a tiros.

—Más o menos.

—Ha bebido mucho hoy.

—No se preocupe por eso. Soy un excelente tirador, y tomar no me altera el pulso... Por lo demás, usted no es hombre de armas, pese a lo de Juárez. Puede que el alcohol que llevo en el cuerpo equilibre más el asunto.

—No llevo con qué.

El mexicano encendía su último cigarro. Hizo un ademán semicircular, abarcando el salón.

—Estoy seguro de que, en un lugar como éste, no faltará quien nos preste la herramienta adecuada.

—Se ha vuelto loco.

—No, en absoluto. Usted sabe que no... Sólo soy mexicano.

—¿Y qué propone? ¿Hacerlo aquí mismo?

Arqueaba Córdova los labios en un gesto de repugnancia.

—Ah, no —protestó—. Sería una falta de consideración robarle protagonismo a Nena Dupont. La idea es salir afuera —indicó la puerta con el cigarro—. Ya vio la calle: ancha, mal iluminada, con alguna puta callejeando en la esquina con Bolívar. A cinco o seis pasos apenas nos veremos, y eso deja un buen margen al azar. Nos vaciamos los fierros el uno al otro, y a ver qué pasa.

—¿Y si no pasa nada? ¿Y si los dos sobrevivimos?

—Entonces será que no estaba de Dios. Yo iré a matar zapatistas y usted se quedará cerca de Yunuen... Y ya veremos.

Se miraron pensativos durante un rato, sin decir nada, hasta que Martín se llevó la copa a los labios y bebió el resto de champaña, que ya estaba tibio. Para su íntima sorpresa, se hallaba asombrosamente tranquilo. No le parecía ser él quien de verdad estaba allí. De pronto se sentía un absoluto desconocido. Sacó el pañuelo para secarse los labios, lo dobló de nuevo con cuidado y se puso en pie.

—¿Sabe, capitán?...

Lo miraba el otro desde su silla, con cortés curiosidad.

—Jacinto, por favor. Recuerde.

—¿Sabe, capitán?... En España tenemos una frase que se usa mucho: *Me tienes hasta los cojones.*

—La conozco. ¿Qué hay con ella?

—Que me tiene usted hasta los cojones.

Se quedó Córdova chupando el cigarro con aire incierto, cual si analizara cada una de las palabras que acababa de escuchar. Al fin, con mucha calma, sacó la billetera, llamó al maître y le habló al oído mientras le entregaba un fajo de pesos. Miraba el encargado a Martín, dubitativo. Córdova volvió a hablar y le tendió más dinero hasta que lo vio asentir. Se alejó el otro mientras Córdova, con ademán cortés y sonrisa irónica, se levantaba invitando a Martín a dirigirse a la puerta. Junto al guardarropa los alcanzó el maître, que le pasó discretamente al militar una bolsa de papel de apariencia pesada.

Salieron los dos a la noche. La única luz era un farol cercano a la esquina de la calle Bolívar, en cuya claridad estaban dos mujeres y un hombre que conversaba con ellas. Abrió Córdova la bolsa de papel, sacando de ella una pistola automática grande y negra. Con mano experta, extrajo el cargador y le echó un vistazo.

—Lleva cinco balas —volvió a introducir el cargador—. Mi revólver, seis; pero voy a quitarle una —ofreció el arma a Martín—. Es una Browning... Supongo que sabe manejarla.

No respondió el joven, limitándose a cogerla. Sentía una cólera fatigada, muy fría y tranquila: deseo de terminar de cualquier modo con aquel absurdo. En la palma de su mano, el metal estaba frío.

—¿A siete pasos le parece bien? —propuso Córdova.

Tampoco respondió Martín a eso, y permaneció inmóvil mientras el mexicano se alejaba hasta casi confundirse con las sombras. Las dos mujeres y el hombre seguían quietos junto al farol, observándolos de lejos.

—Mejor con testigos —sonó la voz de Córdova—. Así nadie podrá decir que uno asesinó al otro.

Echó atrás Martín el carro de la pistola y lo soltó, seco. La primera bala se introdujo en la recámara con un chasquido.

—Cuando guste —dijo Córdova—. *Tirez vous les premiers, messieurs les français.*

Respiró hondo Martín varias veces, reteniendo el aire, y luego alzó el brazo. Se negaba a pensar, manteniendo la mente en blanco. No quería distraerse, ni siquiera con la incertidumbre que se abría a sus pies como un abismo oscuro. Su objetivo era una sombra entre las sombras, y se concentró en ella como si nada más existiese en el mundo. Al apuntar, los latidos de su sangre se transmitían desde el corazón a los tímpanos y al dedo que apretaba el gatillo.

Pam. Pam.

Lo ensordeció el primer disparo y lo cegó el fogonazo. Saltaba la pistola en su mano cual si cobrara vida propia mientras volvía a apuntar y disparaba de nuevo, muy seguido, una y otra vez.

Pam. Pam. Pam.

Olía a lumbre y a pólvora quemada. A siete pasos, la sombra enemiga se punteó de simultáneos resplandores rojizos, y el retumbar de esos disparos llegaba hasta Martín como un eco de los suyos. Oyó pasar cerca, muy rápidos, minúsculos latigazos de plomo, y al fin sintió un golpe —llevaba rato esperándolo— que lo hizo girar sobre sí mismo: un ramalazo violento en la cadera izquierda que le entumeció de pronto el costado y la pierna, derribándolo de espaldas sobre el empedrado.

El dolor tardó poco en llegar, y fue en forma de espasmo súbito, muy agudo. Nunca nada le había dolido así, y eso le arrancó un gemido. Cerró los ojos aún deslumbrados por los fogonazos, y cuando los abrió pudo entrever, en la penumbra del farol lejano, el rostro de Jacinto Córdova inclinado sobre él.

—Mis respetos, amigo mío —dijo el mexicano.

Entonces Martín cerró los ojos y se deslizó despacio hacia el abismo oscuro.

9. Diez días de febrero

De la fuga de Pancho Villa se enteró Martín en el Hospital General, poco antes de que los médicos le permitieran volver a su habitación del hotel Gillow. Los periódicos, según cada posición política, contaban diferentes versiones del suceso; pero todos coincidían en que el antiguo guerrillero había escapado de la prisión de Santiago Tlatelolco con la complicidad de un funcionario local, y tras embarcar disfrazado en Manzanillo y desembarcar en Mazatlán se había refugiado en las montañas del norte, o había pasado al otro lado de la frontera estadounidense. Incluso aseguraban haberlo visto en San Diego, Tucson o El Paso.

En cuanto a Martín, tras algunas complicaciones —un jirón de tela incrustado por la bala produjo una infección que tardó en remitir—, la herida mejoró, limpia al fin, y empezaba a cicatrizar. Al cabo de una semana fuera del hospital pudo caminar prescindiendo de muletas e incluso de bastón. Fue por entonces, todavía convaleciente, cuando recibió en el espacio de pocos días tres visitas en el hotel. La primera fue de Emilio Ulúa, quien con su nula simpatía habitual se interesó apenas por la salud del ingeniero, criticó el incidente en que se había visto envuelto —*sórdido*, fue el adjetivo que utilizó—, dijo que había escrito al marqués de Santo Amaro criticando aquella conducta irresponsable, y manifestó que, en espera de instrucciones sobre su futuro, no era necesario que Martín se apresurase a volver a su puesto de trabajo. *De momento* —recalcó desabridamente—, la Minera Norteña seguiría haciéndose cargo de la factura del hotel y abonaría el salario del presente mes. Y a partir de ahí, ya irían viendo.

—A lo mejor, con algo de suerte —resumía esperanzado—, me ordenan que lo meta en un barco rumbo a España y me libro de su presencia para siempre.

—No diga eso, don Emilio —bromeó Martín—. Acabaría usted echándome de menos.

—Sí, claro... Después de su aventura en Juárez, es justo lo que la empresa necesita en estos tiempos: un pistolero.

La segunda visita fue del todo inesperada. A media tarde del último día de enero, un mozo del hotel subió una tarjeta a la habitación de Martín.

—El caballero lo espera en el Jockey Club dentro de treinta minutos.

Salió a la calle sombrero en mano, tras anudarse a toda prisa la corbata y ponerse una americana. Después de recorrer las cuatro cuadras que separaban el hotel de la fachada de azulejos, cruzó el amplio vestíbulo, y tras identificarse con el conserje subió al primer piso apoyándose —todavía le costaban los esfuerzos prolongados— en la barandilla de hierro y cobre. Antonio Laredo, padre de Yunuen, leía los diarios en la confortable butaca de un salón techado con antiguas vigas de cedro oscuro, junto a uno de los grandes vitrales multicolores cuya luz reflejaban los espejos venecianos de marco dorado en la pared opuesta.

—Le agradezco que venga. Sé que no está restablecido por completo, pero no creí conveniente que nos viésemos en su hotel. ¿Cómo se encuentra?

—Bien. Apenas alguna molestia al caminar. En unos días estaré como nuevo.

Se quitó Laredo unos lentes con montura de oro y los dejó con descuido en la mesa, sobre los periódicos. Tenía el rostro afeitado, patillas rubias y unos ojos claros semejantes a los de su hija.

—Tuvo suerte —dijo.

Sonreía Martín.

—Más habría tenido si el balazo se lo hubiese llevado otro.

—Eh, sí, por supuesto —Laredo lo observaba con curiosidad cortés—. ¿Ha vuelto a tener noticias de Chinto Córdova?

—Ninguna, desde que me llevó al hospital.

—Nosotros tuvimos carta suya hace unos días. Se encuentra bien, en Morelos. Combatiendo a esa chusma suriana.

Alzó una mano para reclamar la atención de un camarero, al que sin consultar con Martín pidió dos coñacs Martell. Después se recostó en la butaca.

—Quiero agradecerle que todavía no haya ido de visita a mi casa.

—Bueno, pensaba hacerlo —asintió Martín—. En cuanto acabara de reponerme.

—No es una buena idea.

—¿Perdón?

Laredo estaba muy serio. El tono de sus ojos, endurecido, parecía virar del azul al gris.

—De eso precisamente quiero hablarle. ¿Se ha comunicado con mi hija?

—Le escribí una carta desde el hospital. Pensaba...

Lo interrumpió el otro con ademán acostumbrado a mandar. La mano se interpuso breve, conminatoria.

—Ella no respondió a esa carta, ¿verdad?

—Cierto —admitió Martín—. No lo ha hecho. Supongo que la situación es algo incómoda.

—Supone bien. No es plato de gusto andar en boca de la gente, con un tiroteo de por medio. Ni para ella, ni para mí... Como sabe, somos familia conocida. Con una reputación que mantener.

Creyó el joven oportuno justificarse.

—Fue el capitán Córdova quien forzó la situación —dijo.

—Es posible —el otro sonreía indiferente—. Pero a Chinto lo conocemos desde niño. El caso de usted es distinto.

Llegaron las copas de coñac. Laredo tomó la suya en el hueco de la mano, comprobando la temperatura. Había nacido, dijo, en un pueblecito asturiano llamado Luerces, que ni siquiera estaba en los mapas. Salió de allí con catorce años, empujado por el hambre, y embarcó en Gijón. Al llegar a Veracruz pidió limosna, barrió calles y trabajó en oficios bajos.

—La suerte quiso favorecerme. Después de un tiempo empleado en una casa exportadora de maderas y cueros, monté mi propia empresa, arruiné a mi antiguo jefe y acabé comprándole el negocio.

Se llevaba la copa a los labios casi con cautela. Tras probar el coñac, pareció satisfecho. Martín no había tocado la suya.

—Soy un hombre conocido en México, respetado en el mundo financiero. Y Yunuen es mi única hija... ¿Comprende mi situación?

—Perfectamente.

—No voy a ofenderlo dudando de sus intenciones. Mi hermana Eulalia asegura que es usted un buen muchacho. Lo aprecia. Sin embargo...

—¿Sin embargo?

—Conozco a los hombres, señor Garret. Me he pasado la vida estudiándolos y negociando con ellos. Sé qué pie calza cada cual.

Agitó la copa, oliendo su aroma. Reflexivo.

—Usted tiene una profesión honorable —prosiguió tras un momento—. Me he informado bien... Lamentablemente, también tiene un pasado reciente. Y no me refiero al tiroteo de la calle Cuauhtemotzin.

Bebió otro sorbo y dejó la copa en la mesa.

—La posición de sus amigos del gobierno es delicada, ¿no cree?... Insostenible, incluso.

—No son mis amigos.

—Bueno, sean lo que sean, pasan por serlo. O usted de ellos.

Se abrió la puerta vidriera y entraron unos socios a los que Laredo saludó con un distraído movimiento de cabeza. Aunque fueron a sentarse al otro lado del salón, bajó la voz.

—Madero nos lleva a la catástrofe. Está rodeado de ambiciosos y carece de condiciones políticas y sentido de la realidad. Incluso de conciencia patriótica.

—Al menos es hombre de principios —objetó Martín.

—No sea ingenuo. Ni los principios son absolutos, ni los pueblos son tan ciegos para suicidarse por respaldar una doctrina que los lleva al desastre. Y que además puede provocar una intervención armada del vecino del norte.

Miró Laredo hacia la vidriera exterior como si lo que decía se confirmara en la calle.

—Me temo que se avecinan cambios en México —añadió, lúgubre—. Y ojalá no sean violentos.

Movía Martín la cabeza, sin encajar del todo lo que escuchaba.

—¿Quiere decir que *ya no soy* alguien recomendable?

—No lo es en absoluto, si me permite la franqueza. No estos días.

—¿Y qué opina Yunuen?

—Ella no tiene nada que opinar. Es mi hija, y eso basta.

Siguió una pausa embarazosa. Concediéndole tiempo, Laredo cogió su copa. Indicaba la de Martín, pero éste negó con la cabeza.

—Estoy seguro de que usted no quiere perjudicarla más.

—¿Más?

—Ya me entiende.

—Me temo que sí —sonreía el joven con amargura—. Que lo entiendo.

—Por eso creo que no debe volver a visitarla, de momento. Ni en mi casa ni fuera de ella. Se lo pido como padre.

—No se ofenda, señor Laredo, pero también quisiera oírlo de la propia Yunuen.

—Me hago cargo, pero queda fuera de lugar. Es una muchacha obediente, hemos hablado y hará lo que yo le diga.

—¿Sabe ella de esta conversación?

—Que sepa o no sepa es lo de menos. He venido a pedirle a usted, como español y caballero, que no emprenda ninguna locura. La honra de una chiquilla es como el cristal, ya sabe.

—Nunca se me ocurriría...

—De todas formas, déjeme prevenirlo —interrumpió Laredo—. Socialmente no se encuentra usted en buena posición. El relato oficial de los hechos es que, ante su insistencia respecto a Yunuen, el capitán Córdova, como viejo amigo de la familia, decidió intervenir. De ahí el tiroteo y lo demás.

—Vaya... No me deja muy bien parado.

—Lo sé, pero apelo a su hombría de bien. Es la mejor forma de que Yunuen se mantenga fuera de tan lamentable situación.

Siguió uno de esos silencios en los que todo parece dicho. Y realmente, consideró Martín, así era. Se puso en pie. Desde su butaca, el otro alargó una mano para estrechar la suya, pero el joven decidió ignorarla. Iba a marcharse cuando se detuvo un momento.

—Acláreme una duda —dijo con frialdad—. Si el gobierno del presidente Madero fuese estable y yo tuviera con él esas buenas relaciones que me atribuyen, ¿habríamos mantenido esta conversación?

Lo contemplaba Laredo desde el sillón, ceñudo. Incómodo. Al fin cogió los lentes y abrió un periódico.

—Soy un hombre de negocios, señor Garret. Y usted es un joven inteligente.

La tercera visita de aquellos días fue de Diana Palmer, que había regresado a la ciudad. Alojada como de costumbre en el Gillow, una breve nota suya, llevada por un mozo del hotel, informó a Martín de la llegada: *Me aseo un poco y hablamos*, concluía, escueta. Y media hora más tarde, la norteamericana llamaba a la puerta de la habitación.

—¿Conserva usted sus contactos con el Palacio Nacional? —quiso saber ávida, casi a bocajarro.

Aunque se había lavado y cepillado el cabello y vestía una blusa limpia sobre larga falda gris, la ausencia de maquillaje delataba fatiga y adelgazaba más su rostro. Se veía cansada, y con motivo: acababa de llegar en tren desde Veracruz, procedente de La Habana, sin descanso y con muchas prisas. Se lo habían pedido por cable urgente desde el *New York Evening Journal*.

La desalentó Martín. Raúl Madero, el hermano del presidente, seguía con las tropas del norte y él apenas tenía acceso a algunos funcionarios de su departamento y de la secretaría de Industria. Nada de alto nivel.

—Y con el otro hermano, Gustavo, ¿tiene trato?

—Ninguno.

Dio ella unos pasos hacia la puerta vidriera abierta a la terraza, mirando distraída los enseres del joven: el *Elementos de Laboreo de Minas* de Moncada Ferro abierto boca abajo sobre la cama, la *Anábasis* y otros libros alineados en el escritorio y los objetos personales sobre el mármol de la cómoda: estuche de cuero con utensilios de afeitar, reloj con leontina, cepillo de ropa, pluma estilográfica, cortaplumas con cachas de marfil, un pequeño retrato de sus padres enmarcado en plata, el revólver Orbea y una cajita con veinte cartuchos de calibre 38.

—Van a ocurrir cosas —dijo, críptica.

—¿Qué cosas?

Jugueteaba ella con el revólver. Lo dejó otra vez sobre la cómoda.

—No se haga el tonto. Cosas.

Lo resumió tras un momento y en pocas palabras, asomada a la terraza, mirando hacia fuera cual si lo que contaba pudiera abarcarse desde allí: el deterioro de la situación política, el descontento de viejos porfiristas, empresarios y terratenientes, los revolucionarios decepcionados y el ejército descontento por la blandura con que Madero encaraba, o evitaba encarar, los principales problemas del país.

—Poco hay de nuevo en eso —estimó Martín, que se había situado junto a ella.

De la calle subía rumor de gente y caballerías. Más allá de los antiguos edificios coloniales, sobre las torres de la catedral, el cielo era azul con vetas de cobre: uno de los muchos increíbles celajes mexicanos.

—Sí hay algo nuevo: los rumores de golpe —afirmó Diana—. De pronunciamiento, como dicen ustedes los españoles. Por eso el *Evening* me ha enviado aquí.

Aquello le pareció excesivo a Martín.

—Qué disparate. Nada hay que parezca indicar...

—Oiga —se había vuelto hacia él, brusca, interrumpiéndolo—. Mi periódico tiene excelentes contactos en Washington.

En los iris canela fulgían reflejos de arrogancia. Alzó un brazo y señaló la calle, la ciudad.

—En cuanto bajé del tren, con la maleta en la mano y antes de venir al hotel, me pasé por la embajada estadounidense... Fue lo primero que hice.

Martín atendía paciente, con curiosidad.

—¿Y?

—Henry Lane Wilson no quiso recibirme.

—Estaría ocupado. Son tiempos revueltos.

Negó ella, muy seria.

—Yo hago otra lectura... Sabe muy bien quién soy y quién me envía. No le caigo simpática desde mi entrevista a Pancho Villa: ha dicho atrocidades sobre mí y protestado a los periódicos que me emplean. Mis crónicas, dice, son demasiado favorables a Madero. Aun así, nunca se negó a recibirme antes. Está claro que no desea comprometerse.

Seguía desconcertado Martín.

—¿Y por qué me lo cuenta?

—Quizá porque confío en usted... O más bien, confiaba en su acceso fácil al entorno del presidente.

—Eso es un mito. Además, ya le he dicho...

—Sí, lo ha dicho.

Se quedó callada un momento.

—¿Sabe que Pancho Villa está en El Paso, Texas?

—Hay rumores —repuso Martín.

—Son más que rumores. Realmente está allí.

—¿Y piensa volver a México?

—No lo sé.

—Es un devoto del presidente Madero.

Movía ella la cabeza, dubitativa.

—Ignoro si lo seguirá siendo.

Cuando regresaron dentro, Diana volvió a mirar los objetos que había en la habitación.

—No tendrá un cigarro, ¿verdad?

—Lo siento. Sigo sin fumar.

Se detuvo la norteamericana ante el espejo del armario, acercando el rostro. Una mirada seca y crítica mientras exploraba su propia imagen.

—¿Qué se dice del general Huerta estos días?

—Lo consideran un firme apoyo del presidente, que confía ciegamente en él.

Seguía ella mirándose mientras se tocaba los pómulos bajo los ojos fatigados.

—*Entre copita y copita*, como el propio Huerta dice.

—Borracho o sobrio, su influencia es decisiva. Y se asegura que es un verdadero patriota.

—No sé... En todo caso, vienen días interesantes —ahora observaba a Martín a través del espejo—. ¿Se quedará usted aquí, o viaja al norte?

—Aún me quedaré un poco más.

Se había vuelto hacia él y seguía estudiándolo, reflexiva.

—Lo veo bien —dijo—. Tal vez más delgado que la última vez.

—Es posible.

—Cojea un poco, ¿no?

—Apenas.

—¿Algún accidente?

—Nada serio.

La vio entreabrir los labios cual si fuese a decir algo más, pero permaneció callada, con una leve sonrisa que se desvaneció despacio. Al fin hizo un ademán evasivo.

—Debo empezar a moverme —suspiró—. Insistiré con el embajador y recurriré a la gente que conozco... Si en algún momento se le ocurre cómo echarme una mano, le estaré agradecida.

Cruzaba los brazos como si de repente tuviera frío. Martín se acercó a la terraza para cerrar la puerta vidriera.

—Hay algo en el ambiente que no me gusta —dijo Diana—. La urgencia de mi periódico, la actitud de Henry Lane Wilson... Le aseguro que ese hombre es un verdadero hijo de mala madre. Sé que paga grandes sumas a Rábago, director de *El Mañana*, para que no cese en su campaña de prensa contra el presidente.

—No es el único. Casi todos los periódicos coinciden ahora.

—Demasiada unanimidad, ¿no cree?... No me sorprendería que la embajada prepare algo sucio. Mi problema, como periodista, es que no puedo informar sobre eso antes de que ocurra.

—¿Qué se propone hacer?

Sonrió sin humor.

—Hablar con cuantos pueda y estar preparada.

—¿Intervendrían los Estados Unidos?

—No lo sé. Todo es posible en estos tiempos. Y de nuestro presidente puede esperarse todo.

Se dirigió a la puerta. En un par de días, añadió, le tomaría el pulso a aquello. Para entonces, si a Martín le iba bien podrían verse otra vez e intercambiar información. Quizá dar un paseo en coche por Coyoacán, o cenar algo muy francés en Sylvain.

—Cuando guste —asintió el joven.

—Es usted un encanto... Supongo que las *señoritas* se lo andarán rifando.

Se echó a reír Martín.

—Supone en exceso.

—No creo.

Ella todavía se detuvo un momento.

—Tenga cuidado —aconsejó, grave—. Mi embajador es un mal bicho, y puede ocurrir cualquier cosa. Si la situación se precipita, todo el que parezca relacionado con el actual gobierno puede tener problemas. Eso lo incluye a usted... Y puede que a mí.

Iba la norteamericana a salir al pasillo. Martín mantenía la puerta abierta para despedirla cuando el piso se movió bajo sus pies como si se desplazase hacia un lado. Sonó un rumor lejano y sordo: un gemido ronco que parecía venir de las raíces del mundo, mientras un estremecimiento conmovía el edificio, hacía oscilar la lámpara colgada sobre la cama y una delgada grieta se abría en la pared, rápida y zigzagueante como un relámpago. Aquello duró sólo un instante, apenas cuatro o cinco segundos, antes de que todo quedase de nuevo como antes, idéntico y quieto a excepción de la pequeña hendidura y la lámpara que aún siguió oscilando un poco más.

—Menudo susto —dijo Diana cuando todo terminó.

—Es la tercera vez en dos semanas —repuso él.

Se miraban fijamente a los ojos, inmóviles uno frente al otro. Ninguno se había movido ni despegado los labios durante el temblor de tierra. Ella sólo había empalidecido, y Martín supuso que él mismo también.

—Es usted un joven tranquilo —comentó Diana tras un momento.

Movió él la cabeza con una sonrisa resignada. Fatalista.

—Geometría —dijo.

La vio parpadear, confusa.

—No comprendo.

Martín se encogió de hombros. Diana estaba asombrada.

—¿Es lo que tiene en la cabeza?... ¿Después de un terremoto?

Sonrió él casi con dulzura, sin responder. No sabía qué más decir, o cómo explicar en voz alta lo que tan evidente le parecía. La norteamericana, observó, lo miraba ahora de un modo distinto, muy serio e intenso. Nunca antes lo había mirado así, cual si su habitual aplomo de mujer libre, segura y viajada titubeara un instante.

—Dios mío —la oyó murmurar—. Me equivoqué con usted... No es tranquilo, sino peligroso.

Se despertó tarde, pues había dormido mal. Aún le dolía un poco la herida del costado, que por otra parte seguía cicatrizando bien. Duermevela de sueños extraños, encadenados, en los que se veía transitar por una ciudad desconocida, recorriendo calles vacías bajo una luz indecisa, incierta entre amanecer y anochecer, que mostraba en el suelo huellas de un reciente carnaval: serpentinas pisoteadas, confeti, botellas y máscaras tiradas por el suelo, pero ni un alma a la vista. Se había perdido y no encontraba el camino, ni a quien preguntar. A cada momento sacaba el reloj del bolsillo para comprobar la hora, sintiendo que todo corría en su contra; que se retrasaba en emprender un viaje cuyo destino ignoraba. Y así, desorientado, inquieto, buscaba el hotel donde había dejado el equipaje, calculando con angustia el tiempo que le quedaba para llegar a una estación de carruajes o de ferrocarril, o tal vez a un puerto invisible en el que sonaban sirenas de barcos a punto de zarpar.

Lo despertó al fin, del todo, un clamor de gente. Poniéndose el batín sobre el pijama salió a la terraza y se asomó a la calle. Por 5 de Mayo, en dirección al Zócalo, una multitud en la que había mujeres y niños acompañaba a una fuerza militar. Los soldados, vestidos de caqui y armados con fusiles, avanzaban en formación, precedidos por oficiales montados a caballo. Había algo en la escena que la alejaba de un desfile convencional: nada de cornetas o tambores. Los soldados iban equipados para el combate; y los que abrían la marcha, junto a los jefes, llevaban los fusiles prevenidos y caminaban alerta.

Quizás esté ocurriendo, pensó Martín con un escalofrío.

Quizás esté ocurriendo *ya*.

Se lavó en la jofaina, se vistió correctamente y se dispuso a salir. Por un momento dudó ante el revólver, indeciso entre echárselo o no al bolsillo, pero se impuso la prudencia: ir armado en una revuelta callejera, expuesto a verse cacheado y detenido en cualquier control militar, no era aconsejable.

Más vale un por si acaso que un quién lo hubiera dicho, recordó.

Eso acostumbraba a decir Genovevo Garza.

Así que se limitó a meter unos billetes en la cartera y algunas monedas de plata en el chaleco. Después cogió el sombrero y bajó por la escalera. Había gente agrupada en el vestíbulo y la puerta, mirando hacia las esquinas de 5 de Mayo y la Profesa: personal del servicio y huéspedes del hotel, hombres inquietos y mujeres asustadas. Algunos vecinos se asomaban a las ventanas y balcones o habían bajado a la calle.

—¿Qué ocurre? —preguntó Martín al portero.

—Hay tropas ante el Palacio Nacional, señor Garret... Y se han oído disparos cerca de la prisión militar de Santiago.

—Es algo serio, entonces.

—Eso parece.

Caminó hasta la esquina. La tropa a la que había visto recorrer 5 de Mayo ya se encontraba en el Zócalo. Pasó un grupo de pilluelos descalzos corriendo con alboroto hacia la plaza. No circulaban tranvías, carruajes ni automóviles. Un lechero, que había detenido la carretela en mitad de la calle y estaba siendo interrogado por los vecinos, aseguró haber visto cañones de artillería en algunos cruces. También soldados pecho a tierra, con ametralladoras y fusiles listos para disparar, delante del Palacio Nacional.

—Bulle tropa por el rumbo de la Ciudadela —comentaba alguien.

—Pero ¿quién va contra quién?

—Eso nadie lo sabe.

—Huele a cuartelazo de lejos.

—Y de cerca... Para mí que ya se cayó el arbolito donde dormía el pavo real.

Se dirigió Martín a la plaza. En la zona de Plateros estaban cerradas las tiendas grandes por ser domingo, pero había mucha gente civil agrupada en la esquina y en el lado oeste del Zócalo, entre el kiosco de los tranvías eléctricos y el portal de Mercaderes. Dos o tres centenares de personas, en los que se mezclaban repartidores de diarios, vendedores callejeros, limpiabotas y hombres y mujeres del pueblo bajo, miraban, discutían, jaleaban a los militares o los increpaban. Todo era confuso, y en los campanarios de la catedral asomaban fusiles.

—¡Viva el presidente Madero! —voceaban unos.

—¡Viva el general Reyes! —aclamaban otros.

A Martín le pareció ver al general Bernardo Reyes con un grupo de militares que discutían entre ellos, y eso lo sorprendió. Le era conocido por las fotografías de prensa, y pensaba que el general seguía en prisión desde su intentona de sublevación. Que ahora anduviese libre, con soldados a los que parecía mandar, era insólito.

—¿Aquél es Reyes? —preguntó a un tranviario que observaba la escena con un cigarrillo en la boca y los pulgares en las sisas del chaleco.

—Me late que sí —fue la respuesta.

—¿Y qué hace aquí?

—Ay, pues... Eso, ni modo.

Observó entonces Martín que la fuerza militar desplegada en la extensa plaza no obedecía a un mando único. Más allá del kiosco de tranvías y los árboles del centro había un cinturón de soldados tumbados en el suelo en línea de tiradores, protegiendo el Palacio Nacional. Éstos apuntaban sus armas hacia los recién llegados, que seguían haciéndolo por 5 de Mayo, San Francisco y Seminario, desplegándose a su vez. Había dos bandos, por tanto, y eso no pintaba bien. Decidió mantenerse cerca del portal de Mercaderes, que ofrecía resguardo, y se dirigió hacia allí.

Fue en ese momento cuando a su espalda sonó una descarga y empezaron los disparos.

El Zócalo era una ratonera: una trampa mortal para la muchedumbre agrupada en su curiosidad, que entre gritos de pánico corría ahora buscando refugio. Resonaba la fusilería y también un estrépito seco, entrecortado, en el que Martín reconoció el tiro esporádico de una ametralladora Hotchkiss. Zumbaban las balas como látigos de metal que azotaran el aire. Rebasando a la fuerza atacante que disparaba contra el Palacio Nacional, el fuego de los defensores cruzaba la plaza arrancando cortezas y hojas a los árboles e iba a impactar en los edificios del lado occidental, haciendo caer abatidos, de camino, a hombres, mujeres y niños.

Asesinos, gritaba la gente. Criminales, asesinos.

Continuaba el tiroteo. Puesto a resguardo en el soportal de Mercaderes, intentando comprender lo que ocurría, alcanzó Martín a ver deshecho el grupo en el que había creído reconocer al general Reyes. Había cuerpos inmóviles entre los soldados que disparaban y piques de polvo, fusilería intensa que daba en los muros del palacio y las torres de la catedral. No era sitio para quedarse a mirar, decidió. Le hormigueaban las ingles aguardando el golpe de cualquier balazo: había visto más de lo que esperaba, o debía. Tampoco era como la primera vez en Ciudad Juárez; ahora conocía los riesgos y sabía moverse. Así que, agachada la cabeza, corriendo de columna a columna bajo el porche, procuró irse de allí. Por todas partes había civiles ensangrentados, unos muertos y otros que imploraban auxilio o se arrastraban dejando regueros de un rojo intenso que brillaba al sol. Caído entre los varales de un carro, un caballo relinchaba su agonía coceando en el aire. Y junto a un cochecito de niño, tan alejado que nadie se atrevía a comprobar lo que había dentro, una mujer estaba inmóvil, tendida boca arriba en el suelo. Consideró Martín la posibilidad de llegar hasta el cochecito y ponerlo a resguardo, pero sólo fue ese momento. Un hombre joven que también se protegía en los soportales lo decidió antes que él: salió al descubierto y cayó muerto a los pocos pasos.

Asesinos, asesinos, seguía oyéndose entre el estampido de los disparos.

Retrocedió Martín dispuesto a escabullirse hacia San Francisco. Había soldados guarecidos en los soportales y pegados a las casas, que acerrojaban los Máuser y disparaban hacia el Palacio Nacional. Saltaban en el aire los relucientes casquillos vacíos, tintineando al caer, y chiquillos desharrapados que andaban cerca corrían a cogerlos, disputándoselos. Una bala perdida tumbó a uno de doce o trece años, de los llamados *papeleros*, que aún llevaba sus diarios para vender bajo el brazo, cuando cruzaba la calle para apoderarse de unos casquillos; saltó en el aire como un conejo alcanzado y se quedó inmóvil, desangrándose sobre los periódicos desparramados en el pavimento.

—Pinches escuincles —oyó decir Martín a un soldado—. No pueden estarse quietos.

Siguió alejándose mientras procuraba mantenerse pegado a las fachadas. Tras doblar la esquina vio la calle de San Francisco desierta en toda su extensión hasta la avenida Juárez. Los puestecitos de vendedores dominicales estaban abandonados y caídos por tierra. Por una bocacalle pasó a toda velocidad un automóvil que hacía sonar una sirena y ondeaba una bandera de la Cruz Blanca. En balcones y ventanas, los vecinos más prudentes colgaban sábanas blancas, y en casas donde vivían extranjeros aparecían banderas de varias naciones.

Viniendo de la Profesa, un sacerdote joven con sotana y estola al cuello preguntó a Martín si era posible llegar al Zócalo.

—Me necesitan allí —dijo.

Llevaba en las manos un estuche de santos óleos. Su cara estaba blanca como el papel y le temblaba la voz. Se lo desaconsejó Martín.

—Las balas no distinguen, padre.

—¿Hay muertos y heridos?

—Sí, muchos.

Dudó el sacerdote, angustiado, debatiéndose entre la aprensión y su ministerio. Al fin se persignó y echó a andar apresurado hacia el Zócalo. Martín lo miró alejarse durante un momento. Siempre hay alguien, pensó, que va más allá. Después siguió adelante y llegó al Gillow.

Fueron una tarde, una noche y un amanecer de rumores e incertidumbre. Hasta el hotel llegaban noticias de toda clase, a menudo contradictorias. En todo caso, imposibles de verificar. Martín permaneció la mayor parte del tiempo en su habitación, asomado a la terraza, observando la ciudad en apariencia desierta. Sonaban descargas de fusilería en varios puntos, e incluso cañonazos lejanos. Deambular por las calles era peligroso, y había un cadáver en el cruce más cercano —un mendigo alcanzado por una bala perdida— que nadie retiró hasta el alba.

Bajaba a ratos el joven al vestíbulo y al bar, donde los huéspedes hacían corrillos. Se decía que la central de teléfonos estaba colapsada y que las comunicaciones eran difíciles, sin servicio de correos ni telégrafos. Por fortuna, en el Gillow había abastecimiento suficiente: el servicio era razonable y el restaurante seguía abierto. El lunes por la mañana, a la hora del desayuno, unos audaces *reporters* que habían pasado la noche recorriendo el Zócalo y otros lugares de la ciudad trajeron noticias concretas. Los generales Díaz, Reyes y Ruiz se habían sublevado contra el gobierno: Reyes murió ante el Palacio Nacional, Ruiz había sido fusilado y Díaz se atrincheraba con su tropa en la Ciudadela. También ardía la cárcel militar de Santiago, donde habían muerto docenas de presos amotinados. Las víctimas en la ciudad se contaban por centenares y los hospitales estaban llenos: los médicos no daban abasto desbridando heridas, anudando arterias, lavando y extirpando. El suelo de los pasillos se veía lleno de sangre.

—Es como hace cuatro años en Barcelona —comentó uno de los periodistas al saber que Martín era español—. O en el golpe republicano de Lisboa... Pero con muchas más víctimas.

—¿Tan grave es?

—Una matanza. Se habla ya de cuatrocientos muertos.

—¿Y el presidente? —preguntó alguien.

—Madero estaba en Chapultepec cuando empezó todo. Entró en el Palacio Nacional con una escolta de militares y civiles que le son partidarios. Parece que tiene medio controlada la situación.

—¿Qué hay del general Huerta?

—Se mantiene adicto al gobierno. Y también el general Felipe Ángeles trae refuerzos desde Cuernavaca... Según cuentan, lo importante ahora es desalojar a los rebeldes que resisten en la Ciudadela. Llevan allí artillería, para batirlos.

A media mañana, tras pensarlo mucho, Martín decidió arriesgarse. Hacía horas que no sonaban disparos. Salió a la calle y, prudente, se asomó a la esquina. El cadáver del mendigo ya no estaba allí: sólo una mancha de sangre coagulada en el suelo salpicado de desperdicios, papeles arrugados y casquillos de bala. A uno y otro lado de la avenida 5 de Mayo todo estaba silencioso y desierto: nada hacia el Zócalo ni hacia la Alameda. Procurando caminar por la banqueta, lo más pegado posible a las fachadas de los edificios, Martín fue en esa última dirección. Su sombra aparecía y se desvanecía bajo sus pies, según la luz. Cada vez que una nube ocultaba el sol, la mañana se volvía apagada y sucia, acrecentando el aspecto fantasmal de la ciudad en estado de sitio. No circulaban tranvías. Las tiendas, incluso las de comestibles, tenían los cierres echados, y en ventanas y balcones seguían colgadas sábanas blancas y alguna bandera.

Ante la legación de España, bajo los colores rojo y gualda que pendían de un mástil situado en el balcón, había dos automóviles y un piquete de soldados de rostros cobrizos y uniformes azules y caquis. Se identificó Martín y le permitieron la entrada. Conocía el edificio y al secretario de embajada Paco Tojeira. Subió hasta el pasillo del primer piso, ocupado por una veintena de españoles en demanda de amparo: discutían nerviosos, cargando el ambiente de conversación y humo de cigarrillos mientras interpelaban impacientes a los empleados que entraban y salían por las puertas de cristal esmerilado.

—Ay, Dios, Martín... Eres el que faltaba.

—¿Tienes cinco minutos?

Ponía aparte el diplomático algunos de los papeles que se amontonaban junto a un tintero, un soporte de palilleros y plumas y una máquina Underwood.

—Tengo sólo uno. Pero durante ese minuto soy todo tuyo.

—Un mal día, ¿verdad?

Abarcó el otro la mesa, suspirando, y extendió el ademán desolado hacia la puerta y el pasillo.

—Pésimo.

Se estrecharon la mano; Paco Tojeira tenía los dedos manchados de tinta. La barbita rubia y los lentes le daban un aire perspicaz, simpático. Después de conocerse tiempo atrás en la tertulia de las Laredo, los dos se habían visto de vez en cuando en el café Colón y la cantina de la Ópera. Se caían bien.

—Confío en que no vengas a pedir ayuda, protección o salir de aquí. Tendrías que ponerte a la cola.

—Nada de eso —lo tranquilizó Martín, sentándose—. Sólo quiero averiguar cómo andan las cosas.

Se pasó el otro una mano por la calva bronceada.

—Raras... Muchísimos muertos, pero no me refiero a eso. Raras políticamente hablando. Excepto en la Ciudadela, Madero parece dueño de la situación, pero...

—¿Pero?

—Pues eso: pero.

Se le había ensombrecido la expresión. Miró los papeles y alzó evasivo las manos.

—Los militares también están raros —añadió—. Ni sí, ni no. Más gallegos que mi abuela.

—¿Y qué dice Cólogan?

Al oír nombrar al embajador, Tojeira se encogió de hombros.

—Mi jefe ha recibido instrucciones de Madrid para mediar entre tirios y troyanos... Esta mañana temprano ha visto al presidente, y ahora está a punto de ir a la Ciudadela para entrevistarse con los sublevados.

—¿No ha condenado el golpe? —se sorprendió Martín.

—No, todavía. Y en eso coincide con su colega yanqui y los otros. Es como si todo el mundo esperase con cautela a ver quién se lleva el gato al agua.

Se echó atrás en el asiento, sacó un pañuelo y empezó a limpiar los lentes mirando al visitante en silencio. Dudaba sobre decir algo más, y al fin pareció animarse.

—Debes tener cuidado, chico.

—¿Con qué?

—Se dice que los sublevados tenían, o tienen, listas de gente afecta a Madero para hacer con ellos una limpieza.

—¿Y?

Siguió otro silencio. Se miraban mientras Martín digería aquello.

—No me fastidies —dijo—. ¿Qué pinto yo en una lista?

—Te atribuyen ciertos antecedentes.

Sonrió el joven, amargo.

—De los que alguna empresa hispanomexicana se ha beneficiado, como te consta.

Asintió Tojeira.

—Ya, pero sabes lo que son estas cosas, ¿no?... Cómo las gastan aquí. De verme en tu lugar, procuraría pasar inadvertido.

Martín intentaba no dejarse desconcertar por el vacío que se le había hecho en el estómago.

—¿Cólogan está al corriente?

—Es él quien me lo ha dicho. En realidad no deberías asomar mucho estos días. Hasta que escampe.

—¿Podría verlo?

—¿Al embajador?

—Sí.

Tras una corta vacilación, Tojeira sacó el reloj y miró la hora.

—Está a punto de salir para la Ciudadela con nuestro cónsul y un militar mexicano. En cinco minutos se va. Quizá hayas visto su escolta en la puerta.

Mientras guardaba el reloj dirigió a Martín una sonrisa de compromiso, poco animosa.

—Sal al pasillo y prueba a hacerte el encontradizo —sugirió—. Te conoce, e igual dice algo.

—¿Me acompañas?

Al diplomático se le petrificó la sonrisa.

—Ni hablar.

Se puso Martín en pie con un suspiro desalentado. Volviendo a sus papeles, Tojeira se daba con el índice unos golpecitos en la nariz.

—Ten mucho ojo, ¿eh?... Me huelo que esto no ha terminado.

Se encontró con Bernardo Cólogan apenas salió del despacho. Acompañado por varias personas que lo mantenían lejos de quienes lo importunaban, el responsable de la legación española iba camino de la escalera y de la calle. Se interpuso el joven en el rellano, sombrero en mano.

—Señor embajador, soy Martín Garret, ingeniero de la Minera Norteña. Tal vez me recuerde usted.

Se detuvo Cólogan, ignorando la mano que el joven le tendía. Alto, canoso, elegante.

—No es buen momento —repuso con frialdad.

Insistió Martín.

—Sólo quiero saber si es cierto un rumor.

—¿Qué rumor?

—¿Hay algún español entre los amenazados por los militares rebeldes?

Lo miró el otro de arriba abajo, impenetrable.

—Qué disparate —dijo.

Después se desentendió de Martín. Y mientras el grupo bajaba por la escalera, el joven advirtió que uno de los acompañantes, vestido de paisano pero con porte inequívoco de militar mexicano —de coronel para arriba, sin duda—, alzaba el rostro para dirigirle una mirada siniestra.

Aún más siniestro fue el modo en que lo recibió Emilio Ulúa cuando fue a verlo a las oficinas de la Minera Norteña en la avenida Juárez.

—¿Qué hace aquí, Garret?

Le sorprendió al joven el tono: seco y malhumorado. El mexicano estaba tras su mesa, en mangas de camisa, desabotonado el chaleco y con un habano entre los dientes. De vez en cuando miraba de reojo la ventana del despacho que daba a la Alameda, cual si desde allí pudieran acechar testigos molestos. De camino, antes de llegar, Martín había visto militares acampados bajo los árboles del parque.

—Es mi lugar de trabajo, don Emilio.

—Pues es de los pocos que se han presentado.

No sonaba a elogio, sino a todo lo contrario. Se puso en pie Ulúa, dirigiéndose a la ventana.

—¿Qué ha visto de camino hasta aquí?

—Se oye algún tiro suelto, pero las calles parecen tranquilas. Casi ningún comercio está abierto y hay soldados por todas partes. Dicen que el presidente controla la situación.

—De eso no estoy tan seguro.

Miraba afuera el mexicano, las manos en los bolsillos y el cigarro en la boca. Al cabo movió los hombros como si le molestase un peso en ellos.

—Voy a darle un consejo —añadió, grave—. Manténgase poco visible y no salga hasta que todo se aclare.

Protestó Martín, perplejo.

—Pero mis obligaciones...

—Sus obligaciones consisten en no complicarnos la vida a la Norteña ni a mí.

Por fin Ulúa se había vuelto a mirarlo.

—¿Necesita dinero?

—No creo —se sorprendió el joven—. Hace unos días saqué del banco lo suficiente.

—¿Billetes?

—Algo, sí. También pesos de plata.

—Prudente medida.

—¿Por qué me dice eso?

No respondió el otro. Siguió un silencio en el que se oyeron algunos disparos aislados, lejanos. Ulúa miró hacia fuera de nuevo y tocó el cristal de la ventana como si comprobara su solidez.

—Parece que suenan por la parte de la Ciudadela —dijo.

Todavía se quedó mirando la calle un poco más. Al fin se volvió, el cigarro humeante entre los dedos.

—Quítese de en medio, Garret.

—¿Perdón?

—No vuelva por aquí, de momento. Si Madero controla la situación y todo retorna a la normalidad, nada debe preocuparlo. Pero si las cosas se tuercen demasiado...

Era evidente que daba vueltas a algo que no terminaba de expresar. Martín se inquietó aún más.

—¿Qué sabe que yo no sepa?

Lo miraba el mexicano como si todo fuera obvio.

—¿Sobre usted?

—Pues claro.

Aún titubeó Ulúa. Dio una chupada, dejó salir lentamente el humo y se quedó mirando la ceniza del cigarro.

—Hace pocos días, alguien, un amigo, me hizo preguntas.

—¿Quién?

—Eso es lo de menos. Digamos que alguien bien situado, que podía hacerlas.

Sintió Martín un desagradable escalofrío. Se le había secado la boca.

—¿Militar o civil?

—Tampoco importa. El caso es que se interesó por su relación con los hermanos Madero, su actuación en Ciudad Juárez... Lo de menos fueron las respuestas que le di, porque lo inquietante eran las preguntas. ¿Me entiende?

—No del todo.

—Pues debería. En cualquier caso, tiene mi palabra de que no hablé mal de usted. Una cosa es que no me caiga simpático y otra es que lo señale de mala fe... Espero que me crea.

Después de chupar de nuevo el cigarro dejó salir despacio el humo, como antes.

—Lo tienen muy presente, Garret —añadió de pronto—. Su relación con Raúl Madero y con la gente de Villa lo hace sospechoso. Más de lo que yo creía —lo miraba, ceñudo—. ¿Por qué demonios sonríe?

—Por nada en particular —repuso Martín—. Recuerdo cuando esas relaciones les eran útiles a usted y a la Norteña.

Emitió el otro un gruñido hosco.

—Los tiempos cambian, ya sabe.

—Sí, lo sé.

—Y con ellos, las circunstancias.

—Desde luego.

Volvió Ulúa a su mesa y tomó asiento. Ahora eludía la mirada de Martín. Con mucho cuidado, casi delicadamente, dejó desplomarse la ceniza del cigarro en el cenicero de bronce del charro a caballo.

—En México se mata fácil —dijo con repentina brusquedad—. Ya lo comprobó. Si yo me encontrase en su lugar, saldría de aquí antes de que se compliquen las cosas.

—Ya están complicadas, me parece.

—Se compliquen más para usted, quiero decir... Tomar el tren a Veracruz sería prudente, aunque tal vez estén controlando a los pasajeros. En todo caso, hasta que todo se aclare me refugiaría en la legación española.

—Acabo de estar allí.

Lo miró Ulúa al fin, con súbito interés.

—¿Y qué tal?

—No estaban felices de verme.

—Tampoco yo lo estoy... Pero ellos tienen la obligación de protegerlo.

—No me consideran prioritario en sus obligaciones.

—Vaya —el mexicano se mostraba aliviado, cual si aquello disminuyese su propia responsabilidad—. También los compatriotas se le desentienden.

—Así parece.

—¿Y qué hará, entonces?

—Ir a mi hotel y esperar.

Asentía Ulúa, aprobando la idea. Señaló la puerta.

—Le deseo suerte... Ahora, váyase.

Recogió Martín algunos documentos de su despacho y salió a la calle. El cielo seguía alternando sol y nubes, y en ese momento era gris. Pasó junto a los soldados acampados en la Alameda, que lo miraron indiferentes. Los fusiles estaban puestos en pabellón y una ametralladora apuntaba hacia el cruce con Balderas. Junto al monumento a Juárez vio dos piezas de artillería cubiertas con lonas.

Hasta el Zócalo, San Francisco estaba desierta y todo seguía cerrado: ni un alma a la vista. Anduvo Martín prudente, pegado a las fachadas, procurando no quedar al descubierto. Sus pasos resonaban en la calle vacía. La nube seguía cubriendo el sol, y aquella luz imprecisa que agrisaba la ciudad le producía un extraño desamparo. Un miedo nuevo, cuajado de soledad y frío, que nunca había sentido antes.

10. La carretera de Veracruz

Sonaron golpes en la puerta. Impacientes, rápidos. Los empleados del hotel no solían llamar de ese modo. Martín, que trabajaba en la mesa situada junto a la vidriera de la terraza, dejó la pluma estilográfica y alzó la cabeza, sorprendido. Los golpes se repitieron, así que se puso en pie. Estaba en mangas de camisa y sin afeitar. Al otro lado de los visillos entornados, el día se apagaba y las sombras crecientes limitaban la claridad al cielo todavía nacarado y amarillo.

Mientras se dirigía a la puerta, el joven advirtió el silencio. Eso era lo insólito. Durante toda la jornada habían sonado disparos y cañonazos en diversos lugares. Ahora, de pronto, reinaba una extraña calma que por su contraste distaba de ser tranquilizadora. Había ocurrido lo mismo en días anteriores: pausas engañosas, falsas esperanzas antes de que todo empezara de nuevo. Una ciudad en estado de sitio.

Diana Palmer estaba en la puerta: vestido gris de viaje, sombrerito negro, cabello recogido en la nuca. Tenía cercos oscuros de tensión y fatiga bajo los párpados. Sus facciones angulosas, duras, parecían más crispadas que de costumbre.

—Han detenido al presidente, y también a su hermano Gustavo. El general Huerta y el ejército se han pasado a los rebeldes.

Lo dijo mientras entraba en la habitación y Martín cerraba la puerta. Miró éste a la norteamericana, aturdido.

—¿Cómo es posible?

—No sé cómo, pero ha ocurrido. Tropas del 29.º batallón entraron en el palacio presidencial y han apresado a Madero y a varios ministros. En cuanto a Gustavo, el propio Huerta lo ha sacado de Gambrinus, donde estaban comiendo juntos, a punta de pistola... Se rumorea que lo han fusilado, o lo van a fusilar.

—¿Al presidente?

—Al hermano.

—Pero si el general Huerta era leal...

—Fingía serlo. Dicen que todo era una pantomima mientras preparaba el verdadero golpe. Que estaba de acuerdo desde el principio con los rebeldes de la Ciudadela, y que por eso no hizo nada serio por tomarla.

—¿Cómo sabe todo eso?

—No me haga preguntas idiotas. Incendiaron el único periódico verdaderamente fiel a Madero, *La Nueva Era*... Esto no tiene vuelta atrás.

—¿Y qué hace aquí?

—¿En su habitación?... He venido a prevenirlo. Por lo visto hay listas negras de gente a detener, y su nombre figura en ellas.

Cruzó la mujer el cuarto con desenvoltura, yendo hacia la ventana. Allí abrió la puerta vidriera y se asomó un poco a la terraza, contemplando la luz decreciente. Fuera seguía el silencio.

—No creo que corra peligro inmediato —dijo—. Va a caer mucha gente, me temo, antes de que se ocupen de usted. Pero tal como las gastan los militares, tarde o temprano llegará su turno.

Se había vuelto a mirar a Martín.

—También yo estoy en esas listas.

Cerró la vidriera y paseó la vista por la habitación, fijándose en cada detalle: los libros sobre la mesa, el baúl de viaje puesto en un rincón, la cama, los objetos sobre la mesilla de noche, su propia imagen en el espejo de la puerta del armario.

—Por lo que sé —añadió tras un momento—, Huerta no perdona mis últimos artículos, donde lo menciono con poca simpatía. Eso de *rostro de indio cruel y poco fiable* no le gustó nada... Y menos aún lo de *sus mejores amigos se llaman Martell y Hennessy.*

—Eso fue una imprudencia —apuntó Martín.

—No sea estúpido.

Se quedaron mirándose, callados. Al cabo ella encogió los hombros.

—Me voy de la ciudad. La estación de ferrocarril está bloqueada por los militares, pero tengo un automóvil con un chófer contratado para tres días. Y también un salvoconducto de mi embajada. Ese hijo de puta de Henry Lane Wilson no ha podido negármelo. Prefiere tenerme lejos, salvando su responsabilidad.

Movía Martín la cabeza, confuso.

—Sigo sin entender...

—Pues entienda esto: le doy quince minutos, si quiere acompañarme. El automóvil con mi equipaje espera junto a la Profesa.

—¿Acompañarla? ¿A dónde?

—Mi primera intención era dirigirme al norte, a la frontera; pero el paso más cercano es Piedras Negras, y hasta allí hay mil quinientos kilómetros. Así que probaré suerte en Veracruz.

—¿Un barco?

—Sí, cualquiera que me saque de México. Salgo para allá esta misma noche, antes de que todo ande de la chingada, como dicen aquí... ¿Viene conmigo?

Se sorprendió el joven.

—¿Por qué yo?

—También está en peligro. Además, me cae bien. Y una mujer acompañada viaja más segura que una sola.

Ahora fue él quien paseó la mirada por la habitación.

—Quince minutos, dice.

—Le quedan diez... Decida.

Hacía Martín rápidos cálculos. Pros y contras. Con una maleta, concluyó, podía bastar: alguna ropa, estuche de aseo, dinero. Quizás el revólver. El resto iba a dejárselo al diablo, pero tampoco era que le importase mucho.

—Espéreme en el coche. Voy con usted.

Todavía lo miró Diana un instante, pensativa. Muy seria. Después asintió y fue hacia la puerta.

—Aguarde —la retuvo—. Tengo que pedirle algo.

—No está el paisaje para caprichos.

—Antes de salir de la ciudad necesito que paremos en el paseo de la Reforma.

Hizo la norteamericana un ademán impaciente.

—Temo que no comprenda usted la situación. El tiempo apremia.

—Nos pilla de camino, y sólo será un momento. Debo despedirme de alguien.

—¿Es absolutamente necesario?

—Sí.

—Cinco minutos, entonces —asintió ella de nuevo—. Ni uno más... Si se demora, me iré sin usted.

Cuando el automóvil se detuvo junto al café Colón, Martín cruzó la avenida desierta y anduvo bajo las espesas ramas de los robles hasta la casa de estilo neocolonial de los Laredo. Había dos vigilantes armados en la verja. Un sirviente le franqueó la entrada y se vio sombrero en mano en el ancho zaguán de piedra oscura. Nadie lo invitó a sentarse ni a ir más allá. Había preguntado por Yunuen, pero fue la tía quien vino a su encuentro. Pese a que siempre le mostró simpatía, no parecía feliz de verlo allí.

—He venido a despedirme —dijo él.

Por las facciones de doña Eulalia pasaron sentimientos diversos: sorpresa, primero, y satisfacción, después. Un gesto cortés de circunstancias se impuso al fin.

—¿Viaja, entonces?

Desentonaba aquel repentino *usted*. Hacía mucho que la tía de Yunuen tuteaba a Martín como a otros jóvenes de confianza, amigos de la casa.

Sonrió él, amargo, al advertirlo.

—No tengo más remedio... Dejo la ciudad.

—¿Regresa al norte?

—Por ahora no sé a dónde voy.

Siguió un silencio corto y embarazoso. Doña Eulalia se tocaba las pulseras, incómoda, deseando terminar la conversación.

—Creo que hace bien en irse. Por lo que cuentan, los sucesos políticos...

—Quisiera ver a su sobrina. Será sólo un momento.

Se enfrió más la mirada de la mujer. Estudiaba el cierre de una pulsera de oro cual si desconfiase de su solidez.

—Mi hermano está fuera de casa.

—Preséntele mis respetos cuando vuelva, por favor. De quien deseo despedirme es de Yunuen.

—No creo que sea necesario —le dedicó una sonrisa forzada—. Regresará usted pronto, imagino.

—Eso no lo sé.

—Le diré a mi sobrina que ha estado aquí. La pobrecilla anda muy nerviosa estos días, con tanta barbaridad y tanto sobresalto... Es muy joven e impresionable.

Alzó Martín una mano.

—Doña Eulalia...

—Dígame.

—No sé cuándo volveré a esta ciudad, y ni siquiera a México. Después del incidente con Jacinto Córdova, su hermano pidió que me mantuviera lejos de Yunuen, y así lo hice. Pero ahora me voy de verdad, y no sé para cuánto tiempo. Tampoco sé qué será de mí. Por eso no puedo irme sin cambiar con ella unas palabras. El futuro...

A Eulalia Laredo se le endureció la voz.

—Yunuen no forma parte de su futuro, Martín. Ni usted del suyo.

Sonrió él, paciente, pues ya esperaba eso.

—Prefiero que me lo diga ella.

—No creo que mi sobrina...

Sonó una puerta al abrirse a medias. Miró el joven y vio a Yunuen en la puerta entornada, tras la que asomaba sin franquear el umbral. Llevaba un vestido oscuro y ligero que resaltaba la claridad de su mirada mineral. Martín dio un paso hacia ella y notó que doña Eulalia lo retenía por un brazo.

—Me marcho, Yunuen —dijo él con viveza—. Me voy lejos y no tengo más remedio.

La tía continuaba reteniéndolo. Permanecía la joven inmóvil, contemplando a Martín sin despegar los labios. El azul cuarzo en sus ojos parecía sereno. Inalterable. No encontró allí emoción visible alguna.

—Si regreso, quiero que sepas...

Cerró Yunuen la puerta despacio, sin dejar de mirarlo mientras las palabras morían en los labios de Martín. Y desapareció así de su vista.

La tía le soltó el brazo.

—Deberías comprender nuestra situación —dijo.

Volvía a tutearlo y su tono era menos frío ahora. Pero ya daba igual. Sentía el joven un extraño vacío en el estómago. Movió la cabeza, afirmativo, sin hacer ningún comentario. Después dio media vuelta y salió de la casa.

Ante los faros, la carretera se veía sinuosa e incierta. La luz zigzagueante iluminaba la pista de gravilla y tierra, las curvas, los árboles y las rocas desprendidas con las últimas lluvias. El automóvil, un Peerless 25 en buen estado, avanzaba rápido, entre treinta y cuarenta kilómetros a la hora. El polvo, perceptible en la penumbra y el contraluz, penetraba bajo la capota molestando a Martín y Diana Palmer, que iban en los asientos de atrás. El chófer mexicano, un tipo locuaz llamado Silverio, manejaba con habilidad volante, freno y acelerador.

—Duerman si pueden, no se inquieten —había dicho al emprender la marcha—. Soy de Tlaxcala y conozco el camino... Si no tenemos averías ni pinchazos, que no los permita Dios, mañana a la anochecida estaremos en Veracruz.

Habían salido entrada la noche, con asombrosa facilidad, dejando atrás dos puestos de control militar donde el salvoconducto de la norteamericana facilitó las cosas. Y ahora, el automóvil, con ochenta litros de gasolina de reserva en dos bidones trincados en la parte trasera junto a las maletas y la rueda de recambio, recorría los casi quinientos kilómetros de ruta que separaban México capital de Veracruz.

—Descansen, señores —insistía el chófer, voluntarioso—. Duerman lo que puedan, que yo me ocupo.

Seguir su consejo no era fácil. A la molestia del polvo se sumaban los bocinazos que Silverio hacía sonar en las curvas sin apenas visibilidad, que eran muchas, y las canciones mexicanas que tarareaba para mantenerse despierto:

Díjome una mariposa
que no fuera bandolero,
que no me casara chico
y viera el mundo primero.

Diana, soñolienta, había intentado acomodar la cabeza en el hombro de Martín, pero el traqueteo del automóvil la incomodaba. Probó el joven a quitarse la chaqueta y ponérsela de almohada, pero eso no mejoró las cosas.

—Déjelo —dijo ella al fin, irguiéndose.

Volvió Martín a ponerse la chaqueta, que agradeció porque, además del polvo, por la capota penetraba el frío nocturno.

—¿Por dónde andamos, Silverio? —preguntó Diana.

—Más cerca que lejos de Texmelucan, mi doña. A unos sesenta kilómetros de Puebla.

—Es peligrosa esta carretera.

—Ay, no nos quejemos, señora... Las hay peores.

A veces el automóvil pasaba junto a jacales aislados o pueblecitos que en la oscuridad parecían lugares fantasmales. No había presencia humana ni luz alguna, excepto la de los faros y la escasa luna que asomaba entre los desgarros de un cielo negro, con pocas estrellas.

Silverio seguía atento a la conducción. Con un oportuno frenazo esquivó un caballo parado en la carretera, aparecido de pronto entre las sombras. Los neumáticos levantaron gravilla que golpeó los guardabarros con repiqueteo de metralla.

—Híjole —dijo.

Pero no perdió el control del volante. Salvado el obstáculo aceleró otra vez, silbando unos compases de la canción de antes. Al cabo se dirigió a sus pasajeros.

—¿Sabían que por este camino fueron los españoles de Veracruz a Tenochtitlan?... Por aquí mero, oigan.

Sin automóvil ni nada. A pie y a caballo, como ese que hemos estado a punto de quebrarnos, y nosotros con él.

Le dije a una mariposa
de las que hay en el Parián:
si no fueras cautelosa
jugaríamos un conquián
con tu baraja preciosa.

Canturreaba el chófer de nuevo, pendiente de la carretera, pero se interrumpió tras un momento.

—El señor es español, ¿no es cierto?

—Lo soy —respondió Martín.

—Ah, qué bueno. Porque yo, aquí donde me ve, soy malinchista. De Tlaxcala, como dije. De allí eran los indios que lucharon al lado de los españoles contra Moctezuma, que los tenía oprimidos... ¿Que no lo saben?

—Claro que sí —repuso el joven—. Los fieles aliados de Cortés.

—La mera verdad, sí señor. Fieles y requetefieles.

Reía el chófer, satisfecho. Y habló otra vez.

—Como tlaxcalteca, me gusta llevar a un español... Porque, con perdón de la señora por las palabras, entre ellos y nosotros, o sea, entre usted y yo, les dimos en la madre a todos esos cabrones.

Después de cinco horas de viaje, pasado el cruce de Puebla, Silverio detuvo el automóvil en una posada de carretera.

—Tengo sueño, mi doña, y eso no es bueno... También a ustedes les irá bien descansar un poquito.

Mientras el chófer rellenaba el depósito de gasolina y revisaba aceite y neumáticos para reemprender viaje al amanecer, Martín y Diana cenaron una sopa de tortilla y unos tamales fríos que les sirvió la soñolienta posadera. Sólo había una habitación para descansar: un cuartucho de paredes deslucidas, cuyo único mueble era una cama con un jergón de hojas de maíz y una manta maloliente y vieja.

—Podría ser peor —ironizó la norteamericana, resignada.

Dejaron las maletas en el suelo, retiraron la manta y se tumbaron vestidos uno junto al otro, a la luz escasa de una vela de sebo que ardía encajada en una botella. Pese al cansancio, a Martín el sueño le acudía con dificultad, pues eran muchos los acontecimientos y sensaciones que se atropellaban en su cabeza.

—¿No puede dormir?

—No.

A Diana, que a menudo respiraba fuerte, agitándose para cambiar de postura, parecía ocurrirle lo mismo. Acabaron conversando en voz baja, cerrados los ojos Martín, abiertos de vez en cuando para contemplar las vigas oscuras del techo, iluminadas apenas por el resplandor trémulo de la vela.

—¿Qué hará cuando lleguemos a Veracruz? —preguntó ella—. ¿Embarcará para España?

—No lo sé.

—Pues ya debería haberlo pensado, a estas alturas.

—No es fácil.

—Ya, claro... Supongo que no lo es.

—¿Y usted?

—Lo mío es sencillo. Me puse en contacto con el cónsul de Estados Unidos allí. Hay un barco que va a Nueva Orleans, con escala en Corpus Christi, Texas... Sale pasado mañana, y tengo reservado pasaje.

Se quedó callada. Seguían tumbados uno junto al otro, sin tocarse. Sólo en algún momento se habían llegado a rozar sus hombros al moverse.

—Quizá también debería tomar usted ese barco, que de Nueva Orleans sigue viaje a La Habana —prosiguió ella—. O cualquier otro que vaya a España... No sé por cuánto tiempo Veracruz será un lugar seguro.

—Tal vez ya no lo sea —apuntó Martín con calma.

—Puede que no, desde luego... En el puerto hay barcos de guerra para proteger a los súbditos estadounidenses. Pero no sé si eso incluye a otras nacionalidades.

—Aún me queda tiempo para decidir a dónde iré.

—¿Qué alternativa tiene?

No respondió Martín en seguida. Pensaba, intentando aclarar sus propias ideas.

—Siento curiosidad —repuso al fin.

—¿Curiosidad?

—Sí... No me gusta irme sin más, dejándolo todo atrás. Sin resolver.

Diana escuchaba con atención, admirada.

—¿Y qué es lo que puede resolver aquí?

Se mantuvo Martín en silencio, mirando las vigas del techo.

—Hace frío —murmuró ella.

—Sí, mucho.

—No quiero echarme por encima esa manta asquerosa... Podríamos acercarnos más el uno al otro, ¿no cree?

—Tiene razón.

Se acercó Diana, arrimando el cuerpo. Le pasó él un brazo por los hombros y ella apoyó la nuca, acomodándose contra su pecho a modo de almohada. Sus miembros eran largos y duros, pero también flexibles, firmes, de contacto agradable. Era una mujer, al fin y al cabo, pensó Martín. Nunca hasta entonces había pensado en ella de ese modo, o no demasiado; pero descubrió que le gustaba abrazarla. Sentía, complacido, su olor tan cercano, mezcla de suciedad del viaje, aroma de sudor y carne fatigada.

—¿Está mejor así?

—Oh, claro.

Estuvieron un rato inmóviles, escuchándose la respiración. Después habló ella.

—El otro día dijo algo que me dejó intrigada... Geometría, cuando el terremoto. ¿Recuerda?... Algo así como que todo era cuestión de geometría.

—Realmente no es difícil —repuso Martín con sencillez—. Una vez que te asomas al tablero, resulta fácil intuir las reglas.

—¿Intuir?

—Eso es.

—¿Reglas? ¿Tablero?... ¿De qué habla?

—Del jugador oculto. Ángulos, rectas y curvas.

Dijo eso con frialdad casi técnica y encogió los hombros.

—Hormigas —concluyó— bajo la bota de un azar desprovisto de sentimientos.

Diana estaba asombrada. Pareció estremecerse.

—¿Es lo que tiene en la cabeza mientras huye a Veracruz para que no lo maten?

Sonrió Martín. Era su deuda con México. Tal vez su deuda con la vida; con otro lado de la vida al que empezaba a asomarse —o más bien lo hacía desde tiempo atrás, cuando lo de Ciudad Juárez— de un modo nunca imaginado hasta entonces. Se podía ser feliz, decidió de pronto con íntimo desconcierto, incluso en el peligro y el caos. Incluso pasando frío en una posada de mala muerte, junto a una mujer apenas conocida y con un revólver en el bolsillo.

Ella lo había notado al abrazarse a él.

—¿Lleva el arma? —susurró, sorprendida.

Tampoco respondió a eso. La norteamericana lo observaba ahora con más atención. Su rostro estaba muy cerca del suyo y su respiración le rozaba el mentón sin

284

afeitar. Sintió deseos de estrechar más aquel cuerpo huesudo, duro, también flexible y atractivo. Diana pareció darse cuenta, advirtiendo la repentina tensión de él.

—Deberíamos —dijo apartándose ligeramente— dormir un poco.

Cerró Martín los ojos. Creo que no volveré a España, pensaba sereno. Si consigo embarcar en Veracruz, de algún modo, aún no sé cuándo ni por dónde, regresaré a México.

Volvieron al automóvil apenas amaneció, viajando bajo un cielo cada vez más gris entre cerros, quebradas y bosquecillos polvorientos, y al remontar las alturas pudieron ver el Cofre de Perote y el volcán Citlaltépetl, que se elevaban azules y plomizos a lo lejos. Poco después del mediodía la carretera empezó a embarrarse bajo una llovizna intermitente. Y a setenta kilómetros de Veracruz, junto a una casita de peones camineros, encontraron un control militar.

Al detenerse comprobaron que no eran soldados, sino rurales. Estaban malhumorados por hallarse a la intemperie, con el agua reluciendo en sus capotes de hule. Y no fueron amables. Mientras un par de ellos encañonaban a los viajeros y al chófer con carabinas, un receloso sargento se acercó a la trasera del coche y pidió los documentos. Su aliento olía a alcohol. Le entregaron las cédulas personales y el salvoconducto de la embajada estadounidense, y el rural lo revisó todo detenidamente.

—Español —concluyó, mirando a Martín.

—Así es —repuso éste.

Había ocultado el revólver bajo el asiento y procuraba mostrarse tranquilo, aparentando normalidad.

—¿A qué va a Veracruz? —inquirió el sargento.

—Asuntos de trabajo.

—¿Y la señora?

—Estoy citada con el cónsul estadounidense —respondió ella—. Y, como ve, tenemos un salvoconducto en regla.

El rostro moreno y bigotudo, salpicado de gotitas de lluvia, se había vuelto suspicaz. Señaló a Martín.

—El señor no tiene salvoconducto de ninguna embajada.

—No es necesario —dijo ella—. Hasta ahora, todo lo que...

—Bajen del coche.

—¿Perdón?

—Que se apeen, les digo.

Obedecieron. El chófer permanecía inmóvil, las manos sobre el volante y sin abrir la boca, procurando pasar inadvertido: el malinchista se transformaba en simple mexicano. Los rurales condujeron a Martín y a Diana hasta la casita y los hicieron entrar, quedándose ellos fuera. Dentro no había más que una mesa desvencijada, cuatro sillas, un catre, cajas de munición, dos botellas de pulque y un farol de queroseno. Olía a cerrado, colillas rancias de tabaco y ropa húmeda sucia.

—Siéntense.

Obedecieron de nuevo. El sargento se había quitado el capote, sacudiéndose el agua, antes de ocupar una silla al otro lado de la mesa. Revisó otra vez los documentos, abrió una libreta, sacó punta a un lápiz con una navaja y tomó algunas notas. Tras un momento dejó el lápiz y se recostó en la silla, mirándolos. Sobre todo a la mujer.

—Ustedes no van más allá de Rinconada. Deben reintegrarse a la ciudad de México.

Se estremeció Martín.

—¿Volver atrás?

—Así es. No puedo autorizarlos a seguir adelante. Con la señora —la miró brevemente— aún tengo mis dudas, porque tiene un documento de viaje... Pero lo de usted lo veo de color hormiga.

—Eso es un disparate.

El sargento lo observó torvo, de mala manera.

—Yo soy la autoridad, señor —había poca amabilidad en el *señor*—. Y si les digo que se regresen, pues se regresan y no hay plática que valga... ¿Me entiende?

Sopesó el joven los pros y los contras. Conocía a los mexicanos, y ése no era el camino. Decidió recular.

—Disculpe... Soy español, como ve. Un gachupín, como nos llaman aquí —sonrió un poco, pero el gesto se perdió en el vacío—. No conozco las costumbres.

—Las costumbres son que ustedes se vuelvan por donde han venido.

Intentó Martín pensar a toda prisa. Llevaba dinero que tal vez solucionase el problema, pero que también podía volverse en su contra. Todo dependía de la codicia de aquel individuo; de que se conformara con una cantidad razonable o, aprovechando la coyuntura, quisiera hacerse con todo. A fin de cuentas, poco iba a comprometerlo, en tiempos como aquéllos, decir luego que el automóvil no se había detenido en el control y lo habían parado a tiros. O cargarlo a la cuenta de un ataque de bandoleros. Ninguno de sus hombres lo iba a desmentir.

Miraba el sargento a Diana, y su hosquedad pareció relajarse un poco. Señaló una de las botellas.

—¿Un pulquecito, señora?

—No, muchas gracias.

—Ándele, que quita el frío... ¿De verdad que no?

—De verdad.

Sólo el dinero solucionaría aquello, concluyó Martín. No quedaba otra que arriesgarse. Intentó calcular la cantidad exacta, ni poco ni demasiado, que resolvería el problema. Lo que debía poner sobre la mesa con las precauciones adecuadas: una compleja combinación táctica de audacia y mano izquierda que dejara satisfechos el orgullo y la codicia del fulano.

Estaba a punto de hablar cuando Diana se volvió hacia él.

—Déjame a solas con el señor sargento.

Se sorprendió Martín. Era, además, la primera vez que ella lo tuteaba.

—¿Qué?

—Que salgas a tranquilizar al chófer. Dile que iremos en seguida.

Se mostraba muy seria y serena. Miró el joven al sargento, que escuchaba inmóvil, inexpresivo como una máscara indígena.

—No creo que... —empezó a decir Martín.

Lo interrumpió ella, hierática. Fría.

—Sal, por favor. Espérame con Silverio.

Se levantó Martín muy despacio, desconcertado. El sargento seguía mirándolo, y no apartó de él los ojos hasta que abrió la puerta y salió con los rurales, bajo la lluvia que arreciaba.

Los últimos kilómetros hasta la costa los hicieron por la carretera embarrada, deteniéndose de vez en cuando para que Silverio limpiase las salpicaduras de lodo y agua en el cristal del parabrisas. El chófer había enmudecido; ya no cantaba ni despegaba los labios. Sentados uno junto al otro, dando hombro con hombro cuando el automóvil traqueteaba sobre los charcos y baches, Martín y Diana se mantenían en silencio, mirando por las ventanillas el paisaje que las nubes bajas velaban de bruma gris. Ninguno había hecho comentarios sobre el incidente con los rurales desde que la norteamericana salió de la casita y subió al automóvil mientras el sargento ordenaba a sus hombres levantar la barrera.

Ella tenía las manos cruzadas sobre la falda y miraba afuera con obstinación. Sintió Martín la necesidad de alterar aquel silencio. Experimentaba un incómodo malestar: una especie de rencor vago, irracional.

—Tienes el vestido mal abotonado —dijo al fin, en voz baja.

Era cierto. Un botón de la parte superior no estaba en el ojal correspondiente. Tras un momento inmóvil como si no lo hubiese oído, sin dejar de mirar por la ventanilla, Diana se tocó el pecho, soltó el botón y volvió a ajustarlo.

—Tal vez habrías podido seguir sin mí —comentó el joven.

Tardó ella en responder. Lo hizo por fin, fría, sin inflexiones. Un tono opaco.

—Supongo que sí. Que habría podido.

—Creo que...

—No tiene ninguna importancia lo que tú creas.

Era aún de día cuando entraron en Veracruz. Seguía lloviendo y la ciudad tenía un aspecto desolado y triste.

Más que un hotel, el Paraíso era un oxímoron. Casi una pensión de mala muerte con pasillos estrechos y sucios, excusados colectivos y una absoluta falta de higiene. Pero aquello era mejor que nada. Los hoteles Diligencias, Imperial y México estaban llenos; no había otro lugar con habitaciones disponibles, pues la ciudad estaba repleta de refugiados y encontrar alojamiento resultaba casi imposible. Considerándose afortunados, Martín y Diana habían conseguido una habitación con balcón al exterior, situada ante el puerto: un cuarto pequeño amueblado con una jofaina, una cómoda desvencijada y una sola cama con un mosquitero lleno de agujeros. El recepcionista del hotel, un tipo sucio y sin afeitar que se rascaba legañas tras una mesa cubierta de moscas aplastadas, se había mostrado indiferente al inscribirlos en el registro como señor y señora Garret.

—Puedo arreglármelas con un colchón en el suelo —dijo Martín al llegar arriba.

—No seas tonto... La cama es grande y cabemos los dos.

Se asomaron al balcón, sin deshacer todavía el equipaje, y durante un rato contemplaron callados la bahía como si eso atenuase, o aplazara, la intimidad de la situación. La luz decreciente oscurecía las nubes y el mar color de plomo, dando contornos fantasmales al antiguo fuerte español de la bocana y a las siluetas de los barcos fondeados cerca, cuyas luces brillaban amortiguadas entre veladuras de llovizna gris.

Fue la norteamericana quien rompió al fin el silencio.

—Es tarde para ir al consulado... Busquemos algo que cenar. Estoy hambrienta.

—¿No hay toque de queda?

—Aquí, no —tras recogerse el cabello con horquillas, Diana había sacado un chal de la maleta y se lo colocaba sobre la cabeza y los hombros—. Veracruz es un puerto internacional... Vamos.

Encontraron una fonda cerca del palacio municipal. Cenaron jaiba rellena y guiso de pescado y pudieron acompañarlo con una botella de vino. Apenas conversaron mientras comían, ni tampoco cuando caminaron después bajo los soportales de la calle Lerdo, resguardándose del chispeo de agua que barnizaba el empedrado reflejando las escasas luces eléctricas. Iban el uno junto al otro, absorto cada cual en sus pensamientos: dos silencios prolongados y casi incómodos. De pronto, Diana suspiró y se detuvo.

—Necesito algo más fuerte que ese vino que hemos bebido.

Miraba hacia un local de buen aspecto, incluso elegante, situado al otro lado de la calle. Petit Paris, anunciaba el rótulo en el dintel. Dos grandes faroles dorados iluminaban la entrada.

—En las cantinas no permiten entrar a mujeres —objetó Martín.

—En ésa sí, la conozco. Ya estuve antes... Vamos.

Entró decidida, precediendo al joven, y pareció que accediesen a otro mundo: gente animada, rumor de conversaciones en varios idiomas, humo de cigarros, música de pianola. En una mesa cercana había oficiales de marina norteamericanos de uniforme. El local no era una simple cantina, sino café y despacho de bebidas moderno, más francés que mexicano: espejos art déco y pinturas de paisajes europeos en las paredes, un bonito mostrador de zinc, mesas de mármol, sillas de rejilla y camareros con largos delantales blancos. Los globos de luz eléctrica creaban un ambiente cálido, acogedor.

—Olvidemos México por un rato —dijo Diana, complacida.

Ocuparon una mesa. Hacía calor. Desenvuelta, ella pidió dos *mitjulip* y sonrió ante el desconcierto de Martín.

—¿No los conoces?

—No —confesó éste.

—Pues son especialidad de la casa... Si no te convence, también me tomaré el tuyo.

Llegaron las bebidas. Estudió Martín el contenido de su copa, que parecía medio líquido y medio sólido, ocupado por unas hierbas semejantes al perejil. Su aspecto le recordaba el té moruno. Preguntó si aquello se bebía, se comía o se chupaba, suscitando la risa de Diana.

—Es menta, vino de Jerez y azúcar quemado. Pruébalo.

Obedeció Martín. El *cocktail*, o lo que fuera, estaba muy bueno. Pidieron otros dos al camarero y se miraron sonrientes, satisfechos. Las últimas veinticuatro horas, la carretera de la capital federal a Veracruz, los inciertos días anteriores, parecían ahora lejanos. En la pianola sonaba *J'ai tant pleuré*.

—¿Ya decidiste qué hacer? —quiso saber ella—. Me refiero a mañana.

—Todavía lo estoy pensando.

Bebió Diana un sorbo y puso la copa en la mesa. Miró en torno y bajó la voz.

—Huerta es un animal. Estoy convencida de que estos días de sangre sólo son un aperitivo.

Se quedó inmóvil, mirando su bolso con desagrado.

—Esta noche me apetece muchísimo un cigarro —sacó del bolso la boquilla—. Y tú no fumas, claro.

Miró Martín alrededor.

—¿Crees que es correcto hacerlo aquí?

—¿Porque soy mujer?... Ay, por Dios. Además, estamos en Veracruz.

Hizo él ademán de llamar a un camarero; pero Diana se puso en pie, decidida, y sin vacilar se dirigió a la mesa de los marinos norteamericanos. Martín no pudo oír lo que decían, pero vio que ella conversaba desenvuelta y reían ellos, amables, invitándola a unírseles. Negó con la cabeza y señaló a Martín mientras decía algo que los hizo reír de nuevo. Uno le ofreció un cigarrillo oscuro y estrecho, y Diana lo colocó en la boquilla y se inclinó a encenderlo mientras otro de los oficiales le daba fuego.

—Simpáticos muchachos —dijo ella al regresar y sentarse—. Son del crucero *Tacoma*, que está fondeado en la rada.

Miraba a Martín con una mezcla de curiosidad y recelo. Al fin movió los hombros en ademán ambiguo.

—No suelo dar consejos, ¿sabes?... No es mi trabajo. Sólo soy una viajera que mira y luego cuenta lo que ve.

Asintió el joven.

—¿Pero?

—Hay que saber cuándo abandonar algo —repuso Diana—. Me refiero a personas o lugares.

Apartó la boquilla mientras se llevaba la copa a los labios.

—Eres joven —bebió otro sorbo—. Tienes un futuro.

—No estoy seguro. Al menos, de esa palabra.

—No comprendo... ¿Qué te ata a México? —lo estudiaba con atención—. ¿A esta tierra criminal y disparatada?

—Aquí he descubierto cosas.

—¿Sobre qué?

—Sobre la gente y sobre mí mismo.

—Válgame Dios.

—Hay muchas maneras de hacerse adulto. Quizá yo no lo era.

—También hay muchas maneras de hacerse infantil. Es una especialidad masculina, me parece.

Se detuvo un momento, chupó la boquilla y dejó salir el humo mientras torcía la boca en una mueca burlona y severa.

—México no es un juego, Martín. Aquí se muere.

Habían terminado la bebida. Pidieron otras dos copas y permanecieron callados escuchando la música. Sonaba ahora *Le temps des cerises*.

—¿Hablas francés? —preguntó ella.

—Muy poco.

La oyó canturrear en voz baja, casi pensativa, meciendo el cuerpo al compás de la música:

Mais il est bien court
le temps des cerises...

Calló al llegar el camarero bandeja en alto; y, con las dos copas en la mesa, habló de nuevo.

293

—Los hombres sois seres extraños. Vuestra capacidad de jugar resulta asombrosa... Es como si durante toda la vida, aunque envejezcáis, nunca acabaseis de renunciar a ella.

Parecía reflexionar sobre sus propias palabras, o tal vez sólo seguía atenta a la música. Después probó la bebida e hizo un ademán satisfecho.

—Está muy bueno. ¿De verdad te gusta?

Bebió Martín. Era el tercer *mitjulip*, y se sentía bien. Una suave euforia lúcida.

—Brutalmente infantiles, sí —insistió Diana de pronto—. Es la definición correcta.

—¿Es así como nos ves?

—Tengo mis motivos... Sois torpes, inmaduros y crueles. Con vuestros absurdos códigos de grupo y vuestras perversas lealtades.

—¿No ocurre lo mismo con las mujeres?

—En absoluto —rió seca, fría—. Nosotras estamos apegadas a lo real. Somos más prácticas. ¿No has visto nunca a dos niños pequeños, niño y niña?... Él suele ser un trocito estúpido de carne que se divierte con cualquier cosa. Ella es unos ojos que miran, que calculan. Antes de tener uso de razón, ya sabe que entra en un territorio hostil. Por eso lo hace cauta, evaluándolo todo. Con una lucidez instintiva de la que su hermanito varón carece.

Lo miraba apoyando un codo en la mesa, la boquilla con el cigarro humeando en alto, entre dos dedos. Parecía acechar en Martín los efectos de cuanto decía.

—Los hombres sois peligrosos por vuestra brutalidad —añadió, despectiva—. Las mujeres lo somos por nuestros silencios... ¿Comprendes lo que digo?

Vaciló el joven.

—Creo que sí.

—No te limites a creer, ten la certeza... Siglos de sumisión afilan cierta clase de armas.

Miró Diana alrededor. La gente que ocupaba las mesas contiguas. El camarero que cambiaba los cilindros de la pianola.

—No vas a marcharte, entonces —concluyó.

—Oh, sí, no te preocupes. No soy tan estúpido. Si puedo, subiré mañana a ese barco que va a Nueva Orleans, o a cualquier otro.

—Pero volverás.

—No lo sé. Quizá vaya a la frontera: El Paso. Dicen que la gente de Villa se anda reuniendo por allí, y que a Huerta se la tienen jurada.

—Te has vuelto loco. ¿Qué tienes que ver con eso?... Además, Villa odia a los españoles.

—A mí no me odia.

Asintió ella cual si hubiese esperado una respuesta semejante. La bebida y el tabaco parecían animar el brillo de sus ojos color canela. Suavizaban la dureza de sus rasgos.

—Hace tiempo me dijiste que tu padre era minero.

—Lo fue —asintió Martín—. Bajó a la mina con doce años.

—¿Vive todavía?

—Murió no hace mucho. Silicosis. Una enfermedad profesional, de los pulmones. También mi abuelo padeció de eso.

—Supongo que te costó mucho llegar a donde has llegado.

—No fue fácil.

—¿Y vas a tirarlo todo por la borda?... ¿A cambio de qué?

No respondió a eso porque realmente ignoraba la respuesta. Miraba silencioso la copa, apoyado en la mesa. Diana había terminado de fumar. Limpió la boquilla, la guardó en el bolso y puso una mano cerca de las suyas: firme, huesuda, de dedos largos, sin anillos. Uñas cortas y romas.

—No me digas que también eso es geometría —dijo.

—Podría serlo —Martín sonrió a medias, distante—. En cualquier caso, no me gusta que me echen de los sitios.

La norteamericana retiró la mano con brusquedad.

—Dios mío, es cierto... Eres un chiquillo. Sólo quieres seguir jugando.

Regresaron callados al hotel, escuchando el ruido de sus pasos bajo los viejos soportales. Había dejado de lloviznar y por un desgarro del cielo negro asomaba el resplandor de la luna con unas pocas estrellas. Al final de la calle llegó hasta ellos la brisa marina, que traía a la ciudad los olores peculiares del puerto y la bahía. Martín se sentía soñoliento, sereno, sin inquietud sobre lo que le reservaba el futuro. Era la suya una agradable fatiga. Una extraña paz con la noche, con el mundo y tal vez consigo mismo. Quizás el alcohol ingerido ayudaba a ello.

—*Mais il est bien court le temps des cerises* —dijo Diana en algún momento.

Fueron las únicas palabras pronunciadas cuando caminaban rozándose a veces los hombros, absortos en sí mismos. Y de ese modo, en silencio, llegaron al hotel, cogieron la llave que les entregó el vigilante nocturno y subieron despacio deslizando las manos por la barandilla, ella delante de él, hasta la habitación del último piso. Allí, tras asearse un poco en la jofaina, Martín redujo al mínimo la llama del quinqué de petróleo, apenas una línea rojiza dentro del tubo de vidrio, y en la penumbra del cuarto se volvió de espaldas para quitarse la camisa y los zapatos mientras, al otro lado de la cama, Diana se despojaba de lo superfluo para dormir.

—Buenas noches.

Ella tardó un poco en responder. Lo hizo al fin en voz baja y seca.

—Sí, claro... Buenas noches.

Apagó Martín del todo la luz y corrieron el inútil mosquitero para tumbarse en el colchón de lana, haciendo rechinar el somier mientras procuraban mantenerse lo más lejos posible uno del otro. Se cubrieron con la misma colcha.

—Si ronco, dame un codazo —dijo el joven.

—No digas tonterías.

—Pues yo pienso dártelo a ti.

Rieron los dos un instante y se quedaron callados, muy quietos. Durante un largo rato, sin moverse y con los ojos abiertos en la oscuridad, Martín estuvo escuchando la respiración suave y acompasada de su compañera. Demasiado regular o forzada, pensó, comprendiendo que tampoco la norteamericana dormía.

—Es corto el tiempo de las cerezas —murmuró él.

Tardó Diana en hablar. Tanto, que Martín llegó a pensar que estaba dormida de veras.

—Creía que no entendías el francés.

—Hasta ahí sí llego.

Callaron de nuevo. Otra vez siseaba el sonido tranquilo, demasiado regular, de la respiración de ella. Aunque no llegaban a tocarse, Martín sentía su proximidad, incluso el calor del cuerpo inmóvil de la mujer. Pensó en sus piernas delgadas, sus manos largas y firmes, el rostro anguloso, la fría calma de los iris color canela, y sintió una punzada de deseo masculino fuerte, seco y duro. El recuerdo del control de rurales en la carretera de Veracruz lo asaltó de pronto, sórdido; pero en vez de atenuar la sensación no hizo sino acentuarla. Había algo extrañamente físico, algo turbio y equívoco en todo aquello. En el recuerdo y en el presente.

Es corto el tiempo de las cerezas, pensó de nuevo. Después movió un brazo a un lado, bajo la colcha, hasta tocar la ropa interior femenina y, debajo, la carne tibia de la mujer, que permanecía quieta boca arriba. Apoyó con cauta suavidad la mano en su cadera, cerca del vientre, sin encontrar oposición ni tampoco provocar reacción alguna, y mantuvo la mano allí. Ni uno ni otro se movían, silenciosos y cómplices, esperando que todo ocurriese como era inevitable que ocurriera.

Al cabo de un rato, Martín despegó los labios.

—Creo que...

—Sí —dijo ella.

Abrió los brazos con naturalidad y él se acercó más, penetrando allí donde reinaba el olvido y no existían ni la tragedia, ni la noche, ni la muerte.

11. Más allá del río Bravo

Caminó por la banqueta de madera de la calle, a la sombra de los porches, sintiendo crujir los tablones bajo sus botas sucias. Estaba cansado, sin afeitar, aunque satisfecho de haber llegado a donde se había propuesto llegar. Llevaba una cazadora gringa de pana, un sombrero Stetson que había comprado en San Antonio y un bolso de viaje donde iban sus escasas pertenencias: un libro, algo de ropa blanca, un par de camisas y cuellos, el estuche de aseo y poco más. En un cinturón ceñido bajo el chaleco portaba también un fajo de dólares americanos y algunas monedas de oro. Y en el bolsillo derecho de la cazadora, el viejo revólver Orbea cargado con cinco balas.

Miró hacia arriba y a uno y otro lado, comprobando la dirección. Hotel Salón Galveston, señalaba el rótulo. Empujó la puerta batiente y cruzó el umbral, deslumbrado todavía por la claridad exterior. Apenas lo hizo, un fulano grandote, de mirada hosca, le cortó el paso.

—¿Qué se le ofrece, amigo?

Lo había preguntado en español, pero lo que centró la atención de Martín fue el objeto que acababa de apoyarle en el estómago: un cuchillo grande, reluciente y amenazador. Había otro individuo de aspecto parecido sentado junto a la pared, con una botella cerca. Los dos miraban con mucha atención al recién llegado. Rostros atezados, con ropas de ciudad desmentidas por su aspecto campesino. Mexicanos hasta el tuétano.

—Soy el ingeniero.

—¿Mande?

—Dígales que soy un amigo de Ciudad Juárez.

Lo contemplaba el del cuchillo, receloso. Evaluándolo despacio.

—Espérese tantito —dijo al fin.

Miró al otro, que se levantó con desgana, cruzó la habitación y desapareció por una puerta del fondo. El lugar estaba amueblado con cabezas de venado disecadas, unas cuantas mesas, sillas y un mostrador que hacía de barra de bar y recepción del hotel, desde donde observaba la escena, recostado en un aparador con botellas y vasos, un cantinero barbudo, rubio, de aspecto anglosajón.

—¡Újole! —exclamó una voz—. ¡Jijo de su repinche madre!

Genovevo Garza estaba plantado en la puerta, con cara de sorpresa. Su pelo y bigote eran más grises que en Parral, y la cicatriz de la cara parecía más oscura y profunda; pero los ojos negrísimos relucían complacidos. Sonrió Martín, dejando la bolsa de viaje en el suelo.

—Me alegro de verlo, mi mayor.

—Qué mayor ni qué chingados... Venga un abrazo, hombre.

Se estrecharon fuerte, palmeándose la espalda a la mexicana.

—Se han ido ustedes bien lejos —dijo Martín.

—Pa qué le digo que no, si sí. A la mera gringada. Pero más vale estar lejos que no estar —lo estudiaba con atención y afecto, de arriba abajo—. ¿De dónde nos cae, ingeniero?

—Es largo de contar.

—¿Tuvo que pasar la frontera, o viene a El Paso de visita?

—Un poco de todo.

Hizo el otro una mueca, comprendiendo al fin.

—Hubo que hacer rápido la petaca, ¿no?

—Algo así.

Se oscureció el semblante del mexicano.

—A otros no les dio tiempo... Según cuentan, asesinaron al señor presidente Madero, a su hermano Gustavo y a varios otros.

—Eso he oído.

—Suerte que pudo irse a tiempo.

—Sí.

Todavía se lo quedó mirando Garza un momento, grave. Después sonrió de nuevo, y con amistoso arrebato le pasó un brazo por los hombros.

—Ándele padentro. Hay quien se alegrará de verlo.

Lo condujo a la otra habitación. Había cinco hombres en torno a una mesa con restos de comida, colillas en ceniceros y botellas de licor. Martín conocía a dos de ellos. Uno era el impasible Sarmiento, con su catadura siniestra de indio flaco, seco y malencarado. El otro, corpulento, mostachudo, de pelo crespo y ojos color café, vestía pantalón charro y estaba en mangas de camisa sin cuello, húmeda de sudor y medio abierta sobre el torso: Pancho Villa en persona, bebiendo gaseosa. Al ver a Martín, el jefe guerrillero se echó atrás en la silla, sorprendido, antes de soltar una carcajada jovial.

—Ay, mamacita —exclamó—. El mero mero... Pásele, hombre.

Se levantó bruscamente y estrechó la mano de Martín. Después le dio un abrazo fuerte, poderoso.

—Qué gusto, amiguito. Qué sorpresota... ¿Cómo nos cae de sopetón por estos rumbos?

—Se les peló entre las patas a los huertistas —apuntó Garza.

Volviose aún más cálida la mirada de Villa.

—Ah, claro —chasqueó la lengua—. Esos desgraciados.

Condujo a Martín hasta la mesa, lo hizo sentarse y puso en sus manos un caballito de tequila lleno hasta el borde.

—Échese un trago, hombre. No le aunque. Trae cara de hacerle falta.

—Me hace —admitió Martín.

—Pos píquele nomás, y luego hablamos.

Bebió Martín. El alcohol bajó por su garganta hasta el estómago, ardiente, estimulante. Señalaba Villa una lata de cigarrillos gringos abierta sobre la mesa y el joven negó con la cabeza.

—¿Sigue sin fumar, amiguito?... Yo también, pero estos paisanos míos son puras chimeneas —miró a Sarmiento, guasón—. Sobre todo aquí, el apache... ¿No saludas al ingeniero, compadre?

Hizo el otro, sin mudar de expresión, un leve movimiento de cabeza. Sus ojos duros, ajenos a toda simpatía, permanecían fijos en el recién llegado. Como para compensar el desaire, Villa puso una mano en un hombro de Martín.

—Orita cuéntenos. Y despacio, ¿eh?... Pa que nos enteremos bien.

Sonrió Martín, pues el tequila bebido le animaba el corazón. Y empezó a contar. Se estaba bien, pensó mientras hablaba, con aquellos hombres rudos, sencillos y peligrosos como la vida. Ante los rostros tostados y bigotudos que escuchaban su relato con interés. Había regresado al fin, concluyó satisfecho, donde todo volvía a reducirse a esquemas elementales, con reglas fáciles de observar cuando se había pagado el precio por conocerlas: vida, muerte, lealtad, coraje y poco más. Allí todo parecía maravillosamente simple, y comprenderlo suscitaba en él un cálido orgullo. También era uno de aquellos hombres, decidió. Estaba de vuelta entre los suyos; y eso era importante, porque había creído no tenerlos.

Mientras le procuraban alojamiento —tarea difícil, pues El Paso estaba lleno de refugiados y gente en tránsito—, se acordó que Martín pasara la primera noche en la casa donde se alojaba Genovevo Garza, situada bajo el cerro, al final de Oregon Street. Fue el propio mayor quien se ofreció a ello, así que salieron juntos, caminando por la calle todavía animada a esas horas. Aunque pardeaba la tarde, había tránsito de carruajes y algún automóvil, y las tiendas seguían abiertas. Casi todos los rótulos estaban en inglés: Boot & Shoes, Sánchez Candies, Milwaukee Beer Co.... Entre las fachadas de los edificios, sobre los postes de luz, se cruzaban los cables de los tranvías eléctricos. Comparado con el Juárez que Martín recordaba al otro lado del Bravo, aquello era el mundo moderno. El próspero futuro.

—Vamos a volver pronto a México —dijo Garza.

Se sorprendió Martín.

—¿Cuándo?

—Nomás en cuanto se pueda. Mi general Villa se ocupa de eso.

—¿Con qué fuerzas cuenta?

—Ah, pos ya lo vio. Nosotros y alguno que anda por ahí.

Martín se detuvo en seco.

—¿Sólo una docena de hombres?

—Menos... Pero en pasando el Bravo se nos unirá la gente pal agarrón. El general ya estuvo platicando con Maytorena, Venustiano Carranza y otros de allá.

Seguía caminando el mexicano, y Martín se le unió de nuevo.

—¿Carga usté armas? —preguntó Garza de improviso.

—Mi viejo revólver.

—Mas mejor no lo enseñe mucho... A los gringos no les gusta que aquí nos andemos paseando con fierros.

—Entendido.

El mexicano lo miraba de soslayo, como queriéndolo adivinar.

—Y dígame un punto, ingeniero. ¿Vino a quedarse con nosotros?

—No lo sé... O en realidad sí lo sé.

Anduvieron un trecho sin que el joven dijera nada más. Al cabo se encogió de hombros.

—No tengo a dónde ir.

Se rascó el mostacho Garza, analizando aquello.

—Eso es muy novelero, oiga —concluyó, escéptico—. La gente como usté siempre tiene dónde, no como nosotros los muertos de hambre. Sabe escarbar piedras de las minas y poner barrenos, ¿o que no?... Tiene un trabajo y una patria.

—No estoy seguro de eso.

—¿Del trabajo?

—De la patria.

—Ay, chingao. No está bien que un hombre joven diga eso.

Habían llegado al final de la calle, donde se abría una explanada polvorienta que iba a morir al pie del cerro. Las últimas casas eran bajas, modestas. En una de ellas había ropa tendida delante y humeaba la chimenea.

—Aquí estoy bien, con ustedes —Martín se volvió al sur, hacia el río que la ciudad ocultaba—. En México, o tan cerca de él.

—¿Y qué tiene eso de acomodo, si me permite la pregunta?

—Es difícil de explicar, no sé —lo pensó un poco más—. Diría que ustedes los mexicanos están vivos.

—Güeno, estamos vivos mientras no nos afusilan o nos matan, que es lo corriente. Luego de eso, lo que estamos es muertos.

Se aproximaban a la casa cuando se abrió la puerta y salió una mujer con una cesta de mimbre para recoger la ropa tendida. Al verlos se quedó quieta, mirándolos. Vestía falda negra larga hasta los pies y corpiño blanco. Llevaba el cabello recogido en dos trenzas soldaderas, y al acercarse los dos hombres se cubrió la cabeza con el rebozo caído sobre los hombros.

—Vea quién llegó, Maclovia —dijo Garza, festivo.

No había cambiado desde que Martín la vio en Parral. El atezado rostro de india norteña —labios gruesos, nariz ligeramente chata y grandes ojos negros— permanecía inalterable. No mostró indicio de reconocimiento o bienvenida cuando el recién llegado la saludó quitándose el sombrero. Lo miraba indiferente, cual si aquella presencia inesperada no alterase la rutina de su vida.

—Esta noche dormirá aquí —dijo el mayor.

Hizo ella un ademán afirmativo y empezó a descolgar la ropa tendida y a meterla en el cesto. Invitó Garza a Martín a entrar en la casa, que era de piedra y ladrillo, con una mesa, algunos muebles viejos y las paredes sin enlucir, e indicó un cuarto separado del resto por una cortina donde había una manta y un jergón puesto en el suelo.

—Acomódese nomás, ingeniero. No es un hotel de lujo, pero está en su casa.

En la chimenea, suspendido sobre el fuego, hervía un puchero. Olía bien, a carne y legumbres. Mientras el recién llegado vaciaba su bolso de viaje, entró Maclovia, dejó la cesta con ropa en un rincón y se puso a remover el guiso con un cucharón de madera. Sólo mucho más tarde, cuando los dos hombres comían sentados a la mesa y la mujer les servía, advirtió Martín que ella lo miraba.

Salieron a dar un paseo después de la cena. La cercanía del desierto enfriaba la noche, así que Martín llevaba puesta la cazadora. A un lado, calle abajo, la ciudad se veía iluminada a trechos por los postes con luz eléctrica. Al otro, sobre la masa negra del cerro recortado en un halo de luna, las estrellas acribillaban de alfilerazos el cielo. Fumaba Genovevo Garza, y sólo se advertían de él la punta roja del cigarro bajo el ala oscura del sombrero y el bulto que se movía despacio, abrigado en un sarape.

—¿De verdad se proponen cruzar la frontera? —preguntó Martín.

—Muy de verdá, ingeniero. Mi general Villa no olvida lo de don Panchito Madero. ¿Que no sabe lo que hicieron?... Porque no sólo asesinaron al presidente y al vicepresidente Pino Suárez, sino que a don Gustavo, el hermano del presidente, lo torturaron y le pincharon el único ojo sano que tenía, antes de darle plomo. Y ora el gobierno caza maderistas como a venados.

—Pero Madero no fue muy agradecido con Villa.

—¿Y qué?... Son albures de la política, y Pancho esas cosas las entiende. Nunca, ni cuando estuvo preso, le tuvo rencor al señor presidente. Dice que es el único hombre honrado que conoció; pero que perdonaba a demasiada gente, y así le fue. Orita se lo llevan los diablos viendo cómo ese malagradecido Pascual Orozco, con su punta de colorados, se ha puesto de parte del tirano Huerta y sus pelones.

Anduvieron un trecho callados antes de que Garza hablara otra vez.

—¿Qué hará, ingeniero?

—¿Si Villa regresa a México, quiere decir?

—Ajá.

—Tal vez los acompañe, si me dejan.

—¿Sólo tal vez, dice?... ¿De qué depende?

No respondió Martín a eso. Ni él mismo lo sabía. Su única certeza era que estaba bien allí, entre aquella gente. Hasta el curso de su propia vida parecía suspendido en un asombroso paréntesis que lo eximía de responsabilidades. Desde que llegó a El Paso experimentaba la estupefacción, semejante a una droga suave, de un presente tan intenso que lo dispensaba del futuro.

—¿Y usted, mayor?... ¿Por qué sigue leal a Pancho Villa?

—Pos no sé. A algo hay que ser, ¿no?... O a alguien. Sin lealtá, los hombres semos menos que los puros animales —se detuvo como para pensarlo—. Además, desde que entré en la bola sólo he sacado los pies fríos y la cabeza caliente... Ni una tierrita tengo todavía pa mí y mi Maclovia.

—Pero una revolución necesita hombres, caballos, armas. Hace falta dinero.

Sonó la risa del mexicano.

—Es la verdá pelona, ingeniero. Así que en eso andamos... En eso estamos.

Otra vez se quedaron callados. Garza tardó en hablar de nuevo.

—Hay un asunto, oiga. Y a lo mejor me cae usté en el momento.

Esperó Martín, intrigado. Otra vez guardaba silencio el mexicano, cual si dudase en ir adelante.

—Llevo tiempo dándole vueltas —dijo al fin—, y verlo aquí me da una idea.

—¿Sobre qué?

—Darle fogata norteña a algo que me ronda... ¿Se acuerda del Banco de Chihuahua?

—No lo olvidaré en la vida.

—¿Y del oro que nos fregaron?

—También.

—Pos güeno, al final algunas cosas se van sabiendo. De poquito a poco.

—¿Y?

—Nada, pos eso. Que en la vida siempre alguien dice esto me dijeron, o esto me callaron. Y algún nombre tengo.

—Vaya.

—Sí, ingeniero. Vaya.

—¿Y qué dice Villa?

—El general no dice nada, porque sólo soy yo quien lo sabe. O lo sospecha.

Brilló por última vez la brasa del cigarrillo. Luego cayó al suelo y Garza lo aplastó bajo el pie.

—Cada cosa tiene su momento —apuntó.

—¿Y por qué me cuenta a mí todo eso, mayor?

—Porque le tengo ley. Cuando llueven plomazos se les agarra el carácter a los hombres. Y en Juárez y la barranca del Fraile vi cómo le llovían y no sacaba paraguas... Después en Parral, cuando nos pudríamos allí, vino a vernos. Y tampoco olvido que visitó a mi general Villa en la prisión.

Volvió a callar el mexicano. Chirriaba la grillada entre los matojos negros.

—Es un gallo fino, de los que no se rajan. ¿Cómo anda de montar a caballo?... Hasta orita nomás lo vi caminar.

—Me sostengo en la silla, que no es poco.

La luna asomaba más tras el cerro, dibujando relieves y sombras. Bajo el ala del sombrero, las facciones de Garza eran un perfil oscuro donde Martín sólo pudo vislumbrar un breve destello claro a la altura de la boca. Sonreía el mexicano, advirtió, como un coyote en la oscuridad.

—Tengo cosas en la calabaza, ingeniero. Algo que todavía no puedo contarle a mi general, y pa lo que necesito a alguien de confianza. De esa gavilla de cabrones, Sarmiento y los otros, me fío pa pelear, pero no pa otras cosas. Les confiaría mi vida, pero no mi dinero, si lo tuviera. Ni mi mujer... ¿Me explico?

—No mucho.

—Ya se lo iré aclarando tantito. Ora la pregunta es si vendría conmigo una de estas noches, a dar un paseo al otro lado de la frontera.

—¿Solos? —se sorprendió Martín.

—Sí, ingeniero, yo y usté. O casi solos... Porque igual, si hace falta un tercero del que fiarse, nos llevamos a Maclovia.

Tres noches después, Martín Garret, Genovevo Garza y Maclovia Ángeles cruzaron el río Bravo al amparo de las sombras por el vado de Cedillos, con el agua mojándoles los estribos de las sillas de montar, y cabalgaron despacio y en silencio hasta despuntar el día. El amanecer los encontró con el sol a la espalda, tumbados sobre una roca, vigilando un ranchito que se alzaba en torno a un pozo con brocal de piedra. Había también un cercado con media docena de animales, un cobertizo para el maíz y unas cuerdas tendidas con cecina secándose al sol. Más allá se extendía una milpa descuidada, con restos de cañas y hojas secas.

—Éitale —dijo Garza.

Dejaron sarapes y sombreros, cogieron las carabinas, acerrojaron cartucho y bajaron rodeando el cerrito, disimulados en los espinosos nopales. Se habían quitado las espuelas para no hacer ruido. El mexicano iba delante, con una canana de balas cruzada al pecho, pisando con cuidado de no remover piedras delatoras. Lo seguía Martín un poco atrás y a su derecha, procurando moverse del mismo modo, con un dedo sobre el guardamonte de la carabina aunque sin tocar el gatillo, como había aprendido a hacer casi dos años atrás en Ciudad Juárez. Tenía la boca seca y el pulso le martilleaba en los tímpanos. El sol, que amarilleaba los cerros y las copas de un chaparral cercano, aún no templaba el frío del amanecer; pero él no lo sentía. La tensión le caldeaba el cuerpo.

—No hay que matar al fulano —había prevenido Garza antes de que empezaran a moverse—. Pase lo que pase, no hay que matarlo.

Mientras avanzaba entre matas de zacatón grises y secas, el joven sentía a su espalda, cerca, la respiración de Maclovia Ángeles. El mayor había conseguido una carabina para cada uno y ella llevaba la suya, además del pistolón al cinto de otras ocasiones. Se volvió Martín a mirarla. La soldadera se había anudado un pañuelo en torno a la cabeza y su rostro no delataba emoción alguna. Caminaba tras los hombres con el arma lista, un poco recogida la falda mediante un nudo en la cadera sobre unas viejas botas de montar manchadas de grasa y polvo.

Al pasar junto al cercado un caballo relinchó por su presencia, de modo que se agacharon hasta quedarse de rodillas, inmóviles. Pero no hubo nada más, así que tras un momento reanudaron su avance. La casa tenía los postigos cerrados. Cuando los primeros rayos de sol alcanzaron el tejado, las moscas más madrugadoras empezaron a zumbar. Unas gallinas que iban y venían picoteando el suelo se apartaron a su paso.

—Cierre un ojo, ingeniero, no vaya a deslumbrarse —susurró Garza—. Ya hay mucha luz afuera y dentro estará oscuro.

Obedeció Martín. Caminar con un ojo cerrado aumentaba la sensación de irrealidad que le causaba aquella aventura. Habían llegado a un abrevadero de piedra donde Garza hizo señas a Maclovia para que permaneciera cubriéndolos. Apoyó la soldadera su carabina apuntando a la casa y se quedó quieta, a la espera.

Siguieron adelante los dos hombres, y estaban sólo a unos pasos de la puerta cuando de repente se abrió ésta, una mujer apareció con un cubo en cada mano y se los quedó mirando, asustada. Sin decir nada, mientras la mujer abría la boca para gritar, Garza se incorporó, corrió hacia ella, la apartó de un empujón y entró en la casa. Martín le fue detrás.

Una vez dentro, todo ocurrió muy rápido: chilló un niño de dos o tres años al verlos aparecer, corrieron al dormitorio y vieron a un hombre casi desnudo revolverse entre las sábanas, queriendo alcanzar el revólver que estaba junto al cabezal de la cama, dentro de una funda colgada en la pared. Sin darle tiempo para eso, Garza se le echó encima y le asestó un culatazo en la cara, con tanta violencia que lo hizo caer al suelo. Después le apoyó el cañón de la carabina en la cabeza, se volvió hacia Martín y moduló una mueca satisfecha bajo el bigotazo gris. Una sonrisa extraña que el joven no le había visto nunca.

—Póngase cómodo, ingeniero... Y relájese, que esto irá poquito a poco.

El niño seguía gritando en la otra habitación, aterrado.

Genovevo Garza era un interrogador paciente. Desde hacía media hora formulaba las mismas preguntas, sin mostrar enfado ante la ausencia de respuestas. Fumaba y preguntaba, aguardaba un poco y volvía a empezar.

—Probemos otra vez —le decía al prisionero—. A ver si orita se te aviva la memoria.

El otro mexicano era duro de pelar. No decía una palabra. Lo habían sacado fuera y lo habían amarrado de pies y manos a la cerca. Estaba descalzo y sólo llevaba un calzón que le cubría las vergüenzas, descubierta la cabeza. El sol ya daba de plano, cubriéndole el rostro y el torso de sudor. Era un norteño de piel tostada, pelo espeso y ojos achinados. Trazas de campesino o bandolero, concluyó Martín. Habida cuenta del arma en el dormitorio y de sus ojos duros e inconmovibles, más lo último que lo primero.

—Ándale, hombre —insistía Garza—. Si al final me lo has de platicar, ahórrate el trámite... ¿Pa qué andar a brincos, estando el suelo parejo?

Entre chupada y chupada al cigarro, el mayor abofeteaba al prisionero. Lo hacía desapasionadamente, sin ensañarse. Con mucha calma. Una o dos bofetadas recias, secas, cada vez. De vez en cuando le mostraba las monedas de oro que habían encontrado en un talego de piel dentro de un armario de la casa: seis maximilianos relucientes, idénticos a los del Banco de Chihuahua.

—Ya, paisano. Acabemos con esto y vámonos a la sombra.

El prisionero permanecía mudo. Sin despegar los labios ni para quejarse cuando Garza lo golpeaba. Tan callado como si no tuviera lengua. En ocasiones volvía los ojos hacia la casa, donde, después de traer los tres caballos y amarrarlos a la cerca, Maclovia Ángeles se había quedado vigilando a la mujer y al niño.

—¿Que no ves que no hay de otra, paisano?

Más bofetadas. Zumbaban los tábanos atormentando al hombre desnudo. Al fin, Garza pareció perder la paciencia. Se guardó el saquito de monedas en un bolsillo, arrojó la colilla del cigarro, suspiró hondo, y miró a Martín con desaliento, contrariado.

—¿Tiene el estómago delicado, ingeniero?

Parpadeó el joven, sorprendido.

—Depende.

—El amigo no es de mucho hablar, como ve... Así que puede usté hacer dos cosas: ir a la casa y relevarme a Maclovia, o echar una mano.

—¿En qué?

—En hacerle unos huaraches yaquis.

Lo pensó un momento el joven. Sonaba siniestro, pero no tenía elección. No en esas circunstancias, tras haber seguido a Genovevo Garza hasta allí. Ya le contaré tantito, había dicho el mayor cada vez que le adivinaba las preguntas. Ándese tranquilo, ingeniero, que a su tiempo yo le cuento. Desde que habían salido de El Paso al anochecer, a Martín le parecía moverse muy despacio a través de algo irreal. Miró los pies desnudos del prisionero y se preguntó qué tendrían que ver los huaraches, las sandalias campesinas, con todo aquello.

—Dígame en qué puedo ayudar —se decidió.

—Sujétele las piernas a este jijo de su pinche madre.

Obedeció confuso, sin comprender del todo. Agachándose Garza, con la misma postura empleada para herrar un caballo o quitar piedras de las herraduras, sacó el cuchillo y le rebanó al prisionero la planta de un pie, de los dedos al talón. Aulló de dolor el otro, retorciéndose y pataleando hasta el punto de que sus piernas escaparon de las manos de Martín. Eso arrancó un juramento al mayor, que se incorporó irritado.

—O lo hace derecho, ingeniero, o tráigame a Maclovia.

Se miraron con dureza. A Martín le temblaba la barbilla, atorado entre la vergüenza y el espanto.

—Esto es... —empezó a decir.

—México, ingeniero —lo interrumpió Garza—. No hace mucho dijo que le gusta México.

Seguía mirándolo severo, grave bajo el bigote gris. Con la cicatriz de la cara más marcada que nunca y una chispa de provocación en los ojos.

—No querrá —añadió secamente— andarse paseando como un turista.

Aquellas palabras, dichas en tono desafiante, las recibió Martín igual que un golpe. Aún se sentía espantado. Confuso. Una suerte de ebriedad sobria, sin haber probado una gota de alcohol. Sintió que le subía del estómago a la boca algo que se transformó en un salivazo ácido. Volvió a tragarlo sacudiendo la cabeza, asombrado de sí mismo, y respiró hondo mientras miraba en torno: la casa, los animales del corral, el paisaje desolado. Dos cuervos muy negros revoloteaban arriba, esperando su momento. Qué diablos, pensó, estoy haciendo aquí.

—No soy un turista —dijo al fin.

Asentía Garza, aprobador.

—Pos entonces agárrele nomás la otra pierna.

Permaneció sentado en el suelo, el sombrero inclinado sobre los ojos, la espalda contra el muro de la casa y la carabina atravesada en el regazo. Genovevo Garza se había alejado tras montar a caballo y enlazar a la silla una reata, al extremo de la cual iba atado de manos el prisionero.

Huaraches yaquis, pensaba amargo Martín. Sandalias indias.

Ahora sabía qué significaba eso. Había visto irse a jinete y prisionero, forzado éste a caminar detrás a tirones, pisando sobre piedras y espinos con las plantas en carne viva. Los dos se habían internado en el chaparral y el joven estaba sentado inmóvil, esperando mientras los tábanos zumbaban alrededor y se posaban en sus manos y cara, incapaz hasta de espantárselos. Aún sentía el sabor ácido del amago de vómito en la boca.

Se abrió la puerta de la casa y asomó Maclovia, que seguía con la pistola colgada al cinto y la carabina en las manos. Dentro se oía llorar al niño. Siguió ella en el umbral mientras observaba con desconfianza los cerros próximos, sin prestar atención a Martín. Al cabo le dirigió una mirada silenciosa.

—Huaraches yaquis —dijo él, respondiendo a la pregunta no formulada.

La soldadera estuvo mirándolo un poco más. Tenía, advirtió el joven, pequeñas gotas de transpiración en la frente, bajo el nacimiento del cabello, y también sobre el labio superior. Contempló con interés sus rasgos toscos, de un atractivo casi animal. El pecho que abultaba ligeramente la blusa húmeda de sudor.

—¿Por qué no fuiste con ellos?

Era la primera vez que lo tuteaba. Desde que se conocían, las pocas veces que ella le dirigió la palabra lo había hecho siempre de usted, a la mexicana.

Se encogió Martín de hombros.

—No es mi especialidad.

Entornó la mujer los ojos.

—Ay, pues. Eres un gachupín de manos limpias.

—No —replicó él tras pensarlo un instante—. Hace tiempo que me las ensucié.

Sonrió un poco ella: una mueca irónica, medio despectiva. Se apoyaba en el quicio de la puerta acariciando maquinalmente, sin prestar atención, la palanca de la carabina.

—¿Se ve más gacho cuando estás dentro?

Volvió a pensarlo Martín, con buena voluntad.

—No estoy seguro de estar dentro —decidió.

Maclovia había vuelto a mirar los cerros cual si no le importase lo que oía.

—Es mi segundo hombre —dijo de pronto.

Se sorprendió el joven. La mujer lo miró por fin, sólo un instante.

—Ya me tronaron a otro.

—Lo sé.

Ella pareció reparar en la carabina, pues la dejó en el suelo, apoyado el cañón en la puerta, para secarse en la falda el sudor de las manos.

—Una mujer necesita a alguien —murmuró.

Señalaba Martín la dirección por la que se habían ido el mayor y el prisionero.

—No hay muchos como él. ¿Qué harías si...?

Se detuvo al llegar ahí. Fue la mirada de Maclovia la que lo hizo callar. Al cabo de un rato la oyó suspirar para sus adentros. Después cogió la carabina y volvió a entrar en la casa.

Estuvo mirando Martín revolotear los cuervos sobre el vallado. Un poco antes del mediodía, con el sol muy arriba y las sombras reducidas al mínimo, vio a Genovevo Garza salir del chaparral cabalgando despacio. Venía solo.

También aquello, pensó estremeciéndose, era México.

Cuando Garza llegó ante la casa, detuvo el caballo y permaneció en la silla, sin desmontar, apoyadas ambas manos en el pomo. Se veía fatigado. Traía una costra de sangre seca, que no parecía suya, en una pernera del pantalón. Tras un momento se quitó el sombrero para enjugarse el sudor de la frente. No miró a Martín.

—Una mina abandonada, en la parte gringa —se limitó a decir—. Allá por Sierra Diablo, al otro lado del Bravo.

Cabalgaron mucho, sin descanso, con las riendas en la mano y las carabinas en fundas sujetas a la silla. Un día entero hasta su destino, y otro día y medio de vuelta hasta El Paso. Apenas reposaron en el camino; dormitaban sobre la silla, bajo las estrellas, y durante el día las sombras se acortaban y alargaban desde las patas de sus monturas.

Dolorido del trote y la molestia de la vieja herida, mirando la espalda de Genovevo Garza y la grupa del caballo que el mexicano montaba, dispuso Martín de tiempo para reflexionar sobre algunas cosas que había ido aplazando, inconexas en su cabeza, y que por fin se situaban en relación con otras. Tenían que ver con el pasado y el presente que conformaban al hombre que ahora creía ser. Por alguna razón que no lograba discernir con nitidez, en los últimos tiempos había dejado de mirar el mundo desde su propio interior para convertirse en testigo de sí mismo: alguien que, con asombrada distancia emocional, contemplaba el discurrir de las cosas cual si las mirase desde fuera y desde lejos. Con una ecuanimidad nueva, desprovista de emoción e incluso de sentimientos.

No se reconocía en eso, había llegado a pensar al principio, cuando los hechos se atropellaban en el desorden de lo nuevo. Pero lo que realmente le preocupaba, o desconcertaba, era reconocerse ahora justo en eso: la extraña frialdad, el modo nuevo con que los sucesos, incluso espantosos o violentos, aparecían ante su mirada. La asunción cada vez más serena de cuanto horror, dolor o incertidumbre proponía aquella natural combinación mexicana de la vida y de la muerte. Y así, sucesos que antes lo habrían espantado pasaban con facilidad el filtro de sus sentimientos, no adormecidos ni indiferentes, sino resignados. O tal vez sólo, al fin, lúcidos.

Sin haber cumplido todavía los veintiséis años, cabalgando entre Sierra Diablo y el río Bravo, Martín Garret se sentía como el aprendiz de ajedrez que, tras situarse cerca del tablero y observar el desarrollo de una partida implacable, empieza a comprender las reglas del juego.

—Usté que entiende de esto, ingeniero —dijo Pancho Villa, observando preocupado la galería—. ¿Lo ve seguro?

—Hasta cierto punto.

—Híjole.

Resonaban los pasos y las voces en la oquedad subterránea, que registraba los ecos hasta que se desvanecían lejos, en la oscuridad. La luz del hachón de ocote que sostenía Genovevo Garza iluminaba el pasadizo estrecho y sofocante. Los tres hombres habían llegado hasta allí tras recorrer un túnel con raíles de hierro y vagonetas oxidadas, para bajar luego por una antigua escala de travesaños inseguros. Los caballos habían quedado arriba, en la boca de la mina, guardados por Maclovia Ángeles ante un feo paisaje de tierra surcada de profundas brechas, pozos de aireación, escombreras y torres pardas de herrumbre.

Villa seguía inquieto. Miraba en torno y arriba cual si esperase que aquello le cayera encima de un momento a otro. La luz oscilante iluminaba su rostro tenso. Los ojos movedizos, temerosos.

—¿Y trabaja su mercé en sitios como éste, amiguito? ¿Eh? ¿Sin que lo obliguen?

—Trabajaba... Espero volver a hacerlo algún día.

—Ay, madre.

Hablaban en voz baja avanzando con cautela, atentos a esquivar los agujeros del suelo. A veces el hachón chisporroteante iluminaba herramientas y carretillas abandonadas, cubiertas de polvo entre piedras desprendidas del techo. A Villa la tensión lo tornaba locuaz.

—No vaya a tomarme por quien se arruga fácil, oiga... Pero una cosa es acabar allá afuera, echando bala como mero macho, y otra verse enterrado a oscuras.

—No creo que haya peligro —lo tranquilizó Martín—. Algunas vigas están podridas, pero el encofrado aguanta.

—¿El qué?

Indicó el joven los maderos que apuntalaban la parte superior y los costados del túnel.

—Todo esto. El armazón que impide un derrumbe.

—Ah, chingao.

Los precedía Genovevo Garza: hachón en alto, callado, atento a dónde ponían los pies.

—¿Estás seguro de dónde nos metemos, compadre? —le preguntó Villa.

—Del todo, mi general... Aquel fulano me cambió la información por la vida de su vieja y su escuincle.

—¿Y se lo cumpliste?

—Pos claro. Se lo juré, y un hombre no tiene otra que su rifle y su palabra. Allá los dejamos a los dos, en el rancho. Hasta le dije a ella dónde quedaba el cuerpo, por si quería darle tierra.

—Pero no le sacaste al finado señas de cómplices ni jefes.

—Ni modo, oiga. Y crea que lo apreté, pero ahí se le hizo de piedra la boca... Se lo puede certificar aquí el ingeniero.

Se volvió Villa a Martín y éste apartó la vista.

—Huaraches yaquis —se limitó a decir.

Asentía el jefe guerrillero, cruelmente aprobador.

—Éitale.

Garza movió la cabeza con desaliento.

—Menos pa platicarnos el rumbo de esta mina, pa lo demás estuvo requetemudo, el fulano.

—¿Ningún nombre?

—Ninguno. Se vestía por los pies, el jijo de tal.

—¿Y se allegaron aquí derechos, después?

—Cruzamos el río de vuelta, cabalgamos todo un día y vimos lo que vimos y lo que usté va a ver, mi general. No íbamos a irle sólo con habladas.

Rió Villa entre dientes, ilusionado.

—Ay, mamacita... Ay, ay.

Se volvió a mirar a Martín. El jefe guerrillero, advirtió éste, todavía parecía incrédulo a ratos, cual si no acabara de asumir tan inesperado golpe de suerte. Había abierto mucho los ojos, paralizado de sorpresa cuando al regresar a El Paso, cansados y polvorientos de cabalgar, Garza y él lo llevaron aparte para contárselo todo: la mina de Sierra Diablo, las cajas escondidas en una galería abandonada. El tesoro del Banco de Chihuahua. Cuando vio los seis maximilianos encontrados en el rancho y un cartucho de cartón con otras veinte monedas de oro de las halladas en la mina, Villa casi había gritado de alegría.

—¿Y está todo, dicen?

El mayor Garza alumbraba otro agujero del suelo, señalándoles el peligro.

—Eso no hay forma de saberlo, mi general, porque no nos quedamos a contarlo. Pero cuantimenos hay un chingo de oro, como verá tan luego.

—¿Y falta mucho?

—Estamos casi.

Oscureció Villa el gesto. De pronto parecía suspicaz.

—Naide habrá venido a llevárselo, ¿no?

—Ni modo —lo tranquilizó el mayor—. Dejé a mi Maclovia vigilando allá arriba, y ya la vio cuando llegamos. Lo que dijo.

—No dijo nada, compadre... Se nos quedó mirando callada, como siempre.

—Es su manera de hablar. Callándose.

—Pos si ésa es su manera, tu vieja habla por los codos.

Habían llegado a una barrera de maderos apilados sobre unas oxidadas vagonetas de hierro.

—Es güena mujer la tuya, mi Geno —añadió Villa.

—Pos sí, oiga. Pa eso tuve suerte.

Clavó Garza el hachón en el suelo. Villa miraba a uno y otro, intrigado. Se pasó la punta de la lengua por el filo del bigote mientras sus ojos brillaban de esperanza.

—¿Es aquí?

—Aquí mero.

—¿De verdá no me tantean, compadre?

—Niguas.

Cambió Garza una mirada con Martín y entre los dos empezaron a retirar los maderos y tablones medio podridos que cubrían las vagonetas.

—Debajo están las nueve cajas.

—¿Quesque no eran diez?

—Aquí sólo vimos nueve, mi general.

Una súbita desconfianza cruzó rápida el rostro del jefe guerrillero.

—¿Seguro?

Imperturbable, Garza no respondió a eso. Se limitó a mirar con fijeza a su jefe hasta que éste apartó la vista, arrepentido de la pregunta que acababa de formular.

—Es posible que se repartieran una —intervino Martín—. Fueran quienes fuesen.

Lo miraba Villa, ceñudo. Reflexivo. Agitó al fin la cabeza como si descartara pensamientos inoportunos.

—Lástima que aquel jijo de la tiznada no les contó más.

Después, tras escupirse en las palmas de las manos y frotarlas con vigor, ayudó a retirar los últimos obstáculos. Las cajas seguían allí, comprobó Martín, tal como Garza y él las habían dejado tres días atrás: rotos los sellos de lacre y plomo pero con el contenido intacto, las monedas metidas en cartuchos por los que asomaba el oro reluciente a la luz del hachón. En el mismo lugar donde las encontraron al bajar por primera vez a la mina y seguir el camino descrito por el hombre torturado en el rancho.

—Ay, ay, mamacita —repetía Villa, fascinado.

Con las manos llenas de monedas, sopesando los cartuchos, miraba a Martín y a Garza cual si no acabara de creer lo que ocurría.

—Compadre Geno, amigo ingeniero... Esto que han hecho no lo olvidaré en mi vida... Pudieron callar y quedarse con todo.

Movía la cabeza el mayor, ofendido.

—Pos ni de lejos, mi general —replicó muy serio—. Cómo chingados íbamos a poder.

—Épale. Vengan que los abrace.

Lo hizo uno tras otro, palmeándoles fuerte la espalda. Grande como era, fornido, parecía un oso feliz. Y aquella emoción, pudo comprobar Martín mientras Villa lo estrechaba entre sus brazos poderosos, era sincera. También advirtió con sorpresa que el brillo en los ojos del jefe guerrillero no era codicia, sino cólera hasta entonces contenida. Relumbres de venganza.

—Ora tenemos con qué empezar —le oyó decir—. Ora sí hay con qué pegarle fuego a México.

Lo hablaron tres días después, tras reunirse en un reservado del hotel Green Tree, a la luz de los globos de gas. Fue una cena cara, casi una fiesta con grandes filetes muy hechos, champaña francés y cigarros habanos. Estaban allí el indio Sarmiento y cuatro hombres más, aparte Genovevo Garza y Martín Garret. En ningún momento, ni durante la cena ni después, Pancho Villa habló del oro del Banco de Chihuahua. Se limitó a decir que había encontrado financiación: a cambio de futuras concesiones, un capitalista estadounidense facilitaba medios para entrar en campaña. Llegaba la hora de devolver los agravios al hoy presidente Huerta y vengar la memoria del difunto Madero. Había sublevaciones en Coahuila y Sonora, los jefes Carranza y Maytorena se alzaban en armas contra el gobierno reuniendo a cuantos lucharon contra Pascual Orozco, y el coronel Obregón se les unía con su 4.º batallón.

La bola echaba a rodar de nuevo y Villa no iba a dejar de entrarle a eso.

—Quien nos dio por acabados se equivocó de plano. ¿Que no entienden?... Mala yerba nunca muere.

—Pero semos pocos, mi general —objetó alguien.

—Ahí está la gracia, en jugársela con lo que hay... ¿Qué mexicano no ha puesto en su vida un peso al albur?

Lo discutieron hasta muy tarde: no lo de volver a la revolución, pues ahí todos estaban de acuerdo, sino el modo de hacerlo. A fin de cuentas, en El Paso eran sólo ocho hombres y una mujer, y su único equipo consistía en seis caballos, ocho rifles, una escopeta y nueve pistolas. Pero a cada objeción, exaltado y optimista, Villa golpeaba la mesa y subía el tono.

—Crecerá como un torrente cuando sepan que vuelvo. Soy Pancho Villa, cárajo... Por la mañana seremos treinta, a la noche cien, y al día siguiente tendremos un ejército —los miraba uno por uno, desafiándolos a contradecirlo—. Hay que mandar mensajes a nuestra gente: que las viejas preparen tasajo y muelan el mais, y los hombres desentierren los fierros que escondieron.

Tras decir aquello soltó una carcajada; y aunque nunca bebía, alzó una copa y bebió de golpe un buen sorbo. Su mueca cruel, observó Martín, hacía pensar en un animal hambriento y vengativo.

—Volvemos a campaña, muchachos —el jefe guerrillero se secaba el bigote con el dorso de una mano—. Y a esos piojosos les vamos a hablar por donde no se platica... Sobre todo a esa serpiente cascabel de Orozco, que fue el primero en traicionar a don Panchito Madero y hoy pone sus colorados a las órdenes del borracho Huerta.

Salieron por fin del hotel y se separaron fuera. Martín y Villa caminaban uno junto al otro mientras Genovevo Garza, unos pasos detrás, cubría las espaldas a su general. Cruzaron San Francisco Street evitando la plaza

323

iluminada con postes eléctricos, aún concurrida de gente y carruajes aunque ya era de noche. Todavía quedaban tiendas abiertas. Un automóvil los alumbró con sus faros y se alejó en una humareda de combustible quemado.

—Pinches carros gringos —gruñó Villa, molesto—. ¿Que no, ingeniero?... Poco hay mejor que un buen caballo. Una mujer, si acaso.

Caminaba el jefe guerrillero con pasos lentos y largos, las manos en los bolsillos y echado atrás el sombrero. Al pasar cerca de una luz se volvió hacia Martín, inquisitivo.

—¿Ya se decidió?... ¿Viene o se queda?

Aquello pilló desprevenido al joven. Había contado con tiempo por delante para pensarlo. Procuró salir como pudo.

—No soy mexicano, mi general.

—Tampoco lo era en Ciudad Juárez, y ya vio. O lo vimos todos.

—¿Me aceptarían con ustedes?

—Ni lo dude... Hace servicios que ya quisieran muchos, es de los que no se rajan, y en lo de Sierra Diablo se portó como un hombre.

Se había detenido Villa. Le golpeó suavemente con un dedo el pecho, sobre el corazón.

—Tiene cosas ahí dentro, amiguito. Cosas que me gustan —se dirigió a Garza, que se mantenía detrás de ellos—. Y a él también le gustan... ¿O no, compadre?

—Sí, mi general —confirmó Garza.

—¿A que le tienes ley a este gachupín?

—Mucha, mi general.

Villa había vuelto a caminar, y ahora llevaba a Martín cogido del brazo. Bajó la voz hasta el susurro.

—¿Imagina lo que podemos pagarnos en armas, parque, comida y gente con ese oro?... ¿Dejar de montar caballejos con estragos de garrapatas?

Doblaron la esquina de Franklin Street, iluminada bajo un gran anuncio de whisky Cedar Brook pintado en el muro. Confianzudo, Villa seguía cogido al brazo del joven.

—Usté conoce mañas de dinamitero y usa la cabeza —prosiguió—. En lo que vamos a hacer siempre tendrá sitio... Además, me visitó en prisión y tampoco olvidó a mi compadre Geno ni a su gente. Todos lo aprecian, ingeniero.

—No todos —replicó Martín.

—¿Lo dice por Sarmiento?... No se inquiete. A ese apache le caemos todos como pedradas en mala parte. No sonreiría ni a su familia, si la tuviera. Pero lo que yo respeto él lo respeta.

Se había detenido de nuevo, mirándolo de cerca. La luz de los postes eléctricos dejados atrás aún le perfilaba medio rostro bajo el sombrero.

—Anímese, hombre. Si vino a El Paso, será por algo.

—No tenía otro sitio a donde ir.

—Ah, qué usté. Curioso que diga eso. Hay toda una España pa recibirlo, si quiere. El mundo es grande y tiene estudios. No es un pelado muerto de hambre.

—No me refería a eso.

—Ya, claro... Sí. Comprendo a qué.

El extremo de la calle estaba en sombras, y a medida que se alejaban del centro podían ver mejor las estrellas entre las fachadas de las casas. De un edificio con ventanas iluminadas y aspecto de salón o burdel salía música.

—Es uno de los nuestros —afirmó Villa.

La penumbra disimuló la sonrisa escéptica de Martín.

—No estoy seguro de ser de nadie.

—Ándese con nosotros y lo verá —Villa se volvió hacia el mayor Garza, que seguía caminando detrás—. Díselo tú, compadre.

—¿Qué debo decir, mi general?

—Convence aquí, al señor, que se deje de chingaderas y se nos junte.

—Ya oyó, ingeniero —dijo el otro—. De plano se lo pide Pancho Villa.

El jefe guerrillero apoyó una mano en un hombro de Martín: fuerte, pesada, segura de sí. Hecha para llevar las riendas de un caballo y manejar una pistola.

—Dígame... ¿No le tienta ser revolucionario?

—Ya lo fui.

—Pos séalo otra vez, carajo.

Calló Martín sin saber qué replicar a eso. Comprendía que cualquier palabra que pronunciase aquella noche, en un sentido u otro, iba a marcar el resto de su vida. Y ante ciertas cosas era imposible volverse atrás. Quizá, concluyó, debería concederse más tiempo. Reflexionar en frío. Pensarlo un poco.

Pero insistía Villa, urgiéndole.

—Niégueme, si puede, que la palabra es bonita: *revolución*.

—Lo es —concedió el joven.

—La más hermosa del mundo —el otro se volvió de nuevo a Garza—. ¿Que no, mi Geno?

—Es la pura verdá, mi general. Sin ella sólo somos bestias con amo.

—¿Oyó eso, amiguito?

—Lo oí.

—Podrá contárselo a sus nietos, cuando los tenga: estuve con Villa, que no admitía a cualquiera... Decirles que fue uno de los hombres leales que cruzaron el Bravo.

Todavía intentó Martín retrasar el compromiso. Dejarse una vía alternativa por si al día siguiente, a la luz del sol, viese las cosas de otro modo. Una vez diera su palabra no habría vuelta atrás. Así que hizo el último intento.

—No sé si seré capaz —aventuró.

La carcajada de Villa, atronadora, parecía estremecer la calle.

—¿Capaz, dice?... Nació pa esto, ingeniero. Pa andar en la bola. La balacera lo pone caliente... Se lo digo yo, que hasta hace poco no sabía leer ni escribir, pero que de caballos, viejas y hombres entiendo un rato.

Se detuvo otra vez como si acabase de recordar algo. Martín lo vio introducir dos dedos en un bolsillo del chaleco. Algo dorado relució entre ellos, y sintió en su mano el peso de una moneda de oro.

—Le debía esto, me parece. Y al fin puedo devolvérselo... No piense que Francisco Villa olvida una deuda.

Cuatro días después, en la medianoche del 23 de marzo del año 1913, un jinete solitario cruzó el río Bravo por el vado de los Partidos, con el agua a la altura de la cincha del caballo. Hacía frío y se cubría con una chamarra de piel de venado cuyo cuello rozaba por detrás el ala ancha de su sombrero. Una vez al otro lado, el jinete exploró la orilla, se adentró entre los árboles hasta asegurarse de que no había nadie en las inmediaciones y regresó al río. Allí, puesto de pie en los estribos y haciendo bocina con las manos sobre la boca, emitió un sonido ronco y después agudo, entrecortado, que imitaba el aullar de un coyote. Apenas había un ápice de luna en el cielo estrellado, pero fue suficiente para que en la orilla opuesta se destacaran las siluetas negras de otros ocho jinetes, que uno tras otro fueron internándose en el cauce oscuro y manso del río que separaba México de los Estados Unidos. La última de esas sombras llevaba un sombrero tejano Stetson, una cazadora de pana, un viejo revólver al cinto y una carabina Winchester enfundada en la silla de montar, bajo la pierna derecha. Era el español Martín Garret Ortiz, que esa misma noche cumplía veintiséis años.

12. Los cerros de Zacatecas

Las granadas estallaban sobre Zacatecas en forma de nubecillas de color azafrán, escupiendo granizadas de reluciente metralla sobre los federales encogidos en barricadas y trincheras. Retumbaban los cañonazos entre el crepitar del tiroteo, semejante a innumerables troncos de leña que crujiesen al fuego. Una ametralladora tableteaba a lo lejos, insistente, monótona. Desde la silla de su caballo —una desgastada McClellan del ejército estadounidense—, Martín alcanzaba a ver los fogonazos de la artillería federal que disparaba desde el cerro de la Bufa y sus impactos en las líneas revolucionarias: resplandores fugaces, surtidores de tierra, polvo y humareda, cuyos estampidos repetía el eco en las cañadas.

—¡Vean, muchachos! —exclamó Genovevo Garza—. ¡Los pelones se repliegan al Grillo!

Sonaron gritos de alegría entre el centenar y medio de jinetes que esperaba al resguardo de una ranchería de la que sólo quedaban en pie algunos muros de adobe. Se ganaba la batalla, pero despacio y a costa de enormes pérdidas, pues el enemigo, bien fortificado, resistía tenaz. Habían caído ya los cerros de Loreto y la Sierpe, y por la ladera de este último se veía correr cuesta abajo, como puntitos semejantes a rápidas hormigas, a los federales que habían estado defendiendo la cima, de donde escapaba menos de un centenar. La bandera tricolor, la constitucionalista, ondeaba arriba.

Se volvió el mayor Garza a Martín, mirándolo satisfecho.

—¿Qué le parece, ingeniero?... ¿Los estamos quebrando o no?

—Del todo.

—Ya se lo dije, compadre.

—Sí.

Se pasó Martín una mano por la cara, y los pelos del mentón sin afeitar le rasparon la palma. Tenía las botas, las espuelas y los pantalones manchados de barro de las últimas lluvias. A su alrededor notaba el olor de los caballos mezclado con el de su propio cuerpo: estaba sucio y fatigado por dos días de sobresaltos y escaramuzas, tras llegar a Zacatecas en uno de los trenes de la División del Norte. Después de los tanteos y combates preparatorios, el asalto formal a los cerros fortificados que circundaban la ciudad no había empezado hasta las diez de la mañana; pero Martín luchaba sin reposo desde la víspera, tras dinamitar dos puentes en la carretera de Guadalupe y dejar fuera de servicio durante la madrugada, al amparo de la oscuridad y la niebla nocturnas, un extenso tramo de vía próximo a la estación del ferrocarril, en la línea utilizada para traer refuerzos por las tropas federales.

Llegaron muy seguidos dos proyectiles de artillería enemigos: uno pasó sobre las cabezas de los jinetes con un sonido prolongado, semejante al rasgar violento de una tela, y otro estalló cerca levantando una polvareda de piedras y tierra. Algunos caballos piafaron inquietos, pero el de Martín se mantuvo impasible, limitándose a cabecear un poco: era un bayo de ocho años, fuerte, tranquilo, con una bonita línea negra de la crin a la cola, acostumbrado a la guerra. Lo había adquirido el año anterior por ciento veinticinco pesos en Chihuahua, al entrar en la ciudad con las tropas de Pancho Villa, y lo había montado en la primera y segunda toma de Torreón y en la batalla de Tierra Blanca. Se llamaba *Láguena*.

—Ahí viene Raúl Madero —dijo alguien.

Había empezado a soplar viento: las rachas movían las ramas de los mezquites y doblaban las alas de los sombreros. Apareció el hermano del presidente asesinado, cabalgando con su escolta. Reventaban granadas en el aire, y cada vez que oían llegar chirriando un bote de metralla, todos agachaban la cabeza. El recién llegado se dirigió a Genovevo Garza y tiró de las riendas. Traía los cristales de las gafas empañados de polvo.

—El general Villa me ordena atacar El Grillo, pero necesito refuerzos.

—Me tiene a su disposición, mi coronel.

—Los federales mandan gente al cerro desde las trincheras de Las Peñitas. ¿Puede estorbárselo con su batallón?

—Pos claro, descuide.

—En cuanto el enemigo afloje en el cerro, desbaratamos su resistencia en todo Zacatecas.

—Orita les caemos, mi coronel.

Mientras el otro se alejaba, dirigió Garza una despaciosa mirada al terreno por recorrer. Sólo veía en él, comprendió Martín, lo que necesitaba ver. Después habló a los suyos.

—Ya oyeron, muchachos, aprevénganse... Vamos a entrarles a esos muertos de hambre.

Ofrecía el mayor, apreció Martín, una recia estampa de guerrero: cananas de balas cruzadas al pecho, sombrero echado sobre los ojos, la cicatriz que le sesgaba la cara y el mostacho gris, cubierto todo de una capa de barro seco, polvo y humo de pólvora que blanqueaba arrugas como cuchilladas. Se había vuelto a mirar al joven con una complicidad estrecha y vieja, y su gestó no era una pregunta. Habían combatido juntos demasiadas veces y eran innecesarias ciertas palabras.

—Por supuesto —repuso Martín a lo no formulado.

—Pos píquele, compadre, que se nos enfría.

Arrimó espuelas el mayor, hizo Martín lo mismo, y con ellos empezó a moverse despacio el escuadrón de jinetes que los acompañaba: eran los llamados dragones o guías de Durango, caballería de exploración de la brigada Villa. La infantería —rifles y carabinas, calzones de manta, sombreros anchos de palma— estaba un poco más allá, tendida en el suelo, buscando ofrecer el menor blanco posible a la artillería. Había cadáveres tirados entre los arbustos y las peñas, semejantes a montones de ropa vieja.

—¡Arriba, hombres! —voceó Garza—. ¡No vayan a creer esos pelones que nos arrugamos!

Se iban incorporando a su paso, avanzando detrás. Contornearon el cerro enemigo dejándolo a la izquierda mientras desde arriba, escalonados en la pendiente, los federales empezaban a tirar con intensa fusilería. Zumbaban las palomillas de plomo y algunos cayeron alcanzados. Un jinete que iba a la izquierda de Martín se inclinó sobre el cuello del caballo y, silencioso, sin despegar los labios, se deslizó de la silla al suelo.

—¡Aviven! ¡No se la pongan fácil a esos jijos de tal!

Los de a pie corrieron y los jinetes pusieron al trote sus monturas. Desde arriba llegaban ahora plomazos espesos como un enjambre de insectos furiosos. Caían hombres y caballos. Más allá del cerro y las trincheras federales, tras las pencas de maguey desmochadas por las balas, podía verse una parte de la ciudad: casas altas, torres de iglesias y humaredas lejanas que se alzaban verticales para mezclarse con nubes bajas y restos de la niebla que aún no se disipaba del todo, grisácea por la bruma de la pólvora quemada.

—¡Avívense!... ¡Arriba Villa, muchachos!

Cuando sonó el clarín y pasaron al galope, el estruendo de cascos de caballos, explosiones y disparos se volvió ensordecedor. Cabalgaba Martín separados los estribos y corvo sobre la montura, arriscado el sombrero y apretados los dientes, tenso como si los músculos se volvieran tiras de cuero mientras rondaban las balas enemigas. De reojo veía en lo alto del Grillo y la Bufa resplandecer los fogonazos de los cañones como reflejos de espejitos diminutos, oía reventar granadas sobre su cabeza y no pensaba sino en seguir picando espuelas, avanzar sin que lo mataran hasta que Genovevo Garza ordenase alto, desmontar y combatir pie a tierra, a la dragona. No sentía otro miedo que el habitual al hierro caliente y la mutilación, ni otra audacia que la común resignación del soldado. Pocos habrían reconocido al joven ingeniero de minas que por primera vez se asomó a la guerra en Ciudad Juárez en aquel hombre flaco y duro, tostado por el sol, capaz ahora de percibir los complejos matices del peligro y la muerte con los ojos y los oídos. Con el instinto, no con la razón. A fin de cuentas, desde que había cruzado el río Bravo con Pancho Villa, de San Andrés a Zacatecas, aquél era su undécimo combate.

Al ver aparecer a los jinetes, los soldados federales que desde la ciudad se dirigían al cerro se detuvieron y empezaron a regresar a las trincheras. Punteaba el paisaje de uniformes caquis retrocediendo en desorden mientras sus oficiales intentaban contenerlos y hacerles seguir adelante. Sonó el clarín en ese momento, y Martín, como los demás jinetes incluido Genovevo Garza, extrajo el rifle de la funda, descabalgó, y con la rienda sujeta al brazo izquierdo cortó cartucho y empezó a tirar protegiéndose en el cuerpo de su caballo. Lo hacía despacio, como había aprendido, sin precipitarse, tomándose tiempo entre disparo y disparo, buscando con calma a qué enemigo apuntar para hacer mejor blanco. Abría la boca para que los estampidos del arma no le maltrataran los tímpanos, respiraba hondo, retenía el aliento y volvía a hacer fuego. Y cuando veía desplomarse las figurillas caquis, por sus disparos o por los de sus compañeros —a ciento cincuenta metros resultaba imposible saber quién acertaba a quién—, sentía un regocijo íntimo, cruel, hecho de satisfacción por matar y de alivio por seguir vivo.

Alcanzaba la infantería a los jinetes, y la lluvia de plomo combinada de unos y otros enterró a los federales en las trincheras. Al descubierto ya sólo se veían cadáveres y heridos que se arrastraban buscando protección y eran rematados a tiros, sin piedad. Cuando Martín, medio agachado, apoyó la espalda en el flanco de su caballo para recargar el rifle, dirigió la vista al Grillo mientras introducía los cartuchos uno a uno. Por una ladera se veía ascender penosamente a la infantería revolucionaria y por la otra bajar a los federales que habían defendido la cumbre. El cielo se despejaba un poco hacia el este, tornándose azul, y en él se alzaban columnas de humo gris. Estremeciéndose, el joven recordó los gritos de los jinetes que, atrapados en las primeras cargas del día bajo sus caballos muertos, se habían quemado vivos entre los arbustos incendiados por los cañonazos.

Genovevo Garza, que estaba cerca y también recargaba su carabina al resguardo del caballo, le dirigió a Martín una risotada triunfal bajo el mostacho tiznado de pólvora.

—¡Se rajan los pelones, compadre! —gritó.

Asintió el joven, sintiendo que el gozo le estallaba dentro como una granada. Sus ojos de veterano habían reconocido la señal: el incendio de edificios que, por parte de los federales, acompañaba siempre a la evacuación de pueblos y ciudades.

Bajo la luz de un espléndido ocaso, Zacatecas era una matanza. La estación de ferrocarril parecía un cementerio a cielo abierto —el coronel que la defendía fue fusilado apenas se rindió— y la calzada de Guadalupe, por donde los huertistas quisieron escapar sin conseguirlo, negreaba de hombres y caballos muertos, de uniformes que los fugitivos se quitaban intentando huir de la carnicería. Al final, cada uno había procurado salvar su propia vida. Pero no sólo eran los cerros y el camino de Guadalupe: también en la ciudad, entre los cadáveres, se veía mucha población civil, incluso mujeres y niños. El Palacio Federal y el Teatro Calderón estaban en ruinas. Había destrozos y escombros por todas partes, heridos y muertos sobre charcos de sangre tirados en las aceras, bajo los soportales y amontonados en las plataformas de dos tranvías detenidos en medio de la calle.

Pasada la tensión del combate, aturdido por la resaca de la pólvora pero dichoso de hallarse vivo y sin heridas, Martín lo observaba todo con frío estupor. Caminaba por el centro de la ciudad con su caballo de la rienda, mirando a un lado y otro. Exasperados por la resistencia enemiga, los revolucionarios vengaban a sus muertos con cuanta cólera, crueldad y vileza es capaz de albergar el ser humano. Los héroes de la jornada se tornaban asesinos en el crepúsculo: se mataba para conseguir alcohol o comida, para robar y violar. Tras invadir hoteles y cantinas, bandas de revolucionarios celebraban la victoria destruyendo, saqueando, entrando en las casas a sangre y fuego mientras resonaban descargas de piquetes de fusilamiento. A ningún jefe, oficial o colorado de las tropas de Orozco se le perdonaba la vida aunque se rindiera, y hasta soldados rasos, sacados de sus escondites en casas, iglesias y hospitales, eran asesinados a mansalva.

—Hola, dinamitero.

Con la última luz, más allá de las ruinas humeantes del Palacio Federal —también había una casa en llamas que crepitaba cerca sin que nadie hiciera nada por atajar el incendio—, Martín se encontró con Tom Logan. El mercenario norteamericano estaba sentado en un banco de la plaza con una caja de whisky Wilson y un maletín entre las polainas. Tan sucio y polvoriento como Martín, fumaba un cigarro de mariguana mientras miraba a unas mujeres —había llegado un tren revolucionario y las soldaderas, algunas con hijos a cuestas, se desparramaban por la ciudad sumándose al saqueo— disputarse una máquina de coser ante la hermosa filigrana de piedra de la catedral española. Algunas vestían prendas de ropa robadas de las tiendas. Se pegaban e insultaban con violencia, y Logan las observaba divertido.

—Me encanta este disparate —dijo—. Habría que inventar alguna palabra para definirlo.

—Guerra —apuntó Martín.

—Sí, claro... Guerra.

Se habían encontrado otras veces durante la campaña, reconociéndose. Logan, licenciado después de Ciudad Juárez, volvió a incorporarse a las tropas villistas durante la primera toma de Torreón. En el intermedio, sostenía, había trabajado en un rancho de Arizona, pero esa vida no le acomodaba. Y al saber que Pancho Villa entraba de nuevo en campaña, volvió a México para unirse a la División del Norte. El veterano de la guerra de Cuba seguía siendo experto en ametralladoras, y tenía a su cargo una sección de tres máquinas Hotchkiss y una Colt servidas por una docena de voluntarios ingleses y norteamericanos. Durante la batalla por Zacatecas, dijo, había estado en el ataque a la estación del ferrocarril y el panteón del Refugio.

—Ha sido duro, ¿eh? —comentó Logan.

—Más o menos.

—Perdí a tres de mis ametralladores... ¿Qué tal te fue a ti?

Palmeaba el banco a su lado, invitándolo a sentarse. Ató Martín la rienda del caballo en el respaldo de hierro, se quitó el sombrero, movió la pistola enfundada que llevaba al cinto, para que no incomodase, y ocupó el lugar ofrecido.

—Pudo ser peor —dijo.

—Sí, ¿verdad? —sonreía el otro, sarcástico—. Siempre puede ser peor.

Agachándose con el cigarro entre los dientes, extrajo una botella de la caja, le quitó el corcho y se la pasó a Martín. Aceptó éste: el trago largo le quemó la garganta y avivó los sentidos. También bebió Logan.

—Dicen que Huerta está acabado —dijo.

No estaba el joven seguro de eso. Miraba alejarse a las soldaderas, que perseguían furiosas a la que cargaba con la máquina de coser.

—En México nada acaba del todo. Siempre vuelve a empezar.

—Eso es verdad. Y menuda locura, ¿no? —Logan hizo un movimiento semicircular con la mano que sostenía la botella, abarcando la plaza y la ciudad—. No hay quien detenga esta barbaridad.

—Se desahogan —opinó Martín—. Han sufrido mucho.

—Hemos... También tú y yo.

—Tal vez nosotros, extranjeros, veamos la vida de otra manera.

—¿Eso crees?

Bebió el gringo otro trago y señaló con el pulgar a su espalda, sin volverse.

—Ahí mismo he visto a varios de los nuestros sacando a rastras a una mujer para violarla. Jovencita, ¿eh?...

Casi una niña. Hija de huertistas, decían. Conocía a uno de ellos, y me invitó a unirme a la fiesta.

—Pero no lo hiciste.

—No es mi estilo —Logan lo miraba con curiosidad—. Tampoco el tuyo, me parece.

—Hay quien te reprocharía no haberlo impedido.

Emitió el otro una risita cínica.

—Nadie aquí me echaría en cara eso... Mi pasividad.

—No hablo de aquí. Aunque a veces parezca increíble, hay otros mundos además de éste.

Se rascó Logan las patillas pelirrojas. Puso el tapón a la botella y la metió en la caja.

—¿Crees que debería haber intervenido? —ahora fruncía las cejas, pensativo—. ¿Haberles dicho a esos animales borrachos que violar a mujeres está mal?

—Claro que no. Arriesgabas que te pegasen un tiro.

—Eso pensé. Así que me vine con mi whisky y mi botín aquí, a tomar el fresco. Tú habrías hecho lo mismo.

Lo meditó brevemente Martín.

—Sí —dijo.

El otro había abierto el maletín y le mostraba el contenido: cubiertos de plata, un par de relojes, algunas alhajas de mujer.

—¿No has cogido nada?

—Todavía no.

—Poco vas a encontrar como te demores... Hasta dientes de oro llevo.

La brisa del anochecer, procedente de los cerros, traía olor a madera quemada y carne podrida. Alzó un poco Logan el mentón, olfateando el aire como un perro de caza adiestrado.

—*Smell of war* —dijo.

Después cerró el maletín, apuró el resto del cigarro y lo dejó caer. El sol se había ocultado del todo y el incendio de la casa los iluminaba de lejos. En torno seguían sonando gritos y disparos distantes.

Se levantó Martín poniéndose el sombrero con desgana. Se sentía a gusto con el gringo, pero necesitaba encontrar un sitio donde cenar algo y después dormir doce horas seguidas. Cuando estaba muy cansado, la vieja herida de la cadera izquierda todavía molestaba un poco.

—¿A dónde vas? —quiso saber Logan.

—A buscar a mi gente... Pertenezco al estado mayor del general Villa, pero para combatir suelen asignarme a los guías de Durango.

—¿Los de Genovevo Garza?

—Ésos.

—¿Y salió el mayor ileso de la balacera?

—Ni un rasguño.

—Un fulano especial, Garza. Eso tengo entendido... ¿Es verdad que quisieron nombrarlo teniente coronel, pero se niega?

—Es verdad —confirmó Martín—. No desea ascender de grado.

—Vaya... ¿Y por qué?

—Dice que apenas sabe leer ni escribir, y ni ganas tiene de aprender. Que como mayor está muy a su gusto y que no le vengan con chingaderas.

Se echó Logan a reír.

—No sería el primer analfabeto que llega a general.

—Ya, pero él es así.

Señaló el norteamericano las dos barritas de latón cosidas a la cazadora de Martín.

—¿Y tú, teniente?

—Me dieron esto para que me respeten, pero no ejerzo demasiado.

Desató la rienda del caballo, que relinchó suavemente al sentir su mano. El Winchester 30/30 estaba en su funda, en la silla. Tengo que limpiarlo en cuanto pueda, pensó. Demasiados disparos hoy. Y nunca se sabe.

—¿Me permites una pregunta más personal? —inquirió Logan.

—Hazla y veremos si respondo o no.

—En lo mío no hay secretos, ni lo pretendo. Ando en la bola porque me gusta esto y me pagan dos pesos y medio al día... Pero ¿y tú?

Tardó Martín un momento en responder.

—Se aprenden cosas —resumió.

—¿Perdón?

—México es una buena escuela para alguien que mira.

Lo contemplaba el otro, inseguro.

—¿Eso eres, alguien que mira?

—Lo procuro.

—Pero también eres alguien que mata.

—Incluso cuando mato, miro. Y tengo derecho: el precio es que también pueden matarme a mí.

—¿Y qué harás cuando lo hayas visto todo?

—Supongo que me iré. Volveré allí de donde procedo.

—Quizá no sea fácil adaptarse, después de vivir esto. A mí me resultó imposible.

—Lo averiguaré cuando esté lejos.

—¿Sabiendo?

—Exacto, ésa es la palabra. Sabiendo cosas que antes no sabía.

Se tocó con el pulgar y el índice el ala del sombrero. Después echó a andar y *Láguena* lo siguió, dócil.

—Nos veremos por ahí, Logan... En la próxima.

—Oh, desde luego, dinamitero. Aquí siempre hay una próxima.

Después de un día de balazos estaba siendo un anochecer de encuentros. Cerca del Teatro Calderón, lugar de reunión acordado para la gente de la brigada Villa pero convertido en otra ruina humeante, Martín vio al indio Sarmiento. Por todo el centro de la ciudad, partidas de constitucionales convertidos ahora en bandoleros celebraban la victoria fusilando prisioneros y robando cuanto de valor hallaban a su paso, de manera que entre los cadáveres que nadie retiraba y los vidrios rotos de las vitrinas se amontonaban despojos de las tiendas saqueadas.

Sarmiento se hallaba con uno de esos grupos: sentado a la luz de dos faroles de queroseno en una silla ante una mesa sacada de una cantina, rodeado de botellas vacías o a medio vaciar, en compañía de varios sujetos de siniestra catadura y algunas mujeres de burdel —que acogían a los revolucionarios con el mismo entusiasmo que antes dedicaron a los federales—, dictaba justicia sumaria para los prisioneros que le iban trayendo a punta de fusil.

La escena era tan asombrosa, tan primitiva y brutal, que Martín se detuvo a contemplarla. Los villistas presentaban a un hombre maniatado, militar o civil, y Sarmiento, tras amagar una consulta con el pintoresco jurado, dictaba una sentencia que siempre era de muerte. No escapaban a ella ni militares federales, algunos de ellos heridos, ni tampoco ciudadanos de Zacatecas conocidos por sus simpatías huertistas. En cuanto a los colorados, los pocos seguidores de Pascual Orozco que seguían vivos eran traídos a golpes y empujones, resignados a un destino que conocían de antemano. Si para los jefes y oficiales del ejército gubernamental no había piedad, para ellos tampoco. Bastaba la palabra *colorado* para que Sarmiento, entre trago y trago de alcohol, señalase el callejón a donde se les conducía para ejecutarlos como animales. Martín se asomó a echar una ojeada y lo que vio le contrajo el estómago. El pasaje era estrecho y largo; y al fondo, a la luz acei-

341

tosa de un farol, se amontonaban los cadáveres. Había al menos veinte, y el suelo de tierra era un fango sanguinolento que llegaba hasta la esquina.

Resonaron botas y voces por la banqueta de madera y vio Martín que traían a otro prisionero. No debía de tener más de trece años, le habían atado las manos delante y uno de sus captores mostraba un clarín de reluciente latón que acababan de arrebatarle. Era un jovencísimo corneta que en la ropa, desgarrada a jirones, llevaba aún el distintivo del general colorado Benjamín Argumedo. Lo habían visto escondido entre la paja de un establo. Intentaba mantenerse digno, erguido pese a los empujones, pero sus ojos nerviosos, desorbitados por el miedo, iban de un rostro a otro buscando dónde hallar compasión.

—Sólo es un chamaquito —dijo una de las mujeres.

—Pero bien coloradito —repuso Sarmiento, burlón.

Hablaba lentamente, pues el mucho beber le tornaba pastosa la lengua. Sus ojos amarillentos se veían turbios e inyectados en sangre. Había descubierto a Martín y lo miraba más a él que al muchacho, como si le estuviera dedicando la escena.

—Nomás un escuincle —insistió la mujer—. Una criatura.

Ordenó Sarmiento que bajaran los calzones al muchacho. Martín había visto eso otras veces.

—Mírenle las vergüenzas —ordenó el indio—. Si hay vello, es lo bastante hombre para darle bala.

Desnudaron al chico de cintura para abajo, entre risas. El pobre intentaba cubrirse con las manos atadas.

Había vello.

—Túmbenlo —ordenó Sarmiento.

Seguía mirando a Martín cuando lo dijo. Y algo estalló súbitamente en la cabeza de éste. Una peligrosa combinación de fatiga, hartazgo y cólera que hacía desvanecerse toda prudencia.

—Es una barbaridad —intervino—. Una cosa es matar en caliente; y otra, esto.

Sarmiento, que estaba a punto de acercarse una botella a la boca, se quedó tan inmóvil como una serpiente de cascabel que descubriera una presa.

—¿Pa qué se mete, si nadie lo llamó? —dijo al fin.

—Usted no tiene autoridad.

Torció el otro la boca, fanfarrón.

—Mi autoridá son mis tompiates.

Y acto seguido, dejando la botella en la mesa, sacó el revólver y le pegó al corneta un tiro en la cara, tan inesperadamente que quienes lo custodiaban se apartaron asustados. Gritaron las mujeres y cayó el chico de espaldas, deshecho el rostro. Un reguero de sangre se extendió por la banqueta y goteó hasta el suelo de la calle.

—Hijo de puta —dijo Martín, sin poder contenerse.

Lo miró el indio cual si no diera crédito a lo que acababa de oír.

—¿Qué dijiste?

El tuteo hacía aún más siniestra su actitud, pero Martín sostuvo el envite. Ya no era posible un paso atrás, así que repitió el viejo insulto español.

—He dicho que eres un hijo de puta.

Se hizo un silencio espeso, de matices mortales. Sarmiento no había enfundado el revólver. Lo mantenía sobre la mesa, junto a las botellas, dirigiéndole miradas indecisas, como si calculara qué hacer. Sospechó Martín que no estaba tan borracho como parecía, pero que le interesaba aparentarlo de cara a posteriores justificaciones. Y comprendió que había caído en una trampa.

—¿Éste quién es? —preguntó uno de los mexicanos.

—Un gachupín que dice mentadas y anda por donde no debe —repuso Sarmiento.

—Al general Villa no le gustan los españoles —dijo otro.

—Ni a mí —la mirada del indio era prometedora como la muerte—. Son amigos de los ricos y traidores a la revolución.

Miró alrededor Martín, desamparado. No conocía a ninguno de aquellos fulanos. Tocó con un dedo las barritas de latón cosidas a su cazadora.

—Soy teniente de la División del Norte.

Se volvieron unos a otros y luego a Sarmiento, indecisos. Movió éste la cabeza y descubrió los dientes en una mueca venenosa.

—Yo soy capitán, y me chingo a los tenientes y a su pinche madre... Desármenlo.

Dudaron los otros e insistió Sarmiento.

—¡Desármenlo, carajo!

Al fin uno de los mexicanos arrebató a Martín la rienda del caballo y otro le sacó la pistola de la funda. Se movían torpes y apestaban a alcohol, humo y ropa sucia. El joven los dejó hacer, sin resistirse.

—Por fin tienes tu oportunidad, Sarmiento —dijo, amargo.

—Y no pienso desaprovecharla —el indio señalaba el callejón—. Llévenlo allá.

—No puedes hacer eso.

—Pos claro que puedo.

—El general Villa te colgará por esto.

—Ya me entenderé yo con Villa —volvió a señalar el callejón—. Denle padentro a este traidor.

El callejón olía a muerte, sintió Martín. La de otros y la suya: la matazón que se vislumbraba en la penumbra del farol, los cuerpos amontonados según habían ido cayendo, y él mismo, que pisaba el barro sanguinolento en que se había convertido el suelo. En otras circunstancias habría analizado los pasos finales que daba en la vida con la curiosidad racional, instintiva a veces, que orientaba cada uno de sus actos y pensamientos. Pero esa noche, última en su última hora, estaba muy cansado; demasiado confuso para que lo inminente, o inevitable, lo descompusiera. Todo parecía una pesadilla absurda de la que era necesario salir de algún modo. Y en ese momento, morir era una forma tan buena como cualquier otra de evadirse. De tumbarse, por fin, y descansar.

Cuando le ordenaron alto, parado casi encima del montón de muertos, le sorprendió no sentir miedo. Tampoco sentía valor —le daba igual cómo lo vieran morir sus estúpidos verdugos—, y ni siquiera indiferencia. Lo embargaba una tristeza nueva, desconocida hasta entonces. Muchas veces había estado cerca del final, pero siempre fue en combate, a cielo abierto, dueño del destino y los actos que hasta allí lo llevaban. Ahora, sin embargo, a la trémula luz del farol de queroseno en aquel callejón, la muerte, la extinción de todo, le producía una intensa melancolía: una tristeza desconsolada, extrema, silenciosa, que le subía del pecho a la garganta y los ojos en largo sollozo interior. Voy a morir casi a oscuras en un rincón perdido del mundo, y me van a matar hombres cuyos nombres no conozco, de los que apenas he visto las caras. Y nada de cuanto en el resto de mi vida habría sido posible podrá ocurrir ya.

De un empujón lo pusieron cara a la pared, y al apoyar las manos en ella notó las marcas de anteriores balazos. El cañón de un Máuser le tocó la nuca, duro y frío. Cuando me disparen, pensó absurdamente, voy a dar con la frente en la pared. Eso no es bueno, pues me dolerá el golpe. Así que, resignado, apoyó muy despacio la cabeza, cerrados los ojos y tensos los músculos, esperando el impacto. Varias veces había oído decir que en el instante supremo se recordaban escenas de la vida pasada, pero comprobó que no era cierto. Él sólo pensaba en no golpear el muro con la frente al morir.

Esperó un rato, pero no llegaba el disparo. A su espalda sonaron voces confusas a las que no prestó atención. Si tardan mucho, se dijo, terminarán flaqueándome las piernas.

—¡Acaben de una vez, cabrones! —gritó, impaciente.

Pero no hubo disparos. Las voces a su espalda seguían sonando y llegaban como a través de un velo que amortiguara los sonidos. De pronto unas manos vigorosas lo agarraron por los hombros para darle la vuelta y ante sus ojos aturdidos apareció el rostro de Genovevo Garza.

La luz del sol de la mañana, todavía horizontal, entraba por la ventana iluminando el perfil rudo de Pancho Villa. Estaba en mangas de camisa y pistola al cinto, recién lavado, húmedo el pelo, en el comedor de una casa del centro de la ciudad donde había instalado su cuartel general. Rodeado de espejos, cuadros y marquetería, desayunaba con cubiertos de plata un atole de harina de maíz con rajas de canela, y parecía más atento a meter en él la cuchara que a los hombres que aguardaban de pie al otro lado de la mesa, sobre la madera encerada del piso. Martín era uno de ellos, y también estaban allí Sarmiento, Genovevo Garza y el secretario personal de Villa, un joven llamado Luis Aguirre. De vez en cuando, el jefe revolucionario alzaba los ojos para dirigirles una ojeada silenciosa y seguía comiendo. Por fin acabó, se limpió la boca con una servilleta almidonada y blanca y se echó atrás en el respaldo de la silla.

—No sé cómo chingados no los hago afusilar a todos... ¿Que no ven que tengo cosas más serias de que ocuparme?

—Me faltó al respeto, mi general —dijo Sarmiento—. En público de la gente.

Miraba Villa a Martín.

—¿Cómo explica eso, amiguito?

—Se extralimitó, mi general. Mataba a mansalva, sin necesidad.

Se hurgaba Villa los dientes con un dedo. Tras un momento ladeó el rostro para escupir en el suelo.

—Por lo que sé, este apache cabrón cumplía órdenes mías y del señor Carranza, primer jefe de la revolución: jefes y oficiales federales y colorados de cualquier clase, a enfriar cada cual una bala. Usté lo sabe como todos.

—Mató a un cornetilla jovencito, casi un niño.

Volviose Villa hacia el otro, socarrón.

—Épale, Sarmiento. ¿Orita te echas chamacos al plato?... ¿Que no tienes bastante con los que se afeitan?

—Era otro banderarroja, mi general —opuso el indio, sombrío—. Con pelo en los aparejos. Y si era lo bastante hombre pa andar dando trompetazos con Orozco, cuantimás lo era pa irse con la tiznada.

—Pero también te quisiste bajar aquí, al ingeniero.

—Le digo que me faltó al respeto. Tan peor, con una mentada de madre.

Arrugó Villa el gesto.

—Ah, pos eso está feo. Qué mala boca. Pero los machos arreglan esas cosas de tú a tú echando bala, no afusilando por mano de otros.

Intervino Genovevo Garza, que no había dicho nada hasta entonces.

—Con permiso, mi general... Si no llega a verlo Chingatumadre y me avisa, se lo habrían torcido allí mesmo.

—¿Y quién carajos es Chingatumadre?

—Uno de mis sargentos, que andaba cerca y conoció al ingeniero. Gracias a que corrió a avisarme, llegué a tiempo.

Sonrió Villa malévolo, guiñándole un ojo a Martín.

—Nació otra vez anoche, ingeniero. Ya puede cambiarse de día el onomástico.

Tras decir eso se lo quedó mirando, con gana de añadir algo.

—Me cuentan que ayer y antier peleó como los güenos —dijo.

Le sostenía el joven la mirada, tranquilo.

—Hice lo que pude —replicó con sencillez.

—Y lo hizo bien, a lo que parece. ¿Que no?... Dizque les reventó la vía del tren a los federales. Lo felicito.

—Gracias, mi general.

—No tiene de qué. Es el único gachupín que conozco que me cae simpático... Pero déjeme decirle, amiguito. Lleva tiempo en la División del Norte y sabe cómo son las cosas.

Se pasó Villa una mano por el pelo crespo, como si le picasen parásitos que el baño caliente no hubiera eliminado. Después se rascó el cuello poderoso en lo entreabierto de la camisa.

—¿Saben qué pensaba ayer en la batalla, cuando llovían puros trancazos y nuestra gente caía subiendo a los cerros?... Pos pensaba que ahí luchaban hombres que querían ganar contra otros que no querían que les ganaran, y que muchos morirían sin saber quiénes ganaron y quiénes perdieron.

Se quedó callado un momento. Cogió un cuchillo de la mesa, probó el filo en la palma de una mano y puso el cubierto a un lado, con desdén.

—Así es la revolución —comentó al fin—. Se hace matando... La ganas cuando matas más que el enemigo, y la pierdes cuando matas menos. Y sólo con muertes y más muertes progresa la causa del pueblo. Así que, ni modo. En llegada la hora, igual que matas hay que saber morirse.

Sus ojos color café los penetraban severos, cual si comprobara su conformidad con lo que escuchaban. Acabó dirigiéndose a Martín.

—Usté, amiguito, hizo mal en andar de metiche, y Sarmiento hizo mal en quererlo afusilar... Por otro lado, el indio hizo bien en cumplir la orden de no dejar colorado vivo, usté hizo bien en no arrugarse cuando le iban a dar plomo, y mi compadre Genovevo hizo más mejor quitándolo del paredón —se volvió hacia su secretario, que se mantenía aparte con un cartapacio de documentos bajo el brazo—. ¿Me he explicado, Luisito?

—Perfectamente, mi general.

—A mí también me se pega la gana de ser salmónico, o como tiznados se diga eso. No todo es picar espuelas al *Siete Leguas* y fajarse a plomazos.

—En efecto, mi general —asentía el secretario—. Ahí lo dijo.

—Pues eso... Todos hicieron bien y mal, y eso mero es la vida.

Paseó Villa por la estancia una mirada pétrea, que no admitía réplica. Y señaló el cartapacio.

—¿Saben qué voy a hacer luego luego, cuando ustedes me permitan atender cosas que de verdá importan?... Pos recibiré a diez o doce ciudadanos, los más ricos, chocolateros y perfumados de Zacatecas, que Luisito dejó esperando afuera, pa decirles que tienen hasta la puesta de sol pa juntarme doscientos mil del águila como contribución a la causa. Y que si no me cumplen, los afusilo.

Volvió a rascarse la cabeza y se miró las uñas en busca de algún resultado de la exploración. Después, con la misma mano, les mostró la puerta.

—Orita bórrense de mi vista y déjenme seguir haciendo la revolución, que ya me reclama. Usté, ingeniero, olvide el difuntito y el arrebato de Sarmiento; y tú, apache, olvida las mentadas... Así que dense la mano y no chinguen.

Era un patio grande y empedrado de un caserón situado cerca de la plaza de toros. Abandonado por los dueños, partidarios de Huerta que huyeron antes de la batalla, el lugar mostraba los estragos del saqueo: en el suelo había restos de loza, vidrios rotos, ropa pisoteada, libros y papeles a medio quemar. Los muebles de caoba se empleaban en fuegos de cocina y los cortinajes y alfombras, en sudaderos para los caballos. Apoyado contra un muro, el retrato de algún prócer con levita negra y leontina en el chaleco se había usado como blanco para probar la puntería. Podía tratarse del antiguo presidente Porfirio Díaz, pero era difícil saberlo. El rostro del lienzo resultaba irreconocible, acribillado a balazos.

—Acérqueme el aceite, ingeniero. Hágame el favor.

Martín cogió la latita de Montgomery Ward y se la pasó a Genovevo Garza. Estaban sentados en elegantes sillas forradas de terciopelo, sacadas del comedor de la casa. Entre uno y otro había una mesa en la que tenían desmontadas las armas que limpiaban: dos rifles, el revólver del mayor y la pistola de Martín, que aunque conservaba el viejo Orbea español prefería llevar en campaña una potente Colt calibre 45. La tarde anterior habían conseguido munición y repuestos de sobra al reventar la puerta de la armería MW & Co. de la calle Correos y vaciar a conciencia los estantes.

—Es güeno este aceite gringo —comentaba Garza, satisfecho, lubricando el engranaje de la palanca de su arma.

Martín indicó la marca del precio.

—Ya puede serlo, ¿no?... Veinte centavos de dólar cuesta cada lata.

—Ni modo. Pero a nosotros nos hicieron rebaja.

A pocos pasos, Maclovia Ángeles zurcía y remendaba sentada en el patio con otras mujeres. Casi todas vestían una disparatada mezcla de ropa campesina y prendas procedentes de los armarios de la casa, pero Maclovia conservaba su larga falda oscura y la habitual blusa de tela cruda sobre cuyos hombros pendían dos trenzas espesas y negras. Aunque ya no se combatía en la ciudad, la soldadera mantenía su pesado pistolón sobre la cadera derecha. A veces levantaba la vista de la labor y contemplaba a los dos hombres que limpiaban las armas o dirigía una mirada hacia el corrillo de villistas que al otro lado del patio, sentados o tumbados en el suelo y con las cananas de balas colgadas de los fusiles puestos en pabellón, se agrupaban en torno al sargento Chingatumadre, que una y otra vez intentaba tocar *Las tres pelonas* en una guitarra a la que faltaba una cuerda. Todos fumaban tabaco procedente del saqueo, pero no había ni gota de alcohol. Apenas amaneció tras el desorden de la victoria, Pancho Villa había ordenado romper las botellas en las cantinas y fusilar a quien se encontrara borracho.

Encajaba Garza, tras secarlas bien con un trapo, las piezas metálicas en el cajón de mecanismos del rifle. Al fin ajustó la tapa y miró a Martín, ocupado en pasar la baqueta por el cañón de su Winchester.

—Igual ya no hay que usarlas más, ingeniero.

—Esto es México —repuso éste mientras alzaba el cañón y entornaba un ojo para comprobar la limpieza del ánima.

Cuando lo dejó en la mesa y empezó a montar las piezas vio que Garza lo miraba pensativo.

—¿Qué hay, mi mayor? —preguntó.

—Pos nada... Que lo miro, compadre, y me doy cuenta de cómo ha cambiado.

—¿Para bien o para mal?

—Ni modo, hombre. Pa bien... Qué si no.

Frotaba el guerrillero su rifle con un trapo.

—Me acuerdo de cuando lo conocí —añadió.

—El oro del Banco de Chihuahua —sonreía evocador Martín.

—Eso es.

—Y el pobre don Francisco Madero.

—Carajos.

Seguía mirándolo el mayor, benevolente, y pensó Martín que también había cambiado desde los tiempos de Ciudad Juárez: su pelo y bigote se habían vuelto completamente grises, y la cicatriz de la cara se confundía con las arrugas que, como cuchilladas, cuarteaban el rostro color de bronce. Sin embargo, era su mirada la que había envejecido más. Ahora parecían asomar en ella la resignación y la fatiga.

—Era usté un chamaco aplicado —recordó Garza—. Tan curioso y con tanta voluntad.

—¿Y qué soy ahora?

—No sabría decirle, pero sé lo que no digo.

—¿Su amigo?

Hizo un ademán de reproche el mexicano, cual si la pregunta fuese una ofensa.

—Más que eso, hombre... Es mi compadre.

—Es un honor que diga eso, mi mayor.

—Lo que digo es la verdá pelona. Está ahí, tan poco remilgoso, limpiando sus fierros como si no hubiera hecho otra cosa en la vida. Más mexicano que el pulque. Lo vi rifarse el cuero perjudicando pelones en Torreón, en Tierra Blanca, en Ojinaga... Y hasta jugársela el otro día con Sarmiento por defender a un pinche colorado al que yo mesmo, de estar donde él estaba, le habría pegado un tiro.

Pasó por última vez el trapo por el rifle. Después cogió los cartuchos metálicos amontonados sobre la mesa y empezó a introducirlos en el cargador.

—Hay quien no entiende que a un hombre de su educación y sus posibles pueda gustarle esta vida... Que quiera estar con nosotros por su puro gusto.

Sonrió Martín.

—Es difícil de explicar.

—Por eso no pido que me lo explique.

Seguía metiendo cartuchos el mexicano. Tras un momento levantó la cabeza.

—¿Me permite nomás una confianza, ingeniero?

—Pues claro.

—En estos tres años, desde que nos encontramos en Juárez, se ha hecho un hombre de güena ley. Un gallo jugado, tan valiente como el primero que se comió un zapote prieto... Alguien a quien se puede fiar un secreto. O la vida.

Sonrió Martín con afecto, sin decir nada. Garza había metido seis cartuchos y dejaba el arma en la mesa.

—No es de ésos —prosiguió— pa decirles no te infles tanto, melón, que te conocí pepita. Ni modo. Sabe estar y sabe hacerse perdonar, y le salen sobrando las palmaditas en la espalda y las barras de teniente... Mi Maclovia dice que hasta coronel podría llegar, si se pusiera. Y estoy conforme. Lo que pasa es que no se pone.

Martín miró a la soldadera, que seguía cosiendo con las otras mujeres.

—Me temo que sigo sin caerle simpático —concluyó.

—Se equivoca, compadre. Mi vieja es como la ve, ruda de maneras. Sin educación. Pero lo valora, ya le conté. Una vez me platicó que es el único entre todos estos hilachos piojosos con el que se iría si yo doblara el petate... ¿Se acuerda?

—Lo olvidé en seguida. No deseo ofenderlo, mayor.

Se limpiaba el otro el aceite de las manos, frotándolas con el trapo.

—¿Ofender?... Niguas. Entiendo lo que ella dice.

Oyeron la voz de Maclovia gritándole a Chingatuma-dre que acabara con las pelonas, que ya cansaba. Rieron los del corro y el sargento se esforzó ahora, con poco éxito, en los acordes de *Jesusita en Chihuahua*.

Miraba Martín a la soldadera. Por un momento ella levantó la vista de la costura y sus ojos se encontraron antes de que la bajara de nuevo.

—¿Siempre fue así de dura, mi mayor?

—Siempre.

—¿Y siguen sin querer tener hijos, por ahora?

—No está el palo pa cucharas... Malos tiempos pa cargar con un chamaco en mitad de este mitote.

Había acabado Martín de encajar y cargar su Winchester. Desmontaba la baqueta, guardando en el estuche los utensilios de limpieza.

—De todas formas, parece que se acaba —comentó—. Dicen que el primer jefe Carranza baja hacia el sur y que la gente de Zapata anda por Cuernavaca... También dicen que la División del Norte estaría camino de la capital de no haber malos entendimientos entre Villa y Carranza, que anda celoso de tantas victorias y teme que le muevan el sillón.

—A ver si tienen razón y acaba todo este desmadre. Llevo un costal de veces prometiéndole a mi Maclovia un ranchito pa vivir como personas. Y no pido que me den, sino que me pongan donde hay... Qué menos, después de tanto sufrimiento y tanto pelear. ¿No cree?

—Por supuesto.

—Además, si esto se alarga no sé qué pensará la gente. Ya me se afiguran poco los tiempos de antier, ¿no se acuerda?, cuando empezábamos la revolución, que llegabas a un pueblito, salían todos a echarnos vivas y hasta con banda de música nos festejaban... Orita, nomás nos ven asomar todos pelan gallo.

—Como usted mismo dice, mayor, no hay loco que coma lumbre.

—Es la mera verdá. Hasta los pobres se cansan de dar sudor, sangre y mais pa conseguir tan poco. En eso no cambian las cosas, ¿que no?... O llegas arriba y robas, o te quedas abajo y te roban.

—Puede ser.

—No, compadre. Es.

Torcía Garza un cigarro entre los dedos encallecidos, preparando el avío de fumar.

—¿Y qué hará, ingeniero?... Cuando todo acabe, si es que alguna vez acaba.

Sonrió Martín. Aquélla era una idea que procuraba eludir.

—La verdad es que no lo sé.

—¿Volverá a sus minas?

Se encogió el joven de hombros. No deseaba pensar en eso, que lo llevaba a reflexiones incómodas. Le cuadraba más vivir día a día, sin cálculos ni planes. Sin distraerse de la intensa realidad que lo circundaba. Había descubierto que con poco esfuerzo podía desconectar el futuro del presente; como una deuda por saldar cuando llegara el vencimiento, pero que no quería tener en la cabeza. A diferencia de Genovevo Garza y tantos otros, él no anhelaba que terminase aquello. Andaba ebrio de México y prefería no pensar en la resaca.

13. Un desayuno en Sanborns

Allí estaban, al fin, y la capital los recibía como si los hubiera esperado siempre, lo que no era cierto. Entre una multitud de curiosos que agitaba pañuelos y ofrecía ramos de flores, animados por bandas que tocaban dianas en cruces y plazas, los revolucionarios avanzaban despacio, a caballo, en filas compactas. La División del Norte se había ido concentrando en las afueras de la ciudad después de llegar en trenes cargados hasta el techo de hombres y animales. Y ahora, unidas con los zapatistas procedentes del sur, las tropas de la Convención de Aguascalientes recorrían juntas el paseo de la Reforma en dirección a la avenida Juárez y el Palacio Nacional.

Había fotógrafos y camarógrafos atentos a los protagonistas principales, que cabalgaban abriendo la marcha: Pancho Villa, insólitamente vestido con uniforme oscuro, gorra militar y mitazas de cuero hasta las rodillas; Emiliano Zapata, con ropa de charro y sombrero jarano. Tras ellos, en espesas filas, jinetes en toda clase de caballos y algunos con vendas en las heridas de los últimos combates, los del norte más soldados y los del sur más guerrilleros, iban millares de hombres con sombreros tejanos o de anchas alas, cueras de gamuza y camisas de sarga, paliacates de color al cuello, carrilleras cruzadas sobre el pecho, rostros

357

impasibles y cobrizos de sol y viento, donde lo único reluciente eran las armas.

Viva Villa, gritaba entusiasmada la gente que los veía pasar. Viva Zapata. Viva la revolución. Muera Huerta y abajo Carranza.

En la sexta fila, estribo con estribo entre otros jinetes, iba Martín Garret. Muy diferente era el hombre que cabalgaba con la rienda floja, rifle en la silla y pistola al cinto, sombrío el rostro flaco y tostado bajo el ala del sombrero, del joven ingeniero que casi dos años atrás había huido de la ciudad durante la que ahora llamaban Decena Trágica. Un bigote ranchero cubría su labio superior y tenía las manos rudas, endurecidas por la vida de campaña; pero lo que sobre todo habían cambiado eran sus ojos: más hundidos en las cuencas, más opacos de brillo, más calmadamente alerta, con breves vistazos a un lado y otro, a cuanto ocurría alrededor. Capaces también de advertir, con desapasionada lucidez, que entre los que iban delante encabezando la marcha revolucionaria y triunfal no había ni un solo político. Cinco años atrás, los ocho generales que hoy entraban en la capital conquistada eran todavía un campesino, otro campesino, un bandido, un maquinista de tren, un tratante de caballos, un cuatrero, un maestro rural y un estudiante. Considerando todo eso, sonrió Martín: una mueca sarcástica. Los señores políticos, supuso, llegarían más tarde para hacerse cargo de todo. Sin duda andaban preparando, en el comité oficial de recepción del Palacio Nacional, sus discursos, sus demagogias y sus ambiciones.

Genovevo Garza cabalgaba junto a Martín, a su izquierda, mirándolo todo con ojos muy abiertos. Era la primera vez que el antiguo bandolero norteño veía la capital, y se mostraba impresionado. A todo dirigía largas miradas de asombro, boquiabierto como un niño ante la vitrina de una tienda de juguetes.

—Újole, compadre —repetía—. Qué grande es to-do... ¿Y este chingo de gente cabe aquí dentro?

—Cabe ésta y más —sonreía Martín—. Ya verá en el Zócalo, mi mayor.

Viva Villa, seguía gritando el público agolpado bajo los robles que sombreaban la avenida. Viva Zapata y viva México. El café Colón se engalanaba con banderitas patrióticas, y en los tranvías y el monumento a Carlos IV había encaramada gente que saludaba a la columna revolucionaria.

—¿Y ese fulano del caballo quién es, ingeniero?

—Un rey español.

—¿Y cómo sigue ahí el pinche gachupín, que no se lo echaron abajo?

—También forma parte de la historia de México.

—Ah, pos no que no. Habrá que ocuparse de eso. No hacemos la revolución pa que nos amuelen reyes ni sotas. En cuanto se pueda, compadre, le metemos una de sus cargas de dinamita y nos lo quebramos con todo y caballo.

Reía Martín.

—De acuerdo, mi mayor, descuide. Yo me ocupo.

—Y encima mírele nomás la postura, que hasta de puto parece... Ni estar en la silla sabía, el jijo de tal.

Martín había dejado de prestar atención. Por la derecha de la avenida, más allá de los árboles, asomaba la casa de la familia Laredo: su inconfundible arquitectura, imitación de las antiguas haciendas españolas, al otro lado de la verja coloreada de bugambilias moradas y rojas. Había varias personas contemplando el desfile desde el balcón de la fachada, contiguo al salón principal que el joven había frecuentado en otro tiempo.

—Páseme sus prismáticos, mi mayor.

Hurgó el otro en las cantinas de su silla.

—Ahí le van, compadre.

—Gracias.

Eran unos binoculares alemanes que Garza le había quitado a un coronel federal antes de fusilarlo en la segunda toma de Torreón. Estaban algo abollados y raspado el esmalte, pero la visión era buena, diáfana. Martín se los llevó a los ojos, ajustó con un dedo la ruedecilla para enfocar las lentes, y el balcón y quienes lo ocupaban aparecieron nítidos en el doble círculo; el dueño de la casa, don Antonio, acompañado de su hermana Eulalia y tres personas más. Dos de ellas eran las hermanas Zugasti. La tercera, Yunuen Laredo.

—Lindo jacalito —dijo Garza, viéndolo mirar.

—Sí.

Se asombraba de no sentir nada, aparte la curiosidad natural. Con un esfuerzo de voluntad quiso remover los sentimientos de otro tiempo a fin de confrontarlos con la imagen del balcón, pero se presentaban bajo una forma muy vaga, incluso distante. Sólo podía entreverlos, concluyó, a través de una bruma o un velo interpuesto por el tiempo, la vida, los sucesos ocurridos desde entonces. El otro Martín Garret rondaba su memoria como un fantasma que apenas suscitara en él cierta simpatía melancólica. La que podía experimentar hacia el niño o el muchacho que había sido alguna vez. Pero eso era todo.

La columna de hombres y caballos llegaba ahora frente a la casa: en el balcón, Yunuen cambiaba unas palabras con su tía Eulalia mientras miraba el denso desfile. Tal vez ella ni siquiera imagine que estoy aquí, pensó fríamente Martín. A veces las noticias vuelan, pero no tiene por qué saberlo. Vio que llevaba un vestido blanco de corpiño entallado, cerrado hasta el cuello, y un chal de color malva sobre los hombros. El pelo, muy negro y tirante, con raya en medio, desnudaba la pureza de su rostro indígena.

—¿Qué hay en ese balcón, ingeniero? —se interesó Garza, curioso de tanto verlo mirar.

—Nada... Sólo gente.

—Estarán hasta las trancas de plata pa pegarse esta vida. ¿Que no?

—Supongo que sí.

—Con los ricos también hay que acabar, compadre. O semos revolucionarios o no semos... Imagine la de mais y frijoles que podrían plantarse en los jardines de estas casas, pa quitarle el hambre a la gente.

Mantenía Martín las lentes enfocadas en Yunuen, que miraba ahora en su dirección. Era imposible que ella lo distinguiera de lejos, entre la numerosa tropa a caballo y la infantería que caminaba detrás. Que llegase a reconocerlo. Sin embargo, le pareció que la joven fijaba la mirada en él. De pronto, los ojos azul cuarzo parecieron penetrar los suyos. Así que, sobresaltado, como cogido en falta, bajó los prismáticos y se los devolvió a Garza.

—Todo llegará, mi mayor.

—Pos no digo que no, pero fíjese que ya tarda.

A uno y otro lado de la avenida, la multitud seguía dando vivas a Villa y a Zapata. Y a la revolución.

Al término de una jornada en la que la capital federal fue una gran fiesta, los dragones de Durango recibieron orden de vivaquear en la plaza de Santo Domingo, a fin de tenerlos cerca del Palacio Nacional. Se instalaron allí, alojados jefes y oficiales en casas de vecindad y tendiendo la tropa sus petates bajo los soportales. Ataron los caballos en largas reatas y les llevaron carromatos de forraje, y los fusiles y carabinas se colocaron en pabellón, con centinelas guardando las esquinas. Al anochecer llegaron desde la estación de ferrocarril de Tacuba algunas soldaderas en busca de sus hombres, y las fogatas encendidas en el centro de la plaza iluminaron gavillas de villistas que, sentados en torno, cenaban, dormitaban o cantaban un corrido que se estaba poniendo de moda entre las tropas insurgentes.

En lo alto de una abrupta serranía
acampado se encontraba un regimiento
y una moza que valiente los seguía
locamente enamorada del sargento...

Quienes en la ciudad habían temido fuego y saqueo quedaron aliviados. La policía local había desaparecido, lo mismo que la gente del otro jefe revolucionario, Venustiano Carranza, enfrentado ahora a Villa y Zapata y retirado a Veracruz; pero el orden lo aseguraban piquetes de insurgentes armados. Aunque más disciplinados los villistas que los zapatistas, la orden de respetar personas, casas y comercios, así como de evitar las cantinas, se cumplía a rajatabla. Eso no impedía que el sotol, el mezcal y el tequila circulasen de modo razonable. Desde el portal de Evangelistas al antiguo palacio de la Inquisición, voces aguardentosas y soñolientas coreaban, uno tras otro, los cantos de guerra revolucionarios.

Y se oía
que decía
aquel que tanto la quería...

Maclovia Ángeles era una de las soldaderas que habían conseguido presentarse en Santo Domingo. Llegó con otras mujeres al oscurecer, pistola al cinto y cargada como una bestia con bultos, alforjas y mecate, mirándolo todo con asombro. Traía tortillas de maíz frías, que completaron con carne de puerco y frijoles adquiridos en un mercadito cercano. Se disponía Genovevo Garza a buscar un sitio para pasar la noche con su mujer cuando Martín se palpó el bolsillo donde llevaba un grueso fajo de billetes nuevos —recién impresos en Chihuahua con la firma de Pancho Villa— y tuvo una inspiración.

—Vengan conmigo... Aquí cerca.

Cogió sombrero y rifle, se colgó al hombro el morral y echó a andar seguido por la pareja. La luz de los postes eléctricos los iluminó al pasar por las bocacalles de Donceles, Tacuba y Plateros.

—¿A dónde vamos, compadre? —preguntaba Garza.

—A donde hay que ir... Esté tranquilo, mi mayor.

Maclovia los seguía sin despegar los labios, cargada con su impedimenta. Y así llegaron al hotel Gillow.

Todo seguía igual, comprobó al entrar, mientras el portero con uniforme de galones dorados se echaba atrás para dejarles paso libre. Brillaban cálidas las pantallas de luz reflejadas en los espejos del vestíbulo, y la escalera que subía a las habitaciones, alfombrada y elegante, tenía macetas de plantas y flores en los rellanos. Sin dudarlo, Martín se dirigió al mostrador de llegada. Recordaba al recepcionista: un mexicano enjuto vestido con chaqué e insignias doradas en las solapas, que al verlos aparecer se había quedado inmóvil, boquiabierto. Llegado hasta él, puso el joven el morral en el suelo y el rifle encima de la caoba reluciente del mostrador.

—Buenas noches, Félix.

Pestañeaba desconcertado el otro. Por fin abrió mucho los ojos.

—Dios mío... ¡Señor Garret!

—Yo también me alegro de verlo.

El recepcionista se debatía, sin disimulo, entre la sorpresa y el miedo. Aquella arma sobre el mostrador y los acompañantes de Martín —Garza llevaba su carabina colgada al hombro y Maclovia la pistola— no lo tranquilizaban lo más mínimo.

—No sabía que usted... —empezó a decir.

—Necesito dos habitaciones —lo interrumpió Martín, sacando el fajo de billetes—. Una para mí, y otra para el señor y la señora.

Titubeó el empleado. Después tragó saliva y volvió a titubear.

—Desafortunadamente estamos completos, señor Garret.

Martín ni siquiera se detuvo a considerarlo. Contó doscientos pesos y los puso en el mostrador.

—Desaloje a quien haga falta —señaló a sus acompañantes—. El mayor es alguien importante, un villista notable, y tiene prioridad. Y ella es su esposa.

Miraba el recepcionista a la pareja, espantado.

—No sé si será posible —balbució.

—Avise al director.

—¿Perdón?

—Que llame al director, le digo. ¿Es el mismo de mis tiempos?

—No, es otro... El señor Frimont.

Martín empezaba a divertirse. Varios clientes del hotel, hombres y mujeres bien vestidos, miraban escandalizados desde la entrada del bar y el arranque de la escalera. Apoyó desenvuelto un codo en el mostrador, junto al Winchester. Era aquélla una sensación de autoridad insólita, muy agradable, de la que no había disfrutado nunca. Le apetecía prolongarla.

—Avise al señor Frimont.

Apareció un sujeto atildado, pequeño y miope, con cara de hurón sobre el alto cuello duro y la corbata gris perla. El recepcionista lo puso al tanto: Martín viejo cliente, el mayor un villista notorio, su señora esposa. La revolución y todo eso. Tras escuchar con la cabeza baja, mirándose consternado los botines, hizo el director un intento de resistencia.

—Imagino —aventuró— que la autoridad competente está al tanto de esto.

—La autoridad somos nosotros —replicó Martín.

Se alzaba un poco el otro sobre la punta de los pies, vagamente audaz.

—Pero me pide que ponga en la calle a clientes alojados.

—Sí, cierto. Es lo que le pido.

—No se ofenda por mis palabras, señor...

—Garret —apuntó rápido el recepcionista.

—No se ofenda, señor Garret, pero parecerá un atropello.

Se encogió Martín de hombros. En el gran espejo de la pared alcanzaba a ver la escena desde otro lugar, como si estuviese fuera de ella: la espalda de su interlocutor, él mismo delante de Genovevo Garza y Maclovia, que asistían a todo con sus armas, bultos y aspecto rústico. Mudos, incómodos, visiblemente cohibidos por estar allí. Hizo un ademán que los incluía.

—Ellos llevan demasiado tiempo sufriendo atropellos. Ya es hora de que les toque a otros.

Aún se resistía el director, casi heroico.

—Escuche, señor. Deberíamos...

Detrás de él, en el espejo, Martín se detuvo en su propia imagen: la ropa de campaña polvorienta, el rostro flaco y atezado, el bigote que lo hacía parecer aún más mexicano. Los ojos fatigados y hundidos donde ya era incapaz de reconocerse. Ahora soy ese que me mira, pensó con resignación. Lo que ese desconocido vio, y también lo que hizo. Lo soy para bien y para mal.

—Que no, cojones —dijo.

La violenta palabra española restalló como un latigazo. Dio un paso hacia Frimont y éste retrocedió otro. Le acercó mucho el rostro hasta que vio su expresión descomponerse por el miedo. Se había puesto pálido. Cogió Martín los doscientos pesos del mostrador y se los metió al director en el bolsillo superior de la chaqueta.

—Desaloje esas habitaciones, o le juro por Dios que pego fuego a su hotel.

Había dormido como un ángel, si es que los ángeles dormían: un sopor largo y profundo, sin pesadillas ni imágenes que lo perturbaran. Al despertar tomó un baño caliente e hizo subir a un barbero del hotel, que le cortó el pelo y le rasuró mentón y mejillas con una buena navaja. Ocupaba su antigua habitación, con la pequeña terraza abierta al cruce de calles que separaba 5 de Mayo y Plateros; y desde allí, enfundado en un albornoz con el monograma del hotel sobre el pecho, vio alzarse el sol sobre las torres de la antigua catedral española.

Mientras lo atendía el peluquero, Martín había estado hojeando las revistas ilustradas que el anterior huésped había dejado en la habitación. Desconocía su identidad pero debía de ser norteamericano, pues todas estaban en inglés. Una de ellas, *Collier's Weekly*, informaba de la guerra en Europa; y la crónica, fechada en Amiens e ilustrada por un dibujo bélico y un mapa, estaba firmada por Diana Palmer:

La artillería alemana es de una mortal precisión, pero la infantería aliada, en sus excelentes trincheras, sólo puede ser desalojada de ellas por las bayonetas enemigas, y para eso los atacantes deben aproximarse por un terreno agujereado de cráteres y cubierto de alambradas...

Una camarera acababa de traer la ropa de Martín, cepillada y limpia. Estaba éste terminando de vestirse, abotonándose el cuello de la camisa —hacía meses que no se ponía una corbata—, cuando llamaron a la puerta.

—Quihubo, ingeniero.

—Ah... Buenos días, mi mayor.

Genovevo Garza estaba parado en el umbral, sombrero en mano y revólver en su funda, con las espuelas colgadas en el cinturón. También él se había lavado la cara y aseado la indumentaria: el chaquetín y los estrechos pantalones charros abolsados en las rodillas se veían razonablemente limpios, y hasta se había peinado el cabello gris, ensortijado en la nuca, con una raya alta, casi en medio, que Martín no le había visto nunca.

—¿Qué tal Maclovia?

Asentía el guerrillero, satisfecho.

—Pos muy bien, oiga. Feliz por dormir en una cama como ésa, tan blanda y con sábanas suaves. Orita se acaba de vestir.

—¿Ya desayunaron?

Titubeó el mexicano. Se había puesto serio.

—Pos fíjese que todavía no... Pa eso nomás vengo a verlo, por si nos acompaña.

Lo dijo inseguro, con una timidez fácil de interpretar. El tosco norteño, hecho a la vida de campaña, no se decidía a entrar, ni solo ni en compañía de su soldadera, en el elegante comedor donde camareros de chaquetilla roja servían con vajilla de porcelana y cubiertos de plata.

Sonrió Martín. Se le había ocurrido una idea. Miró la hora en el reloj antes de metérselo en un bolsillo del chaleco.

—¿Ya estará lista Maclovia?

—Supongo.

—Pues busquémosla, que nos vamos.

—¿A dónde, compadre?

Se había ajustado Martín el cinturón con la Colt 45. Se puso encima la chaqueta y requirió el sombrero. La carabina, que estaba apoyada en una pared, la metió dentro del armario.

—A desayunar. Yo invito.

Bajaron a San Francisco y recorrieron la calle hasta casi el final. De camino se cruzaron con grupos de revolucionarios que, rifle al hombro, deambulaban mirando edificios y escaparates. Salían de las tiendas cargados con paquetes, se saludaban unos a otros, pasaban dando bocinazos en automóviles requisados o esperaban turno ante los trípodes de fotógrafos que los hacían posar con las armas en la mano y expresión fiera. Todo era pacífico, alegre y festivo. Una banda de música tocaba mañanitas ante la dulcería El Globo y había mujeres y niños en los balcones, contemplando el espectáculo.

Sanborns se hallaba unos pasos antes del Jockey Club, en la misma acera, con su elegante rótulo sobre la entrada y las vitrinas con pan dulce y otras golosinas, a través de las que podía verse el interior. Empujó Martín la puerta, apartó la pesada cortina de terciopelo, y vuelto hacia Genovevo y Maclovia los invitó a entrar.

—El mejor sitio de México —dijo, solemne.

Dentro había rumor de voces y olía agradable, a cacao y vainilla. Los asientos de las mesas y el mostrador estaban casi todos ocupados: gente con ropa de ciudad, señoras bien vestidas, hombres con cuellos duros, corbatas y buenos trajes. Meseras vestidas de azul oscuro con delantales blancos iban de un lado a otro portando charolas con cestitas de bollería y tazas que humeaban aromáticas. Era un ambiente distinguido y burgués.

Martín y sus acompañantes ocuparon un lugar libre cerca de la ventana y pidió el joven tres espléndidos desayunos con jugo de nopal y naranja, pan dulce, café y chocolate caliente, que les sirvieron en seguida. Quienes se hallaban en las mesas contiguas observaban de reojo, visiblemente incómodos, sus armas al cinto y sus burdas ropas de campaña, pero nadie se atrevió a decir nada.

—Tenía razón, compadre —comentó Garza—. Este chocolate está criminal de güeno.

Iba ganando confianza y devolvía hosco las miradas de que era objeto hasta que los curiosos apartaban la vista. Conservaba puesto su sombrero tejano, inclinado sobre el rostro norteño que la cicatriz y el mostacho aún endurecían más. A su lado, silenciosa, vestida con la acostumbrada falda larga y una blusa limpia abotonada hasta el cuello, sujetas las trenzas en rodetes con horquillas en las sienes, Maclovia se llevaba la taza a los labios. Se había lavado el pelo y olía a agua de colonia. De vez en cuando la miraba el mayor, solícito.

—¿Te gusta, mi chula?

Asentía distante la soldadera, con una línea de chocolate tibio sobre el labio superior.

—Mucho.

—Chingón.

Bebiendo su café, Martín los contemplaba complacido. La escena, el lugar, la presencia allí de sus dos amigos le producían un grato bienestar. Tal vez la palabra no fuera *felicidad*, aunque había algo de eso. Quiso analizarlo y de pronto comprendió: estaba orgulloso de ellos, contento de que estuvieran con él, o más bien de estar él en su compañía, facilitándoles la satisfacción de una noche en el hotel Gillow y un desayuno en Sanborns. A fin de cuentas eran especiales, distintos de quienes los observaban desde las mesas cercanas. Insurgentes que traían con naturalidad, a ese templo del confort y el buen gusto, el rostro inquietante, áspero, temible también, de la revolución y la guerra. Genovevo Garza y Maclovia Ángeles sabían de incertidumbres y peligros, habían estado bajo fuego, sufrido, peleado por una causa, por una ambición, por una idea. Eran seres humanos de una pieza, con luces y sombras, resueltos a matar y morir con sencillez, a pagar sin melindres el precio de la vida, el riesgo y la pelea. Quizá no lo habían elegido, y tal vez era resultado del azar; pero allí estaban, sin hurtarse al destino. Martín había sido testigo. Y era un privilegio que lo considerasen compañero y amigo. Algo bueno, concluyó, habré hecho a sus ojos para merecerlo.

Se limpiaba Garza el chocolate del mostacho con el dorso de una mano.

—¿En qué piensa, compadre?

Sonrió Martín.

—En la amistad —repuso.

Inclinó el rostro el otro, mirando su taza vacía. Considerándolo.

—Es güeno tener amigos —dijo.

Miró a Maclovia como si se lo consultara, y la mujer entornó los párpados en mudo asentimiento.

Al otro lado de la ventana apareció un grupo de hombres armados. Tenían rasgos indios y vestían sombrero de palma de alta copa cónica y camisa y calzón blancos. Se quedaron afuera, curioseando; y al fin, tras comprobar el aspecto y las armas de Martín, el mayor y la soldadera, como si eso les diera confianza, se animaron a entrar. Dirigían inseguras ojeadas al local y a la concurrencia —al verlos, todo quedó en silencio— y al cabo se acomodaron en el largo mostrador.

—Gorrudos zapatistas —murmuró Garza con desdén norteño—. Tan buey el pinto como el colorado.

Volvió el rumor de conversaciones. Los recién llegados lo miraban todo con desconfianza suriana, conservaban las cartucheras cruzadas al pecho y ni siquiera se quitaron los ajados sombreros de falda ancha caída sobre el rostro. Apoyaban los fusiles en sillas y taburetes mientras las intimidadas meseras servían tazas con chocolate caliente que aquellos campesinos convertidos en guerrilleros se llevaban a los labios despacio, soplando para enfriarlo.

Menuda imagen hacemos entre unos y otros, pensó Martín divertido: el norte y el sur de la revolución, villistas y zapatistas armados desayunando en Sanborns. Lástima que no haya un fotógrafo para registrar esto.

El mayor Garza había sacado tabaco: una elegante lata de Cuban Split comprada en el hotel. Le quitó con parsimonia el precinto, rascó un fósforo en la suela de una bota y encendió un pequeño habano.

—Los amigos se los gana uno —dijo, continuando la conversación interrumpida.

Bebió Martín otro sorbo de café.

—Justo en eso pensaba yo antes... ¿Es nuestro caso, mi mayor?

Dejaba el mexicano salir humo por la boca y la nariz.

—Semos más que amigos, no tizne... Semos compadres.

—¿Por qué?

Garza se frotaba la nariz, entrecerrados los ojos por el humo del cigarro.

—Pos no sé. O sí lo sé —puso una mano sobre la de Maclovia—. Si tuviera un chamaquito con mi prieta, que no va a ser el caso, nomás le pediría que fuera padrino. Y a lo mejor usté hacía lo mesmo.

Rió Martín.

—No le quepa duda.

—Llevamos tiempo jalando parejos, ¿no? —dijo el mayor, y estuvo un momento pensando, en busca de otras razones—. Con tanto cabalgar y tanta dinamita, y tanto agarrón a puros balazos sin verlo rajarse... Son cosas que amarran como con reata, oiga. Que dan respeto —hizo un impreciso aro de humo y se volvió hacia Maclovia—. ¿Quesque no, mi chula?

371

—Es un buen hombre —dijo ella.

Pestañeó Martín, sorprendido. Nunca, hasta entonces, había escuchado un elogio de la soldadera. Ahora ella lo miraba a los ojos, muy fija y seria. Conservaba la delgada línea de chocolate en el labio superior; y eso, advirtió él, dulcificaba de modo asombroso lo común de sus rasgos, la nariz aplastada y la piel casi cobriza del rostro. De no haber estado presente el mayor Garza, tal vez se habría atrevido a levantar una mano para, con los dedos, retirar suavemente aquel resto de chocolate de su boca.

Dos días después, Martín se encontró por casualidad con Emilio Ulúa, el presidente de la Minera Norteña. Salía el joven de hacer unas gestiones en el Palacio Nacional —un asunto de suministros para la División del Norte— cuando lo vio venir de lejos. Cruzaba éste la explanada entre los árboles del centro y la catedral, y su aspecto era el de siempre: corpulento, bien rasurado, corbata de seda con alfiler de perla, flux oscuro y sombrero hongo. Balanceaba el bastón con paso decidido en compañía de un individuo con lentes, bien trajeado, que llevaba una cartera de piel bajo un brazo.

Tardó Ulúa en reconocer a su antiguo empleado. Se observaron a medida que se aproximaban, y fue la insistencia de la mirada de Martín la que hizo que el otro le prestase atención. Aun así, le costó identificarlo. Ya estaban casi uno frente al otro cuando el mexicano se detuvo de pronto, estupefacto.

—¡Garret! —exclamó.

Sonrió Martín. Tras la primera sorpresa, Ulúa tendía su mano. La estrechó sin reparos.

—Válgame Dios, Garret... Casi no lo reconozco. Tan flaco, tan moreno, con bigote y ese sombrero gringo...

Miraba indeciso la pesada pistola en la funda del cinturón y las dos barritas de latón en la chaqueta. Se volvió brusco hacia su acompañante, cual si de pronto recordara su presencia.

—Ah, disculpe. Le presento al señor Jáuregui, un asociado mío... Él es Martín Garret, que hace tiempo trabajó para la Norteña. Un joven notable, que tuvo que dejar la ciudad durante la Decena Trágica... Ahora, como ve, es, eh... Teniente, me parece... ¿No?

Lo contemplaba Martín sin decir nada, saboreando la nueva cordialidad del empresario. Señaló éste con su bastón el Palacio Nacional, ante el que había dos ametralladoras emplazadas y un pelotón de tropas de la Convención, la mitad villistas y la otra mitad zapatistas. Sin llegar a mezclarse nunca del todo, norte y sur, los aliados coyunturales se llevaban bien. Ahora el enemigo común era el también jefe revolucionario Venustiano Carranza, refugiado en Veracruz con sus tropas leales.

—Precisamente vamos a una reunión de trabajo. Ya sabe, seguimos de aquí para allá, intentando mantener a flote los negocios. Y la verdad es que no resulta fácil. Tanta inestabilidad es desastrosa para la compañía —le dirigió una ojeada de repentina esperanza—. Quizás usted...

Movió Martín la cabeza.

—Ya no tengo nada que ver con eso.

—Entonces eran ciertos los rumores.

—Depende de qué rumores sean.

—Oí decir que había abrazado... —titubeaba Ulúa, indeciso, mirándole la insignia—. Bueno, ya me entiende. La carrera militar.

Sonrió otra vez Martín.

—Llamarlo carrera es excesivo. Es la casualidad, las circunstancias, lo que me llevó de aquí para allá.

—¿Ha combatido, entonces? —se interesó el tal Jáuregui.

—Un poquito.

—Con la División del Norte, supongo.

—Sí.

—Antes había estado con Madero en Ciudad Juárez —intervino Ulúa, pavoneándose como si él hubiera tenido algo que ver—. Eso han sido muchas batallas, desde luego —se dirigió benévolo a Martín—. Menuda vida de aventuras lleva, ¿no?... Quién lo hubiera dicho, Garret. Crea que casi lo envidio.

—No me diga —fingía el joven sorprenderse—. Qué amable es, don Emilio. Al envidiarme.

La ironía resbaló en la solemnidad del rostro inalterado del empresario. Inmune a todo, mirando en torno cual si desconfiara de oídos próximos, Ulúa se acercó un poco más mientras bajaba la voz.

—Llegaron rumores de que usted trata a Pancho Villa y a otros jefes revolucionarios —parecía escoger con cuidado las palabras—. ¿Cómo es Villa en realidad?... Según el momento y la vitola de cada cual, los periódicos lo ponen como un bandido sanguinario o como un héroe del pueblo.

—El Centauro del Norte, lo llaman los norteamericanos —dijo Jáuregui.

—Es un hombre rudo, sin formación —aclaró Martín—, pero con extraordinario instinto militar.

—Dicen que desprecia la política y a los políticos, igual que Zapata.

—Es verdad.

Intervino Ulúa.

—Pues ahora esos dos, Villa y Zapata, podrían repartirse México si quisieran. Lo tienen todo a sus pies.

—Es posible, pero no quieren.

—¿Eso cree?... Tenga en cuenta que la silla presidencial es una tentación, y más cuando te fotografían sentado en ella.

Se refería a la imagen publicada por los diarios: Villa en la vieja silla de Porfirio Díaz y Zapata a su lado, dos días atrás, rodeados de partidarios y curiosos en el Palacio Nacional. Todo un símbolo. El pueblo al asalto del mohoso y desvencijado poder.

—Según para quién —dijo Martín.

Después se tocó el ala del sombrero, dispuesto a seguir camino; pero lo retuvo Ulúa, interesado.

—¿Qué hará en el futuro? —paseaba la vista por la explanada, donde transeúntes, carruajes y tranvías circulaban con normalidad—. Aquí todo terminó, por ahora.

—No creo que haya terminado nada —replicó Martín—. Carranza no se resigna a verse privado del mando de la revolución, e intentará imponerse a los otros jefes. Sigue queriendo ser dirigente indiscutido del nuevo México.

Se ensombreció el empresario.

—¿Habrá más sobresaltos, supone usted?

—México es un perpetuo sobresalto.

Ulúa mudó la expresión: de pronto sonreía con calidez. Martín no recordaba haberlo visto nunca tan amable.

—Aún no me ha dicho qué piensa hacer... ¿Tiene previsto ocupar un cargo público? ¿Regresará a España en algún momento?... El marqués de Santo Amaro se interesó un par de veces por su paradero, y lamenté no poder darle noticias.

—Todavía no he decidido nada.

—Tiene razón, qué diablos —hizo amago de palmear un hombro a Martín, pero se detuvo a tiempo—. Es ocasión para disfrutar del éxito, ¿verdad?... De la victoria.

—Quizás.

Otra vez se dirigió Ulúa a su acompañante.

—El señor Garret es un competente ingeniero de minas —miró de nuevo a Martín—. ¿No tiene previsto volver a ejercer su profesión?... Si se decide, recuerde que las puertas de la Norteña siguen abiertas para usted, como siempre.

Esbozó Martín una mueca irónica.

—Sí, claro —dijo lentamente—. Como siempre.

Ulúa volvió a apuntar con el bastón hacia el Palacio Nacional.

—¿De verdad no hay nada que pueda hacer para facilitarnos las cosas? —se tocó un bolsillo de la chaqueta con ademán discreto, pero significativo—. Tenga la seguridad de que...

Lo interrumpió la mirada que el joven le dirigía.

—No me malinterprete —reculó Ulúa, alarmado—. No era mi intención.

Martín seguía contemplándolo muy serio, aunque por dentro sentía el impulso de reír a carcajadas. Se acercó un poco más, confidencial.

—Mire, don Emilio —bajó la voz—. Voy a explicárselo en el lenguaje que llevo utilizando desde hace año y medio.

Lo miraba confuso el mexicano.

—Claro, sin duda. Dígame.

—Voy a pedirle un favor.

Se animó el otro al escuchar aquello.

—Pues claro, por supuesto... Me tiene usted a sus órdenes.

—Váyase a chingar a su madre.

Llamaron a la puerta, y al abrir encontró Martín a un botones con una carta. Despidió al muchacho con una propina, cerró y rasgó el sobre, que contenía una cuartilla doblada en dos con un escueto mensaje: tres líneas y una firma. Se quedó muy quieto durante un rato, leyendo y releyendo. Al fin fue hasta la jofaina, dispuso jabón y navaja, se afeitó a conciencia y se lavó la cara y el pelo. El día anterior había comprado ropa en La Internacional, una tienda elegante de la calle Tacuba; así que se vistió con camisa, cuello blando limpio, corbata y traje color castaño, en cuyo chaleco introdujo el viejo reloj de plata, sujetando el extremo de la leontina al botón superior. La ciudad estaba relativamente en calma, pero convenía tomar precauciones. Como no era momento de cargar con la pesada Colt 45, se ciñó al cinturón, bajo la chaqueta, una discreta funda de cuero con el viejo Orbea tras asegurarse de que había cinco balas en el tambor. Después, con el sombrero flexible en una mano, permaneció inmóvil ante el espejo del armario, queriendo reconocerse en el hombre flaco y tostado por el sol, con una cicatriz en el pómulo derecho, que lo observaba suspicaz desde el azogue. Por primera vez vestía correctamente desde que huyó de la ciudad cuando el golpe del general Huerta, y eso lo hacía sentirse extraño. Incluso incómodo.

Era una bonita tarde mexicana bajo un cielo inabarcable y azul, con nubes dispersas que se alzaban sobre los volcanes como columnas de algodón. Salió Martín del hotel, se puso el sombrero, comprobó la hora y anduvo sin prisa por 5 de Mayo. Era fácil advertir que el ambiente festivo de los primeros días se había desvanecido: varios comercios tenían echado el cierre y en el bullicio de las calles se percibía una nueva tensión. Algunos lugares estaban tomados por piquetes armados que los transeúntes procuraban evitar. En una ciudad donde la gendarmería urbana había desaparecido, empezaba a ser difícil distinguir los grupos para mantener el orden de los que actuaban por su cuenta. Estos últimos cada vez eran más, y ni siquiera los jefes daban ejemplo: borracheras, abusos y robos iban en aumento. Caída la máscara de la revolución disciplinada y amable, crecía la violencia contra antiguos partidarios del general Huerta e incluso de Venustiano Carranza. Desde hacía dos noches sonaban disparos en algunos barrios y descargas en los cementerios.

En el cruce de la calle Filomeno Mata, Martín fue detenido en un control. Había tres hombres de aspecto burgués apoyados contra un muro mientras unos revolucionarios les apuntaban con sus armas y otros registraban sus bolsillos —a uno acababan de quitarle el reloj—. Con malos modos, a Martín le dieron orden de situarse junto a los otros. Lo hizo, blandiendo la carabina ante sus ojos, un zapatista de carrilleras cruzadas al pecho, cubierto con sombrero de amplia falda caída que daba sombra a un rostro aindiado, oscuro, de ojos rencorosos.

—¿Pa dónde mero vales?

Señaló Martín la Alameda.

—Hacia allá voy.

—Pa esos rumbos no hay quien gane. De aquí no pasa naiden.

—Soy de la Convención —repuso Martín.

Lo dijo mientras con una mano sacaba el documento que lo acreditaba y con la otra se apartaba la chaqueta a fin de mostrar el revólver que traía en la cintura, pues era preferible que lo enseñara él a que se lo encontraran al cachearlo.

—División del Norte —añadió.

Estudiaba el zapatista el documento de cartulina sellado con el águila mexicana, y por la forma de hacerlo comprendió Martín que no sabía leer.

—¿Y cuál es la gracia de su mercé?

—Martín Garret... Ahí lo pone.

Se acercó otro gorrudo a curiosear: bajo y reseco, ralo bigote y cuatro pelos en la barba del rostro cetrino. En el sombrero jarano llevaba sujetas con imperdibles una Virgen de Guadalupe y unas medallitas de santos. Miraban los dos el documento y miraban recelosos al joven vestido con ropa de ciudad.

—Soy teniente —dijo Martín—. Pertenezco al estado mayor de Pancho Villa.

—Ah, pos —repuso al fin el de la carabina—. ¿Y qué hace vestido así, tan de chilindrín?

Sonrió Martín, aunque lo justo. Ante un mexicano armado, sonreír era un arte. Hacerlo de más o de menos, a riesgo de levantar suspicacias, era como jugar a las siete y media. Si te quedabas corto, malo; si te pasabas, peor.

—Política, amigo... Obligan a uno a vestir así por la política. Estamos discutiendo sobre los repartos de tierra.

Se animaron los rostros de cobre. El de la carabina le devolvió el documento.

—Pos píquenle, ¿o no?... Que yas tiempo pa darse priesa.

—En eso andamos, como pide el general Zapata.

—De plano lo dijo orita —mostraba el otro una dentadura amarilla, estropeada—. Que viva y reviva Emiliano.

—Y Villa —apuntó Martín un poquito audaz, adornando la faena.

—Pos claro, mi jefe —se hacía a un lado el zapatista, solemne, señalando el paso libre con el cañón de la carabina—. Arriba Zapata y Villa, y malhaya el que se raje.

Siguió camino sin más percances. Al final de la avenida, las obras del Teatro Nacional seguían paralizadas desde el comienzo de la revolución, con los mármoles entre andamios y el tímpano de la fachada oculto por vigas de hierro y madera. Más allá se extendía la Alameda, con las copas de los árboles que daban sombra a fuentes y bancos de hierro fundido al estilo Eiffel. Y bajo la columnata semicircular del monumento a Juárez, con chal blanco, sombrero de paja italiana y sombrilla, vestida de un azul tan claro como el cuarzo líquido de sus ojos, esperaba Yunuen Laredo.

—Cómo has cambiado. Apenas te reconozco.

Sonrió Martín. Una brisa cálida traía aroma de árboles, flores y tierra. Paseaban por uno de los caminos engravillados que iban del hemiciclo a las plazoletas del parque.

—No sé si eso debo tomarlo para bien o para mal.

Yunuen no dejaba de mirarlo. Sonrió a su vez, con gesto distraído.

—Para bien, sin duda.

Se volvió Martín a dirigir un rápido vistazo a doña Eulalia Laredo, que los seguía de lejos. Un individuo alto y fuerte, con sombrero hongo y aspecto de guardaespaldas, iba unos pasos detrás de la tía, cerrando el extraño cortejo.

—Más flaco y tostado por el sol —dijo Yunuen—. Y tus ojos...

—¿Qué pasa con mis ojos?

—Parecen de otro.

Anduvo unos pasos sin apartar de él los suyos, asegurándose de lo que había dicho. Después asintió para sí, muy seria.

—Menos inocentes, tal vez —añadió, perpleja—. O más fatigados. No son los del Martín que conocí.

Caminaron sobre las doradas cuñas de sol que clareaban el suelo, sin decir nada. En la arboleda se oía el trino de los pájaros.

—Me sorprendió saber que seguías en México. Alguien dijo que te había reconocido entre los jinetes que acompañaban a Pancho Villa, la mañana que los revolucionarios entraron en la ciudad...

Calló un momento, indecisa.

—Cuando *entrasteis* en la ciudad, quiero decir —rectificó.

—¿Quién me reconoció?

—Fue Moritz. ¿Te acuerdas de él?

—Por supuesto.

—Es empleado del gobierno y te vio ante el Palacio Nacional. No podía creer que fueras tú.

—Debió acercarse a saludarme.

—No se atrevió.

Anduvo Yunuen unos pasos antes de hablar de nuevo. Bajo la larga falda, sus pequeños y elegantes botines hacían crujir la gravilla. Con un leve movimiento de la mano, casi frívolamente, giró la sombrilla sobre su hombro cubierto por el chal de seda bordada.

—Él y Max están bien.

—¿Y las Zugasti? —se interesó Martín—. ¿Siguen haciendo tertulia en tu casa?

—Menos que antes. Hay cosas que han cambiado.

Se le había ensombrecido el rostro. La observó con curiosidad, pero ella no dijo nada más. Entonces hizo él la pregunta inevitable.

—¿Qué es de Jacinto Córdova?

—Ahora es teniente coronel.

—Vaya —se admiró—. Asciende rápido.

—Combatió mucho en el sur contra la gente de Zapata. Está en Veracruz, con su general Obregón y las tropas federales que se pasaron a Venustiano Carranza.

—¿Os habéis visto a menudo?

Esta vez la pausa fue tan larga que Martín llegó a pensar que la joven no había oído la pregunta. Estaba a punto de mencionar cualquier otra cosa, temiendo haber sido inoportuno, cuando ella habló por fin. Fríamente.

—Estamos prometidos.

—Ah.

Se había detenido y él la imitó. Su mirada clareaba más con la luz que incidía entre las ramas de los árboles.

—Creo que es honrado decírtelo. No quisiera...

—¿Que me haga ilusiones?

Entreabrió ella los labios para replicar, mas no dijo nada. Por los de Martín se deslizó una mueca triste.

—No te preocupes por mis ilusiones —dijo—. Terminaron el día que te vi en tu casa, tras la puerta entornada, cubierta con el rebozo y sin decir una palabra.

Se removió la joven con ademán de protesta, o de defensa.

—Era un momento terrible —apartó la sombrilla del hombro y la miró como si dudara entre cerrarla o no—. Una situación difícil.

—Sobre todo para mí.

Ella escuchaba inexpresiva, ajena a la ironía.

—Pero conseguiste escapar, ¿no?

—Alguien me ayudó.

—¿Quién?

—Da igual quién.

—¿Y cómo es que no te fuiste a España?

—Me gusta México.

—Por Dios... ¿A quién puede gustarle este disparate?

—A mí.

Lo miró con sorprendida intensidad. O tal vez era ternura. En cualquier caso, su desconcierto parecía sincero.

—Siempre fuiste un muchacho extraño.

Caminaron de nuevo hasta detenerse junto a uno de los bancos. Yunuen tomó asiento y cerró la sombrilla.

—Habrás tenido amores —dijo.

Martín continuaba de pie.

—¿Para qué querías verme?

Apartó la sombrilla, invitándolo a sentarse a su lado. De pronto parecía más práctica y más fría.

—En los últimos tiempos, mi papá ha tenido problemas.

Tomó asiento Martín mientras ella lo resumía. Porfirista en su momento, poco simpatizante de Madero, Antonio Laredo se contaba entre quienes vieron con buenos ojos el golpe del general Huerta, e incluso se había beneficiado de ventajas financieras durante su mandato. Más tarde, con el nuevo triunfo de la revolución y el exilio de Huerta, el padre de Yunuen había conocido algunas dificultades que pudo sortear gracias a contactos políticos próximos a Carranza. Pero con la ruptura entre convencionalistas y constitucionalistas, la huida del primer jefe revolucionario y la llegada al poder de Villa y Zapata, el padre de Yunuen volvía a quedar en entredicho. Muy expuesto a ser objeto de represalias.

—Había recibido amenazas. Y hace dos días fueron a buscarlo a casa. Por fortuna, avisado a tiempo, pudo irse antes... Ahora está escondido con amigos de confianza, pero no sabemos cuánto tiempo podrá seguir así.

Miró a la tía Eulalia, que se mantenía a distancia con el guardaespaldas, junto a una de las fuentes.

—Fue horrible —suspiró, estremecida—. Aquellos bandidos aporreando la puerta y entrando luego para registrarlo todo.

—¿Eran villistas o zapatistas?

—Chusma norteña, nos pareció. Gente de la tuya, los de Villa... Hasta se llevaron objetos de valor.

Miraba Martín el suelo, entre sus zapatos. Veía los viejos sentimientos, si es que aún alentaban en él, deslizarse despacio por el parque, cada vez más lejos y más diluidos en la brisa templada de la tarde.

—¿Puedes tú hacer algo? —dijo Yunuen, casi ávida.

—¿Como qué?

—Ayudar a mi papá.

Para su propio asombro, en ese momento Martín no sentía tristeza, ni pesar. Sólo un suave alivio melancólico, semejante a una liberación. Como vaciar un desván de recuerdos que ya nada evocaran.

—Protegerlo a él es protegernos también a la tía Eulalia y a mí —insistió Yunuen.

La miró al fin. Lo hizo volviendo despacio el rostro hacia ella, demorándose por última vez en el azul cuarzo que había descubierto casi tres años atrás, en el Jockey Club, y por cuya causa se había fajado a tiros con Jacinto Córdova.

—Haré lo que pueda —dijo.

Ella le tomó una mano, agradecida. Al hacerlo, rozó su costado y pareció confusa.

—¿Llevas un arma?

Se quitó Martín el sombrero, alzó el rostro hacia el cielo y respiró hondo. El sol que penetraba entre las ramas de los árboles iluminó su sonrisa serena. Se sentía libre de pesos y deudas, en paz con todo. Con Yunuen, con México, con el girar de los astros y el vasto universo.

—Desde hace mucho tiempo —dijo con sencillez— siempre llevo un arma.

La cantina La Ópera estaba decorada a la francesa, con paneles de madera, muebles tallados, sillones de terciopelo y un largo mostrador de nogal. Era espaciosa, con fachada principal a la avenida 5 de Mayo. Cuando entró Martín en compañía de Genovevo Garza, el local estaba vacío a excepción de dos mesas: una situada cerca de la puerta, donde seis hombres armados de la escolta de Pancho Villa bebían cerveza, y otra más al fondo en la que estaba el general en compañía de Sarmiento, el secretario Luis Aguirre y uno de los jefes de la División del Norte al que Martín conocía, viejo amigo de Villa en sus tiempos de bandolero, llamado Tomás Urbina. Acababan de comer.

—Ay, mi Geno —dijo el general al verlos llegar—. Qué bien que me lo trajiste. Venga pacá, ingeniero.

Vestía Villa ropa de ciudad, con la única nota discordante del revólver al cinto. Todos fumaban y bebían coñac francés menos él. Hizo sentarse a los recién llegados, pidió café y contempló a Martín de arriba abajo.

—También a usté lo veo muy catrín, amiguito. Tan elegante... Ni que viniera de mujerear.

Sonrió Martín.

—Donde fueres haz lo que vieres, mi general.

—Ándese —se tocó Villa una fina mascada de seda que llevaba al cuello—. A todos se nos pega algo... Fíjese en Sarmiento, con esas botas de montar estilo inglés que le han hecho a medida; y aquí en Urbina, quién lo vio y quién lo ve, con uniforme de la sastrería La Ideal de Torreón y oliendo a jabón Favorita de Pompeya —se volvió hacia Garza indicando su gastada chaqueta rabona, pegada a las costillas—. El único que sigue rejego, a lo charro, es el mayor... ¿Que no, mi Geno?

—Pa qué le digo lo contrario, mi general. Uno hace lo que puede.

—Así me gusta, compadre. Siempre en campaña —Villa apuntó de soslayo a Martín—. ¿Ya le dijiste?

—No... Mandó nomás que lo trajera, y aquí lo tiene.

Apuntó Villa al joven con un dedo.

—Lo mesmo tiene que sacar la ropa vieja, amiguito. Aprevéngase, porque se nos va al norte.

Se sorprendió Martín.

—¿Para qué, mi general? Si me permite la pregunta.

—Pa hacer lo que yo le ordene.

—Por supuesto... ¿Y cuál es la orden?

—El general Scott, que manda mucho arriba del Bravo, quiere un acuerdo que garantice la seguridad de las empresas mineras gringas en Chihuahua. A cambio nos permitirán traer armas de los Estados Unidos y combustible pa nuestros trenes... Y como su mercé entiende un costal de minas, va a negociarme el asunto.

—Es mucha responsabilidad —dudaba Martín—. No sé si seré capaz.

Se endurecieron los ojos color café.

—Ni qué no sé, ni qué chingados. Si le digo que puede, es que puede. Ya mero agarra el tren pa Juárez; y una vez allá, cada paso que dé lo informa y consulta por telégrafo... ¿Me va a cumplir o no me va a cumplir?

—Siempre estoy a sus órdenes, mi general.

—Asina pues.

Pidió Villa más café a los meseros, que procuraban no hacer ruido al moverse. Después se dirigió al secretario.

—¿A qué hora son los periodistas gringos, Luisito?

—A las cinco, mi general. En el hotel Palacio.

—Que no se nos pase, que es importante —con un toque coqueto, se compuso el pañuelo que llevaba al cuello—. Me van a hacer fotografías y una película pa un noticiero que se llama Animales No Sé Qué.

—*Animated Weekly* —apuntó el secretario.

—Güeno, eso. Como se diga. Y las paso bien chuecas, porque he aprendido a estarme quieto en las fotos, pero todavía no sé cómo chingados posar pa una cámara de cine... Pero nos pagan güena plata por filmar. Y en dólares.

Lo escuchaba Martín, pensativo. Ni el pañuelo de seda ni la ropa de ciudad disimulaban lo que Villa había sido y lo que era: el cuello fuerte sobre el torso corpulento, el espeso bigote que cubría el labio superior, el rebelde pelo crespo, aquellos ojos implacables que miraban como cañones de escopeta y que en cualquier ataque de cólera podían dictar sentencias de muerte. Se preguntó el joven a cuántos hombres de su propio bando o del enemigo habría hecho fusilar o ahorcar el antiguo bandolero, por orden directa, en los últimos tres o cuatro años. Cinco mil tal vez. Imposible establecerlo. Seguramente más.

—No estoy a gusto en esta ciudad —estaba diciendo Villa—. Les juro que tengo querencia del sarape y la fogata, pero no puedo irme todavía. El oro que el ingeniero y aquí mi compadre reintegraron se hizo humo hace mucho —miró a Martín—. ¿Aún conserva aquella moneda, amiguito?

La extrajo el joven de un bolsillo del chaleco, mostrándosela: rubia, reluciente. Siempre la llevaba encima. Se había convertido en una especie de amuleto.

—Aquí la tiene, mi general.

Sonreía Villa a la vista del maximiliano.

—Y bien linda que es, la güerita. Debí guardarme alguna pa mí, pero no lo hice.

—Siempre está a su disposición.

—Calle, hombre... Cuantimás que se la ganó a lo macho.

Bebió el general un sorbo de café y encogió los hombros.

—En cuanto a la mera plata, la de verdá —añadió—, ora recaudamos aquí y allá, pero necesito tres millones de pesos pa asegurar una campaña que les rompa el hocico a Carranza y Obregón... Nuestra división tiene que estar calzada y comida, con pastura pa los caballos, carbón pa los trenes y dinero pa las viudas. Así que voy a dedicar un tiempito a exprimir a los ricos y gachupines de por aquí. Y en cuanto asegure el norte, les caigo a esos tales por cuales en Veracruz, que conozcan de verdá quién es su padre.

Pareció recordar algo, pues bruscamente se volvió hacia Urbina con gesto severo.

—Eso me recuerda, mi Tomás, que debes tranquilizarte tantito en lo de agarrar dinero. Primero es la revolución y luego el bolsillo de cada cual... ¿Que no?

—Algo hay que sacar de la bola, mi jefe —repuso confianzudo el otro, sin inmutarse—. Son muchos años peliando, y no va uno a dejarlo todo pa lo último.

—Quién te ha visto y quién te ve —movía Villa la cabeza, mirándole reprobador los dedos ensortijados con gruesos anillos de oro—. ¿Ya no te recuerdas de cuando yo, Genovevo y tú andábamos hilachos por la sierra, muertos de hambre, robando ganado y fajándonos a tiros con los rurales?

—Al chile si me recuerdo, mi general.

—¿Y crees que no tengo ganas de un ranchito donde criar unas reses con mi familia?

La vieja amistad parecía dar audacia a Urbina.

—Uno por lo menos tiene, que yo sepa.

La cólera hinchó dos gruesas venas en el cuello de Villa.

—Que no frecuento —replicó, hosco— porque ando aquí, arreglando México.

Lo encajaba Urbina con mucha sangre fría.

—Pos ya se tarda... Y por eso yo recupero cuanto puedo. Que uno llega a viejo, si llega —se tocó una cicatriz aún fresca que tenía en la frente—, y después de una vida a puros balazos, derramando la sangre por el pueblo, no tiene una triste milpa donde caerse muerto ni un tercio de alfalfa pa su yegua.

—Ya, hombre, ya. De plano, pero tantito. Las prisas matan.

En boca del Centauro del Norte, esas palabras sonaban siniestras, acicateadas por una sonrisa repentina y feroz. Súbitamente dio un puñetazo en la mesa.

—Vamos a llevarnos bien, compadre —zanjó, seco—. No te hagas, y vamos a llevarnos bien.

La forma en que lo miraba habría hecho apartar la vista a una víbora. Observó Martín que Urbina, aunque se mantenía casi impasible, parpadeaba de pronto, como si se le hubiera metido una pestaña en un ojo.

—Ta güeno, mi general —reculó—. Pos claro.

—Pos eso, Tomasito mío... Pos claro.

Se echó atrás Villa en el respaldo, malhumorado, mirándolos uno por uno cual si buscara un responsable de lo que iba a decir a continuación.

—Y hablando de matar, muchachitos: la disciplina se nos está yendo a la tiznada. Cada día me llegan quejas de borracheras y desórdenes... Anoche, en una cantina, varios de los nuestros se trabaron de habladas y acabaron a puros balazos.

—Un muerto y tres heridos —apuntó el secretario Aguirre, ecuánime.

—Eso nos da mala imagen, y ya me canso. Además, no paran con robos y violencias, y la población civil nos tiene miedo.

—Es que los zapatistas... —quiso justificarlo Urbina.

—No chingues con los zapatistas —le cortó Villa—. Son ellos y semos nosotros —se volvió hacia Sarmiento, rotundo—. Desde ora, a cada cual que no jale derecho me lo haces afusilar. Sin proceso ni historias... Te lo llevas al paredón y le das bala.

Asintió el indio, que fumaba sin mover un músculo de la cara. Lo de fusilar, se dijo Martín, le era tan natural como a su jefe. O más.

—Y otra cosa —dijo Villa—. Ayer vinieron a protestarme porque gente armada se robó los cálices de la Trinidad.

—Serían zapatistas —opinó Urbina.

—No chingues, Tomasito. Los de Zapata creen en Dios. ¿No ves cómo van de medallitas, crucifijos y banderas?... Y oye, compadre. Soy el primero al que no le gustan los curas, pero las iglesias me las respetan ustedes. ¿Entienden?... Las viejas van a misa, así que mejor no meterse con ellas. Ni remedio: si las enchilas, te envenenan la vida. Bastante cuesta arriba lo tenemos todo. Así que a quien le falte el respeto a una iglesia, también me lo pasan por las armas.

Inclinaba la cabeza Sarmiento sobre su copa de coñac, moviéndola en la mano, con un habano humeándole en la boca. Parecía complacido, y lo señaló Villa con una carcajada.

—Miren cómo ríe sin reírse este cabrón. Le gustó lo de afusilar. ¿Que no se fijaron?... Los indios nunca ríen fuerte como los españoles, ni contenidos como los mestizos. Se ríen así, igual que Sarmiento. Guardándotela.

—A propósito, mi general —intervino Martín—. Querría pedirle un favor.

Lo miró el mexicano con sorpresa.

—Nunca fue de mucho pedir. Ándele, a ver si puedo.

—Hay alguien que me ayudó en otro tiempo. Un empresario español llamado Laredo.

—¿Español?... Mal comienzo, amiguito. Usté es el único del que me fío.

—A éste le han levantado calumnias y su familia teme por su vida. ¿Sería posible extenderle un documento que lo ponga a salvo durante algún tiempo?

—¿Fue huertista?

—No más que el común de la gente, en esa época.

—¿Y qué tal con Carranza?

—Ni bien ni mal. Ya le digo que es empresario, ajeno a la política.

—¿Y tiene plata?

—Algo tiene.

—Pos ya está... Si su gachupín contribuye con treinta mil pesos a la revolución, puede estar tranquilo —miró al secretario, que había sacado una libreta y una pluma estilográfica—. Encárgate, Luisito.

Tomaba nota Aguirre, diligente. Los ojos color café se clavaron de nuevo en Martín.

—No me tuerza esa gestión en El Paso, ingeniero —Villa se había puesto muy serio—. A mí me vale madres que los Estados Unidos y su presidente Wilson reconozcan a la Convención. Lo mío es la silla de montar, no la presidencial. Lo que busco es hacer justicia a los pobres y darles padentro a los ricos... Incluso, antes que deber algo a los gringos prefiero andar por la sierra comiendo carne charrasqueada. Pero necesito que esos pinches güeros nos vendan parque.

Hizo una pausa. Tenía las manos sobre la mesa, a uno y otro lado de la taza de café vacía. Cerró los puños con fuerza, poderosos. Coléricos.

—La División del Norte se juega su futuro y el de México. Esos jijos de veinte, Carranza y Obregón, no van a parar hasta que nos echen, o nos los echemos.

—Pero Zapata sigue de nuestro lado, mi general —apuntó Urbina.

—Según y cómo —encogió el general los hombros, ceñudo—. A Zapata sólo le importa el sur. Si la cosa se tuerce, se replegará a su tierra y si te he visto no me acuerdo... En cuanto a nosotros, si aflojamos tantito con estos políticos chocolateros y ladrones que buscan hacerse dueños después que nosotros hicimos el trabajo sucio, lo veo de color hormiga como dejen de tenernos miedo. Nos perderán el respeto si no conseguimos armas y dinero.

Levantó Villa los ojos al techo: al agujero de un balazo que, se contaba, él mismo había disparado con su revólver días atrás, para acallar a la gente en mitad de una discusión.

—La vida es un albur, muchachitos. ¿Que no lo ven?... Dentro de dos o tres meses, lo mesmo podemos seguir aquí, comiendo caracoles en salsa de chipotle, que oyendo silbar los trenes mientras granizan plomazos. Y no sé cuál de las dos cosas prefiero.

Calló Martín. Él sí sabía en cuál de esas situaciones deseaba estar. Pero no lo dijo.

14. Los llanos de Celaya

El telegrafista salió de la garita con un lápiz tras la oreja y una hoja de papel rosa en la mano y entregó el mensaje al conductor del primer tren. Sonó la campana, silbó la máquina, y una nube de vapor surgió en los flancos como si el monstruo negro y metálico despertase con violencia de su letargo.

—¡Arriba, muchachos! —gritaron los oficiales—. ¡Avívense!

Del cobertizo de la estación y los vivacs cercanos vinieron corriendo centenares de villistas con anchos sombreros, cruz de cananas al pecho, rifle en mano o colgado a la espalda. Algunos masticaban el último bocado de tortilla con frijoles que sus mujeres habían preparado en las fogatas, en torno al penacho negro de la locomotora que, sudorosa de aceite, pedía carne para el matadero. Once mil soldados de la División del Norte estaban a punto de ir hacia levante.

—Ahí llega el agarrón, ingeniero —dijo Genovevo Garza—. Orita es cuando.

Desde el lado sur de la vía, de pie junto a su montura, Martín Garret observó a los hombres subir a los vagones o trepar por las escalas para acomodarse en el techo. Los caballos habían llegado desde Irapuato en esos trenes; y ahora, desembarcados, se agrupaban con sus jinetes a uno y otro lado del tendido férreo, esperando la orden de avanzar mientras la infantería ocupaba los vagones sucios de paja y estiércol. Dos horas antes, Pancho Villa se había presentado en automóvil para dar instrucciones a los jefes de brigada y de regimiento, antes de desaparecer con su escolta en una nube de polvo, al encuentro de la artillería que, tirada por mulas, aún estaba de camino.

—¡Celaya! —voceaban desde las puertas y los techos de los vagones—. ¡Nos vamos a tomar Celaya!

Corría la voz mientras los rezagados se despedían de las mujeres y de los chiquillos que se agarraban a piernas y faldas. Numerosas soldaderas acompañaban a sus hombres hasta el tren llevándoles las armas y el parque, abrazándolos mientras les entregaban tortillas envueltas en pañuelos, calabazas con agua y cantimploras. Hormigueaba la estación de sombreros, carrilleras llenas de balas relucientes al sol, fusiles Máuser y carabinas 30/30. A lo largo del convoy, apartando a soldados y mujeres para abrirse paso, ferrocarrileros con ropa azul sucia de grasa golpeteaban con martillos para revisar los bogies.

—La idea —dijo Genovevo Garza— es arrimarlos al rancho y el apeadero de El Guaje, pa que lleguen descansados —levantó el rostro para comprobar la altura del sol, velados los ojos con el sombrero en alto—. Nosotros saldremos orita mesmo.

—¿Qué pasa con su reloj, mayor? —preguntó Martín.

—Se paró, nomás... Y no consigo que ande.

Sacó el joven el suyo del bolsillo y se lo pasó.

—Tome el mío —insistió, al ver que dudaba el mexicano—. Tiene responsabilidades y conviene que sepa la hora.

—Ta güeno, compadre —aceptó Garza—. Lueguito se lo devuelvo.

Volvió a silbar la locomotora y el penacho de humo se hizo más espeso. Garza, que tenía un brazo apoyado en la silla del caballo, se volvió a Maclovia Ángeles, que estaba a su lado.

—Cuídese, mi chula.

Al decirlo puso una mano en un hombro de la soldadera, que lo miró con intensa fijeza. Llevaba Maclovia un rebozo pardo cubriéndole la cabeza y los hombros, un deshilachado jersey de lana y el pistolón colgado en la cintura, sobre la falda descolorida y muy remendada. Las facciones rudas permanecían tan inalterables como de costumbre, pero sus ojos de melancolía oscura brillaban inquietos, yendo y viniendo de los soldados al tren y a su hombre. Por un brevísimo instante detuvo la mirada en Martín, antes de apartarla de nuevo.

—No te dejes quebrar como un pendejo —le dijo a Garza.

Lo hizo sin énfasis ninguno, igual que si le aconsejara abrigarse cuando hiciera frío. Rió el mayor, abrazándola.

—Ni modo, prietita. Ni modo... Cuantimás si usté me espera.

Pasaron unos jefes al galope, y uno de ellos —un coronel llamado Fulgencio Ochoa— hizo una señal imperativa a Garza. Sonó el clarín seguido por pitazos de silbato. En la vía, resoplando entre nubes de vapor, el conductor de la primera locomotora asomaba una mano enguantada por la ventanilla, diciendo adiós. El tren empezó a moverse con rechinar de hierro y madera. Desde los techos y las puertas de los vagones, los hombres se despedían a voces de las soldaderas y embromaban a los de caballería que, aún pie a tierra, iban quedando atrás. Unos cantaban *La Adelita* y otros *La cucaracha*, como desafiándose. Levantó un brazo Martín, saludando a los que se iban. No era que los mexicanos despreciasen la muerte, se asombró una vez más. Sólo se burlaban de ella.

—¡A tomar Celaya! —gritaban, confianzudos—. ¡Arriba Villa y muera Carranza! ¡Vámonos a Celaya!

El mayor le dio un beso en la frente a Maclovia, ajustó las hebillas de las mitazas de cuero que le cubrían hasta las rodillas y se volvió a la tropa.

—¡Guías de Durango! ¡Monten!

Metió Martín una bota en el estribo y se izó a lomos de *Láguena*, acomodándose en la silla de cuero pulido por el uso. En torno a él, doscientos jinetes bigotudos y tostados por el sol, con sombreros de toda suerte y cartucheras cruzadas sobre ropa civil, chaquetas charras o prendas de uniforme, hicieron lo mismo. Todos llevaban revólver o pistola al cinto, así como carabinas enfundadas en la silla, y algunos portaban sables militares o machetes largos. La orden recibida por el escuadrón era avanzar al sur de El Guaje entre la vía del ferrocarril y el río Laja, reconociendo el terreno hasta tener contacto con el enemigo. En previsión de necesitar la voladura del puente de Olivos, llevaban con ellos una recua de mulas cargadas con material detonante y explosivos.

Formaban los jinetes en columna de a dos. Otros escuadrones cabalgaban ya, levantando polvo hacia el norte. A caballo, con medio cuerpo vuelto atrás y apoyada una mano en la grupa de la montura, el sombrero en la otra, Genovevo Garza dirigió un último vistazo a su gente. Al término de la ojeada se detuvo en Martín. Bajo la luz cenital que ahondaba las arrugas en la cara como surcos de maizal, su vieja cicatriz parecía prolongar una sonrisa cómplice.

—Éitale, ingeniero... Sólo es una jalada más, después de tantas.

—Una más —repitió Martín.

Se puso Garza el sombrero veteado de sudor, grasa y tierra, ajustando el cordoncillo del barbiquejo.

—Ni modo. Pa que se acaben las chinches, no hay otra que quemar el petate.

Arrimaron espuelas y *Láguena* empezó a moverse despacio, con la doble fila que iba alargándose paralela a la vía férrea. Mientras caballos y jinetes se mantuvieron al paso, Maclovia Ángeles permaneció junto a su hombre, caminando firme, cabeza erguida y una mano puesta en el arzón de la silla, como orgullosa o desafiante. El rebozo se le había deslizado hasta los hombros y la fuerte luz tornasolaba la única trenza con que de nuevo se recogía el pelo. Poco a poco fueron dejándola atrás, y cuando llegó orden de poner los caballos al trote y Martín se volvió por última vez a mirar, la soldadera había desaparecido en la polvareda del escuadrón.

La guerra, había aprendido, se componía a partes iguales de espera e ignorancia. Ibas de acá para allá privado de una visión de conjunto, obedeciendo órdenes sin saber realmente qué ocurría, hasta que tocaba entrar en fuego; y aun entonces sólo era posible percibir lo que estaba a la vista. Igual podías hallarte entre gente que avanzaba valerosa que entre quienes corrían para salvar la vida, sin que eso tuviera relación directa con el resultado general. Tan frecuente era huir en la victoria como pelear con denuedo en la derrota. Pocas veces, en la confusión de un combate, sabías si los tuyos ganaban o perdían.

Eso estaba ocurriendo en aquel momento. Acababa Martín de disponer cargas explosivas en los pilares del puente de Olivos —una vieja estructura de madera y hierro— para cortar el paso a refuerzos carrancistas que pudieran llegar desde el sur; y tras dejar de retén a cuatro hombres con instrucciones de prender las mechas a la vista del enemigo, volvía a donde aguardaba Genovevo Garza con el grueso del escuadrón. Iba al paso, con otros seis jinetes y las mulas cargadas con material a la espalda, hacia el punto de reunión fijado con el mayor en una pequeña loma, cerca de una bifurcación del camino. Y a medida que se alejaba del río, empezó a oír ruido de combate al norte, por la parte de El Guaje.

—Ya se agarraron —dijo alguien.

Garza estaba en la loma, desmontado, con un centenar de hombres y caballos. El resto se hallaba disperso en patrullas explorando la zona, llana y con huertos y arboledas aunque surcada en todas direcciones por canales de riego. Las órdenes para los guías de Durango, aparte de controlar el puente, eran localizar pasos adecuados para franquear esas acequias, tajos incómodos que podían estorbar el avance decisivo sobre Celaya, previsto para el día siguiente.

—¿Quihúbole, ingeniero?

—Todo en orden, mi mayor.

Echó Martín pie a tierra y se quedó junto a Garza, que miraba hacia El Guaje. Parecía preocupado.

—Mal terreno —comentó—. Demasiado llano, con poca protección. Y esas acequias, difíciles de pasar, cobijarán a los carranclanes... El general Obregón sabe atrincherarse.

Señaló Martín en dirección al norte.

—¿Qué sabemos de allí?

—Nomás lo que se oye. Se están dando duro.

—Eso es que los nuestros avanzan hacia Celaya.

—Órale... Y que El Guaje es nuestro, o casi.

Sacó Garza del bolsillo el reloj de Martín, abrió la tapa y consultó la hora. Luego miró la altura del sol, cual si pretendiera asegurarse.

—Hay algo que me sorprende —comentó el joven—. No hemos visto caballería carrancista. Y debería andar por aquí cerca como nosotros, tanteándonos.

—A mí también me extraña, compadre. Llevo pensándolo todito el día.

Llegó metiendo espuela un batidor polvoriento y cansado. Llevaba, dijo al presentarse, un buen rato buscando al escuadrón. Se les ordenaba rodear El Guaje por el sur y acercarse al camino real y la vía del ferrocarril. Hizo Genovevo Garza tocar el clarín para reagrupar a la gente, y se pusieron en marcha enviando por delante exploradores. Con frecuencia veían obstaculizado el camino por canales de riego y perdían tiempo en descubrir pasos seguros. A lo lejos seguía el ruido del combate, que parecía cada vez más próximo a Celaya.

—Andan ya como por Crespo —dijo Garza, satisfecho—. Eso es que van bien las cosas.

Al cabo de un rato, al cruzar entre un bosquecillo de álamos que ocultaba parcialmente la visión, aparecieron el sargento Chingatumadre y otros dos villistas picando espuelas, sofocados de la galopada.

—Jinetes, mi mayor —señalaba el suboficial hacia el nordeste.

—¿Cerca?

—Ahí mero... No sé si son nuestros o de los otros; pero van tranquilos, explorando.

Ordenó Garza desplegarse al escuadrón y avanzaron cautos, flojas las riendas y carabinas dispuestas. Sacó Martín la suya de la funda, cortó cartucho y la atravesó en el arzón delantero de la silla. Respiraba lento y pausado, como había aprendido a hacerlo para mantener el pulso firme y la cabeza fría. La tensión le secaba la boca y hormigueaba en los muslos y las manos, y los cinco sentidos se reducían a dos: vista y oído.

Al salir de la arboleda pudo verlos al fin. Eran sólo una docena y se movían separados unos de otros, a lo largo de un canal de riego. A esa distancia era fácil identificarlos como carrancistas, así que no hubo órdenes, ni gritos, ni interpelaciones. Todo el mundo empezó a disparar. Fue un intercambio de fuego intenso, violento y muy rápido. Martín, aupado de pie en los estribos, hizo tres disparos que se unieron al tiroteo general. Vio caer a dos enemigos y a un caballo coceando con las patas en alto. Los otros volvieron grupas y huyeron al galope.

Cruzaron la acequia los villistas. Los dos jinetes estaban tirados en el suelo, manchando de sangre la hierba del ribazo. Vestían ropa del ejército federal. Uno era joven y otro parecía viejo, tal vez porque un balazo le había arrancado medio cráneo: sus sesos se desparramaban sobre el pasto como flores rojas. El joven, tendido boca arriba con los brazos en cruz, tenía los ojos entreabiertos e inmóviles, y su último gesto era una extraña sonrisa que descubría sus dientes bajo un bigote ralo, sombra de bozo juvenil. Mientras algunos hombres desmontaban para quitarles armas y botas y registrar bolsillos, Martín acercó su montura al caballo que todavía coceaba, relinchando y desorbitados los ojos de dolor, desgarradas las tripas a balazos. Tras contemplarlo sin desmontar, se inclinó sobre él desde la silla, apuntó la carabina a la cabeza y lo remató de un tiro.

Geometría del caos, pensó una vez más mientras palanqueaba para recargar el arma. No había allí consuelo posible, como no lo había, en general, para la vida misma. La guerra era una evidencia útil para quien aprendía a mirar en ella: ayudaba a observar con ecuanimidad la perversa geometría cósmica. Un aprendizaje valioso para quien de un modo u otro, sin engañarse a sí mismo y dispuesto a pagar el precio, fuese capaz de advertir las líneas y curvas, ángulos y azares sujetos a reglas implacables bajo la bóveda fría de un cielo sin dioses.

El cuartel general estaba en un apeadero del ferrocarril. Cerca de allí, la artillería villista tiraba directamente sobre las defensas de Celaya, y desde el otro lado se disparaba fuego de contrabatería que, cuando llegaba demasiado cerca, hacía levantarse de manos a los caballos. Iban y venían mensajeros con órdenes, y centenares de soldados y animales ensillados se concentraban en los alrededores. Era evidente que se había combatido duro, pues había muchos heridos y los hombres que estaban sanos abrían cajas de munición para rellenar las cananas vacías.

—¡Rejijos de su pinche madre! —voceaba Pancho Villa—. ¡Díganme nombres, que los hago afusilar!

Pese a que la jornada le era favorable, el general estaba de pésimo humor. Los cañones de la División del Norte —veintidós Saint Chaumond franceses y Mondragón mexicanos— no tenían munición adecuada, pues los fabricantes estadounidenses, proveedores habituales, la enviaban ahora a la guerra de Europa. Los proyectiles casi artesanos hechos en Chihuahua con fulminantes de cartuchos de pistola fallaban demasiado.

—¡Los hago afusilar! —repetía Villa.

La cólera del general hacía palidecer a su estado mayor, agrupado en torno a una mesa con mapas puesta bajo el cobertizo del apeadero. Estaban allí el coronel Ochoa, unos tales Canuto Reyes y Estrada, el indio Sarmiento y otra gente de confianza. Más allá de la llanura verde cortada por líneas de árboles y canales, donde a intervalos se alzaba la polvareda de cañonazos, se adivinaba la ciudad de Celaya ante las colinas que la circundaban por levante. La tarde se encontraba en sus últimas horas y el cielo cambiaba de azul intenso a gris pálido.

—Ah, que ya llegaron —dijo Villa al ver aparecer a Genovevo Garza y Martín—. ¿Qué chingados andaban haciendo?

Acostumbrado a los arrebatos de su jefe, Garza respondió muy sereno.

—Cumplíamos sus órdenes, mi general. En descubierta por el río.

—¿Y hasta dónde fueron?

—A una legua de Celaya.

—Aquí hemos tenido caballería enemiga, pero la hicimos retirarse quince kilómetros. Como venados huyeron. Después hubo otro amago que desbarató Estrada, y desde entonces no asoma un jinete carrancista... ¿Vieron alguno?

—Apenas —Garza se había acercado al mapa y señalaba el lugar—. Sólo una patrulla pequeña, y le dimos su agua. Si permite, mi general, me se hace rara tan poca caballada.

—Es güena señal. Eso significa que Obregón se ve apretado y usa la suya pa pelear pie a tierra, como infantería.

—Ah, pues.

Manteniéndose un poco aparte, Martín se puso al corriente de la situación: los carrancistas habían sido derrotados en el rancho El Guaje, con al menos medio millar de muertos y heridos, pero pese al desastre habían conseguido retirarse al de Crespo; y luego, perdido éste, a sus líneas defensivas en torno a Celaya, donde canales de riego, trincheras y pozos de lobo a uno y otro lado de la vía del ferrocarril y el camino real les daban resguardo.

—Les caeremos mañana, al alba. En cuanto haya luz vamos a atacar de pura embestida, sin movimientos tácticos, ni maniobras, ni chingaderas de putos. Y nada de tropas de reserva... Todos pujando de frente, a puro riñón.

—Nos harán daño, mi general —objetó el coronel Ochoa.

—Eso ya lo sé, qué carajos.

—El terreno es llano y descubierto —insistió Ochoa—. Lo cortan las acequias y las ametralladoras carrancistas lo enfilan cruzando sus fuegos... Ya lo hemos sufrido esta tarde. Y no tenemos granadas de fragmentación para hacerles agachar la cabeza. Casi todo lo que tiran nuestros cañones es de percusión.

Villa lo traspasaba con la mirada.

—No me hablen de cañones, carajo... Cuantimás que la artillería es lo menos. Les vamos a entrar recio, parejo, de un solo golpe, en un frente de cinco o seis kilómetros. A lo charro. ¿Cuándo nos falló eso, muchachitos?

Miró el coronel a los otros jefes, pero todos guardaban silencio. Se encogió de hombros Ochoa.

—Nunca, mi general.

—Pos a repetirlo mañana, y de noche cenamos en Celaya. He pedido tablones pa que la infantería pase las cortaduras. Nuestros trenes pueden acercarse a tres kilómetros de aquí; va a llegarnos uno con parque y con ese material pa tenderlo durante la noche —miró a Genovevo Garza—. Encárgate, compadre.

Se irguió el mayor llevándose dos dedos a la frente, bajo el sombrero.

—A sus órdenes.

Seguía mirando Villa a Garza y a Martín. De pronto tenía un aire dubitativo, como si no lo hubiera dicho todo. Se aclaró la garganta y escupió al suelo, entre sus botas.

—Tú y el ingeniero quédense por ahí cerca —dijo al fin—. Tengo otro asuntito que platicarles.

Obedientes, el joven y el mayor se alejaron unos pasos a lo largo de la vía férrea. Por el camino real, que discurría paralelo, pasaban largas filas de hombres, carros y recuas de mulas con cajas de parque. De vez en cuando estallaba en las inmediaciones un proyectil de artillería, levantando polvo que se disipaba despacio en la tarde sin viento. Hacia el este continuaba el combate: una sucesión de estampidos semejantes a truenos punteados por el tiroteo.

—¿Qué opina, mi mayor? —preguntó Martín.

Genovevo Garza torcía un cigarro, pensativo.

—Da igual lo que opine.

—A mí no me da igual. Parece preocupado.

Hizo el mexicano un movimiento de cabeza señalando el cobertizo del apeadero.

—Ya vio los que están ahí.

—Son hombres valientes, ¿no?

—Pos claro, pero nomás eso... De los que piensan, de los que se atrevían a discutirle una orden a Pancho Villa, de ésos quedan pocos. Toribio Ortega y Trinidad Rodríguez están muertos, y ni Felipe Ángeles, ni Urbina, ni Raúl Madero andan por aquí... Esta División del Norte no es la mesma que peleó en Torreón o Zacatecas.

—Pero estamos ganando, mi mayor... ¿Qué le preocupa?

Del mismo modo que antes, Garza señaló a la infantería que caminaba por la carretera.

—El de mañana no va a ser terreno fácil —repuso tras sacar su chisquero y encender el cigarro—. Ya lo vio: acequias y muy llano, sin cobijo pa naide nuestro. Malo de atacar y güeno pa defender... Si lo que busca el general es entrarles a los carrancistas de puro aventón, a lo macho, nos va a costar caro.

Miró Martín hacia el cobertizo.

—¿Qué querrá de nosotros?

—Orita lo vamos a saber.

Se quedó callado el mayor, fumando.

—¿Se echó usté alguno de los que tumbamos en el río, ingeniero? —preguntó al cabo de un momento.

—No estoy seguro —dudó Martín—. Fuimos muchos los que tiramos a la vez.

—Ya lo vi. Desenfundó rápido la treinta treinta, ¿eh?

—A todo se aprende.

—Pos clarinete... A todo.

Al poco rato, Pancho Villa dejó el cobertizo y se dirigió hacia ellos. Venía solo, caminando con su característico paso oscilante y las piernas arqueadas, propios de quien pasaba más tiempo a caballo que pie a tierra. Traía el sombrero levantado hacia atrás, el revólver al cinto y las mitazas y las botas polvorientas, con las espuelas que resonaban al rozar las piedras del suelo. Al llegar se secó el sudor del rostro con el paliacate rojo del cuello. Estaba muy serio y habló en voz baja, cual si el bigote le velase las palabras.

—¿Conocías a Margarito Viñas, compadre?

Hizo memoria el mayor.

—Sí que lo conozco, mi general. Es uno de sus dorados. Lleva en la bola toda la vida, desde los tiempos de don Panchito Madero. Estuvo con nosotros en Juárez... ¿Me habla de ése?

—Sí, de ese mero.

—¿Y qué hay de él, mi general?

—Esta mañana se lo echaron los carrancistas en El Guaje. Un tiro en la tripa, sin vuelta atrás... Tardó en morirse.

—Uta. Lo siento.

—Espera tantito pa sentirlo... La cosa es que mientras se iba o no se iba, pidió platicar conmigo. Quería contarme algo, dijo. Así que me llamaron, fui a verlo y me lo contó.

Mientras hablaba, Villa sacó de un bolsillo un papel doblado. Golpeteaba con él en los dedos, sin desdoblarlo.

—¿Te acuerdas de nuestro oro? ¿De las monedas del Banco de Chihuahua?

—¿Cómo iba a olvidarme?

—Margarito Viñas fue uno de los que tendieron el cuatro pa robárselo todo.

Al mayor se le desencajó el rostro.

—¿Qué me dice, mi general?

—Lo que oyes... Lo hicieron entre él, ese fulano que ustedes encontraron en su rancho y dos más.

—¿Qué dos?

—Uno era un tal Chemita Murguía. Por lo visto se lo tiznaron hace tiempo, en un burdel de Chihuahua.

—Sé quién era —asintió Garza—. Uno chaparro, güerito... Sargento, me parece.

—Será ése, yo no me acuerdo. Pero Viñas mentó su nombre.

—¿Y el otro?... ¿El cuarto?

Hizo Villa un ademán pidiendo paciencia.

—La idea —prosiguió— era esconder el oro en los Estados Unidos, y así lo hicieron. Como seguridad por si al acabar la revolución estaban tan muertos de hambre como cuando la empezaron... Se repartieron un poquito pa no llamar la atención y el resto lo enterraron en aquella mina de Sierra Diablo. Era gente aprevenida. Pero gracias a ustedes les llovió en la milpa.

Todavía dudaba Garza.

—¿Le da crédito a eso, mi general?

Asintió Villa, severo.

—Tú y yo hemos visto morirse a mucho cristiano, mi Geno. Quien está con un pie en el estribo suele decir la verdá. ¿Qué iba a ganar Margarito?... Dijo que le pesaba haber hecho lo que hizo, sobre todo porque no le aprovechó. Me agarraba del brazo, ahogándose en sangre, y me lo decía mirándome a los ojos y por derecho. Pa irse en paz, decía. Y yo lo creí... Aluego le di unas palmaditas en un hombro y le metí un plomazo pa abreviarle el trámite.

Miró alrededor como si buscara más gente a la que aliviarle algo, masticando la cólera.

—Nos tronaron a seis, esos ladrones y traidores —añadió tras un momento—. Seis de los nuestros a los que emboscaron. Y tengo el cuarto nombre, el que lo ingenió todo.

—¿Y sigue con nosotros? —se asombró Garza.

—De plano.

—Újole —se impacientaba el mayor—. Suéltelo de una vez, mi general.

Estalló un cañonazo atronadoramente cerca, levantando tierra y cascotes. La humareda filtró el sol. Garza y Martín se habían agachado un poco apenas lo oyeron llegar, por puro hábito, pero Villa se mantuvo impasible. Agitaba en el aire el papel, abanicándose con él para apartar el polvo.

—Aquí tienes una orden escrita de mi puño y letra —señaló una casa medio derruida sobre una loma próxima—. Orita mesmo formas un piquete de seis hombres tuyos, detienes al que está apuntado aquí, te lo llevas allí y me esperas. No tengo mucho tiempo, pero en cuanto pueda me acerco. Ni se te ocurra darle su agua antes que yo llegue.

Desdobló el papel con parsimonia y se lo pasó a Garza. Después miró a Martín.

—Hágame la mercé de ir con mi compadre, ingeniero... Lo de ese oro también fue cosa suya —le dirigió una sonrisa torcida—. Amerita ver cómo termina el cuento.

Genovevo Garza leía el papel con dificultad, moviendo los labios. De pronto enarcó las cejas, sorprendido. Para asegurarse, se lo pasó a Martín:

En el canpo de bataya por traidor y ladron ordeno el imediato afusilamiento de...

Alzó el joven la cabeza y miró a Villa, estupefacto.

—¿Sarmiento?

Asentía el general, sombrío como la muerte.

—Sí, mero... El cuarto hombre, el que lo ingenió todo, era ese apache cabrón, rejijo de una india y veinte padres.

Sentado en el suelo, la espalda contra la pared de adobe bajo el que asomaban los ladrillos, Sarmiento permanecía en silencio. Sólo había protestado al principio, más asombrado que furioso, cuando con algún pretexto Villa lo hizo salir del cobertizo del apeadero y se encontró con un piquete de seis hombres armados y el mayor apuntándole con un revólver a la cabeza.

—Cuela palante —le había dicho Garza.

Pasada la primera sorpresa, Sarmiento había permitido que lo desarmaran, estoico, dejándose llevar sin resistencia al jacal. Ahora el piquete esperaba fuera, y Genovevo Garza y Martín vigilaban al preso mientras éste, que había sacado del bolsillo un habano grande y grueso, lo encendía con parsimonia.

Nadie hablaba. La mitad del techo había desaparecido y a través del agujero llegaban los sonidos lejanos del combate, que parecía aflojar un poco, con alguna explosión de artillería más próxima. A veces sonaban voces de hombres y ruido de caballos que pasaban.

Observó Martín que Sarmiento esquivaba sus miradas. Incluso cuando dirigía la vista hacia ellos lo hacía de modo casual, como si no los viera y sus ojos, más amarillos que negros, estuvieran absortos en algo situado lejos y a su espalda. El rostro era una inexpresiva máscara de cobre, impasible excepto cuando se acercaba el cigarro y lo retiraba entre el humo que dejaba salir por la nariz y la boca. Sólo una vez advirtió Martín que se fijaba en él con atención, oscuro y peligroso como siempre; pero cuando le sostuvo la mirada, el indio apartó la suya.

Llegó Pancho Villa pateando fuerte, a pasos violentos y largos. Se secaba el sudor de la cara sombría. Martín lo había visto fusilar a hombres con la mitad de esa cólera en los ojos.

—Muerto de hambre desgraciado —escupió—. Traidor, asesino y ladrón.

Lo miraba Sarmiento sentado en el suelo, sin despegar los labios sino para fumar. Villa lo fulminaba con la mirada. El dogal cerrado de la camisa parecía oprimirle el cuello ancho y congestionado de furia. Se lo desabotonó de un manotazo.

—Estoy ganando una batalla y no tengo tiempo, pero antes de hacerte tostar quiero saber una cosa... ¿Por qué lo hiciste?

Por primera vez, Sarmiento manifestó un vago interés.

—¿Por qué hice qué?

—El oro de Juárez. Aquellos seis hombres muertos por tu gente.

Ladeó el indio el rostro, como para hacer memoria.

—¿Por quién, dices?

—Por los que mandaste que me hicieran de chivo los tamales: Viñas, Murguía y aquel otro fulano al que Genovevo y el ingeniero cazaron en su rancho.

—No sé de qué carajos hablas, Pancho.

—No me llames así —Villa dio una palmada sobre su revólver—, o te quiebro yo mesmo de un plomazo.

—Haz lo que se te pegue la gana.

Fumaba Sarmiento sin inmutarse. Dio Villa unos pasos hacia él y se acuclilló delante, mirándolo como si quisiera penetrarle hasta el alma.

—Nos conocemos desde antes de entrar en la bola, cuando íbamos con Genovevo, Urbina y otros por la sierra. Siempre fuiste de mi confianza.

Se detuvo esperando una reacción del otro, pero éste permaneció callado, humeante el cigarro. Villa le apuntó con un dedo entre los ojos.

—Mira, indio mugroso. Te vas a morir, porque los conchudos como tú salen sobrando... No he venido a que confieses que lo hiciste, que eso ya lo sé.

Se animó ligeramente el otro.

—¿Y quién te lo dijo, que tan seguro estás?

—Lo dijo un muerto, y los muertos dicen la verdá.

Sesgó Sarmiento la boca, sardónico.

—Ni modo. Los muertos mienten tanto como los vivos.

—Eso lo vas a averiguar tantito.

Se incorporó despacio Villa. Ahora miraba al indio desde arriba.

—No necesito detalles, jijo de una tal.

Un breve relámpago cruzó los ojos impasibles. Sólo fue un instante, y se apagó rápido.

—No es de machos echar mentadas a hombres sin pistola —dijo el otro, ecuánime.

Hacía Villa visibles esfuerzos por dominar la cólera. Su mano iba y venía a la culata del revólver. La inmovilizó al fin junto a la hebilla del cinto.

—Sólo quiero saber por qué me la jugaste en Juárez.

—¿Qué importa? —chupó Sarmiento el cigarro—. Si hoy toca paredón, me vale madres. A fin de cuentas, el pellejo de un hombre no sirve ni pa huaraches.

El general movió la cabeza.

—Meterte plomo sería honroso, y hay maneras de ahorrar los treinta y siete centavos de cada bala... Puedo ahorcarte junto a los rieles de la vía, pa que quien pase te vea negro y comido de moscas, con un cartel al pecho donde diga *traidor y ladrón*. O estaquearte a lo apache, en tu ambiente, con los párpados cortados pa que no cierres los ojos mientras los cuervos te los picotean.

Se detuvo ahí, dándole tiempo para pensarlo. Después insistió de nuevo.

—¿Por qué lo hiciste, cabrón?... ¿Me viste la cara de pendejo?

Dejó Sarmiento salir más humo. Parecía tan calmado, observó Martín, que ni siquiera se le alteraba el pulso. La ceniza seguía sin caer, al extremo del cigarro.

—Sabía lo que iba a pasar, Pancho.

—Te digo que no me llames así.

Asintió el indio.

—Lo sabía, mi general. Lo supe desde el principio, cuando vi quiénes se arrimaban a Maderito, cada cual pensando en lo suyo. La revolución les importaba sólo mientras estuvieran abajo; una vez arriba, se pondrían cómodos... Y así fue, ¿que no?

—Yo estoy aquí, peleando —objetó Villa, clavándose un pulgar en el pecho.

—Nomás faltaba... Lo haces porque Carranza y Obregón te andan chingando, pero tienes tus haciendas en Chihuahua... Urbina y otros generales han robado a manos llenas, y quienes nunca pelearon andan politiqueando con discursos de catrines de botín calado, arrimándose a quien manda o puede mandar.

Chupó de nuevo Sarmiento el cigarro y miró pensativo la ceniza intacta.

—Todo eso lo vi antes que pasara —añadió al fin—. Y me dije que a este cristiano no lo iban a dejar descalzo cuando todo acabase. De manera que, por si un sí o por si un no, decidí asegurarme algo: un retiro, un fondito. Cuando aún no sabía si íbamos a ganar o a perder.

—Pero luego fueron bien las cosas —dijo Villa.

—No sabría decirte cómo van —Sarmiento señaló hacia el exterior—. Todos esos desgraciados se mueren con la misma hambre que tenían hace cuatro años. Los únicos que llenan la panza son los jefes, como ha sido y fue siempre —miró a Garza y a Martín—. Pregúntale a tu compadre Genovevo, que tan honrado es, a ver qué opina... O al gachupín, que se nos juntó como un turista sin que nadie le diese vela en nuestro velorio.

Meneaba Villa la cabeza, asombrado, sin dar crédito a lo que escuchaba.

—Nunca te oí hablar tan seguido, cabrón.

—Nunca me preguntaste, mi general.

Sobrevino un nuevo silencio mientras Sarmiento daba otra chupada al habano. Su pulso, comprobó Martín, se mantenía inconmovible: ni el más mínimo temblor le agitaba la mano. Cinco centímetros de ceniza seguían en el cigarro, todavía sin caer al suelo.

—Estoy cansado, ¿sabes? —apoyó el indio la cabeza en la pared y cerró los ojos—. Siempre supe que alguna vez lo estaría. Lástima de aquel oro que perdí... Debí salirme entonces, cuando aún lo tenía.

—¿Y qué esperabas? —se arrebató Villa—. ¿A tener más?

—Pos claro. Como todos.

Se golpeó el pecho el general.

—Eso de *como todos* es mentira. Yo creo en la causa del pueblo. En la revolución.

Sarmiento seguía con los ojos cerrados. Movió la cabeza, indiferente.

—No digo que no... Pero tu revolución anda norteada. Esto es una pinche mierda, Pancho.

No se quedó Villa a ver la ejecución, y Martín supuso que, pese a su cólera, al Centauro del Norte le faltaba estómago para ver morir a su antiguo compañero de correrías bandoleras. Se alejó el general a largas zancadas, sin mirar atrás, mientras a Sarmiento le formaban el cuadro: seis hombres alineados con la culata del Máuser apoyada en tierra, frente al muro ante el que fue dispuesto el reo.

Se conducía éste con mucha calma, observó Martín. No le habían atado las manos ni vendado los ojos, y continuaba con el grueso habano entre los dedos y la ceniza sin caer todavía, en apariencia indiferente a lo que le esperaba. Cuando Genovevo Garza se le acercó para cambiar las últimas palabras, el indio se limitó a pedir su sombrero; porque el sol, dijo, le daba en la cara.

—No quiero —comentó con frialdad— guiñar los ojos y que parezca lo que no es.

Genovevo Garza estaba muy serio: el habitual tono tostado de su piel parecía desvanecido. Hacía una década que él y el sentenciado se conocían y peleaban juntos. Nunca se gustaron el uno al otro, pero los unía el pasado común, los peligros corridos y la figura de Villa. No era un momento agradable para él.

—¿Tienes un último deseo?

La mirada oscura de Sarmiento, que parecía absorta en la distancia, reparó en el mayor. Se llevó lentamente el cigarro a la boca, dio una chupada y dejó salir el humo.

—Dos deseos tengo... Uno es que no me tiren a la cara.

—Cuenta con ello —lo tranquilizó Garza.

—El otro es que le digas a Pancho Villa que es un jijo de su rechingada madre.

—Se lo diré de tu parte.

Asintió el indio, satisfecho.

—Pos acabemos de una, que se hace tarde. Con suerte llegaré al infierno antes que cierren las cantinas.

Se retiró Garza unos pasos, dio una orden y quedaron apuntados los seis fusiles. Con una mano en un bolsillo del pantalón y el cigarro en la otra, Sarmiento dio una última chupada a éste, se lo apartó de la boca y miró la punta: casi siete centímetros de ceniza intacta. Desde que lo encendió, el pulso no le había temblado ni un momento. Cual si hasta entonces no hubiera reparado en ello, sonrió, y era la primera vez que Martín lo veía hacerlo: una mueca aviesa, insolente, casi divertida. La de alguien que de nada se arrepentía y que, de tener ocasión, volvería a hacerlo todo de la misma manera una y otra vez.

—¡Apunten! —ordenó Garza mientras preparaba su revólver para el tiro de gracia.

Con el sombrero inclinado sobre los ojos y la sonrisa inalterable en la boca, alzó Sarmiento la mano que sostenía el cigarro a modo de irónico brindis hacia los fusiles que le apuntaban. Y después, golpeando suavemente con el dedo índice, hizo caer la ceniza un segundo antes de que sonase la descarga.

Fue una noche larga, incierta, de escaramuzas ligeras y movimientos de tropas en la oscuridad. Los guías de Durango no tuvieron apenas reposo tanteando las defensas enemigas, en busca de pasos para tender sobre las acequias tablones que permitiesen a la infantería atacar con la primera luz. El alba encontró al escuadrón desmontado y esperando órdenes tras el pequeño talud de un canal de riego, a levante de la hacienda de Crespo y cerca de la vía férrea y el camino real. Forrajeaban los caballos, pero los jinetes estaban casi veinte horas sin comer nada más que lo que cada cual llevaba, o había llevado, en las cantinas de su silla de montar.

Martín estaba tumbado en el suelo cerca de *Láguena*, al que había trabado las patas y colgado el morral con zacate de maíz. Se tapaba con su sarape de campaña y apoyaba la cabeza en una piedra, con el sombrero sobre la cara para resguardarla del rocío nocturno, más perceptible por la proximidad de las acequias. No habría podido dormir aunque lo intentara, a causa del cuerpo dolorido por las largas galopadas del día anterior. Se limitaba a descansar un poco, igual que la mayor parte de los hombres que lo rodeaban, bultos inmóviles en la oscuridad que parecía querer aclarar por el este, detrás de Celaya y las cercanas líneas carrancistas. Genovevo Garza se había alejado cuando era noche cerrada para recibir instrucciones del general Villa y aún no estaba de regreso. Se había llevado el reloj de Martín, así que de vez en cuando éste alzaba un poco el sombrero y miraba el cielo. Por la posición de las estrellas y la débil línea azulada de levante calculó que debían de ser las cinco de la madrugada.

Una sucesión de fuertes estampidos le hizo levantar la cabeza. Sonaban muy cercanos. Era la artillería propia abriendo fuego, y al momento empezó a oírse el retumbar de sus proyectiles en la distancia. Se puso Martín en pie, como otros hombres, y subiendo al talud alcanzó a ver los relámpagos de los cañones propios y los resplandores de los impactos que salpicaban la noche a un kilómetro de allí. A lo largo de todo el frente, que se extendía en forma de medio arco al oeste de Celaya, las seis baterías villistas madrugaban contra las posiciones enemigas.

—Ahí les vamos, muchachos —dijo alguien—. Ametrallando parejo.

Una masa oscura y en movimiento, tropa de infantería, se destacó entre las sombras, cruzando la acequia un centenar de metros más abajo. Martín podía oír las voces de los jefes, el rumor metálico de rifles y marrazos, el chapoteo de los que cruzaban el canal de riego con el agua por la cintura. La artillería seguía tirando, y en sus resplandores se recortaban las siluetas de hombres y caballos. Un chisporroteo intenso, prolongado y al fin interminable, semejante a luciérnagas fugaces, se corrió por toda la línea del frente a medida que las avanzadas tomaban contacto con el enemigo.

Cuando Martín bajó del talud, Genovevo Garza estaba de regreso. Oyó su voz llamándolos a él y a los demás oficiales. Se acercó al grupo, círculo de bultos y sombras.

—Se ataca en toda la línea al mesmo tiempo —decía Garza—. Préndanme un cerillo.

Alguien rascó un fósforo. El mayor sacó el reloj y miró la hora.

—Les entraremos en cuanto haya alguna luz. Hay que estar en posición dentro de cuarenta minutos, así que aprevénganse, muchachos.

Antes de que se apagara el fósforo, Garza miró a Martín. Cuando todo estuvo oscuro de nuevo, le tocó un brazo.

—¿Descansó algo, ingeniero?

—Un poco.

—Nos cae un día crudo, es la mera verdá... No hay maniobras previstas, ni otra orden que cargar de frente una y otra vez hasta que los carrancistas se quiebren.

—Pues por lo que sabemos están bien fortificados —objetó Martín—. Y todas esas acequias cortarán el paso a la caballería.

—Uta... Hemos dicho varios a mi general Villa que no va a ser cosa de enchílame otra. Yo mesmo le platiqué de los campos enfangados que vimos. Pero anda metido en que sea ataque frontal, todos a una. Ni tropas de reserva deja. Nos quiere cada quien palante, a mero riñón.

—Eso nos costará mucha sangre.

—¿Pos sabe qué dijo?... Si es difícil, me lo hacen luego; y si es imposible, me esperan tantito.

—No me gusta, mi mayor.

—Ni a mí. Villa piensa que de un aventón nos metemos en Celaya, como otras veces. Pero está la cosa muy en veremos.

Estaban las dos sombras frente a frente mientras alrededor rumoreaban villistas y caballos preparando la cabalgada.

—Hay que irse —dijo Garza.

Martín reprimió el impulso de darle un abrazo o estrechar su mano, pues llevaba tiempo sabiendo comportarse; asumiendo que en la División del Norte estaban mal vistos los gestos solemnes cuando se iba a entrar en combate. El tono habitual era irse a bailar con la pelona con naturalidad, sin darle importancia. O aparentándolo.

—¿Hay algo que pueda hacer yo, mi mayor?

—Nada, ingeniero. Esta vez no hay nada que dinamitar. Sólo nos quieren pa hacer bulto en el agarrón. La caballería va a entrar en masa... Quédese cerca de mí, si puede. A ver cómo se nos da.

Mientras el mexicano hablaba, notó su tacto en la oscuridad. Garza pretendía devolverle el reloj.

—No, por favor... Guárdelo.

—Ah, pues. Muy agradecido.

Enrolló Martín el sarape en el arzón trasero de la silla —aún hacía frío, pero iba a estorbar en la cabalgada— y se agachó para comprobar que las correas de las espuelas estaban bien ajustadas a sus botas. Después hizo lo mismo con la cincha de la silla de montar, se cerró la cazadora de pana y colocó en los hombros, cruzadas al pecho, dos cananas con sesenta balas en cada una. También se ciñó la Colt 45 y comprobó que la carabina estaba municionada y en la funda que quedaría bajo su pierna derecha cuando estuviese sentado en la silla.

En torno a él todo eran ahora sonidos metálicos de armas, relinchos de caballos y comentarios en voz baja de los hombres que orinaban por última vez antes de montar. Se desabotonó la bragueta de los arrugados pantalones e hizo lo mismo, entre docenas de chorros que sonaban en la oscuridad. Una vejiga llena era mala compañía entre los balazos de un combate.

El sol ascendía despacio, dando al paisaje una claridad azulada, todavía violeta, que evaporaba el rocío en forma de neblina baja, removida por las patas de los caballos. Rasgaban el aire los proyectiles de artillería con sonido de tela rota, levantando al estallar surtidores de tierra, polvo y barro. Había crepitar de disparos por todas partes e innumerables cadáveres salpicaban la llanura, de trigales y huertos, cortada por acequias y pequeñas líneas de árboles.

Martín aguardaba montado, al descubierto. Casi doscientos guías de Durango se extendían en dos filas a su derecha e izquierda, y la inmóvil línea de caballería se prolongaba aún más allá, con escuadrones de otros regimientos. Calculó que en aquel sector eran un millar de jinetes los que iban a dar la carga. Desde hacía un rato esperaban la orden: casi toda la tropa villista a pie, que desde el amanecer había intentado tres veces, inútilmente y con grandes pérdidas, romper la línea de defensa enemiga, se limitaba a mantener el fuego de rifles mientras la artillería y la caballería abrían camino. Pero la primera no lograba desalojar a los carrancistas de sus trincheras, y la segunda aguardaba a que un ataque contra cuatro ametralladoras que batían la zona silenciase éstas. Sin embargo, el intento, valeroso y frontal, había fracasado. Los supervivientes se retiraban en desorden con las cartucheras vacías, corriendo por los campos mientras los tiradores enemigos los cazaban como conejos.

—Ah, qué, los volteados —dijo Genovevo Garza—. Ni modo... No hay quien calle esas pinches Hotchkiss.

Miraba por los prismáticos. Martín estaba cerca, casi estribo con estribo. Advirtió el tono sombrío del mayor, y cuando éste guardó los prismáticos y se volvió a mirarlo pudo ver en su rostro, habitualmente impasible, la tensión del momento.

—Ni remedio —Garza entornaba los ojos para estudiar el paisaje mientras movía la cabeza, descorazonado—. Habrá que entrar al quemadero a puro pelo... Cuantimás, con el sol de cara.

Tapándose la luz con el sombrero, Martín observó a los peones que retrocedían. De un par de centenares, apenas regresaba la mitad.

—Demasiado llano, demasiado expuesto —reiteró—. Y a nosotros las acequias nos van a frenar la galopada.

Asentía el mexicano, estoico.

—Tan es así.

—Por no hablar de las ametralladoras.

—Uta.

—¿De verdad no tiene miedo, mi mayor? —bromeó Martín.

Una sombra de sonrisa aleteó, breve, bajo el bigotazo gris.

—Algo tengo, pero hasta ahí nomás.

—Pues hace tiempo me dijo que nunca tenía.

—Hace tiempo era más joven.

Acariciaba Garza el cuello de su castaño, que cabeceó noble al sentir la mano.

—Nunca tuvimos la vida comprada, ingeniero —añadió, mostrando su chaquetilla bordada bajo las carrilleras que le cruzaban el pecho, y el ajustado pantalón de botonadura—. Por eso me vestí hoy de domingo... Pa morirme a lo charro.

Martín habría seguido hablando, pero no lo hizo. Sabía por experiencia que distraerse con palabras no resolvía nada, pues el temor a lo inminente iba a seguir allí: le temblaban las ingles y sentía vacíos incómodos en el corazón, que lo mismo latía lento, casi desfallecido, que se aceleraba de pronto. Siempre le ocurría antes de cada combate; como si, ajeno a la voluntad, el cuerpo recelase de una próxima mutilación por el hierro y el fuego. Después, diluido en la violencia de la acción, aquello desaparecía. Sin embargo, los momentos previos, la inactividad, la espera prolongada que tanto espacio cedía a la imaginación —se daba incluso en los muy acostumbrados a pelear—, podían ocasionar una tensión casi insoportable.

Sonó un clarín hacia la izquierda, por donde estaba el coronel Ochoa, y Genovevo Garza se volvió a mirar al corneta del escuadrón, cuyo caballo estaba pegado a su grupa: un muchacho de catorce años flaquito, aindiado, con sombrero ancho de palma, rifle en la silla y carrilleras cruzadas al pecho.

—Órale, Juanito.

Se llevó el chico el reluciente latón a los labios e hinchó los carrillos. Sonó la orden vibrante y metálica, cubriendo por unos segundos el tiroteo próximo y el retumbar de las explosiones. Vio Martín que algunos hombres se santiguaban y otros, como él, se limitaban a afirmarse en los estribos y ajustar el barbiquejo de los sombreros. Arrimó espuelas como todos, aflojando un poco las riendas del caballo, puesto al paso. Los vacíos del corazón se hicieron más espaciados, más largos.

Un poco por delante, el mayor Garza miraba a uno y otro lado, atento a la velocidad que iban alcanzando los demás escuadrones.

—¡Al trote! —ordenó al corneta.

Cuando Juanito hizo sonar el segundo clarinazo, la doble fila de jinetes aceleró el paso, trotando hacia las líneas enemigas. Tintineaban las armas y los herrajes. Desde la derecha y la izquierda, en diagonal, empezó a llegar fuego de ametralladoras, disperso y esporádico al principio, concentrado luego. Un momento después chirriaron granadas antes de estallar sobre sus cabezas en nubecillas de color azufre, y la metralla salpicó la tierra.

—¡Viva Villa! ¡Que viva Villa! —voceaban todos, audaces, dándose ánimos.

Pasaban las balas sonando igual que largos alambres sacudidos en el aire, se hundían en la neblina arremolinada por los caballos e impactaban en éstos y sus jinetes.

Ziaaang, ziaaang, ziaaang, hacían, o resonaban al golpear con secos chasquidos. Algunas monturas hincaban la cabeza y caían coceando y otras corrían ya con las sillas vacías.

Inclinado sobre el pomo de la suya, abiertos los estribos, picando a espolonazos los ijares de *Láguena*, que corría con la cabeza tendida y la crin al viento, Martín no pensaba en nada. El fuego de las ametralladoras era horroroso, como si cientos de moscardones metálicos llenaran el aire con una nube espesa. Crispado en espera del balazo que lo desmontase, desnuda la mente de cuanto no fuese recorrer en el menor tiempo posible la distancia que lo separaba de las posiciones enemigas, el joven extrajo la carabina de la funda, se puso la rienda entre los dientes, empujó la palanca del arma y metió un cartucho en la recámara.

Se estremecía el suelo, retumbando bajo los cascos de los caballos. El suyo, enloquecido por el tiroteo, los golpes de espuela y la cabalgada, ya corría al galope antes de que la corneta hiciera sonar el toque de degüello.

La cuarta carga la habían dado con el sol muy arriba, pasado el mediodía, a través de un terreno cubierto de cadáveres de hombres y animales. Para entonces, del escuadrón quedaban sesenta y cuatro jinetes en condiciones de combatir. Y del millar que desde las nueve de la mañana había estado atacando al sur de la vía férrea y el camino real, sólo la tercera parte continuaba a caballo, extraviados los ojos, desgreñados, cubiertos de tierra, sudor y grasa. El resto eran muertos y heridos, desde el coronel Ochoa hasta Juanito, el joven corneta. Las últimas órdenes tuvo que darlas el mayor Garza a puras voces. Montaba un pinto que no era suyo, porque ya le habían matado dos.

421

—¡No se rajen, muchachos! —había gritado, caracoleando cuando los supervivientes se reagrupaban para atacar de nuevo—. ¡No hay peor castigo pa un valiente que morirse entre cobardes!

Y así, tras reponer munición —sólo treinta cartuchos por hombre— y disponerse para cabalgar otra vez a través de aquel llano infernal, los villistas habían cargado por cuarta vez al trote de sus animales exhaustos, incapaces ya de alcanzar el galope, hostigados siempre por las ametralladoras enemigas. Sin otro resultado que desangrarse frente a los canales de riego desde los que se les hacía un fuego terrible.

Ahora, al paso, apoyadas las manos en la silla, borracho de polvo y pólvora, tan sediento que habría matado por un sorbo de agua, Martín contemplaba aturdido los caballos cubiertos de espuma polvorienta y a los hombres de ojos hinchados, sucios, maltrechos, que a pie o encorvados sobre sus monturas, llevándolas algunos de la rienda, se retiraban como él del campo de batalla.

—Nos dieron con todo y en la madre —oyó decir a uno que hablaba solo mientras caminaba tambaleante, sin sombrero y con las cananas vacías, sujetándose un brazo oscilante, partido de un balazo.

En otros lugares aún continuaba el combate, advirtió Martín. Resonaban disparos y explosiones lejanas, ardían los campos incendiados más allá de los raíles del ferrocarril y su humo era una bruma amarillenta que, suspendida en el aire, velaba la luz vertical y difuminaba las cortas sombras.

De momento, el joven tenía suficiente. Por algún capricho del azar —sus crueles reglas no lo incluían en esa jornada—, estaba ileso: ni un rasguño pese a haber llegado en cuatro ocasiones hasta unos treinta metros de las posiciones enemigas. Entre la polvareda había visto las caras de los carrancistas, sus uniformes caquis, los fogonazos de los fusiles que le disparaban, antes de tirar de las riendas y volver grupas como los demás, impotente ante el muro de estampidos y plomazos. Y ahora, incapaz de pensar, cabeza baja y sombrero inclinado sobre los ojos, suelta la rienda, se retiraba despacio con el resto de los derrotados.

Casi con sobresalto, recordó a Genovevo Garza. Lo había visto por última vez durante la carga, pues cabalgaban cerca uno de otro, perdiéndolo en la polvareda final, cuando villistas y carrancistas se fusilaban casi a quemarropa en el borde mismo del canal de riego, entre rugir de disparos, relinchos de caballos y gritos de hombres que mataban y morían. Miró en torno buscándolo, y su corazón —lo que de él quedaba sensible en ese momento— se encogió de inquietud al no verlo. Incorporado en los estribos, observó con más atención entre los grupos que se congregaban bajo una línea de árboles que daba sombra a los heridos. Vio así al sargento Chingatumadre, que con ojos vidriosos, sentado ante las patas de su caballo, se apretaba un pañuelo ensangrentado en la mandíbula rota por un disparo. Se disponía a desmontar para socorrerlo cuando, al mirar atrás, vio a Garza.

Se acercaba el mayor entre los últimos que venían retirándose. Cojeaba herido el animal, húmedo de sangre el pelaje del hombro a la caña izquierdos. Sorprendía que su jinete siguiera montado en vez de ir a pie llevándolo de la rienda, y Martín lo advirtió con estupor. Cabalgaba Garza sin sombrero, extrañamente inclinado sobre la silla, gacha la cabeza. Traía sueltas las riendas y un pie fuera del estribo.

—¡Mi mayor! —gritó Martín, saliéndole con su caballo al encuentro.

Alzó un poco el rostro el mexicano al oírse llamar y volvió a bajarlo. Cuando Martín llegó hasta él vio que la sangre le chorreaba abundante por el mismo lado que al caballo, empapándole la ropa bajo la chaquetilla y las cananas vacías de balas para derramarse por la cadera y el muslo hasta la silla de montar, la mitaza de cuero y la espuela.

A Martín se le cortó el aliento.

—¿Es que le dieron, mi mayor?

Levantó de nuevo el rostro Garza para mirarlo con lenta extrañeza, cual si le costara reconocerlo. La piel del rostro surcado de arrugas y la cicatriz vertical, cubiertas de polvo, se veían tan grises como el pelo y el bigote apelmazados y sucios. Al fin, tras un largo silencio, el mexicano descubrió apenas los dientes en un intento de sonrisa mientras articulaba débilmente cuatro palabras:

—Ya me torcieron, compadre.

Genovevo Garza murió veintidós horas después en un tren hospital, en la estación de ferrocarril de Salamanca. Su agonía y muerte pasaron inadvertidas para casi todos. Se extinguió despacio entre centenares de heridos, y en ningún momento recobró la consciencia para pronunciar otras palabras que las dichas a Martín en el campo de batalla. Fue Maclovia Ángeles, que lo vio morir, quien se lo contó al joven cuando, tras una penosa retirada con los restos del escuadrón —quince kilómetros con la caballería carrancista pegada a la grupa—, llegó éste al campamento de retaguardia donde se reagrupaban los villistas derrotados en Celaya.

—Se murió sin reconocerme —dijo la soldadera—. Nomás miraba con ojos muy abiertos, requetefijo, como si intentara acordarse. Pero ni se movió tantito ni dijo nada... Le tuve agarrada una mano hasta que se le fue quedando fría.

Tras decir eso Maclovia estuvo un rato callada, contemplando la matazón amontonada en las zanjas. A unos cadáveres les habían tapado la cara con paliacates o cobijas y otros estaban como los dejaban, de cualquier manera, rígidos los miembros y ennegrecidos por el sol, cuajados de sangre el pelo y la ropa bajo enjambres de moscas. Con los zopilotes planeando muy arriba en el cielo, a la espera de una oportunidad.

Maclovia puso en manos de Martín el reloj de plata. Había restos de sangre seca en la cadena. Tenía el cristal roto y estaba parado en la hora de la última carga del día anterior.

—Como los meros hombres se murió —dijo con una voz tan seca como sus ojos.

A pesar de las órdenes de quemar con petróleo todos los cadáveres, Martín y la soldadera envolvieron el cuerpo del mayor con un poncho militar, y antes de que anocheciera lo cargaron en el lomo de *Láguena* para llevarlo a un cerro cercano, donde le dieron tierra después de cavar una tumba bajo un alto pino piñonero, bien apisonada para que no pudieran escarbarla los coyotes.

No dijeron nada al terminar, ni pusieron cruz, señal ni nombre alguno. Regresaron caminando juntos, en silencio, con el caballo de la brida, entre la luz bermeja y última del día.

Por Salamanca corrían rumores de que Pancho Villa no se daba por vencido, y de que cuando llegaran refuerzos la División del Norte atacaría Celaya de nuevo. También circuló la orden de que al día siguiente todos los hombres en condiciones de combatir se reagrupasen en sus antiguas unidades o se presentaran, quienes las habían perdido, para ser asignados a otras nuevas.

La noche había cerrado ya, y el campo villista se iluminó de fogatas; pero esta vez no hubo voces, ni guitarras, ni canciones. Nadie estaba de humor para entonar *La Adelita*: las verdaderas adelitas iban y venían llevando comida a sus hombres, cuando los encontraban, o dando consuelo a las que los habían perdido. Del tren hospital, que resoplaba en la vía como un monstruo nocturno, sonaban gritos de heridos a los que se amputaba.

Extendió Martín el sudadero de su caballo en el suelo, y a la luz de una hoguera estuvo limpiando su carabina y su pistola. Después se tumbó con la silla de montar a modo de almohada. La sombra de las nubes bajo la luna salpicaba el campamento de manchas negras que se movían despacio, con la brisa que traía olor a humo de mezquite, estiércol de caballerías, sudor, suciedad y ronquidos de los que dormían próximos. Martín no quería pensar en nada ni en nadie. Entre las nubes asomaban algunas estrellas, y estuvo un rato concentrado en identificarlas a partir de la Polar hasta que una sombra se interpuso. Era Maclovia, que traía unas tortillas con tamales fritos y café en una vieja lata de alubias.

—Pensé que tendrías hambre.

—Sí, gracias... ¿Tú no quieres una?

—Ya comí.

Se sentó a su lado mientras él daba cuenta de la cena. Comió con verdadera urgencia, sintiendo una necesidad súbita, salvaje, de llenar el estómago vacío. Luego se quedó mirando a la soldadera. Llevaba ésta el rebozo subido sobre la cabeza y seguía inmóvil en el contraluz de las fogatas. En su rostro sólo se veía relucir, negro azabache sobre negro de piedra mate, el reflejo mineral de los ojos.

—¿Qué harás ahora? —preguntó Martín.

Ella no respondió. La suya era una sombra silenciosa e inmóvil.

—Yo querría llorar —confesó él de pronto.

La soldadera tardó en responder.

—Él habría llorado por ti.

Entonces Martín se dejó ir. Permitió al fin que su congoja se liberase en forma de llanto, no sólo por Genovevo Garza, sino por todos a los que había visto morir, por sus propios sobresaltos e incertidumbres, por el miedo y el coraje que se habían alternado en su interior mientras peleaba por algo en lo que ni siquiera creía. O tal vez sí, pues para él la revolución era el sentido personal de un extraño deber: la lealtad hacia hombres y mujeres a los que admiraba, en cuyas palabras, silencios y actitudes había conocido cosas que no olvidaría nunca, útiles para observar el mundo, la existencia y el posible, o inevitable, final de todo.

Fue abandonarse a tales pensamientos lo que cubrió de lágrimas el rostro del joven. Las dejó correr libremente, deslizársele por las mejillas aún sucias del combate, caer hasta el bigote y el mentón sin afeitar y quedar suspendidas allí antes de perderse en las sombras. Y como si Maclovia lo hubiese visto, o adivinado en la penumbra, notó los dedos de la mujer tocar su cara y humedecerse con el llanto.

Apartó con brusquedad el rostro y se tendió de espaldas, avergonzado, cubriéndose otra vez con el sarape. Pero en vez de retirarse, la soldadera hizo algo inesperado. Se acurrucó junto a él y le introdujo una mano dentro del pantalón: una mano fría que se fue entibiando, muy quieta al principio, y luego empezó a moverse despacio, suavemente, hasta que la carne del joven se derramó en ella. Después, sin pronunciar una palabra, los dos permanecieron quietos, abrazados, hasta quedarse dormidos.

Cuando lo despertó la luz del sol, descubrió que la soldadera ya no estaba a su lado. La encontró más tarde, a media mañana, cargada con bultos y pistola al cinto, caminando detrás de un hombre con tres barritas de latón en el sombrero: un capitán de infantería a quien él no conocía.

Aquélla fue la última vez que Martín Garret vio a Maclovia Ángeles.

15. La última misión

El propio Pancho Villa los acompañó a caballo hasta el arranque de la quebrada, al ponerse el sol. Era la segunda batalla por Celaya y se combatía muy duro, con los mismos resultados que una semana atrás: los continuos ataques de la infantería y la caballería seguían estrellándose contra las defensas carrancistas en las trincheras y canales de riego. De un lado a otro del frente, el retumbar del duelo de artillería era ensordecedor.

—Es importante que les dé una llegadita, ingeniero. Si a Obregón le acuden trenes con refuerzos y parque, estamos requetebién fregados —lo miraba Villa entre la esperanza y el recelo mientras mordisqueaba un elote cocido—. ¿Me va a cumplir o no me va a cumplir?

—Haré lo que pueda, mi general.

—No se plante ahí, carajo. Haga más de lo que pueda.

Estaba cerrado en gris el cielo, oscuro por el este, y caía una llovizna suave, intermitente, que enfangaba el suelo y relucía sobre jinetes y animales haciéndolos oler a pelaje y cuero mojados. La pequeña partida contaba con doce hombres a caballo y cinco mulas cargadas con material y latas de petróleo, y la orden era penetrar en la retaguardia enemiga y destruir un trecho de la vía de ferrocarril que comunicaba Celaya con Querétaro. Para infiltrarse iban a aprovechar la noche y una larga quebrada que discurría de oeste a este, al sur del río Laja. A Martín se lo habían señalado todo en un mapa que llevaba doblado en la cazadora, bajo las cananas de balas que le cruzaban el pecho.

Tiró Villa el corazón mondo de la mazorca y se limpió el bigote de un manotazo.

—No hay luna ni estrellas —dijo mirando preocupado el cielo—. ¿Podrá seguir el camino a oscuras cuando salgan de la quebrada?

—Confío en que sí, mi general.

Tras pensarlo un momento, el otro hurgó en un bolsillo y le entregó una brújula metida en una cajita de latón.

—Cuídela, ¿eh?... Me la regaló don Panchito Madero en persona.

Protestó Martín, indeciso.

—Le hará más falta a usted.

—No le aunque, agárrela. Y a los carranclanes rómpales cuanto se le pegue la gana: raíles, instalaciones, postes... El asunto es que no lleguen trenes ni les funcione el telégrafo.

Observaba el joven a su gente meterse con las bestias en la quebrada. Villa también se los quedó mirando.

—A ver si como rugen, muerden —dijo.

Iba con ellos Tom Logan, que al pasar ante Villa se tocó el ala del sombrero vencido de lluvia. Lo había encontrado Martín por casualidad, cuando se dirigía al cuartel general para recibir órdenes. El mercenario estaba sentado en una caja de munición, vendándose una mano ligeramente herida en el dorso por un rebote de bala. Tres horas antes había perdido sus ametralladoras y a casi todos sus hombres. Y cuando el general asignó a Martín un piquete montado para la incursión, éste pidió que incluyeran al norteamericano. Le iría bien como refuerzo, pues la mayor parte de la gente que le daban era de leva reciente, con poca experiencia.

—Lástima que no tengamos a mi compadre Genovevo —se lamentó el general.

Miraba a Martín, entristecido, y su pesar parecía sincero. Extraño, desde luego, en quien había hecho matar o visto morir a millares de seres humanos.

—A todos nos toca —replicó el joven.

Los duros ojos color café lo exploraron con mucha atención.

—Nunca sé lo que de verdá piensa, ingeniero —sin volver el rostro, Villa señaló la quebrada en dirección a levante—. Igual allí me lo enfrían, y se irá de este mundo sin que llegue a penetrarle los adentros.

Rió Martín. Hacía mucho que el Centauro del Norte no lo intimidaba.

—Le sorprendería lo poco que hay en esos adentros... Sólo soy un hombre que mira, mi general.

—Pos a poco no se quejará de lo que ve.

El estallido muy cercano de un proyectil de artillería hizo a los caballos alzarse de manos, inquietos. Por suerte, la tierra húmeda absorbió casi todo el impacto; sólo unas pellas de barro llegaron cerca de ellos, salpicándolos.

Con tirones de la rienda, Villa calmaba a su montura.

—Alguna vez le pregunté por usté a mi compadre... Platícame nomás la mera verdá, mi Geno, le picaba. Tú que lo tratas, qué chingados busca ese gachupín. Y él siempre se encogía de hombros.

—El mayor Garza nunca fue de mucho hablar.

—Sólo una vez, que yo me acuerde, dijo algo. Busca que lo truenen o comprender las cosas... Eso fue lo que dijo mi compadre.

Miró Villa a los jinetes de su escolta, que se impacientaban. Iba a arrimar espuelas para alejarse, pero se detuvo un momento, el aire curioso.

—Y dígame nomás, amiguito... ¿Ya comprendió?

—Estoy en ello, mi general.

Soltó el otro una carcajada de las suyas, jovial y poderosa.

—Pos procure seguir vivo, pa comprenderlo todo. Y tan luego comprenda, viene y me lo cuenta.

—Se lo prometo.

—No todo cristiano se asoma a los dos lados de la cerca.

—Lo tomaré como un elogio, mi general.

Asintió Villa, aprobador.

—¿Aún tiene esa monedita de oro?

Se palpó Martín la ropa.

—Aquí la llevo.

—No la pierda, ¿eh?... Puede que desde Juárez nos traiga suerte a los dos. Y esta noche, su suerte es la mía.

Sonrió Martín.

—Ya lo dicen ustedes los mexicanos. Cuando te toca, ni aunque te quites; y cuando no te toca, ni aunque te pongas.

Seguía mirándolo Villa con mucha atención.

—Orita sé por qué le gustaba a mi compadre.

Acabó por volverse hacia el combate, que seguía sonando encarnizado.

—Me regreso a los trancazos —se despidió—. Todavía tengo una batalla por ganar.

Le había cambiado el tono: volvía a ser el Pancho Villa de siempre. Ya no estaba realmente allí. Extendió su mano hacia Martín con gesto distraído, y se las estrecharon. Guantes mojados por la lluvia.

—Güena suerte, ingeniero.

—Buena suerte, mi general.

Se alejó Villa al trote, difuminado en la luz color plomo del anochecer. Más allá, en el cielo oscuro y bajo destacaban cada vez más los fogonazos de la artillería que retumbaba sin cesar. Parecía que una tormenta de truenos y relámpagos recorriese el horizonte.

Tiró Martín de la rienda y condujo a *Láguena* hacia la quebrada, en pos de la fila de jinetes que ya desaparecía en ella, tintineando los pertrechos en la penumbra. Volvía a llover, esta vez más fuerte, y el agua le calaba los muslos y los hombros de la cazadora hasta la camisa, goteando por el ala del sombrero. Mientras bajaba a la quebrada, atento a que no resbalaran en el barro las patas del caballo, se estremeció de pronto. Se dirigía despacio, mojado e incómodo, hacia lo incierto de la noche. Y ojalá, pensó, se trate de frío y no de un presentimiento.

Durante el amanecer la mañana siguiente, tras hacer seis leguas de camino describiendo un arco hacia el este, Martín y sus hombres volaron rieles, cortaron hilos telegráficos y quemaron durmientes de ferrocarril entre Celaya y Querétaro. Incluso pusieron una carga de dinamita en el depósito de agua para locomotoras del apeadero del rancho Trapote, haciéndolo saltar por los aires. Después, agotado el material de sabotaje, regresaron entre los cerros dejando atrás columnas de humo, en busca de la quebrada por la que habían venido. No llovía, pero el suelo seguía embarrado. Cabalgaban los doce jinetes en fila india, al paso para no fatigar a los caballos, procurando no recortarse en las alturas bajo la luz plomiza del mediodía.

—Hemos hecho un bonito trabajo —dijo Tom Logan, emparejando su montura.

Hasta ese momento no habían hablado mucho él y Martín. Sólo para dar, éste, órdenes que el norteamericano cumplía eficiente, con buena voluntad. Su única reticencia era que nunca se dirigía a Martín por su grado de teniente; pero a éste le daba lo mismo.

—¿Qué opinas? —insistió Logan.

—No es cuestión de opinar... Hacemos nuestro deber. Cada cual hace el suyo.

—¿Crees que al fin entraremos en Celaya?

—Eso procuramos todos.

—Pues no sé qué decirte. Tantos ataques frontales una y otra vez, al precio de tanta sangre, nos están diezmando —le guiñó un ojo, bajando la voz para que no lo oyeran los que cabalgaban detrás—. Nuestro general Villa no es hombre de maniobras, ¿verdad?

—No —admitió Martín—. Realmente no lo es.

—Está acostumbrado a las acometidas feroces y a que el enemigo se venga abajo. Pero ahora no tiene ese aspecto la cosa —Logan se miró la mano vendada—. Ayer pasé el día viendo a los nuestros retirarse en busca de munición, con las cananas vacías, y volver al ataque cada vez más cansados y cada vez menos. Lo mismo que el día anterior y que hace una semana... Caían como moscas, y Villa sólo ordenaba atacar de nuevo y fusilar a los que huían.

A Martín volvía a molestarle la vieja herida de la cadera. Para aliviarse, ladeaba el cuerpo hasta apoyarlo en el estribo opuesto, cabalgaba así un trecho y cambiaba de postura sobre el otro.

Seguía sonando el combate, al norte. Crepitar de fusilería y retumbar de cañones. Logan, que había estado silbando *La Valentina*, miró en esa dirección.

—Yo diría que se combate en Celaya mismo, o casi... ¿Qué piensas?

—Que es posible —aceptó Martín—. Suena como en el puente sobre el Laja.

—A lo mejor los nuestros han podido meterse dentro.

—Tal vez.

Llegaban a la quebrada. Martín ordenó alto y se adelantó a echar un vistazo. Todo parecía tranquilo. Cuando hizo señal de avanzar y el grupo llegó a su altura, Logan seguía mirando preocupado hacia el norte.

—No me gusta esto... Me he visto en otras. Y no me gusta.

Le dirigió Martín una mueca sarcástica.

—Siempre puedes volver a los Estados Unidos.

Respingó el gringo.

—No me ofendas —parecía de verdad molesto—. Firmé un contrato al alistarme y cobro una soldada... ¿Qué es un hombre si no cumple lo que firma?

—Bueno, ya. Pero no es tu guerra.

—Visto así, compañero, tampoco la tuya.

Lo pensó Martín un instante.

—No sabría qué decirte. En cierto modo sí lo es.

Otra vez goteaba el cielo. Logan levantó el rostro para mirar con desagrado las nubes bajas y oscuras. Se subió el cuello de la chamarra.

—Eres un tipo raro.

—Le dijo la sartén al cazo... O como dicen aquí, el comal le dijo a la olla.

Chasqueó la lengua el otro.

—Hablo en serio, oye. Lo mío está claro: en México me pagan bien, el alcohol es barato y resulta fácil conseguir mujeres...

—¿Qué más puede pedir un irlandés?

Logan se echó a reír. Cabalgaron un trecho en silencio, hasta que al fin habló de nuevo.

—Contigo es distinto. No te conozco apenas, pero cada vez que nos cruzamos, pienso: he ahí un tipo que va de paso. Como si estuvieras aquí sin estar del todo, camino de vaya Dios a saber dónde.

Martín respondió sin apartar la vista de los bordes de la quebrada. Aún quedaba un trecho para dejarla atrás. De noche, en el camino de ida, había sido buen resguardo, pero ahora se tornaba peligrosa. Cada arbusto o irregularidad del terreno podía esconder una amenaza.

—Hago la revolución, como la hacéis tú y los demás. Es lo que importa.

—Ya, pero mira en lo que se ha convertido lo que empezamos en Juárez con el difunto Madero... Ahora cada cual va a lo suyo, buscando poder y dinero, y del pueblo nos ocuparemos otro día. A mí me da igual; pero tú, que crees en eso, estarás decepcionado.

Miró Martín a sus hombres. Casi todos eran reclutas jóvenes, a excepción de un par de antiguos rurales y un villista veterano. Cabalgar ocultos por la quebrada los hacía sentirse a salvo. Se veían animados, satisfechos por regresar.

—No he dicho que crea en la revolución —dijo al fin—. He dicho que la hago.

Comenzaba a llover en serio. Molesto, Logan sacudió el sombrero y se lo puso otra vez.

—¿Volviste a ver a aquella gringa que escolté en Juárez?

—No —mintió Martín.

—Yo tampoco. Luego leí cosas suyas en algún periódico. Me pregunto si...

El primer estampido sonó cercano; y para cuando el eco repitió el sonido, la cabeza de Tom Logan se había abierto igual que una sandía alcanzada por una bala expansiva. Cayó el irlandés como si lo arrancaran de la silla sobre un desconcertado Martín, salpicándolo de sangre. Tiró éste de la rienda para apartar su caballo y el cuerpo inerte se deslizó por el flanco hasta el suelo, todavía con un pie enganchado al estribo. Crepitaban ahora más disparos, multitud de ellos. A Martín se le erizó la piel.

—¡Emboscada! —gritó a sus hombres—. ¡Corran!

Combatir desmontados habría sido una locura. Fue lo único que tuvo serenidad para pensar. El caballo de

Logan, espantado, tomaba la delantera arrastrando por el suelo al jinete, o lo que quedase de él. Agachó Martín la cabeza hasta casi tumbarse sobre el cuello de *Láguena* y picó espuelas con tanta violencia que el animal relinchó dolorido antes de lanzarse a una loca carrera. Voló su sombrero, que quedó atrás.

—¡Corran, corran!

No había otras órdenes que dar. Un rosario de fogonazos recorría el borde de la cañada y moscardones de plomo zumbaban por todas partes, repicando como granizo tras rasgar el aire húmedo. Mirando a su espalda por última vez, Martín vio que hombres, caballos y mulas caían en desorden y sólo cinco o seis le iban detrás.

No, no, no, se martilleaba el cerebro, insistente. No así, por Dios. No de esta manera.

El suelo lleno de fango hacía difícil la galopada. Avanzaba el caballo con el agua corriéndole por el pelaje, y esa misma lluvia cegaba los ojos del jinete. La única opción de Martín, la de su instinto, era salir de la quebrada para llegar a campo abierto, alejándose de allí. Pero la salida practicable más próxima era una cuesta de una veintena de metros, embarrada y llena de arbustos. Tiró de la rienda hacia la izquierda, intentando desviarse, y lo consiguió con mucho esfuerzo. Seguían sonando disparos y zumbando balas. Uno de los villistas, que se había adelantado, se inclinó atrás en la silla, tumbado sobre la grupa, y cayó al suelo mientras el caballo, libre de jinete, corría veloz.

—¡Sube, *Láguena*!... ¡Sube, maldito seas!

La cuesta estaba enfangada y las patas del animal resbalaban en ella. Lo espoleaba sin piedad hasta hacerle sangrar los ijares, azotándolo con las riendas. Otro jinete que llegó a su altura rodó cuesta abajo, rebozado de barro, coceando el caballo. Al fin, Martín se vio arriba, con la llanura gris de lluvia por delante. Clavó otra vez las espuelas y su montura reemprendió un galope enloquecido.

De repente, unas figuras imprecisas que habían permanecido ocultas se alzaron en el velo brumoso del paisaje y de ellas brotaron fogonazos de disparos. Entonces, como si sus patas hubieran tropezado con un obstáculo invisible, *Láguena* hincó la cabeza y arrojó a su jinete al suelo, por encima de las orejas.

Seguía cayendo la lluvia, que repicaba salpicaduras en el suelo embarrado. Se arrastró para alcanzar la carabina que estaba en la funda de la silla; pero había quedado bajo el caballo, inmóvil con un tiro en el pecho y otro entre los ojos abiertos, fijos en Martín cual si le dirigieran una disculpa. Alzó éste la cabeza, pues nadie disparaba ahora. Las figuras entrevistas se acercaban cautas, reglamentariamente separadas unas de otras. Eran hombres que sabían combatir, comprendió aturdido.

Con dedos sucios, precipitados, palpitándole el corazón con tanta violencia que parecía salirse por la boca, soltó el cierre de la funda de la pistola y extrajo la pesada Colt 45. Echando atrás el percutor, tiró del carro acerrojando la primera de las siete balas que llevaba el cargador. El ruido metálico sonó fuerte en el aire húmedo, por encima del rumor de la lluvia. Los que se acercaban se detuvieron, arrodillándose, o se echaron al suelo. Eran al menos una veintena.

—¡Levanta las patas o te quemamos, cabrón!

Lo sopesó Martín un momento. No tenía la menor oportunidad, concluyó. Y de pronto —ése fue su primer pensamiento coherente— se dijo que no deseaba morir de aquella manera: sucio, mojado y solo. No de ese modo. Así que se arrancó las dos barritas de latón de la cazadora, y después de ocultarlas en el fango tiró lejos la pistola y se puso en pie muy despacio, con los brazos en alto y la lluvia haciendo surcos en el barro que le manchaba la cara.

El suelo estaba cubierto de restos del combate: casquillos vacíos, cascotes de granadas de artillería, peines de ametralladora vacíos y material abandonado por los villistas en fuga. Había dejado de llover y el día agonizaba entre nubes que, al abrirse bermejas en el horizonte, parecían teñidas del color de la sangre que lo salpicaba todo. Los campos y canales de riego se veían moteados de cuerpos de hombres y caballos, y junto al camino real ardían pilas de cadáveres que expandían un penetrante olor a petróleo y carne asada. El ruido del combate se había alejado hasta extinguirse hacia poniente, donde la caballería de Obregón perseguía a los restos dispersos de la División del Norte. Se decía que un contingente aislado en Las Trojes había luchado hasta el último hombre y que un tren hospital, capturado en Crespo, ardía con todo el personal sanitario y los heridos dentro.

—¡A ver, hijos de la tostada, los oficiales!... ¡Que se identifiquen los oficiales!

En Celaya, los únicos tiros que sonaban eran de los piquetes de ejecución. Carrancistas uniformados o vestidos de mezclilla y manta con sombreros de paja, desharrapados, indistinguibles de los del bando contrario, iban y venían llevando gente al paredón. Habían fusilado al general Bracamonte, al coronel Bauche y a docenas de jefes villistas capturados entre los que no pudieron retirarse a tiempo, y seguía la búsqueda de mandos militares escondidos en la tropa. Tres centenares de prisioneros se agrupaban entre las trancas de un corral, bajo severa vigilancia de hombres que disparaban al menor pretexto.

—¡Los oficiales!... ¡Que salgan!

Sentado en el suelo, Martín mantenía la cabeza baja. Rodeaba las rodillas con los brazos, intentando pasar inadvertido. Y no era el único: cerca de él había tres o cuatro hombres a los que conocía de vista, incluido un capitán de la brigada Guerrero con el que alguna vez coincidió en el pasado. El capitán —facciones campesinas, ojos como charcos de agua sucia— estaba herido en el cuello, que cubría con un paliacate sucio de cuajarones de sangre; y como Martín, se había quitado las insignias antes de su captura.

—¡Los oficiales! —seguían exigiendo los carrancistas.

Escarmentados por el destino de quienes respondían al reclamo, nadie despegaba los labios. Con graduación o sin ella, permanecían callados e inmóviles, cabizbajos, confiando en el anonimato del número. A veces Martín miraba al capitán prisionero y éste lo miraba a él. También lo había reconocido.

—¡Salgan, culeros!... ¿Que no había machos con Villa?

No era temor lo que Martín sentía. No exactamente. Ya no era miedo, o no del todo. Lo invadía un cansancio extremo, más allá de lo físico. Le dolía todo el cuerpo y era milagroso que no se hubiera roto algo en la caída del caballo; pero no era eso lo que le abatía el ánimo. Estaba cubierto de barro seco, el pelo, la cara, la ropa, y le martilleaban las sienes como si algo monstruoso taponase las venas. Mantenía la cabeza baja, aunque no por recelo de la muerte que sabía próxima. No era, en absoluto, ansia de supervivencia. Tenía la certeza de que tarde o temprano acabarían por identificarlo, quizá delatado por alguno de los prisioneros. Lo que lo tenía callado y quieto era una intensa pereza. Una fatiga indiferente: incluso ponerse en pie y recorrer la distancia que lo separaba del paredón le parecía un exceso. Estaba cansado hasta para sostenerse ante un piquete de ejecución. Habría querido simplemente tumbarse de espaldas, dormir y morir con el mínimo esfuerzo posible.

Un mayor carrancista, uniformado de caqui y con bigotes curvados hasta los pómulos, se paseaba con los pulgares en el cinto de una pistola Máuser. Bajo la visera del kepis, donde llevaba unas gafas de automovilista, sus ojos oscuros y torvos miraban a los prisioneros uno por uno, escrutándoles el alma. De vez en cuando señalaba a uno y sus hombres lo hacían levantarse para sumarlo a los que, en fila al otro lado de la cerca, esperaban resignados su destino.

—¡No se me hagan! ¡A ver, esos oficiales! —voceaba el mayor—. ¿Dejan que fusilemos a unos peones mugrosos?... ¡Si son hombres, que se pongan de pie y lo digan, carajos!

Se había detenido ante un individuo corpulento, vestido con chaquetilla charra y mitazas sucias de fango.

—¿Qué eres, desgraciado?... ¿Teniente? ¿Capitán?

Lo miraba el otro desde el suelo, impasible. Al fin, con un suspiro hondo, dolorido, se puso lentamente en pie.

—Teniente de caballería Aurelio Elizondo —dijo con voz firme.

Señaló el mayor la fila de sentenciados.

—Jálese pallá, gallo. A que lo fusilen.

—Me parece bien —repuso con calma el villista—. Así sabrán los carranclanes quién es su mero padre.

Y tras escupir un gargajo que no acertó en las botas del otro por centímetros, se alejó renqueando para unirse al grupo fatal.

Se dirigió el mayor a los otros prisioneros. Asentía, aprobador.

—¡Tomen ejemplo, señoritas!... ¡Así nomás saben morirse los hombres!

Se observaron de nuevo Martín y el capitán herido en el cuello. Había mantenido éste la mirada baja, huidiza; pero cuando la alzó, en los ojos enrojecidos latía algo distinto: una mezcla de cansancio y desafío.

Ese infeliz, pensó el joven, está tan harto de todo como yo.

Era cierto, o parecía serlo. Apenas se sorprendió al ver que el villista se ponía en pie y, sin decir una palabra, pasaba entre los prisioneros para unirse al teniente y los otros.

Miró Martín en torno. Las caras barbudas y sucias de los tres o cuatro hombres que lo conocían estaban vueltas hacia él. Lo observaban con hosca expectación, como reprochándole que siguiera sentado allí. Comprendió entonces, avergonzado, que no tenía elección. Su corazón se detuvo en un prolongado vacío y volvió a latir. Hay precios por pagar, se dijo resignado. También ésas son las reglas.

Respiró hondo tres veces, levantado el rostro al cielo cárdeno que menguaba por el oeste. El último crepúsculo de su vida.

No me arrepiento de nada, concluyó.

Se puso en pie y caminó hacia la fila de hombres que iban a morir.

Cada cinco minutos, con precisión militar, sonaba una descarga. Los conducían al paredón de tres en tres, y una vez fusilados arrastraban los cuerpos hasta una zanja donde los rociaban con petróleo. Los que aguardaban tras una esquina de la tapia del panteón viendo pasar los cadáveres eran todavía una docena: alguno lloraba, otros rezaban y los más se mantenían razonablemente callados y serenos. Al capitán herido y al teniente de caballería se los habían llevado en el turno anterior y Martín encabezaba el resto de la fila.

—Muévanse.

Un Máuser le apretó la espalda, haciéndolo avanzar. Caminó con un hombro pegado a lo largo de la tapia, doblando la esquina que lo había separado del muro donde se fusilaba, mientras el último rastro de sol se extinguía en el horizonte igual que una brasa que se enfriara deprisa. El astro invisible mantuvo la claridad del cielo un momento y de pronto todo se tornó sombrío.

—¡Alumbren con algo! —ordenó una voz.

Esperó Martín, espalda contra el muro. Tenía un villista a la derecha y otro a la izquierda. Era tal la resignación con que los mexicanos asumían aquella clase de final que ni siquiera los maniataban. No era necesario.

La noche había llegado con más prisa que la muerte. La tapia del panteón y las cruces de las tumbas cercanas no eran ya más que trazos y ángulos oscuros. De súbito los quebró una luz oscilante. Sonó el petardeo de un automóvil y dos faros gemelos se detuvieron detrás del piquete de ejecución, recortando siluetas y alargando sombras.

Cegado por la luz, Martín quería conservar serena la mente para no caer en la tentación de apiadarse de sí mismo. Iba a ser su último gesto y deseaba sostenerlo con decoro, imitando la indiferencia de los muchos a los que había visto caer. Era el suyo un horror tranquilo. A fin de cuentas, pensó, los seres humanos llevaban muriendo cientos de miles de años, desde que el mundo existía, y eso no alteraba el resultado final. El universo seguía girando impasible, como si tal cosa. En ese instante, en todos los lugares del planeta nacían nuevas vidas que habrían de morir tarde o temprano.

—¡Prepárense! —gritó la voz de antes.

Procurando mantenerse erguido, Martín se sacudió la suciedad de la ropa. Y luego, recordando el ademán que había visto años atrás a un oficial federal en las mismas circunstancias, alzó una mano para abotonarse el cuello de la camisa mientras contemplaba la noche, sereno.

No me arrepiento de nada, pensó de nuevo.

—¡Apunten!

Le pareció que la orden final tardaba una eternidad en llegar. Tras un momento, apartó la vista del cielo completamente negro para observar las siluetas del piquete en el contraluz de los faros del automóvil, tan largas sus sombras en el suelo que la punta de los fusiles le alcanzaba los pies.

Parpadeó, desconcertado.

No sé a qué esperan, pensó, estos hijos de la chingada.

Dos nuevas siluetas se interpusieron ante las otras, yendo hasta él. Olió el sudor de sus ropas y el aceite metálico de sus armas. Una le apoyó el cañón de una carabina en un costado y otra lo agarró por un brazo. Después, con rudeza, lo apartaron del paredón.

—¡Fuego!

Lo ensordeció la descarga. Al mirar atrás, espantado, vio que los dos villistas caían entre repiques de balazos que levantaban nubecitas de polvo en su ropa y en el muro. Se desplomaron desarticulados, uno de espaldas y otro de frente, y un oficial se destacó del piquete, pistola en mano, para dispararles el tiro de gracia.

El fulano que apuntaba a Martín le dio un empujón.

—Ora, cabrón —dijo.

No podía ver su rostro ni el de su compañero. Se dejó llevar obediente, sin comprender lo que estaba pasando. Qué iban a hacer con él. Caminaron un corto trecho hasta detenerse junto a la lápida de una tumba. El mármol blanco y la cruz encalada destacaban en la oscuridad.

—Siéntese tantito.

Obedeció de nuevo. Estaba seguro de que lo iban a matar, pero no comprendía por qué le reservaban un final diferente. De golpe, el cansancio que a fuerza de voluntad había mantenido a raya se adueñó de él. Dejó vencer la cabeza para apoyarla en las manos, repentinamente exhausto. Permanecía así cuando oyó los pasos de una sombra detenerse delante, con el rascar de un fósforo. Y al levantar la vista, antes de que se apagara la breve llama con que el recién llegado encendía un cigarro, vio en el cuello de su guerrera tres estrellas de coronel.

—Qué pequeño es el mundo, señor Garret —dijo Jacinto Córdova.

Estaban sentados uno junto al otro, sobre la lápida. Dos sombras casi inmóviles, negras como la noche. Hacía rato que en el panteón habían cesado las descargas.

—Lo reconocí a la luz de los faros. Es mi automóvil el que trajeron para iluminar la ejecución... Cuando lo vi allí, no daba crédito.

La brasa del cigarro resplandecía de vez en cuando, al llevárselo Córdova a la boca. Notó Martín muy próximo el olor del tabaco habano.

—Ha sido un desastre para ustedes —prosiguió el militar—. Veinte o treinta cargas de caballería sin romper nuestras líneas: ataques suicidas, muy propios de ese animal fanfarrón que es Pancho Villa. Carne y más carne al matadero y ni una sola maniobra. Les hicimos miles de bajas, así que tiene usted suerte de seguir vivo... ¿Dónde lo agarraron?

—No sé —repuso Martín, evasivo—. Por ahí.

En el cielo no asomaban luna ni estrellas. La única claridad, lejana, provenía de la zanja donde ardían los cuerpos de los fusilados. Los dos soldados que habían traído a Martín desde el paredón se mantenían cerca: a veces vislumbraba sus sombras entre las tenues manchas claras de cruces, nichos y lápidas.

—¿Qué diablos hace metido en esto? —preguntó Córdova.

—Ya lo estaba antes.

—Sí, claro... Eso me dijeron. Torreón y Zacatecas, ¿verdad?... Y luego, la ciudad de México: un día de gloria, imagino. Yo estuve en el sur, combatiendo a los zapatistas. Después me tocó ir contra los gringos en Veracruz.

Se calló, chupando el cigarro. La brasa le iluminó los dedos y el bigote.

—Voy a casarme con Yunuen.

Lo dijo en tono neutro, sin emoción ninguna. Sonaba a simple noticia escueta, objetiva. Y tras un momento, habló de nuevo.

—Supe lo que hizo por su padre.

—No hice nada, en realidad.

—Más de lo que muchos se habrían atrevido entonces. Puede que le salvara la vida.

Se avivó otra vez el punto rojo entre sus dedos.

—Me desconcierta usted, Garret... Sigue en México, pese a cuanto ocurrió.

La oscuridad veló la sonrisa fatigada de Martín.

—No tenía mejor lugar al que ir —repuso.

En silencio, Córdova parecía reflexionar sobre lo que acababa de oír. Hizo un movimiento y a tientas le ofreció a Martín una estrecha petaca metálica.

—¿De verdad cree en este disparate, en Pancho Villa y los suyos? ¿O en lo que va a quedar de él a partir de ahora?

Desenroscó Martín el tapón y bebió un sorbo. Era coñac y era fuerte. El líquido ardiente le quemó el estómago, pero se sintió tonificado.

—Dígame qué será eso.

—Pues que terminará refugiado en los Estados Unidos, como otros. O negociando. Quizá le den un rancho, dinero... La revolución no sabe ya qué hacer con él. Se mantendrá al margen o lo acabarán matando.

Le devolvió Martín la petaca.

—¿Y cree que Venustiano Carranza es mejor que Villa, o que Zapata?

—No se equivoque: Carranza es el futuro. Una revolución, sí, pero institucional. Desde arriba y dentro de un orden. No un sobresalto continuo de saqueadores y bandoleros.

La brasa del cigarro se avivó dos veces antes de que Córdova hablase de nuevo.

—Usted nada tiene que hacer aquí. En realidad, sospecho que nunca fue de verdad un revolucionario.

—Ni yo mismo sé lo que soy.

—Suena sincero... Por eso me desconcierta, como dije antes.

—¿Qué van a hacer conmigo?

Creyó Martín oír suspirar a Córdova, pero no estaba seguro de ello.

—Aquella noche, en la calle Cuauhtemotzin... ¿Se acuerda?... Un asunto de caballeros.

Tras decir eso el militar estuvo callado otro buen rato, avivando a intervalos la brasa del cigarro.

—¿Qué haría si viviera? —inquirió de pronto.

La pregunta encontró desprevenido a Martín.

—No sé —quiso pensarlo un momento—. No entraba en mis planes vivir más allá de esta noche.

Volvía Córdova a chupar su cigarro.

—A un kilómetro de aquí está el río Laja.

Tras decir eso se mantuvo en silencio, dando tiempo a Martín para penetrar sus palabras. La brasa del habano se movió señalando las dos sombras próximas.

—Esos hombres que lo custodian son de mi confianza —añadió al fin.

Contuvo Martín el aliento, incapaz de creer lo que parecía escuchar.

—No sé si...

—¿Sabe nadar? —lo interrumpió el mexicano.

Martín estaba paralizado de estupor. Sentía más perplejidad que alivio.

—Me mantengo a flote.

La voz del militar sonaba queda, muy tranquila.

—Si yo fuera usted y cruzase el río aprovechando la noche, no intentaría buscar lo que queda de la gente de Villa... Seguiría hacia el sudeste. Hasta México capital, o al puerto de Veracruz —la brasa del cigarro se giró hacia él—. ¿Qué opina?

—No sé —Martín escuchaba, aún aturdido—. Podría intentarlo.

—Supongo que sería ridículo pedirle su palabra de honor.

Estuvieron callados un momento. Después el joven se encogió de hombros.

—Lo sería.

Oyó la risa suave del militar, o tal vez sólo era su respiración mientras exhalaba el humo.

—No tendrá nada de valor, imagino. Le habrán quitado cuanto llevaba encima.

Martín se tocó el chaleco. Asombrosamente, el maximiliano de oro seguía allí. Lo habían bolseado con prisas al hacerlo prisionero, robándoselo todo pero sin descubrir la moneda cosida en un dobladillo.

—Algo me queda.

—Vaya... Es usted de verdad afortunado.

Córdova arrojó lejos la colilla del cigarro, que describió un último arco rojizo. Después se puso en pie y desapareció en la oscuridad.

Cuando Martín llegó a lo alto del cerro lo deslumbró un rayo de sol naciente, horizontal y rojo. Se detuvo allí, entornados los ojos cegados por la luz, sintiendo con alivio el primer calor del día en la ropa todavía húmeda. Después se inclinó hasta quedar agachado mientras recobraba el aliento.

Miró en torno, orientándose. Chillaban las primeras cigarras. El cielo viraba del violeta pálido al azul, con algunas nubes dispersas, inmóviles, suspendidas sobre unas colinas grises y distantes. Un valle discurría entre ellas, y la vía del ferrocarril, lejana línea recta que reflejaba el sol, parecía dirigirse hacia allí.

Bebió agua de un charco de lluvia en el hueco de una roca. Llevaba veinticuatro horas sin comer nada, así que calmó el estómago vacío con dos tunas que vio en un nopal; tras arrancarles las espinas, las reventó con una piedra y mordió la pulpa carnosa y ácida. Luego estuvo un rato tumbado en el suelo, recobrando fuerzas. Al incorporarse, sus ojos adiestrados en años de guerra volvieron a estudiar el paisaje. La vía férrea era buena referencia, pero cuando bajase al llano la perdería de vista. Podía ser peligroso mantenerse cerca, pues aún se hallaba próximo a Celaya. Lo más práctico iba a ser caminar con el sol un poco a la izquierda mientras siguiese bajo, procurando dirigirse a las colinas.

Dejó atrás el cerro y anduvo por un sendero sinuoso entre rocas, arbustos y árboles dispersos. Empezaba a hacer calor y le estorbaba la cazadora, así que se la ciñó a la cintura con las mangas, y anudándose un pañuelo se cubrió la cabeza. No encontró más charcos y la sed lo atormentaba. Más adelante, con el sol ya alto, cruzó un mezquital verdinegro, espeso. Al otro lado había un jacalón sobre una pequeña altura: una casa de adobe con techo de paja. Se oía ladrar a un perro, así que decidió esquivarla. Salió del camino para dar un rodeo. Al hacerlo oyó una esquila, y antes de poder evitarlo se topó con un rebaño de cabras.

Un hombre lo miraba: un campesino de mediana edad. Vestía de blanco, con ropa burda y huaraches. Estaba apoyado en un largo bastón y se cubría con un sombrero de soyate cuyas alas anchas, deformes, tamizaban un rostro de bronce con arrugas como cicatrices y pelos blancos en el mentón.

Comprendió Martín que irse sin más era poco práctico. Arriesgado, incluso. De allí a poco podía tener a una patrulla de soldados o rurales siguiéndole la huella.

Sonrió, procurando conservar la calma.

—Buen día.

El otro le devolvió el saludo con una mezcla de curiosidad y recelo. Tenía una calabaza de agua colgada en bandolera y Martín la señaló, esperanzado.

—¿Podría darme de beber, por favor?

Le alargó el cabrero la calabaza y Martín quitó el tapón, bebiendo con ansia. Cuando la devolvió, el mexicano seguía observándolo con atención: las botas de montar, los pantalones abolsados y sucios, la camisa caqui descolorida con grandes bolsillos militares bajo el chaleco con la mitad de los botones arrancados.

—¿Pa dónde va, amigo? —preguntó.

Indicó Martín una dirección imprecisa, hacia el sudeste.

—Hacia allá —dijo.

Asintió el otro como si le hubiese dado una referencia concreta. Apoyando ambas manos en el bastón, volvía el rostro en dirección a Celaya.

—Hubo trancazos por esos rumbos, ¿no?

Dudó Martín un momento.

—Sí —respondió al fin.

—Sonaba recio... ¿Fue un agarrón grande?

—Mucho.

No preguntó el cabrero quién había ganado o perdido. Se limitó a asentir de nuevo, con indiferencia. Casi por cortesía. Después señaló su rebaño.

—Pos a mí me parió una cabrita —dijo.

16. Epílogo

Era la hora del té en el hotel Palace. La luz de la tarde iluminaba en tonos azules, verdes y dorados la cúpula de vidrio de la rotonda central, filtrando una agradable claridad multicolor entre quienes ocupaban las mesas: hombres apuestos, mujeres como dibujadas por Penagos, sombreros y túnicas de crespón, cuellos Arrow, corbatas, humo de cigarrillos turcos y americanos, perfume de Coty, vestidos de Worth, de Paquin, de Chanel. Camareros con impecable chaquetilla negra se movían ágiles entre las mesas, bandejas en alto. Las tardes del Palace competían con las del Ritz, al otro lado de la plaza de Neptuno de Madrid.

Martín Garret dejó su copa vacía sobre la mesa y se frotó con dos dedos la sien derecha. Desde la caída del caballo en Celaya, ocho años atrás, tenía frecuentes migrañas. Al advertirlo, la mujer que estaba a su lado puso una mano sobre la suya. Era una joven delgada, elegante. Vestía de ligeros tonos crema, muy a la moda, con un sombrero *cloche* que le afilaba el rostro resaltando la claridad de sus ojos color de hierba. En la mano lucía un anillo de compromiso.

—¿Estás bien, cariño?

—Oh, sí... Claro —dijo él.

Le dirigió Martín una sonrisa distraída y miró alrededor. En los sillones de mimbre conversaban hombres elegantes, niñas bien y señoras de buen aspecto: unas en toda su frescura, otras en plena belleza o sosteniendo la madurez con los andamios habituales. Charlaban o flirteaban ellas, abanicándose. Discutían los hombres sobre Joselito y Belmonte o ponderaban las ventajas mecánicas del Packard Single Six frente al Hispano-Suiza de seis cilindros. Al otro lado de las columnas y los macetones con helechos, la orquesta atacó un *jazz* y varias parejas jóvenes salieron a bailar a la pista mientras las mamás, jamonas, aburridas, hablaban de los tés del Ritz, del Armenonville, del Negresco, de las cenas de Cyro's y de los grandes duques rusos uniformados de porteros en París. Rumor de conversaciones sobre el fondo de la música, entre risas y sorbos de *long-drinks*.

—Disculpa si te dejo sola un momento. Voy a refrescarme un poco.

Tras ajustarse el nudo de la corbata se puso Martín en pie, abotonándose la americana del bien cortado traje gris oscuro. Caminó sin prisa en dirección al vestíbulo, hasta el saloncito de aseo. Pidió al encargado una toalla, y tras mojarla bajo un grifo se humedeció las sienes. Se enjugó el rostro con otra seca, volvió a retocarse la corbata y pasó las manos por el pelo que, peinado hacia atrás con brillantina, le despejaba la frente. Contempló su rostro en el espejo: había leves arrugas en las comisuras de los párpados, y la pequeña cicatriz del pómulo derecho —estaba tan acostumbrado que casi no reparaba en ella— seguía allí pese al tiempo transcurrido. Los años y la vida dejaban huellas, pensó dirigiéndose una mueca crítica. Hacía cuatro meses había cumplido los treinta y seis.

Dio una propina al encargado y regresó a la rotonda. Al fondo, alentada por la juventud de quienes bailaban, la orquesta tocaba un atrevido *hawaïen* con mucho contrabajo y saxofón. Recorría Martín el pasillo central cuando, al mirar casualmente a la izquierda, se fijó en un grupo que conversaba en la entrada del bar americano. Eran tres hombres y una mujer que lo descubrió al mismo tiempo que, tan sorprendido como ella, la miraba. Se detuvo indeciso, pero una sonrisa lo animó a aproximarse.

—Dios mío —oyó decir cuando estuvo cerca.

Seguía siendo delgada, más bien alta. El rostro se había suavizado un poco con los años, pero aún era anguloso y duro, ahora con minúsculos pliegues en torno a los grandes ojos color canela y la boca sin pintar. Llevaba un vestido *bleu nattier* algo más largo que a la moda, el cabello recogido en un turbante de seda y un collar de pequeñas cuentas de coral.

—Señora Palmer —dijo Martín, estrechando la mano que ella le ofrecía.

—Diana, por favor.

—Oh, claro... Disculpe. Diana.

Se quedaron uno frente al otro, contemplándose irresolutos. Tras un momento ella reaccionó, vuelta hacia los caballeros, e hizo las presentaciones. Uno de los nombres le sonaba a Martín: director de una revista ilustrada española de gran tirada, muy popular.

—El señor Garret es un viejo amigo —ella pareció vacilar—. Cuando lo conocí era ingeniero de minas.

—Lo sigo siendo —dijo él.

Se excusó la norteamericana con sus acompañantes, que entraron en el bar. Martín y ella permanecieron en pie, sonriéndose.

—¿Se aloja en el hotel? —inquirió Martín.

—Llegué ayer.

—¿Por trabajo?

—Salgo mañana para Santander, donde entrevistaré al rey don Alfonso... Ahora escribo para *Life* —indicó el bar—. El director de *Blanco y Negro* es tan amable de proporcionarme un automóvil, un mecánico y un fotógrafo.

Lo contemplaba con una sonrisa pensativa, quizá de aprobación. Al cabo movió los hombros, como si se desembarazara de un recuerdo.

—¿Y usted?

—Trabajo en una compañía minera hispanobelga.

—¿Le va bien?

—Sí, desde luego. No me puedo quejar.

—Tiene buen aspecto. Está más...

—¿Viejo?

—Oh, vaya, qué tontería. Más hecho. El tiempo lo ha mejorado, quería decir. Hasta lo veo más guapo.

—También yo a usted.

—No sea adulador —se tocaba el rostro con vaga coquetería—. El tiempo es implacable.

Seguían estudiándose, todavía perplejos. Cuando ella sonreía se multiplicaban las pequeñas arrugas de los párpados y la boca. Al fin hizo un ademán sugiriendo una mesa libre, pero Martín se excusó con gesto desolado, vuelto hacia el lugar donde lo esperaban. Siguió Diana la dirección de su mirada.

—¿Su esposa?

—Todavía no.

—Es muy linda.

—Sí, eso creo.

—No sea tonto... Realmente lo es.

Volvieron a mirarse, sin saber qué otra cosa decir. Suspiró Diana, dispuesta a la despedida.

—No lo entretengo... Ha sido un placer inesperado, volver a verlo después de tanto tiempo.

—También para mí.

Iba ella a tenderle la mano, pero se detuvo. Pareció recordar algo.

—¿Sabe lo de Pancho Villa?

Parpadeó Martín, sorprendido.

—¿A qué se refiere?

—No se ha enterado, entonces.

—¿De qué?

Tardó ella en responder.

—Lo mataron hace dos días, en Parral.

—¿Qué?

—Está confirmado. Se supo ayer, por cablegrama.

Sintió Martín que se le enfriaban las venas. Hacía años que no experimentaba el antiguo vacío en el corazón. Su voz sonó ronca.

—¿Quién lo hizo?

—Aún no se sabe. Fue una emboscada, según parece. Los acribillaron a tiros a él y a sus escoltas.

Tras decir eso se mantuvo callada, dejándole digerir la noticia.

—Hace cuatro años asesinaron a Zapata —añadió después de un momento—. Y ahora le tocó a Villa... Dicen que en el gobierno temían que volviese a tomar las armas.

Seguía Martín sin decir nada y ella miró en torno. Sonreía con amargura.

—Me alegra verlo a usted aquí, y no en México... Aquel país está maldito, y buena parte de la culpa la tenemos los norteamericanos.

—También murió Logan —dijo Martín de pronto.

Lo miró extrañada.

—¿Quién?

—Tom Logan, el gringo pelirrojo que la escoltaba en Juárez.

Ella hizo memoria, sin aparente resultado.

—Lo siento, no lo recuerdo... Ha pasado demasiado tiempo.

—¿Y demasiadas guerras?

—También. Todos estos años han sido de conflictos y revoluciones: Alemania, Italia, Rusia, Marruecos... Apenas he salido de Europa.

Dirigió una larga mirada a la mesa de Martín, contemplando a la mujer que lo esperaba. Seguía sentada y parecía impacientarse.

—Me contaron que después de separarnos en Veracruz se quedó por allí.

—Es cierto —asintió él.

—Con Villa, dijeron.

—Sí.

—¿Y valió la pena México, para usted?

—Claro que valió la pena.

Le sonrió Diana con aire absorto, casi misteriosa.

—Tiene gracia. Parece inofensivo, pero sólo hay que mirarle los ojos para saber que no. Ahora lleva su biografía en ellos... ¿Nunca se lo dijeron?

—Por suerte, la gente se mira cada vez menos a los ojos.

—Es cierto —admitió ella—. ¿Volvería allá otra vez?

—Si fuera el mismo que era entonces, probablemente.

La norteamericana le ofreció la mano, despidiéndose.

—Estoy contenta de haberlo visto de nuevo, señor Garret.

—También yo, señora Palmer.

Fue Martín a reunirse con la mujer que lo amaba. Y mientras se acercaba a la belleza serena que prometía sosiego y felicidad, aunque no olvido, sintió que el salón se vaciaba de música y voces, y crepitaban disparos lejanos, galopar de caballos, gritos de quienes mataban y morían con la sencillez de quien intuye las leyes naturales del destino. Y en las mesas entre las que caminaba, o tal vez más allá de ellas y del mundo irreal que resumían, vio sonreír a Pancho Villa, Genovevo Garza, Maclovia Ángeles, Yunuen Laredo, Jacinto Córdova, Tom Logan, y también al joven Martín Garret que se había puesto en pie en Celaya para encaminarse en silencio al paredón. Vio en fin, agradecido, los rostros de quienes lo habían hecho lo que era, y también lo que sería durante el resto de su vida.

Castelsardo, junio de 2022

Índice